助产士的
告白

The Midwife's
Confession

［美］黛安娜·夏伯兰（Diane Chamberlain） 著

刘琨 译

湖南文艺出版社
HUNAN LITERATURE AND ART PUBLISHING HOUSE

博集天卷
CS·BOOKY

谨以此书纪念凯·埃莉诺·豪

2000—2010

目录
Contents

第一部　诺艾尔

Chapter 1　致命的诱惑　　　002

Chapter 2　最熟悉的陌生人　　004

Chapter 3　永远离开的朋友　　017

Chapter 4　转变人生的夜晚　　027

Chapter 5　诺艾尔的遗嘱　　　038

Chapter 6　溜走的十二年　　　048

Chapter 7　不该看的文件　　　056

Chapter 8　湖滨晚餐　　　　　062

Chapter 9　寻找线索　　　　　071

Chapter 10　新生名单　　　　　079

Chapter 11　母女谈话　　　　　083

Chapter 12　清理箱子　　　　　088

Chapter 13　答案　　　　　　　095

Chapter 14　最喜欢的学生　　　104

Chapter 15　两封信　　　　　　110

第二部 安娜

Chapter 16 女儿哈莉   116

Chapter 17 死掉的孩子   126

Chapter 18 开心岁月   130

Chapter 19 全身麻醉   134

Chapter 20 噩梦   144

Chapter 21 勇气奖章   152

Chapter 22 找寻安娜   162

Chapter 23 海滩度假   170

Chapter 24 工作日志   182

Chapter 25 走向正轨   190

Chapter 26 拜访丽贝卡   197

Chapter 27 探望外祖父   204

Chapter 28 花圃   208

Chapter 29 疯狂的一夜   214

Chapter 30 合同   222

Chapter 31 流产   227

Chapter 32 赎罪   233

第三部 格蕾丝

Chapter 33 紫色旅行杯   242

Chapter 34 准备工作   246

Chapter 35 婚礼筹划   254

Chapter 36 决定   258

Chapter 37 不一样的克里夫   263

Chapter 38 切断联络   269

Chapter 39 母女战争   274

Chapter 40 装满毒虫的罐子   278

Chapter 41 荒谬之事   286

Chapter 42 别忘了我们   299

Chapter 43 完美计划   303

Chapter 44 大冒险游戏   308

Chapter 45 失踪儿童局   312

Chapter 46 电话   318

Chapter 47 真相   321

Chapter 48 错误   326

Chapter 49 我的格蕾丝   331

Chapter 50 陌生的女孩   336

Chapter 51 强劲的对手   343

Chapter 52 害怕   352

Chapter 53 深沉   355

Chapter 54 妈妈来了   359

Chapter 55 倾听   362

Chapter 56 两个妈妈   366

Chapter 57 易地而处   371

Chapter 58 逆转   374

Chapter 59 新生儿   376

Chapter 60 我的丽莉   384

Chapter 61 最喜欢的东西   388

Chapter 62 丢失的一部分   391

Chapter 63 忽然改变   396

Chapter 64 三人世界   400

尾声   402

第一部
诺艾尔

Chapter 1
致命的诱惑

北卡罗来纳州，威尔明顿市
2010年9月

诺艾尔

她坐在日落公寓小屋前廊的顶阶上，背靠着栏杆，凝望一轮满月。夜空下，铁兰的藤蔓顺着槲树垂挂下来，九月的风如丝般滑过肌肤，此情此景真叫人留恋。卧室里那些药片在召唤她，她强忍着不为所动。还不到时候，她还有时间，如果愿意的话，她可以整晚坐在这里。

她抬起一只胳膊，用指尖描画着圆月的轮廓。一阵烧灼感刺痛双眼，"我爱这个世界。"她喃喃道。

可那个秘密却突如泰山压顶般袭来，她不得不把手放回膝上，感觉沉甸甸的。早上醒来的时候，她还不知道今天就是她不堪重负的一天。就在刚才，她还一边哼着小曲儿，一边切着芹菜、黄瓜和番茄，好用来拌沙拉，脑子里还想着昨天刚出生的那个金发的早产儿——一个需要她救助的脆弱小生命。但是当她端着沙拉坐到电脑前，就觉得显示器里好像伸出两条强健的手臂，在死命地往下按她的头和肩膀，挤压住她的胸肺，让她吸口气都难。

屏幕上的字母每一笔，每一画都让她心神不宁，她知道时间到了。在关掉电脑的一刻，她突然不再害怕了——当然也不再惊慌。沙拉还在桌子上，几乎动都没动，反正现在她不用吃，也不想吃了。万事俱备，没什么难的，为了今晚她已经准备了很长时间。当一切就绪，她来到前廊，最后一次仰望月亮，最后一次感受如丝的微风，最后一次用眼睛、用呼吸、用耳朵拥抱这个世界。她没想过要改变主意，这个彻底解脱的决定让她如释重负，以至于在倒地之前，她的表情近乎微笑，而那时月亮正向对街的树丛后隐没。

Chapter 2
最熟悉的陌生人

塔拉

上楼叫格蕾丝吃饭已经成为我的习惯。我知道她肯定就坐在电脑前，耳朵上塞着耳机，这样即便我在厨房里叫她，她也听不见。她是故意这样做的吗？我敲了敲她的房门，没人应门，我就把门推开了几英寸。她在打字，她的注意力全集中在显示器上。"晚餐快好了，格蕾丝，"我说，"来帮我铺桌子吧。"

我们的金德利犬喳喳蜷在书桌下，软毛在格蕾丝光着的脚边蹭来蹭去。一听到我说"晚餐"，它马上跑到我身边来。我的女儿却不是。

"马上就好，"她说，"我得把这个写完。"

从我站着的地方看不见屏幕，但是我能确定她在打一封邮件而不是写作业。我知道她最近在学习上退步不少。很多孩子上了高中都会出现这种情况。格蕾丝曾是一个很优秀的学生，尤其在写作上，亨特中学没人比她更强。但自从山姆三月份去世后，一切都变了。春天时每个人都觉得应该让她宽宽心，我原想着秋天她就能恢复过来，没承想克里夫在进大学前又跟她分手了，直接让她陷入崩溃的边缘。至少，我确信这次情感上的打击让她更深地埋入自制的盔甲中。我怎么才能知道在她身上到底发生了些什么呢？她不会告诉我。女儿变得越来越神秘，就像一本打不开的书。我甚至觉得她只是一个住在楼上的陌生人。

　　我斜倚在门旁，仔细端详女儿。我们有着同样的浅棕色头发，挑染了同样的金色，但是她的头发长而浓密，柔顺闪亮，正显示了一位十六岁女孩的青春风采。而随着岁月更迭，我仅长及下颌的头发早就失去了光泽。

　　"我做了香蒜酱意大利面，"我说，"马上就能吃了。"

　　"伊恩还在这里吗？"她在不停打字的间隙飞快地向窗外瞥了一眼，我想她一定是看见了伊恩的雷克萨斯车停在路旁。

　　"他要留下来吃晚饭。"我说。

　　"他大可以搬进来了，"她说，"反正他一天到晚都在这里。"

　　我有些震惊。对于伊恩的来访，她以前从来没说过一句抱怨话。现在他不过是一周来一两次帮忙处理山姆的财产。"不，他不会的，"我说，"亲爱的，他在处理这些文件上出了大力。并且，他还要接手爸爸的所有案子，有些记录就放在爸爸在家的办公间里，所以……"

　　"无所谓啦。"格蕾丝一边打字，一边夸张地把肩膀耸到了齐耳高，好像这样可以阻挡住我的声音。她停下来思考了一秒钟，对着屏幕皱起了鼻子。然后她看向我。"你能让诺艾尔别再烦我吗？"她问。

　　"诺艾尔？你这样说是什么意思？"

　　"她总是给我发邮件。她想让我和珍妮……"

"珍妮和我。"

她翻了个白眼，我不禁吃了一惊。**真傻**。我想让她跟我说说这事。"她想让你和珍妮做什么？"我说。

"给她那个婴儿救助项目出点力。"她冲着显示器挥了挥手，"说什么'社工经历会为你们的大学申请添光加彩'这种话。"

"她这样说没错啊。"

"她就是个怪胎。"她又开始打字，手指在键盘上飞舞，"如果能用核磁共振将她的大脑与正常人的大脑做个比较，我确定两者肯定截然不同。"

我想笑。十有八九格蕾丝是对的。"不过是她把你带到这个世界的，对此我一直很感激。"我说。

"她从来不忘提醒我这一点。"

我听见楼下定时器响了。"晚餐已经好了，"我说，"我们下楼吧。"

"等我两秒钟。"她俯在键盘上，飞快地打着字。突然她叫了一声，用手蒙住脸，向键盘后面退了一步。"哦，不，"她说，"哦，不！"

"亲爱的，怎么了？"我走向她，似乎我能修补任何不对劲的事情，不过她挥手让我离开。

"没事。"她盯着显示器，"我还不饿。"

"你得吃饭，"我说，"你几乎都没再跟我一起用过晚餐。"

"我一会吃点麦片就行，"她说，"现在，我得做点修补工作。行吗？"她给我一个眼神，似乎是在说我们的谈话结束了，我点点头，往回走。

"好吧。"我说，又无助地加上一句，"如果有什么事情我能帮上忙，你就告诉我。"

　　"她不太舒服，"我回到厨房后对伊恩说，"而且她也没什么胃口。"

　　伊恩正在切拌沙拉用的番茄，他转过头看着我，说："也许我应该离开。"

　　"那不行。"我把香蒜酱倒在锅里沥干了水分的通心粉上，"总要有人帮我吃掉这些东西。"我不想让他走，有他陪着很安心。他是山姆的律师事务所合伙人，也是山姆交往了十五年之久的好朋友，我需要这样一个既了解山姆又喜欢山姆的人做伴。自从山姆去世后他就成了我的主心骨，从遗体火化到保险理赔再到我们的理财项目，他样样都帮得上。真不知道其他那些遭受重创却没有伊恩这样的帮手的人该如何度日？

　　伊恩把意大利面放在厨房的餐桌上，给自己倒了一杯葡萄酒。"我想她是在担心我会取代山姆的位置。"他说，用手捋了捋稀疏的金发。他是那种即便秃顶也很英俊的男人，当然他不会想看到自己秃顶。

　　"哦，不会的。"我说，但是我分明记得格蕾丝的确说过伊恩要搬进来的话。我应该问问她为什么这么说吗？估计她不会告诉我答案。

　　我隔着桌子坐在伊恩的对面，用叉尖挑起一根通心粉，但没有想吃的意图。山姆去世后我整整瘦了二十磅。"我想念我的小格雷西，"我咬了咬嘴唇，看着伊恩温柔的眼睛，"她小时候就像个小尾巴，在家里跟着我转来转去，还总是爬到我的腿上要抱抱。我常常唱歌给她听，还给她讲故事，还有……"我耸了耸肩，以前我知道怎么做那个小女孩儿的好妈妈，可是那个小女孩儿早就不在了。

"我想每一个家长在孩子进入青春期后应该都会有那样的感觉吧。"伊恩说。事实上他还没有孩子，不但如此，已经四十五岁的他至今还孑然一身。要在别人，这种状况肯定会引起诸多猜测，但是因为他是伊恩，所以我们能够坦然接受。有段时间他和诺艾尔走得很近，我想他大概还没完全从那段突然夭折的感情中恢复过来。

"山姆就知道应该怎么跟她交流。"说这话的时候，我听到自己的话语中流露出的沮丧和无奈。一提起格蕾丝我就会有种近乎绝望的感觉，"我那么爱她，但是她就好像是山姆一个人的女儿。他是我们……我们的翻译，我们的纽带。"这是真的，山姆和格蕾丝都是那种好静的人，根本不需要用言语来交流，"只要他俩坐在同一个房间，你就能在踏入房门的第一时间感觉到他们之间的那种联系，哪怕一个在玩电脑，而另一个在看书。你依然能有那种感觉。"

"塔拉，你真是个完美主义者，"伊恩说，"你想做一个完美的家长，但要知道根本就没有完美的家长这回事。"

"你知道他们喜欢一起做什么吗？"我不自觉地笑了笑，沉浸在回忆里，最近我时常会花大把的时间去缅怀那段日子，"有时候我开会回来晚了，一进家就看到他俩在客厅看电影，喝着他们自制的混合型咖啡。"

"山姆和他的咖啡。"伊恩哈哈大笑，"他一整天都喝个不停，他肯定有个铁打的肠胃。"

"就是让他这么惯的，格蕾丝还没到十四岁就对咖啡因上瘾了。"我咬了一口通心粉，"她想他想得发疯。"

"我也是。"伊恩说。他拨拉着盘子里的通心粉。

"而且没多久克里夫就跟她分手了……"我摇了摇头。我并不是要责怪克里夫。他要离家去上大学；长远来看这也许是对他们两人最好的选择。可是，我的宝贝女儿毕竟一直伤心到了现在。"我真希望她能像我一点，"我说，不过马上就意识到这种说法并不公平，"或者我能像她一点也好。我只是希望能跟她多一些共同点，可以一起做点什么，但是我们两个人总拧着劲儿。学校里的每个人都对此议论纷纷，我是说其他老师。我想，他们期待她能像我一样，也从事戏剧工作。"

"我想有条法令说一个家庭只能有一位戏剧女王。"伊恩说，我在桌子下踢了他一脚。

"我不是什么戏剧女王，"我说，"不过我倒是一直觉得戏剧这条路很适合她，不是吗？这能帮她解脱掉自我封闭的盔甲。她不太合群。"

"她只是好静而已，内向也不是什么罪过。"

当然，这不是什么罪过，但是跟那些痴迷交际到近乎病态的人一样是不正常的，我怎么都不能理解女儿为什么那么害羞。格蕾丝对所有两个人以上的社会活动都深恶痛绝，可是——就像我爸爸以前常说的——"塔拉能把死树说活。"

"对我和格蕾丝来说，山姆堪称完美，"我说，"他一半内向，一半外向。"可是现在山姆不在了，我和格蕾丝永远失去他了。看着坐在那里的伊恩，我突然间意识到山姆再也不会回来了。最近我总是被这个念头打击得措手不及，无论是在教室里给学生们分配角色还是洗衣服的时候。我知道他再也不会跟我做爱了，我再也不能跟他枕边夜话了，早上醒来后再也没有他的手臂环抱着我。他不仅仅是我的丈夫，更是我最最亲爱和最最熟悉的朋友，又有多少女人会对自己的丈夫有这样的感觉呢？

往洗碗机里放餐具的时候，我的电话响了，一时间"爵士春秋"的音乐振铃响彻整个厨房。我一边擦手一边看了看来电显示。"是艾莫森，"我对伊恩说，"你介意我接下电话吗？"

"当然不。"伊恩对他的黑莓手机痴迷更甚于我，自然没有抱怨的余地。

"嘿，默，"我对着话筒说，"有什么事吗？"

"你最近跟诺艾尔通过话吗？"艾莫森问。听起来她好像在开车。

"你是不是在开车啊？戴了耳机吗？没戴的话我就先挂了——"

"戴着呢，别担心。"

山姆出车祸后我就开始格外介意人们开车的时候用手机。

"最近几天你有没有跟她通过话呀？"艾莫森问。

"嗯……"我回想了一下，"大概三天前通过话？怎么了？"

"我正在去她家的路上，一直联系不上她。你记得她说过要出门或者什么的吗？"

我努力回忆最后一次跟诺艾尔通话的内容。当时我们在商量怎么跟艾莫森一起给婴儿救助项目的一名志愿者苏珊妮·约翰逊办一个大型的生日派对。办派对是诺艾尔的主意，而我则是为有事可忙而兴奋。"我不记得她说过要旅行的话，"我说，"她最近没出过门吧，是吗？"

伊恩一直看着我，他一定听出来我们说的是谁了。

"是好久都没出过门了。"艾莫森说。

"你听起来很担心的样子。"

伊恩碰了碰我的胳膊，用口型问是不是诺艾尔，我点了点头。

"我以为她昨天会来呢，"艾莫森说，"结果一直没露面。我必须……喂！"她突然卡壳了，"狗娘养的！不好意思，我前面的车不知道发什么神经突然停住了。"

"拜托你小心点啊，"我说，"还是先挂了吧。"

"不用不用，我没事。"我听到她松了一口气，"不管怎么样，我们一定有些情况没搞清楚，不过我现在就是联络不上她，所以想在从'热辣'回家的路上顺道去看看。""热辣"是艾莫森新开的一家咖啡店，坐落在江岸。

"也许她出去募集婴儿善款了。"

"也许吧。"

艾莫森还是很担心的样子。她心地善良又体贴入微，所有人提到她的品性都会竖起大拇指。珍妮这一点随了她妈妈，而我很高兴我的女儿和我好朋友的女儿也那么亲密无间。读大学的时候我跟艾莫森就是室友，现在这层关系变得更加牢固，无惧岁月侵蚀。

"我现在到日落公寓了，转个弯就是诺艾尔家那条街，"艾莫森说，"我们一会儿再聊？"

"代我问诺艾尔好。"

"没问题。"

我挂了电话，看向伊恩："诺艾尔本来约好了昨晚去艾莫森那里，结果一直没露面，所以默要顺道去她家确定一下没出什么事。"

"原来如此，"他说，"我相信她不会出事。"他看了看表。"我该走了，你拿些东西上去给格蕾丝吃吧。"他俯身亲了亲我的脸，"谢谢你请我吃晚饭，过两天我会把山姆的其余资料分拣出来，可以吧？"

我目送他离开，然后想给格蕾丝热一盘意大利面，但是不确定她要不要吃，我真的无法承受一晚上接二连三地遭遇她的冷漠。我决定还是先清理花岗岩厨房台面，这工作让我的心情渐渐平复下来，直到冰箱磁贴上的全家福闯入我的眼帘。那是一年多前一个夏末的傍晚，山姆、格蕾丝和我站在滨河步道上照的。我背靠着厨房的岛台，凝视着我的小家庭，真希望自己能将时间逆转。

打住吧，我对自己说，然后继续清理台面。

我想象艾莫森已经到了诺艾尔家，也捎去了我的问候。我每周最少跟诺艾尔通一次电话或者电邮，但却好久没有见面。最后一次她出现在我家门前还是七月底的一个周六晚上，当时格蕾丝跟珍妮和克里夫出去了，而我正在书房整理山姆的办公桌。对我来说，这工作的每一个细节都让人痛彻心扉，因为我正在触碰的每一样东西都是山姆不久前刚刚碰触过的。我把几大摞纸整整齐齐码放在地上，打算留给伊恩，因为我自己弄不清楚这些文件和信笺会和山姆手上的哪些案子有关。其实，伊恩在整理山姆这些文档的时候也是摸不清门道。山姆很邋遢，桌子总是乱得一塌糊涂，最后我不得不跟他达成一条协议，那就是只要别让我看见，他愿意把桌子弄多乱就弄多乱。而如今，只要能马上看到那一团乱，我愿意付出任何代价。

我是事后才知道那天晚上诺艾尔造访的真正原因。她从艾莫森那儿得知格蕾丝跟珍妮要出去，怕我会在那个全世界人人都成双配对的星期六晚上落单。其实整个暑期都很难熬，因为我再也没有办法用繁忙的教学工作来麻痹自己，社区剧院的排演活动我也没有参加。诺艾尔心知肚明，她一来就要目睹我的悲伤、沮丧或者暴躁——总之是那些除了她以外，别人都难以包容的情绪宣泄。她包容我们所有人，为我们每一个人而活。但是扪心自问，我们是否也曾如此对她呢？

她在双人沙发上坐下，问我最近怎么样，我颓然跌坐在山姆的办公椅上。平时不管别人什么时候问我这个问题，我都会回答"很好"。但是在诺艾尔面前似乎没必要掩饰，她不会相信的。

"每个人在我面前都一副如履薄冰的样子，好像我随时都会垮掉。"我说。

诺艾尔当时穿了一件蓝绿色的佩斯利花纹的长裙，戴了一副大大的环形耳坠，看起来有一点像红褐色头发的吉卜赛女郎。她有一种不同寻常的美，皮肤苍白，但却清澈透明，眼睛蓝得耀眼，开口大笑的一瞬间会露出洁白整齐的牙齿，不过有一点点反颌①。她比我年长几岁，最近我发现她长长的鬈发间偶尔闪烁出几缕银光，那是新生不久的白发。我从上大学的时候就认识她，尽管她略显苍白的皮肤呈现出一种特别的美，很多男人却难以注意到她。当然也有少数例外，比如那些多愁善感的男人，诗人和艺术家，电脑迷什么的，他们在路上与她擦肩而过的时候甚至会痴迷到绊到她的脚。这种情况我见了不止一次，而很久以前，伊恩也是她的崇拜者之一。

---

① 此为医学用语，就是人们俗称的"地包天"或者"兜齿"。

——译者注（后文注解如无特别说明，均为译者注。）

那晚在我家，诺艾尔踢掉凉鞋，盘腿坐在双人沙发上。"真的吗？"她问我，"你真的要垮了吗？"

"或许吧。"

她跟我聊了很长时间，就像一个经验丰富的心理辅导师一样，引导我将各种情感梳理清楚。我聊起了我的伤心和失落，还聊起了心里的莫名怒火，为山姆离我而去，为额头多的几条皱纹，或者是为前途未卜。

"你有没有想过找一个遗孀互助组织？"过了一会儿她问道。

我摇了摇头。一想起遗孀互助组织我就不寒而栗，我不想混在一群有同样遭遇的女人中间。那样的话，我就会一直消沉下去，再也没有振作的一天。我心里有道拦洪的闸门，我不敢开启。

"当我没说吧，"诺艾尔自己掉转了话头，"那对你也不合适。虽然你很开朗，但是并不开放。"她以前有一次也这么形容过我，让我觉得很排斥。

"我对山姆就很开放。"我反驳道。

"是啊，"她说。"对山姆敞开心扉很容易。"她望向漆黑一片的窗外，仿佛陷入了沉思，我记得她在山姆葬礼上的颂文，她说：山姆是最好的聆听者。

她说的没错。

"好想念跟他无话不谈的日子。"我看向地板上那几摞纸卷，还有他办公桌上的电动订书机和四本便笺贴。我耸了耸肩，"我就是想他。"我说。

诺艾尔点了点头："你和山姆……我不知道该不该用'心心相印'这个词，太老套，而且我也不怎么相信。但是你的婚姻的确超乎想象，他是那么全心全意地爱着你。"

　　我抚过他的键盘，那上面的 "E" 和 "D" 两个键磨损得很厉害，有些泛光，字母都看不清了。我用指尖在光滑的塑料表面来回摩挲着。

　　"你还是可以跟山姆对话的，你知道。" 诺艾尔说。

　　"你说什么？" 我大笑。

　　"别告诉我你没这么做过，我打赌你一个人的时候一定跟他说过话。那很自然，比如说'可恶，山姆！你为什么丢下我？'"

　　我又看了看键盘，开始担心那道拦洪的闸门。"我确实没有。" 我撒谎道。

　　"但是你可以的，你可以告诉他你的感受。"

　　"为什么？" 我有点生气了，诺艾尔总是喜欢按她的想法推动事情发展，"那样做有什么意义呢？"

　　"我是说，你并不知道他是不是在某种程度上依然能够接收到你的信息。"

　　"我当然知道，他不能。" 我把两臂环抱在胸前，将椅子转向她，"从科学的角度上讲，他不能。"

　　"科学每时每刻都有新的发现。"

　　我当然不能告诉她，在我吃早饭或者开车去学校的时候，有时的确能听到他的声音，清晰得仿佛他就坐在我身边，我怀疑他是不是想用这种方式与我取得联系。没有旁人的时候，我会大声地跟他聊上好久。我喜欢有他在的感觉，尽管我并不相信那个世界的人们有这种穿越能力，但是万一他们真的有这个能力，而他又确实在努力尝试，我又怎么能视而不见呢？可是，跟他对话让我觉得自己就像个疯子，我害怕自己真的疯掉。

　　"你一直都害怕会像你母亲一样出现精神问题，" 诺艾尔说，好像她能读懂我的内心，我怕的就是她这一招，"我想这才是你最惧怕的地方，但是我很清楚你的心智有多正常。"她站起来，把双臂伸展过头顶，深深地吸了一口气。"你母亲那是吃药的副作用，"她一边说，一边把又细又长的胳膊放回身侧，"你不是，也永远不会那样。"

"我心里有道防洪的闸门，"我在椅子上抬起头看着她，我不想让她走，"我不敢开启。"

"你不会就那样沉溺的，"她说，"你的字典里没有沉溺这两个字。"她弯下身拥抱我。"我爱你，"她说，"只要一个电话我就会赶到你身边。"

直到我把花岗岩操作台擦得又光又亮，明晃晃地折射出吊灯的光，才敢再去看冰箱上的那张全家福。诺艾尔在七月那个炎热而又痛苦的夜晚成功地带我走出大片阴霾，但是我还有一块掩藏得很深的心结，不为人知：那就是我不知道如何面对女儿。

照片上格蕾丝微笑着站在我和山姆中间，只有明眼人才会注意到她的身体是在倾向山姆，跟我则保持了一段距离。他走了，留下一个孩子与我相依为命，可是我却不知道如何当好这个孩子的妈妈。我是那么渴望了解这个孩子，但是她不肯让我进入她的世界。不但如此，我在这个孩子眼里几乎一无是处。

他留下我与楼上的那个陌生人相依为命。

Chapter 3
永远离开的朋友

艾莫森

诺艾尔那辆快要报废的汽车就停在她家的车道上，我把车停在了它后面。天光已经暗下来，不过我依稀还能看清保险杠贴纸上的那些字。"和平共处"，"没有湿地=没有海鲜"，"加入开普菲尔河保护组织"，"素食主义？"，"还我助产士!"。诺艾尔就是这么一个充满激情的人，她把内心的想法用标语口号的形式贴在车尾的凹陷处，好让全世界都能看见。总有一些好事之徒故意在等红灯的时候把车停在她旁边，竖起手指冲她比画扣动扳机的样子，她则毫不客气地竖起中指还击。那是诺艾尔的另一面。

大概一年前她放弃了助产士的工作，决定专注于婴儿救助项目，尽管这意味着她将不得不靠积蓄过日子。与此同时，当地的妇产中心也吵吵嚷嚷地要解散助产士队伍，于是诺艾尔应势而退，尽管那感觉有点壮士断腕的无奈。诺艾尔想做的事情太多了，除非她会分身术，不然根本无法兼顾，更不可能把世界打造成她希望的那个样子。

虽然时下经济不景气，而且"热辣"需要启动资金，但是我和泰德还是决定停收诺艾尔的房租，反正我们暂时还不需要送孩子上大学。这座建于1940年的破屋还是泰德在我们婚前不久买的，卖主把价格定得很低，几乎是半卖半送，但是我始终觉得泰德买下它是昏了头了。那房子看起来就像是从1940年后再没人打理照看过。前院倒是堆满了东西，不过就是一个破烤架，两只自行车轮胎，一个坐便器和乱七八糟的一些小物件儿。泰德是个房地产经纪人，他的水晶球预言日落公寓一带很快就会再续辉煌……还真让它说对了。那地方最后的确大变样了，但是只有诺艾尔的小屋还是一副可怜兮兮的模样。烤架和坐便器倒是不见了，但是周围的灌木已经濒临绝迹。等她搬走后——如果有那么一天的话——我们必须要对那地方做一次彻彻底底的翻修，到那时我们就能盈利了，现在让她只负担自己的水电气费应该不是太难的事。

泰德在听到"给诺艾尔免租"的提议时居然镇定自若，事实上当时他一直在为我的咖啡厅投入资金，我们一直为此节衣缩食。开咖啡厅是我很早就有的念头，而且总是幻想人们排着队等我精心烹调和烘焙的食物，就像那些幻想一睁眼就看到马修·麦康纳在枕边的女人一样。好消息是"热辣"已经开始走上正轨，吸引了本地商业区一批铁杆老顾客，旅游旺季的时候我甚至要雇帮手。不过这样一来，泰德等于是要同时负担我的咖啡厅的正常支出和给诺艾尔免租所带来的机会成本。

站在诺艾尔杂草丛生的车道上，能看到后院最左边的角落，那里种着一片花草。诺艾尔并没有花很大精力布置房子，所以四周也一直是破破烂烂的，但就在很多年前她突然在那个角落开辟了一小块漂亮的花圃，让我们大吃一惊。这块花圃很快成为她众多嗜好中的一个，通过对植株的仔细研究，她居然能让那里几乎一年四季都有花开。她有一个搞雕刻的朋友，给她在花圃正中央做了一个小鸟浴盆当装饰，精细得就像是博物馆里的珍藏。圆盆本身只是很常见的石制的那种，但是盆边上用青铜做了一个光着脚的小姑娘，正踮起脚尖扒着盆边儿去够盆里的水。小姑娘的衣服和头发都被吹到了后面，给人感觉她身边正掠过一股轻风。很多人都知道那个圆盆，还有些记者想要给它拍照，以那个雕刻家为题写文章，但是诺艾尔一一谢绝，她怕招来小偷。诺艾尔为了帮助别人，什么东西都舍得奉献，但唯独不愿意让人糟蹋她的小花圃。她像其他女人照顾自己的孩子和丈夫一样照顾着那一小片园地，浇水、护根、剪枝，简直呵护备至。

房屋外面的蓝色墙皮已经剥落退色，像是旧牛仔裤的膝盖部位，在落日的映照下那颜色甚至有点恶心。我沿着破破烂烂的通道走上前廊，看到门边的信箱已经被塞满，有几封信是一半里一半外地插在上面，虽然天气很暖和，但是一股寒气窜上了我的脊背。一定出事了。本来诺艾尔约好了前一天来我家吃晚饭，并且带布料给珍妮，让她帮着做婴儿救助项目用的毯子，结果没料到她居然爽约了。诺艾尔绝不会忘了这事，而更让我担心的是她连我的短信都不回。昨晚我发了一条给她，说"我们先吃了，不过会留一份，等你来了热给你吃"。十点左右的时候我又发了一条："只是想跟你确认一下，我以为你会过来，但是也许我弄错了。请让我知道你一切都好。"最后一条是今天早上发的："诺艾尔？一直没收到你的回信。你还好吗？爱你。"到现在她依然没回复，所以当我顺着台阶走上前廊的时候，心里的恐惧感愈加强烈。

我按下门铃，隔着单薄的窗玻璃能听到铃声在屋子里回荡。

我一边敲门一边试着推开，但是门锁死了。我本来是有一把这里的钥匙的，不过放在家里，没想着带过来。

我走下台阶，沿着通道穿过狭窄的侧院，来到后门。她后廊的灯还亮着，我又试着推后门，也是锁着的。透过门边的窗户，我看见诺艾尔的提包放在厨房那张又破又旧的餐桌上。那提包她总是随身带着，是红褐色单肩皮包，样子不怎么好看，但大到装得下你一半身家。我记得珍妮还在蹒跚学步的时候，诺艾尔就曾从那包里掏出各种玩具送给她，可想而知那个包跟她已经好久了。诺艾尔和那个包几乎形影不离，红褐色头发配红褐色提包。可以说包在哪里，诺艾尔就在哪里。

我使劲儿敲着窗户："诺艾尔！"

"艾莫森小姐？"

我转过身，看到一个十岁左右的女孩正穿过院子朝我走过来。这时候天色正迅速暗淡下去，所以我看了足足一分钟才发现她怀里抱了一只猫。

"你是……？"我瞥了一眼隔壁的房子，那里住了一家非洲裔的美国人，他们有三四个孩子。虽然以前见过他们，但我还是叫不出名字来。

"我是莉比，"那女孩儿说，"你是要找诺艾尔小姐吗，她昨晚突然有事出门了。"

我笑着松了口气。原来她是出门了，那留在家里的提包和汽车就说明不了什么问题了，不过等她回来，我还是要搞清楚发生了什么事。这时候莉比的一只脚已经踏上后廊的台阶，灯光照在她怀里的花猫上。我凑近了问："这是补丁吗？"

"是啊，夫人。诺艾尔小姐这次让我把它带回家照顾。"

"她去哪儿了？"

"她没说，妈妈说她本该告诉我们她去哪儿的。"她挠了挠补丁的头顶，"我帮着照顾过补丁几次，不过都是在诺艾尔小姐家里。所以妈妈觉得这次诺艾尔小姐可能要离开挺长一段时间，这以前也有过，但是她没说她什么时候回来，也不肯接手机，这就不太妥当了。"

到底发生了什么事？

"你有这房子的钥匙吗，莉比？"我问她。

"我没有，夫人，但是我知道她放在哪儿了，那地儿只有我知道。"

"麻烦你指给我看。"

莉比带我穿过草地，往小花圃的方向走去，我们的影子在前面被拉得又细又长。她径直走向小鸟浴盆，在青铜小姑娘脚边拿起一块石头。

"她就把钥匙放在这块石头下。"莉比小声告诉我，把钥匙递给了我。

"谢谢。"我说，然后我们走回大门。在台阶上我停住了脚步，里面应该能找到些线索，让我猜到诺艾尔去了哪儿，为什么没背上她的大提包，还有为什么没开车。我的心里又充满了刚来时的那种不祥的预感，我转向那女孩儿："亲爱的，你先回家吧，"我说，"请把补丁也一起带回去，我会想办法弄明白发生了什么事，然后再告诉你，好吗？"

"好的。"她慢慢回转身，似乎不太确定把钥匙留给我是否稳妥。我目送她穿过院子回到自己家。

钥匙上面覆满了灰尘，我干脆用T恤擦了擦，这时候我什么都不在乎了，只想弄明白诺艾尔到底出了什么事。我打开门，走进厨房。"诺艾尔？"我在身后关上门，还特意上了锁，因为我开始有点疑神疑鬼了。她的皮包松松垮垮地堆在桌子上，车钥匙在水池和灶炉之间的操作台上，补丁的饭碗和水碗倒扣着放在操作台上的一块擦碗布上。水池很干净，里面什么都没有。厨房整洁得不太正常，诺艾尔可是随便走过就能把屋子弄得一团糟的那种人。

我朝着客厅的方向走，一路经过满满登登的书架，塔拉和山姆几年前买了大屏幕彩电后送她的旧电视，还有磨损很厉害的褐色沙发。电视前面有两个婴儿车，还有三个汽车安全椅放在一些纸箱上，箱子里装的应该都是婴儿用品。那把扶手椅上堆了更多的纸箱，摇摇欲坠。这才像是诺艾尔的地盘。沙发上方的墙面挂着两个镜框，一个放着珍妮和格蕾丝的合照，另一个则是诺艾尔妈妈站在一个花园门前的黑白照片。每次看到这两张照片我都会很感动，诺艾尔把孩子们的照片和她妈妈的放在一起，说明她把我和塔拉的女儿也当成了家人。

这房子一共有两间卧室，我走过第一间，那是她用来做办公室的。这里跟客厅一样，快被各种各样的箱子和袋子塞满了，她的书桌几乎被纸张和书籍淹没了……不过上面居然放了满满一大碗莴苣番茄沙拉。

"诺艾尔？"这房子里死气沉沉的寂静吓到了我。难道是洗澡的时候滑倒了？如果那样的话，她又怎么会告诉莉比帮她照顾补丁呢？我走到她的卧室，透过敞开的房门，我终于看到她了。她仰卧在那里，双手交叉叠放在两肋，一动不动，安静得就好像在沉思，但是她蜡黄的面色和床头柜上的一排药瓶告诉我不是那么回事。我无法呼吸，身子也动弹不得。我没想到会是这样，我不明白为什么会这样。不可能的，我在心里念着。这不可能。

"诺艾尔？"我往房间里迈了一小步，动作小得就像在试探池子里的水温。但是接下来我马上被现实击醒，几乎是向前冲了过去。我抓住她的肩膀使劲摇晃，她的发丝纷纷滑过我的手背，感觉依然那么鲜活，但除此之外，她已经毫无生气。"不，不，不！"我哭喊着，"诺艾尔！不！别这样！求你了！"

我抓过其中一个空药瓶，可是标签上的字一个都看不进去，我恨死了这个瓶子。我把它扔到了房间的另一边，然后跪倒在床边，把诺艾尔冰冷的手牢牢握在我的两手间。

"诺艾尔，"我低声呼唤，"这是为什么啊？"

一个人在感情崩溃的时候什么都有可能忽略。我旁边的床头柜上就放了一张她留的字条，我还越过它去够她的手机打了求救电话。手机离她这么近，她本来可以打给我或者塔拉，可以告诉我们，"我刚做了件蠢事，快来救我。"但是她没有，她根本就没有过求救的念头。

警察和急救人员蜂拥进房间的时候，空气和空间都变得紧张起来，我眼前模糊着一片蓝色和灰色的海洋。有人从厨房拿了一把直背椅，我就坐在上面，始终握着诺艾尔的手，听急救人员宣布她已死亡并等验尸官到来。警察连珠炮一样地朝我发问，我一一作答。那位惠特克长官我认识，他每天一大早都会来"热辣"点上一份加热的木莓奶油乳酪羊角包和香蕉核桃松饼，我每次都把店里最浓的咖啡给他倒上满满一大杯，然后看着他把五包糖一股脑儿倒进去。

"夫人,你有没有打电话告诉你家先生?"他问道。尽管我不止一次地让他叫我艾莫森,但他还是称呼我为夫人。他四处查看诺艾尔这间幽闭得让人恐怖的屋子,摸了摸墙上相框里她妈妈的另一张照片,还有窗户下面小书架上一本书的书脊,又研究了一下柜子上的针线包,仿佛那样就能找出这件事的真相。

"我打过了。"大队人马到来之前我就打过电话给泰德,当时他正带人看房子,所以我只好留了一条信息。他肯定还没收到它,否则一定会在听到我中风一样结结巴巴说话的第一时间就打回给我。

"她家里还有什么亲人?"他问。

哦,不。我想到了诺艾尔的妈妈。只能让泰德打电话去通知她,我肯定做不到。不单是我,塔拉肯定也做不到。"她妈妈,"我小声说,"她已经八十多岁了……身体也不好,住在夏洛特的一家养老院里。"

"你看过这个吗?"惠特克警官用戴着手套的手从诺艾尔的床头柜上拿起那张小纸片,递过来给我看。

艾莫森和塔拉:

很抱歉。请代为打理我的花圃,还有,一定要照顾好我妈妈。我爱你们所有人。

"哦。"我闭紧双眼,"哦,不。"字条说明这一切都是真的。而在这一秒之前,我还努力不去想"自杀"这个词。现在证明的确如此,我感觉到那些字在我脑子里迅速胀大。

"这是她的笔迹吗?"惠特克警官问道。

我微微睁开双眼，透过缝隙扫了一眼那字条，因为我不敢再逐字逐句地看一遍。那些略微倾斜的潦草字迹一般人很难看懂，但是我太熟悉了。我点了点头。

"她有抑郁症吗，夫人？你了解什么情况吗？"

我摇头。"不，我什么都不知道。"我抬头看向他，"她热爱她的工作。她绝对不会……难道她生病了但是没告诉我们？还是有人杀了她却故意布置成自杀的样子？"我又看了一眼那字条，还有那些药瓶。瓶身的标签上有诺艾尔的名字，有个急救人员注意到有些处方是几个月前开的，但是另一些却是几年前的。难道她一直在存积这些药？

"她最近有没有提到过她的健康问题？"惠特克警官又问，"比如说预约医生什么的？"

我揉搓着前额，努力想唤醒自己的记忆。"很久以前，她在一次车祸中背部受伤，但是这几年她都没念叨过伤口痛。"我说。当时她带了很多药回家，我们都很担心那些瓶瓶罐罐，但这已经是很久以前的事了。"如果出了什么问题她会告诉我们的。"我的语气充满自信，惠特克警官把一只手轻轻放在我的肩头。

"夫人，人们有时候会在内心深处封存一些东西，"他说，"即便是最亲近的人，我们也无法说完全了解。"

我看着诺艾尔的脸，那么美，但却已经是一具空壳。她再也不会回来了，我好像已经忘记她微笑的样子了。这样毫无道理啊，我暗想。她有那么多想做的事还没做呢，这一切都很难让人接受。

我必须给塔拉打个电话，因为我根本没办法独立处理这一切。我和塔拉要想好接下来该怎么办，要把发生过的事拼接还原，凭着我们两个，一定可以把诺艾尔的事查个水落石出。

可是，我面前就横陈着一个反例——对这个已经永远离开我们的朋友——我们其实一无所知。

Chapter 4
转变人生的夜晚

北卡罗来纳州，罗伯逊县
1979年

诺艾尔

她是个夜猫子。仿佛不甘心就这么放手让白天离开，她总是读书到凌晨——这件事她妈妈一直都不知道——或者在外面溜达，有时候就躺在那张老吊床上，透过层叠的树枝空隙找星星。她这辈子都没改掉熬夜的习惯。妈妈说那是因为她正好出生在午夜，所以分不清黑夜和白昼。而诺艾尔自己则认为那是因为她有八分之一的拉姆毕族印第安血统，在她的想象中，拉姆毕族人为了防御外敌入侵，在夜里要一直保持警惕。妈妈说她还有一部分荷兰血统和八分之一的犹太血统，她就喜欢把自己继承的这些血统讲给她的同学听，然后看她们吃惊的样子，就好像北卡罗来纳州的乡巴佬看到外国货一样。妈妈有时候不过是编了故事给她听，但是诺艾尔早就学会只选她愿意相信的那一部分来吸收。

一个夏天的深夜，她正躺在床上读《指环王》，突然听见碎石铺就的车道上传来一阵急促的脚步声。有人冲她家的方向跑来。她关掉灯，从开着的窗户向外看去。借着满月的光，她看见车道上倒放着一辆自行车，轮胎和把手歪斜着，就好像刚被东北风摧残过。

"助产士？"一个男人的声音喊起来，诺艾尔听见自己家的前门被砸得砰砰响，"助产士？"

诺艾尔穿上短裤，一边把紧身背心塞进裤腰，一边冲进铺着松木地板的客厅。

"妈妈？"她一边往大门跑一边冲她妈妈的房间大喊，"妈妈！快起来！"

她迅速按下门廊灯的开关，把门打开。一个黑人男孩站在那儿，大大的眼睛里满是惊恐，一只拳头还停在半空中，准备再一次砸门。诺艾尔认出他了，好像叫詹姆士。他比她大几岁——大概十五？——以前常常在学校里见到，不过从去年开始就再没见过。他是个寡言少语又怕羞的男生，她有一次无意中听到有个老师说他还是有希望顺利毕业，甚至去上大学的。要知道学校里有太多的孩子，黑皮肤的，白皮肤的，还有拉姆毕族的，不是每个人都能得到这样的期许。但是那以后他就消失了，诺艾尔也再没想起他。直到现在。

"我要找你妈妈！"他整个人都那么紧张，就好像要越过她直接冲进屋内，"她是助产士，对吧？"

"好像是。"诺艾尔很排斥这个。她不想让大家知道她妈妈的职业。当然，每个人都知道，但是诺艾尔不想那么直接就说出来。

"你什么意思，'好像是'？"詹姆士推揉着她的肩膀，力气大得让她差点站不稳，不过她并没害怕。害怕的那个人是他，就是因为太害怕，太惊恐，所以才会对她下手这么重。

　　"把她放开！"妈妈披着一件睡袍，不慌不忙地走进客厅，"你干什么呢？诺艾尔，把门关上！"她抓住门想把它推上，但是诺艾尔紧紧握着门把不放。

　　"他说要找助产士。"她说，听到这话，妈妈不再推门，看着那男孩儿。

　　"是你要找吗？"她的语气似乎不太相信他。

　　"是我，夫人。"现在他貌似有点后悔刚才的举动了，不过诺艾尔看得出他的身体因为竭力想表现出礼貌的样子而有些发抖，毕竟他内心真正想做的是呼喊和恳求，"我姐姐要生了，可是我们不知道该怎么办——"

　　"你们是住在河边的那栋房子里吗？"妈妈眯着眼看向他的身后，仿佛真的能穿透漆黑一片的树林看到他家的房子。

　　"是的，夫人，"他说，"您现在能来吗？"

　　"我们家的车启动不了。"妈妈说，"你们打急救电话了吗？"

　　"我家没有电话。"他说。

　　"你妈妈陪着她吗？"

　　"没人陪着她！"他像个不耐烦的小孩子一样跺着脚，"求您了，夫人，您来一趟吧！"

　　妈妈转向诺艾尔："你去打个急救电话，我去穿衣服。今晚你跟我一起去，我可能会需要你帮忙。"

　　以前有人打电话来的时候她可从来没要诺艾尔跟她一起出去过，但是今晚的整个情况不同以往。这还是第一次有附近的人在凌晨两点跑来敲门。以前有时候半夜会接到个电话，然后诺艾尔就听见妈妈出门，她知道她要自己做早餐和准备上学用的东西。

大概在她下午放学回家之前妈妈才会回来，不过她从来不问东问
西。诺艾尔对这些事并不关心。她觉得读书要比研究妈妈的起居
坐行更有趣。妈妈年纪很大，已经五十二岁了，暗灰色的头发间
看得见丝丝缕缕的白发，眼角和脖颈都长出了皱纹。她比诺艾尔
那些同学的妈妈们要老很多，以至于人们经常误以为她是诺艾尔
的奶奶。她那些朋友们的妈妈都把指甲保养得很好，一个个涂着
指甲油，抹着口红，还专门跑去兰伯顿的美容院做头发。诺艾尔
一直都为她妈妈的年纪和格格不入的言行感到尴尬，但是当她拨
通急救电话后努力描述詹姆士住处的时候，她并不知道她对妈妈
的看法很快就会改观。

　　她从来都不知道妈妈可以跑得这么快。她们是跟着詹姆士的
自行车跑下那条土路的，妈妈即使背着蓝色帆布的工具包，也还
是跑在了她的前面。空气中弥漫着浓重的河水的味道，路两侧的
榆树上垂挂着铁兰的藤蔓。她们转上河边的小路，有些藤蔓扫过
诺艾尔的双肩。小时候妈妈给她讲过一位拉姆毕族印第安酋长的
故事，说他的妻子对他不忠，于是他斩断她的头发，缠绕在树枝
上，结果头发就在那里生长繁殖，并很快覆上旁边那些树的树
枝。诺艾尔想不明白这跟西班牙①有什么关系，不过她喜欢把那位
印第安酋长的妻子想象成自己失落已久的祖先之一。

　　诺艾尔和妈妈跟着詹姆士绕过小路的最后一个弯。月光摇洒
在那个墙皮斑驳的小白房子上，不过早在这一切映入眼帘之前，
就已经可以听到阵阵尖叫。那动静与其说是人的尖叫，不如说是

----

① 铁兰又叫西班牙苔藓。

动物的嘶吼，就像把利剑一样刺透阴冷的空气。那些叫声促使她妈妈跑得更快了，但是诺艾尔却渐渐慢下脚步，有点退缩。分娩对她来说并不算完全陌生，以前家里的母猫生下小猫的时候她就见过，但是这样的尖叫她却从来没听过。

"你们的爸爸妈妈呢？"詹姆士把自行车扔在地上的时候她妈妈问。

"妈妈去兰伯顿了，"他一边扭头回答，一边拧开房前那扇破门的把手，"她姐姐病了。"

他一直不提父亲，诺艾尔的妈妈也没问。他们跑进那座房子，里面只有两间小矮屋，第一间兼做厨房和客厅，一侧放着一张沙发，另一侧是水池、炉灶和只有正常尺寸一半大小的冰箱。不过诺艾尔的妈妈似乎根本没心思注意这间屋子的状况，而是循着哭号声来到第二间屋子，一个骨瘦如柴但是肚子又圆又大的女孩儿仰躺在一张双人床上。她应该只比诺艾尔大两岁，腰部以下什么都没穿，绿色的T恤拉到了胸部以上。她双膝弯曲，两腿之间鼓起个又大又黑的东西。

"哦，我的天啊，已经露头了！"妈妈说。她转向詹姆士下命令："把你们家的锅碗瓢盆都接满水，放火上烧开！"

"是，夫人！"詹姆士消失在屋外，但是诺艾尔还僵立着，呆呆地看着那女孩儿的身体。这不正常，对吗？她的模样和声音给人感觉她快被撕成两半了。

"好了，亲爱的。"妈妈开始从包里往外掏东西，同时对那女孩儿说，"别使劲儿推。我知道你有种要推它出去的感觉，但是先别使劲儿，好不好？我会帮助你，一切都会好起来的。"

"不……好！"那女孩儿号着，"我一点都不想要这孩子！"

"好吧，可是不管怎么样，几分钟后你都会有个孩子的。"妈妈转向诺艾尔说，"给我把房子里所有干净的毛巾和布都找来，"她一边说着话一边给那女孩的细胳膊上缠血压袖带。"用那男孩儿烧的水弄块热湿布来给我。"

诺艾尔点头，然后开始在卧室的小衣橱里翻找，从几个搁架上抓出叠放整齐的毛巾、床单和枕套。在另一间屋子里，她发现詹姆士正手忙脚乱地在炉子边用大大小小的锅烧水。

"我要把这个在热水里蘸湿。"诺艾尔指了指那些锅，"哪个是最热的？"

"应该是这个吧。"他冲离她最近的那个点点头，她把毛巾放进水里，然后在水池里拧了拧，捧回卧室。

妈妈展开一条床单放在女孩儿臀部下面，然后用那块热毛巾包住婴儿头上那圈奇形怪状皱巴巴的皮肤。诺艾尔俯身小声在妈妈耳边问："这样正常吗？"她手指着那女孩儿的两腿之间，妈妈拨开她的手。

"完全正常，"妈妈大声说，诺艾尔知道她在回答这问题的同时也是为了给那女孩儿信心，"你怎么不去帮帮那男孩？"她建议道。

诺艾尔摇摇头："我想留在这儿。"

"那就找把椅子坐吧。"妈妈冲那女孩点了点头，"让她抓住你的手。"

诺艾尔从客厅拖过一把直背椅，来到床边。那女孩一直用拳头死死抓着床垫的一角，诺艾尔笨手笨脚地掰开她的手指，让它们握住自己的手。那女孩使劲儿捏住她的手指，眼泪从脸侧奔涌而下，额头布满细密的汗珠。她的肤色比詹姆士浅一些，尽管她的脸因疼痛而扭曲着，诺艾尔还是看得出她很漂亮，也很害怕。

她凑近了些，用指尖拭去那女孩儿的眼泪。"你叫什么名字？"她问。

"碧伊，"那女孩儿小声说，"我要死了，是不是？这孩子会要了我的命？"

诺艾尔摇着头。"不会的，"她说，"我妈妈——"

碧伊又尖叫了一声，打断了她的话，"我要被撕裂了！"她哭号着。

"亲爱的，还没哪个女人就这么被撕裂呢，"诺艾尔妈妈说，"你有被拉伸的感觉是因为你需要如此。"

"我这里跟着了火一样！"碧伊说。她放开诺艾尔的手，伸到两腿之间。当触碰到下面那个东西的时候她的眼睛瞪得老大，不过诺艾尔这个角度看不到那里。"我主耶稣！"碧伊喊，"我主耶稣，救救我！"

"是啊，我主耶稣，"诺艾尔那个犹太拉姆毕荷兰混血的妈妈大笑着说，大概这是她有生以来第一次说这几个字。"亲爱的，只要你需要，你的主耶稣就在这里。"她抬起头，"诺艾尔，你想不想亲眼看到这个婴儿出世？"

诺艾尔站起身走到床的另一头。那个黑色圆圈这时候变得更大了，她屏住呼吸，很想知道妈妈会怎样把婴儿从枯瘦如柴的碧伊身体里弄出来。突然，碧伊爆出一声短促的尖叫，一个黑头发黑皮肤的小脑袋就从她的身体里挤了出来。

诺艾尔惊讶地喘着气。

"太漂亮了！"她妈妈说，"你干得很漂亮。"她把两只手分别放在婴儿头部的上方和下方，但是并没有碰到它，也没碰到碧伊，就那么举着两只手，好像在半空中施展法力给那颗头助力一样。这时候婴儿的头已经转过来，诺艾尔能看到婴儿的小脸皱成一团，就好像这个分娩过程他（她）也跟碧伊一样使了大劲儿。突然那对眯起的小眼睛和带血丝的双唇在诺艾尔眼前模糊起来，她这才意识到自己居然莫名其妙地哭了。

就在一瞬间，婴儿从碧伊的身体里滑到了她妈妈的手上。"是个宝贝男孩儿！"妈妈用一块毛巾包住那个不断哭叫的小东西，放在碧伊的肚子上，动作迅速而轻松，让诺艾尔觉得她之前一定已经做过几百次了。

"我不想要这个孩子。"碧伊抱怨着，可还是提起毛巾的一角，碰了碰儿子湿漉漉的头发。

"走着瞧吧，"妈妈说，"现在我们还要再做些处理。"

诺艾尔看着妈妈一边剪断脐带和处理胎盘，一边回答她的问题和解说自己的动作。妈妈不再是那个每天给她做晚饭，收拾屋子，喂鸡种番茄，修整小草坪的女人了。在这间充斥着动物般的哀嚎声和浓重血汗味的让人窒息的屋子里，妈妈成了另外一个人——神秘，而且集智慧与魔力于一身。她是那么美，就连脸上的每一道皱纹，发间的每一缕银丝，都是美的，还有她双手每一处肿大变形的骨节——正是这双手，把那个婴儿带到了这个充满祥和美好的世界上。诺艾尔知道在那一刻她很想成为她那样的人，完完全全成为她那样的人。

急救队赶到得太晚，基本上帮不上什么忙，而且小房子里的气氛马上变了一个样，只有硬邦邦的问话，光闪闪的医疗器械，尖尖的针头和一袋袋吊起来的药液，以及一辆担架车。

当两个穿制服的男人把碧伊从床上往担架车上搬移的时候，她很害怕。"别怕，"诺艾尔的妈妈紧抓着她的手，"你做得很棒，你会好起来的。"

"是你接生的吗？"一个男人问她妈妈。

"她是助产士。"詹姆士说，那个急救队员挑了下眉毛。

"我只是邻居，帮个忙而已，"诺艾尔的妈妈马上接口。几年以前她曾经因为帮人接生而被拘留过几天，诺艾尔知道她不想重蹈覆辙。在她妈妈不在家的那段日子，爸爸的情人多琳一直在家里过夜。尽管爸爸解释说多琳是请来的女佣，但是年仅九岁的诺艾尔并不傻。最后爸爸终于还是跟妈妈离了婚，娶了多琳。诺艾尔恨那个女人，恨多琳抢走了她的爸爸，也抢走了妈妈的丈夫。"永远不要像多琳伤害我那样去伤害别的女人，"妈妈后来对她讲，"一定不要。"诺艾尔信誓旦旦她永远不会，那时候她很确定自己讲的是真心话。

她们走回家的时候天都要亮了。她们的脚步缓慢而轻松，有那么一段时间两个人都一言不发。没有聒噪的蝉鸣，只有平和的宁静在夜色中将她们包围。每过一会儿诺艾尔就能听到树林深处传来一只鸟的叫声，她喜欢它的叫声，有时她深夜在外面溜达的时候也会听见这只鸟的鸣叫。

转出小路后她们来到那条直通家门的泥土路上。"你是怎么学会做这些的？"诺艾尔问。

"我妈妈教的，"她妈妈说，"她是从她妈妈那里学会这一切的。没什么难学的，诺艾尔。如今的医生们故意把它复杂化了，他们让你觉得自己需要麻醉药和剖腹产——就是划开肚子把婴儿取出来的一种手术——以及各种各样有关生育的尖端辅助技术，当然有时候你的确需要这些。一个优秀的助产士必须知道什么时候在家里分娩是安全的，还有什么时候是不安全的。毕竟这不是火箭发射技术。"

"我也想做这个。"

"做什么？生孩子吗？"

"做助产士，就像你一样。"

妈妈揽住诺艾尔的肩膀，将她搂紧。"那我希望你能以正当的方式做，"她说，"合法的方式，这样你就不用像我一样见不得光了。"

"什么是合法的方式？"

"你先要成为一名护士，"她说，"我就从没走过这一步。因为我觉得没那必要，甚至还有害处，因为他们会向你灌输生孩子时辅助措施越多就越好的理论。但是北卡罗来纳州是法治社会，你必须遵守法律，我可不想我的女儿像我一样遭遇牢狱之灾。"

诺艾尔回想起碧伊那间潮湿的小屋，她妈妈在那里表现得那么完美。"那个叫碧伊的女孩儿，"诺艾尔说，"她只比我大两岁。如果我怀孕了，我一定想把它生出来。我不理解为什么会有人不想要自己的孩子。"

妈妈没有马上说话。"有时候不生孩子也是一种爱的选择，"她说，"有时候你不知道自己是不是有足够的金钱和能力来给孩子幸福的一生，那么把这个孩子送去一个好人家就是正确的选择。那个女孩儿——"她妈妈长长地吸了一口气，"必须要为自己作一个决定。黑人小孩儿不太容易找到人收养，所以我真的希望她能亲自抚养这个孩子，也许可以让她的妈妈帮忙。但是十五岁怎么说都太年轻了，所以拜托你一定不要这么早怀孕，多过几年再说。"

"别担心。我甚至都没想过要跟哪个男孩接吻呢，更别提跟谁生孩子了。"

"一切都会慢慢变的。"妈妈说这话的时候带着微笑，诺艾尔能从她的声音中听出来。

太阳渐渐升起，天空开始呈现淡淡的红色。脚下和前方的泥土路已经清晰可见，诺艾尔能从树林中看到她们家房子的一角。

"诺艾尔，我还有些话要告诉你，"妈妈突然说，她的声音变得很不一样，就像另外一个人在说话，"这话我很早就该告诉你，但是你爸爸离开了，而且每件事……对你来说这些负担好像都太沉重了。"

诺艾尔觉得自己胸腔的肌肉收紧了。

"是什么啊，妈妈？"她问道。

"等太阳出来的时候我们在院子里坐坐，"妈妈说，"我泡些茶，咱们好好聊聊。"

转进碎石车道的时候诺艾尔放慢了脚步，不太确定要不要听这些让妈妈的声音变得如此陌生和异常的事。她无法摆脱一种感觉，就是那晚离开这座房子的她是一个人，但是回到这里的她会是另外一个人。

她是对的。

Chapter 5

诺艾尔的遗嘱

北卡罗来纳州，威尔明顿市
2010年

塔拉

　　好像就在几个星期前，我才坐在同一个教堂参加完山姆的葬
礼，今天却不得不再次来到这里。我和艾莫森在一片恍惚中筹备
了这个仪式，默问我要不要唱歌，因为有时我会在婚礼或者欢迎
会上唱，但是这次我坚决拒绝了。特别是当我听到跟我同在一个
唱诗班的伙伴用她优美的女高音唱福雷的《安魂曲》时，就更庆
幸当初的决定。我的声音无论如何也无法冲破喉间的那团郁结，
尤其是在这个教堂，空气中依然飘浮着山姆葬礼记忆的地方，尤
其是在现在，我还无法相信我们的诺艾尔已经死去。

　　我左边坐着诺艾尔的妈妈，我们差不多有一年没见了，她如
今八十四岁，却显露出老年痴呆症的早期迹象。她不记得我的名
字，却记得艾莫森的甚至珍妮的，而且很明显她已经明白诺艾尔
再也不会回来的事实。她坐在我旁边，用一只佝偻的拳头顶住嘴
唇，一遍遍地摇着头，仿佛不相信已经发生的一切。我非常理解

那种感受。

　　格蕾丝坐在我右手边，珍妮、艾莫森和泰德坐在她旁边。她用食指将自己的一缕长发绞成一团，每逢焦躁时她都这样。那天早上她求我让她待在家里。"我知道那不好受。"我坐在她的床沿上说，她在床单下面把自己裹得像个蚕蛹，而蓝色和绿色波尔卡圆点图案的棉被却在地板上团成一堆。我必须克制住自己，不能帮她把棉被捡起来叠好放在床头。"我知道那会让你想起爸爸的葬礼，但是我们必须去追悼诺艾尔的亡灵。她那么爱你，对你又那么好。就算是为了她妈妈我们也要去，你应该还记得有人来参加爸爸的葬礼对我们来说有多重要吧？"

　　她没答话，被单下头部形成的隆起一动都不动，不过至少她在听我说话，我希望如此。"当时那些人来参加葬礼并不是为了爸爸，"我继续说，"而是为了我们，为了让我们感受到他们的爱和支持，还为了让大家一起分享关于爸爸的记忆——"

　　"好了！"她把床单从头上扯下来，把我推开，披头散发地跳下床，"你什么时候能不这么唠叨？"她扭头说了一句。我没为她的顶撞而教训她，因为我害怕那会把她推得更远。

　　我注意到格蕾丝紧握着珍妮的手，我很高兴她能这样安慰她最好的朋友。珍妮的脸色比以前还要苍白。夏天晒出的古铜色有些退去了，不过格蕾丝的皮肤仍然闪耀着黄褐色的光彩。珍妮继承了艾莫森过于苍白的肤色和泰德浅黑色的头发，前额的刘海都快遮住她的左眼了。她很可爱，我爱她的一点一滴，只是她跟格蕾丝在一起时，我只能注意到格蕾丝。每次我在学校看到她们俩时，我总会不由自主地留心男孩子们对她们的态度。一开始他们总是眼都不眨地盯着格蕾丝，不过一旦他们开始交谈，就好像有一块磁铁把他们吸到珍妮那边，他们对我寡言少语的孩子视而不见。

不过克里夫选择了格蕾丝，而不是珍妮。克里夫是个帅气的小伙子，妈妈苏珊妮是白人，爸爸是黑人。克里夫有一双迷人的蓝眼睛和让人醉倒的笑容，我知道格蕾丝一定以为自己找到了命中的另一半。现在珍妮正跟一个叫德文的男孩交往，格蕾丝肯定觉得孤独。爸爸走了，男朋友也离开了。只有不称职的妈妈还在。

伊恩坐在我们后排的长凳上，他是诺艾尔的遗嘱宣读人。早在几个月前他就知道有这么个东西了，因为那就在他整理的山姆的文档里。不过他对我只字未提，而且我相信他也没料到这么快就要用到那东西。遗嘱立下的时间并不长，就在山姆去世前的两个月左右。说实话我对诺艾尔立遗嘱这件事感到很惊讶，毕竟她不是那种未雨绸缪的人，但是让我更惊讶的是她居然让山姆来代理此事。诚然，她认识我和山姆的时间一样长，虽然偶尔有些小矛盾，他们两个也是好朋友。但是依照遗嘱的内容来看，跟山姆谈这件事应该没那么自然，而且我相信听到她身后那些愿望的时候他是有些尴尬的。

诺艾尔在遗嘱里指定艾莫森为她的执行人，伊恩告知这一点的时候我不由得有些难过。艾莫森、诺艾尔和我一直都很要好，简直就是三人组。虽然有时候我觉得有些被疏离在外，但还是努力说服自己那只是我的想象，而诺艾尔对执行人的选择却证实了我一直以来的想法。当然没人愿意做这样一个执行人，但我就是忍不住想知道诺艾尔为什么不让我们两个共同担当。难道连山姆也不曾向她建议过吗？

　　然而，更能说明问题的是她对财产的分配。虽然她生活很简朴，但还是在这几年时间里存下了五万多美元。她希望艾莫森首先能考虑到她妈妈的需要，然后如果还有剩余，就按照75%和25%的比例分别代珍妮和格蕾丝保管，珍妮得到的是较大的那一份。真不知道山姆在听到诺艾尔明确表示泰德和艾莫森的女儿会比他的女儿受益更多的时候作何感想？其实我知道这种分配还算公平合理，毕竟珍妮一直在给诺艾尔的婴儿救助项目帮忙，而且比起格蕾丝，她似乎对诺艾尔更为尊重。但是问题的关键不在钱上，而在于当我认识到艾莫森、诺艾尔和我之间的友谊要比我想象得更不对等的时候内心的那种强烈震撼。

　　诺艾尔还在遗嘱里请求苏珊妮·约翰逊在自愿的情况下接管婴儿救助项目，对此后者表示同意。苏珊妮坐在我们后排紧挨伊恩的位置，她的盛大生日派对近在眼前，现在我们考虑要不要把它取消。她从很早前就以产后护理师的身份跟诺艾尔共事，她们两个也一直都是好朋友，其间苏珊妮离了婚，还经历了两次与癌症的斗争。上一次斗争之后，她长出一头雪白的鬈发。葬礼前我去找她，发现她看起来健康得不得了。她又圆又大的蓝眼睛总是让我联想起毕恭毕敬的小姑娘，哪怕是在她疾病缠身和化疗脱发的时候，见到她的人也很难不露出微笑，因为那双眼睛会让你不由自主。

　　我原以为诺艾尔的所有女病人都会在这次葬礼上露面，但当我回头扫视一眼之后，才发现这个小教堂里坐了还不到一半人。我用一只手臂揽住诺艾尔妈妈的肩头，不想让她看见我们身后的场景，不想让她发现诺艾尔接触过的那些人连她的葬礼都不愿意来参加。

市长致颂文的时候我仔细听了听。他说他们曾想为婴儿救助项目授予诺艾尔"市政志愿服务奖",但是被她拒绝了。我认为这才像诺艾尔,这也在我们所有人的意料之中。诺艾尔从不觉得帮助他人应该得到什么特殊的待遇。

市长讲话的时候我感到诺艾尔妈妈的身体颤了一下,于是我把她的手臂揽得更紧了些。山姆葬礼的时候我也是这样坐着并用手臂抱住格蕾丝,那天我们就像两块木头一样。她的肩膀又僵又硬,而我的手臂也变得麻木——以至于后来我不得不用另一只手把它从她的肩膀上搬下来。我还记得那天我们坐得很近,整个身体都挨在一起。如今我们之间的长凳上还有一米远的空间,似乎山姆去世后的每一个月我们之间都会增加两英寸的距离。这空间远得让我无法逾越,再怎么努力也无法用手臂抱住她。

我不知道格蕾丝会不会也像我一样有一系列"假如"的想法。假如山姆晚五秒钟离开家?那天早上我们三个像平常一样在厨房里忙成一团,都没怎么说话,山姆把咖啡倒进紫条纹的巨大旅行杯里,那是几年前格蕾丝送给他的生日礼物,格蕾丝在到处找一本她不知道放在哪里的书,我在他们俩身后收拾残局。山姆跑出门的时候忘了带旅行杯,我在操作台上发现了它,但是估计他那时候已经开出车道了。假如我拿上它从前门跑出去呢?他会看见我吗?那样他就不会为了喝咖啡停在港城咖啡店了。他就不会在那个倒霉的时间横穿蒙奇章克申的十字路口了。假如我当时赶上他,那么现在他就会陪我坐在一起了吧?

假如,假如,假如。

坐在我右手方向的艾莫森不停抽泣,我手里也攥了一沓被自己眼泪浸湿的纸巾。艾莫森看向我的时候想挤出一丝笑容,要是格蕾丝和珍妮不在我们两个中间就好了，那样我就可以轻轻拍拍她的手臂。得知诺艾尔自杀的消息后，艾莫森和我都心乱如麻，那些"假如"就一直萦绕在我们心头，痛彻难当却挥之不去。也许真的有些事，如果我们做了，诺艾尔就不会走上这条路。诺艾尔是自杀的，这完全不同于两辆莫名其妙的车突然在十字路口相撞。假如我们两个人中有一个观察到些许迹象，就很可能阻止事情发生。可是到底曾有过哪些迹象呢？诺艾尔自杀实在说不通，她一直都是那么热爱生命的一个人。难道是我们忽略了她内心的空虚？几年前跟伊恩解除婚约后她就再没结过婚，尽管她接生了一个又一个孩子，但自己却从未生育。她似乎从未后悔过自己的选择，但也许她只是在我们所有人面前掩饰得好。我记得七月那个周六的晚上，诺艾尔在我为山姆伤心欲绝的时候跑来安慰我，当时我只顾着自己，那晚我是不是忽略了她哪些微小但足以预示问题的痛楚呢？

　　我读大一的时候就认识了诺艾尔，从那时候算起关于她的记忆足有成千上万。不过印象最为深刻的则是她帮我接生格蕾丝的那个晚上。

　　山姆很不情愿地同意了我在家里分娩，坦白说，如果不是诺艾尔接生的话我自己也不会有多乐意。我对她很有信心，但是山姆担心我们是在冒不必要的风险，而事实上整个过程进展得的确不那么顺利。一整晚山姆都在跟我说话，试图安抚我，可是他的声音难以掩饰他自己的恐惧。

　　诺艾尔倒是头脑冷静。有那么一种人，只要在你面前，就能让你血压降低，呼吸放缓，精神集中。诺艾尔就是那个人。我会照顾你的，那晚她这样告诉我，而我也深信不疑。那几年有多少女人听过她说这句话？我知道那些都是发自肺腑的真心话。她用一盏灯照亮我两腿间的位置，灯光下她的一双蓝眼睛熠熠生辉，桀骜不驯的头发被束到了脑后，湿漉漉的鬈发紧贴住前额，她的头发在灯光下闪着近乎红色的光。她扶着我在洒满月光的房间里来回踱步，给我喝白兰地和一种味道像泥土一样奇怪的茶。她还把我摆成奇形怪状的姿势，加上大腹便便和颤巍巍的双腿——我感觉自己活像一个柔术演员。她让我单脚站立在一个她从厨房拖来卧室的矮凳上，让我来回摆胯。我一边哭着抱怨，一边倚住她和我忧心忡忡的老公。虽然房间很暖和，我还是上下牙打战。我讨厌这种失控的感觉，但是没有别的选择，只能依赖诺艾尔。她说什么我就做什么，她给什么我就喝什么，我信她胜过信自己，所以最后当她说要叫救护车还是什么的时候，我想既然诺艾尔说需要，那我们就应该是需要的。

但是她并没有打电话求助，我对于那晚接下来发生的事只有模糊的疼痛记忆。第二天早上一醒来，我就发现山姆坐在我们床边，微弱的灯光照射着他，在窗户上映下一个朦胧的轮廓。有那么一会儿我甚至不知道自己身在何处，只觉得全身都疼，感觉茫然而空落。

"塔拉，你做妈妈了。"他的手指滑过我的脸颊，"你是一个出色、勇敢而美丽的妈妈。"我看不清他的脸，不过听得出他在微笑。

"我是在医院吗？"我用尽全身力气也只能从喉间发出微弱的声音。我发不出音，嘴巴又干又痒。

"不是的，塔拉，你在这儿，在家里。诺艾尔成功了。她曾经想过带你去医院，但是她自己给你纠正了胎位。"他的手滑过我的头发，抚上我的脸颊，我闻到了肥皂的味道。

"我的嘴巴。"我舔了舔发干的嘴唇，"感觉都是沙子。"

山姆轻轻笑了："是煤渣。"他拿过来一个杯子，把吸管送到我唇边，我小口呷着，觉得干痒的感觉好了些。

"煤渣？"是我没听懂他的意思吗？

"孩子生下后你就晕过去了。诺艾尔剪了一些我的头发——"他摸了摸前额的黑发，"烧着后把煤渣放到你舌头底下，为了把你唤醒。"

我的头微微转了转。"管用吗？"我问。

他点头："塔拉，很抱歉让你受了这么多苦，但是我们的孩子很漂亮。你还抱了她，记得吗？"

突然间我回想起抱过女儿的时候她小猫一样的哭声，记得包裹在法兰绒褓襁里的她在我怀里轻若无物，还记得她使劲扯我的乳头。这些记忆就像做梦一样，不过我希望能重温每一分钟的细节。

"她在哪儿？我想看看她。"我的目光越过他看向窗边的摇篮。

"诺艾尔在厨房为她做些工作。我告诉她你好像要醒了，她说这就抱孩子进来。"他突然凑过身来，跟我脸挨着脸。"昨天晚上，"他沙哑着说，"我以为我要失去你了，失去你们两个。我特别害怕，觉得我们犯了一个严重的错误，就是不应该试图在家里分娩。但是诺艾尔……没有哪个产科医生能比她做得更漂亮。塔拉，我们要永远感激她，她真是太棒了。"

我感觉到他脸颊的热度，他的皮肤湿湿地粘在我的脸上，我用手抚摸他的脸。"孩子的名字叫……"我轻声说。我们一直很确定地以为会是个男孩儿，是另一个塞缪尔①·文森特，所以从没选定一个女孩儿的名字。虽然格蕾丝、萨拉、汉娜这些都被提过，但并没确定下来。"诺艾尔?"我当时提议道。

他从我耳边抬起头，我好像看到他脸上闪过一丝犹疑，不过他很快就笑了，点了点头。

"我来了。"诺艾尔抱着小襁褓走进房间，"宝贝，你妈妈在等你呢。"她的头低向襁褓，很近很近，我感到一种从未有过的渴望。如果我能跳下床去抱过孩子，我一定会，但是我只能伸出双臂，等诺艾尔把孩子放过来。山姆和我的前额紧挨着，一起凝视女儿的脸。我轻轻挑开她头上的小黄帽，看到淡褐色的头发。她的小圆脸红扑扑的，眉毛淡淡的，像浅色的月牙儿。她睁开的双眼一眨一眨地看着我们，虽然很茫然，但却充满兴趣，就好像她也在焦急地等待见到我们，一如我们等待她，我觉得自己的两只眼睛完全被怀里的奇迹占据了。我无法将目光从她身上移开，不过山姆抬起头看了看诺艾尔。她坐在床脚，唇上挂着一丝微笑。

"我们想为她取名诺艾尔。"他说。

我抬眼看的时候正好捕捉到她笑容消失的一瞬。"哦，不，你们不能这么做。"她的语气很像是警告。

"不，"我说，"我们希望如此。"

尽管没戴隐形眼镜，我也能看到诺艾尔急得涨红了脸。

"求你们千万不要，"她说，"答应我一定不能给这孩子用我的名字。"

---

① 山姆是塞缪尔的昵称。

　　"好吧。"我和山姆马上同声答应，因为很明显我们刺痛她了。但是我不能理解，难道她厌恶自己的名字吗？我一直觉得那是个很好的名字，热情而坚强。

　　如今在教堂，坐在那晚出生的这个女儿身边，我记起我们曾经的亲密无间。有身体上的，有感情上的，还有精神上的，在最初那几年它们就像鲜花一样美丽地开放在我们之间。那些曾经的亲密是怎么变成现在这样难以忍受的隔阂的呢？还有希望回到从前吗？

Chapter 6
溜走的十二年

艾莫森

上帝啊，我觉得自己像行尸走肉。葬礼后的餐会就安排在我家，但是我却在各个房间里晕头转向。那些脸孔和交谈掺杂在一起，变成一团乱糟糟的影像和声音。除了我，几乎每个人都一身黑色装束。我穿的是自己最喜欢的绿色上衣和黄绿色花裙，尽管那裙子的腰部过紧。那天早上我没多想就把它们从衣橱里拽了出来，反正诺艾尔不会喜欢黑糊糊的一片。

我只是依稀记得发生的事：珍妮和格蕾丝为了躲开大人们跑到楼上去了；塔拉雇来的承办餐会的人举着装有意大利烤面包片和虾子的托盘在各个房间里穿梭；泰德不管身在哪个角落都不忘留意我的一举一动。他知道我已经崩溃。我很庆幸诺艾尔的妈妈在葬礼后就跟着陪护离开了，不然我觉得自己无法承受再看到她伤心的模样。

塔拉像蝴蝶一样穿行在人群中应酬，但是大部分时间还是陪伴在我左右。泰德和伊恩一人端了一个小碟子在客厅的角落里聊天，大概是关于运动的话题。我还是无法适应在这些男人里看不到山姆。现在诺艾尔也不在了。不仅如此，疗养院还打来电话说要把我亲爱的外祖父转到专事临终关怀的安养院去。我正在一个一个失去他们，那种感觉要很长时间才能够好转过来。

诺艾尔婴儿救助项目的一些志愿者来参加了仪式，我认识他们中的大部分人，尽管并不熟悉。我努力跟每一个人小叙，点头，微笑，握手。人们说着诺艾尔的好处，但却没有人说，"她为什么要这么做？"至少没有人跟我说。他们只是问我咖啡厅怎么样了，而我也例行公事地回答"很好！有时间来坐坐！"但是他们的声音和我自己的声音就像穿过一片浓雾才飘进我的耳朵里。我不断在房间里搜寻那个失去的身影：诺艾尔。当我意识到自己在寻找她的时候，身体就被猛然拉回了现实。我已经心神涣散。

餐会进行到一小时的时候——这一小时仿佛比三小时还要长——塔拉终于把我从一个滔滔不绝讲编织婴儿衣服的女人身边拉开。"休息时间。"她在我耳边说。

我任由她领着我穿过客厅，来到外面的日光浴室，那是我们前一年刚加建的。塔拉扶着我的肩膀，把我摁坐在沙发里，然后扑通一声坐到我面前的垫脚凳上。日光浴室的门一关上，客厅里那些说话声就只剩下嗡嗡声，这样远距离地听着那些声音真好。我看着塔拉。"谢谢你，"我说，"在那儿我都快窒息了。"

塔拉点点头："我知道。很难受。"

我的脸痛苦地扭成一团。"我一直在找诺艾尔，"我坦言道，"有点精神失常了，是不是？我没开玩笑。我一直期待着看到她穿过大门走进来。"

"我也是，"塔拉说，"我觉得有时候还能看见山姆。有一天我在杂货店看见他了。当时有个人正顺着华特街往下开，我差一点就掉转车头跟上他了。"

"我不知道为什么没有很多人来参加葬礼。"我说。出席的那些人——或者说没出席的那些人——让我很伤心。"我真的以为会有……她帮忙接生过的每一位妈妈……"我摇了摇头，"你知道她和那些妈妈们的关系，那么亲近。我以为她们都会来呢。"

"我知道。"塔拉抚摸着我放在大腿上的一只手，"我也这么以为，但是也许她们没看到报纸上的讣闻吧。"她在讣闻里介绍了诺艾尔的生平，写得非常好。虽然那些描述诺艾尔的文字有点像情节剧，但那正是塔拉的风格。

"就算讣闻不能人人看见，但是总能听到消息吧。"我说。

"或许她们家里太忙走不开吧。"塔拉说。

我突然在大腿上重重敲了一拳。"我就是不明白她为什么要这么做啊！"我的话听起来像是播放不流畅的录音，"我们忽略了什么？我忽略了什么？为什么我们没能留住她？"

塔拉摇着头。"我也希望找到答案。"她揉着前额，"不是财务问题，对吗？她存下那么多钱，所以肯定不是因为钱的问题。"

"反正她从来不看重钱的，"我说，"这你知道。"

"我一直在想也许她是得了什么病，但是没让我们知道，"塔拉说，"她没有保险，所以自杀可能就成了唯一的出路。最后的验尸报告出来了吗？"

"还没有。塔拉，我不觉得她是生病了，真的。我相信那报告只会说明她使用了大量的止痛药和麻醉剂，仅此而已。"

塔拉在垫脚凳上往后靠了靠。"她总是不愿意寻求帮助。"她说。

"也不愿意显露软弱的一面，"我补充道，"她总是要展示坚强的一面。"

日光浴室的门被打开了一个几英寸宽的小缝，一个女人探头进来。"哪位是艾莫森？"她问。

"我是。"我想站起来，但是身体不听使唤，只好继续坐在沙发里。

那女人像个训练有素的警官一样走过来，身形矫健，动作利落，她走到我面前，伸出一只手，准备跟我握手。可是我畏缩着不敢上前，我感觉她如果靠得太近我就会像一只气球一样爆破。"我是格洛丽亚·马西。"她说。她大概有六十五岁，花白的短发一丝不苟，穿着卡其裤，海军蓝的运动衣。

塔拉从垫脚凳上站起来，给她让座，那女人于是坐到我面前，两膝在裤子下鼓起两个半圆。格洛丽亚·马西，这名字很耳熟，但是天知道为什么会这样。我皱眉望着塔拉，看得出来她也在努力猜测她的来意。我们两个的脑子都乱成了一锅粥，她好像正打算跟我们解释清楚。

"我是福雷斯特格林生育中心的产科医生，"她说，"诺艾尔曾在我们那里当过助产士。"

"哦，是这样，"我说，"我想起来了。"我指向塔拉，"这是塔拉·文森特，我们是诺艾尔最好的朋友。"

"是的，我记得。"格洛丽亚说，"你们跟她一起在北卡罗来纳大学念书，是吧？"

塔拉点点头："她比我们早几届，但是我们的确同校。"

"嗯，很抱歉我来晚了，"格洛丽亚说，"今天早上接生了一个孩子，所以错过了葬礼，但是我想一定要见见你们两个，表达我对诺艾尔的哀思。她是那么独一无二。"

"谢谢你。"我说。

"我大概有……哦，肯定有十年没见过她了，但她是那种能让你记一辈子的人。"

十年？"我想你大概认错人了，"我说，"我想她是一年多前才离开你们那里的。"

格洛丽亚·马西惊讶得挑起了眉毛。"不是的，"她说，"其实我也被报纸上的讣闻搞糊涂了。那上面说她是两年前离开我们的，但实际上至少有十年了，很可能都有十二年了。我认为大概是她启动贫困婴儿救助项目的时候。"

我的眉头皱起来，努力回忆着。"我以为她这些年一直在为你们工作。"我看看塔拉，"难道我记错了吗？她不是退休之前一直供职于福雷斯特格林吗？"

塔拉点点头。"就在两年前我还引荐过人去那里找她呢。"她说。

"嗯，的确如此，我们总是遇到找她的人，"格洛丽亚说，"但是我们把她们都介绍给了其他在职的助产士。"

"那诺艾尔那段时间在哪里工作？"我问，"我弄不懂了。"

"我……"格洛丽亚看看我又看看塔拉，"我很确定她从我们那里离职后也就离开了助产士行业，"她说，"如果她在另一家诊所供职我一定会知道的。"

我们两个都瞪着她，我感觉自己正滑入一条又黑又长的隧道，我所了解的诺艾尔原来还有不为人知的一面，这一点让我不知所措。我的头开始疼，有种想对着宇宙呐喊的感觉，"诺艾尔没那么神秘！别弄得她神秘兮兮的！"

"我想，"我对格洛丽亚说，"可能是出于某种原因，她才没让你们知道她去了另外一家诊所吧。"

格洛丽亚飞快地做了一个机械化的手势，从肩上的提包里抽出手机。"等一下。"她迅速按了几个数字，"劳里，是我，"她说，"你还记得诺艾尔·唐尼是什么时候从我们那里离开的吗？"她一边点头一边看着我，把听到的话重复出来，"十二年前的十二月一号，"她说，"电话那头是我们办公室主任，她说那天正好是她丈夫提出离婚的日子，所以她记得很清楚。后来他们没离成，两个人到现在都相安无事，对吧劳里？"她对着电话微笑，但是我的思绪却乱得无法接受这个荒诞的消息。

"那她去了哪里？"塔拉问。

"她去了别家吗？"格洛丽亚问她的办公室主任，然后又点了点头，"啊哈，跟我想的一样。好吧，多谢。我一会儿就回去。"她把电话丢回提包。"诺艾尔从我们那里离开后资格证就失效了。"她说。

"什么？"我叫道，"那不可能！"

"那样根本讲不通啊。"塔拉在我身边跌坐进沙发里。

"也许这位劳里把她和你们另外一个助产士弄混了。"我暗示道。

格洛丽亚摇摇头："我不这么认为。"她定定地看着我，我几乎能听见她心里的话，我算什么狗屁朋友啊，连诺艾尔做什么都不知道。"我记得这件事当时还引发一阵议论，每个人都说她只是想专注于婴儿救助项目，"格洛丽亚说，"我知道她的背痛得厉害，我记得很清楚，当时另外一家诊所得知她要从我们那里离开的时候还想聘请她来着，但是她说她不再做这一行了。"

"但是她一直在帮人接生啊！"我说。

"是真的，"塔拉附和道，"她一直在做助产士的工作。"

"你们确定吗？"格洛丽亚把头微微偏向一边，"在谁的监管下？"

我看看塔拉，她摇了摇头。"我不知道。"她说。

"有时候她跟我说在照顾病人。"我说，但是语速在放缓，因为我突然不确定自己说的话了，不确定所有的事情。她跟我说过那样的话吗？我用手指揉了揉太阳穴："十二年？这太荒唐了！"据我所知，诺艾尔在过去的十二年里对三件事情格外投入：一是在当地从事助产士工作，二是婴儿救助项目，三是她所谓的"乡村工作"。每两年她都会花几个月时间志愿去穷乡僻壤做助产士。她在类似的环境下长大，所以用这种方式做出回报。诺艾尔这十二年的生活怎么能在我们浑然不知实情的情况下就这么溜走了呢？

"我也记得听她提起过她的病人。"塔拉说。如果我精神失常了，那么塔拉也一样。

"我很抱歉。"格洛丽亚站起来，"我让你们两个这么难过，这是我最不愿意看到的。"她俯身给了我一个短促而冷淡的拥抱，然后是塔拉。"我要走了，"她说，"请再次接受我的哀悼，这是整个业内的巨大损失。"

她离开房间，我和塔拉静静地坐在那里困惑了一段时间。我盯住房门的目光渐渐模糊。

　　塔拉一遍遍抚着我的背。"这件事一定有缘由。"她说。

　　"哦，这件事一定有缘由，太对了，"我说，"而且我知道那缘由是什么。虽然我不愿意，但是我们必须接受它。"

　　"你在说什么？"她问。

　　"那就是我们从来不曾真正了解过诺艾尔。"我看着塔拉，一个决定突然取代了我的疑惑。"塔拉，我们必须搞清楚她自杀的原因，"我说，"不管用什么办法，现在我们必须开始了解她。"

Chapter 7
不该看的文件

北卡罗来纳州，罗伯逊县
1984年

诺艾尔

妈妈站在客厅中央，环视四周，忧心忡忡地叹了一口气。"我真不想将这么个烂摊子留给你，"她说，"时机太不巧了。"

"妈妈，你已经尽力了，"诺艾尔一边说一边把妈妈引向门口，"一切都会好起来的。"

妈妈的目光穿过敞开的大门，望向碎石车道上的两辆车。她的旧福特停在诺艾尔的"新"车旁边——那是一辆凹凸不平而且已经退色的雪佛兰，是诺艾尔花了六百美元淘回来的。天气正在变坏，眼看一场暴风雨即将来临，一阵热风吹过树梢。

"一切都变得太快了。"妈妈说。

"是越变越好。"诺艾尔把她轻轻往门口推了推，"你本来也不喜欢住在这里。"

妈妈笑道。"那倒是。"她抚摸着女儿的脸颊，"不过要离开你，我没办法适应这一变化。"

"我也会想你的。"诺艾尔说。她一定会。不过对未来的憧憬弥补了离别的失落，包括离开妈妈，还有离开她从小生长的这栋房子。"再过两天我们就又见面了，"她补充道，"现在还没到告别的时候。"

妈妈的车上塞满了为新伯尔尼短途旅行准备的东西，但还有些实在装不下了，于是诺艾尔答应几天之后会把剩下的带给她。然后她要返回家来拿上自己的东西，再前往北卡罗来纳大学威尔明顿分校。

"记住，威尔逊小姐那里有间空闲的屋子，你放假的时候可以过去住。"

"我会记住的。"诺艾尔说，她并不确定自己是不是会愿意住在一个陌生人的房子里，哪怕是妈妈也在那里。威尔逊小姐是妈妈一个朋友的姐姐，臀部骨折后需要一个居家看护，于是雇了诺艾尔的妈妈。诺艾尔拿到了全额奖学金，要去上大学，所以是时候把房子卖掉。正好有一对来自罗利的年轻夫妇想在乡下安个家，她们几乎只用了一晚上的时间就把房子脱手了。这一切都发生得太快了。虽然她们把旧家具都附赠了，但是还有很多东西要处理。

"宝贝，我爱你。"妈妈拉过她给了一个拥抱，然后站直，想把诺艾尔粗糙的头发梳理光滑。

"我也爱你。"她轻轻地把妈妈推出门口，"小心开车。"

"你也是。"

诺艾尔两臂交叉紧紧环抱在胸前，看着妈妈的车嘎吱嘎吱地开下碎石车道，开上泥土路。她深深地爱着妈妈，看到汽车在转弯处消失不见后，她的双眼已经满是泪水。妈妈积极开朗，精神矍铄，充满活力，但是五十八岁已经是不小的年纪，让诺艾尔无法不担心她。两年前爸爸去世的时候只有五十七岁，是多琳给她写了一封言辞生硬的信告知了这个噩耗。他死后几乎一个月那封信才姗姗来迟，里面夹了一张价值四百美元的支票，是给诺艾尔的。多琳在信里说，他没立下遗嘱，但是她觉得诺艾尔应该继承一些他的财产。他的财产，这几个字让诺艾尔和妈妈笑了好几小时，不过是那种混杂着伤心和痛苦的笑。但是这四百美元让诺艾尔得以买下那辆车，她给它取名帕帕，希望它会比爸爸更善待她。

诺艾尔把打包得整整齐齐的行李和准备带到威尔逊小姐那里的盒子放在一起，除此之外，房子里就只剩下那把旧躺椅。詹姆士借了一辆卡车准备把它拉回家。那晚碧伊的孩子出生后，詹姆士就成了她们家的常客，一开始是出于感激帮她修整草坪，后来则变成为了诺艾尔妈妈坚持付给他几美元。他们家可算是奇事不断，詹姆士并不是碧伊的弟弟，而是她的男朋友，也就是那晚出生的孩子的爸爸。那个孩子现在五岁，却已经有了两个小弟弟，都是诺艾尔妈妈在诺艾尔的协助下"抓"出来的。妈妈曾经试图说服碧伊和詹姆士节育，但是那两个人对她的建议充耳不闻。碧伊爱上了当妈妈的感觉，对她的孩子们极尽溺爱。

詹姆士开着卡车出现的时候，诺艾尔正在往车上搬那些盒子。

"嘿，诺艾尔小姐，"他从驾驶室跳出来的时候跟她打招呼，"我错过你妈妈了吗？"

"她一小时前走的。"诺艾尔把一个盒子扔进她狭窄的后备厢。

"没有她我们该怎么办啊？"

"你跟碧伊最好别再生小孩儿了，这才是你们该做的事。"

詹姆士咧开嘴笑了。他已经长成一个英俊的男人，而且他的笑容往往能够感染他人。"已经太晚了。"他说。

诺艾尔将两手支在臀部两侧，瞪着他："又有了？你们要这么多孩子干什么啊？"

詹姆士耸耸肩。"好好爱他们啊。"他说。

"诺艾尔，人们有权作出自己的选择。"上一次碧伊怀孕，诺艾尔有些抱怨时，妈妈这样告诉她。

"好吧，"诺艾尔说，"我帮你把躺椅搬到卡车上去。"

他们用了差不多半小时才把躺椅从狭窄的门口弄出来，接着穿过狂风乱作的院子，再放进卡车。然后詹姆士帮她把妈妈剩下的盒子装车。

她走回房子去拿另外一个盒子的时候，看见詹姆士把一个盒子扔在草坪上，两臂在半空中乱舞着。

"姑娘！"他用鞋尖推着那个盒子，"这些盒子是从哪里拿出来的？上面全是蜘蛛屎。"

诺艾尔没注意过，不过他说得没错。盒子角上挂着很多圆圆的卵囊，毛茸茸的蛛网在未封口的盒盖处纵横交错。

"詹姆士，把它扔那儿，"她说，"应该没有活蜘蛛，但是我不想把这些恶心的东西拉到威尔逊小姐家里。我去拿块抹布把它们擦干净。"

"你有胶带吗？"詹姆士蹲在盒子旁边，"我要检查一下，确定里边也没有才行。"

说着容易，但是要在一间已经清空的厨房里找块抹布可是难上加难，最后诺艾尔只好从她的行李箱里拽出一条毛巾。她把毛巾在水龙头下濡湿，然后走回前院。

她还没走到詹姆士和盒子那里，就看到他已经站起来了，手里还拿着一个马尼拉文件夹①。他皱眉看着她。

"你是被收养的？"他问。

她瞬间石化。他是怎么知道的？她自己是在碧伊第一个孩子出生那晚听妈妈告诉她的真相。当时她们一起坐在后院的吊床上，妈妈为没有早一点告诉她说抱歉。"在这之前你就有权利知道，"她说，"但是我不想让你以为爸爸离开是因为你是被收养的。"

晴天霹雳，诺艾尔觉得体内被撕裂开一个巨大的空洞。"我的妈妈？"她问，"谁是我真正的爸爸妈妈？"

"我和你爸爸就是你真正的父母，"她妈妈激动地说，"但是生你的那个妈妈是个十五岁的女孩儿，就像我们刚见到的那个，就像碧伊。你爸爸……"她耸耸肩，"我想没人知道他是谁。"

"我不是你的孩子。"诺艾尔说，想尽量找到合适的用词。

"哦，亲爱的，你就是我的孩子。拜托你别再那么说。"

"我没有拉姆毕血统？"她感觉那些魔力被从体内抽空了。那些槲树上垂挂下的铁兰藤蔓忽然看起来不过就是铁兰藤蔓，再也不是印第安酋长妻子的头发了。

"我相信你是个混血儿，有着各种各样的血统。"妈妈拉过她的手，放到自己腿上，说，"你就是上天给我的最好的

---

① 因使用马尼拉麻制成而得名。

礼物。"

　　此刻诺艾尔看着詹姆士说，"嗯，我是被收养的，"她说话的样子好像事不关己，"但你是怎么知道的？"

　　他把文件夹递给她。"风太大了，从这里边掉出来几页文件，"他说，"不关我的事，不过也许跟你有关。"

　　他温柔的棕色眼睛告诉她，他看了一些不该看的东西，一些她也不该看到的东西。把文件夹递过来的时候，他摸了摸她的手。不是男人对女人那种，而是一个朋友的抚摸，因为他知道文件夹里那几页文件可能会永远改变她的世界。

Chapter 8
湖滨晚餐
北卡罗来纳州，威尔明顿市
2010年

塔拉

哦，天啊，这感觉太奇怪了。

跟伊恩隔着桌子面对面地坐在领航餐厅里，让我有约会的错觉。昨天他似乎很随意地说有两张瑟来恩大厅的电影票，接着又建议我们找个地方先吃饭。两个人一起在湖滨吃晚餐，然后又在新翻修的瑟来恩大厅这种浪漫的地方看电影，不是约会又是什么？我喜欢伊恩。我认识他有很长时间了，从某种程度上说我承认对他有好感，但是我并不想跟他约会。我不想跟任何人约会，哪怕只是想到跟山姆以外的人接吻或者牵手都会让我发抖——不过不是出于渴望，而是厌恶。入夜后我在床上会感到一种深切的孤独感，并非单纯为了男人，而是为了我的丈夫。

"这不是约会，对吧？"服务生给我倒了第二杯红酒后我问伊恩。

伊恩笑起来。"只要你认为不是，它就不是。"他说。

"之前你认为是？对吗？"我微笑道。我喜欢自由自在地跟伊恩聊天，我需要一个异性朋友，而不是一个爱人。

"我只是想看到你的笑容，"伊恩说，"就像现在这样。"

他说完这话，我感到自己的笑容消失了。我必须告诉他一件事，本来是计划明天再说的，这样今晚我们就能放松一下。但是，我突然觉得自己没办法再守口如瓶。

那天下午放学后，我开车去诺艾尔家里帮艾莫森清理房子。艾莫森在门廊处等着我，我一走到顶阶，她就抓住我的手坐在滑阶上。她的脸很红，汗涔涔地泛着光，我猜到她已经在房子里苦干了一场。但是她脸上的紧张绝不仅仅是因为体力劳动。

"你不会相信那份尸检报告的。"她说。

"她生病了吧。"我说。我希望这才是事实。一个让诺艾尔看不到出路的晚期疾病，我可以想象她接下来作了结束生命的决定，因为不想让我们任何人陪她经受长时间的病痛煎熬。

但事情压根儿不是那么回事。

此刻我看着桌子那边的伊恩。"诺艾尔有个孩子。"我说。

他瞪着我，然后爆出一阵笑声："你在说什么啊？"

"今天艾莫森拿到了尸检报告，死因是服药过量，这个在我们预料之中。但是报告上还说，她活着的时候曾经在某一时期怀孕，而且分娩了。"

伊恩脸上所有轻浮的表情一扫而光："什么时候？"

"我不知道。"犹豫了一小会儿我问，"伊恩，有可能是你的吗？"

他看起来被我的想法刺到了。我知道我们都想起了他跟诺艾尔那个突然取消的婚约。这中间有什么联系吗？

"我不明白怎么会，"他说。"我……我们所有人……都应该能看出她怀孕啊，特别是都到了可以分娩的程度。"

"一定是在她十几岁的时候发生的事，"我说，"在我们这些人认识她之前。艾莫森和我猜那个孩子已经被她送给别人收养了。也许这些年她一直在为这段经历伤心难过，但是我们都不知道。"

"好吧，"伊恩说，"也许你是对的，或者那孩子夭折了，或者……我想我们永远都不会知道答案了。我只是……我们在一起的时候我以为很了解她，她为什么从没告诉过我呢？"

"她为什么没告诉我和艾莫森呢？"我跟上一句，"她最好的朋友们？"我低头看着自己的盘子，里面还有几块石斑鱼，我不知道是不是能吃光。"不管怎么说，这都不可能成为她自杀的理由。"我说。

"除非她是因为无法走出这件事的阴影。"他看起来非常痛苦。

"很抱歉我今晚把这件事说出来，我应该守口如瓶的。"

"不，我很高兴你能告诉我。"他说。

我又吃了一口石斑鱼，但是并没真正吃出味道。我今天累坏了，先是跟艾莫森把诺艾尔厨房里的所有东西打包，然后又把泰德准备带去妇女收容所的盒子装满。诺艾尔的东西没有很多，因为她一向崇尚精简生活。尽管她不喜欢留着用不上的东西，但我还是没想到她厨房的碗橱竟会这么空，除了几个盘子，几个玻璃杯，几个茶杯和几个碗，就再没别的了。她的衣柜和壁橱也差不多一样，精简到只剩下生活必需品。看到她的那些长裙和宽松棉衫，熟悉得让人揪心，因为我们再也看不到诺艾尔穿着它们了。

装满婴儿用品的黑色垃圾袋在房间里扔得到处都是，泰德跟艾莫森把它们放上车，准备带回去，格蕾丝和珍妮已经答应要在家里给它们分门别类，再转交给苏珊妮。

当格蕾丝告诉我她要按照诺艾尔要求的那样为婴儿救助项目帮些忙时，我很震惊。艾莫森把诺艾尔的那台旧缝纫机给了格蕾丝，亲自示范给她看该如何给小毯子缝边，这些毯子是要捐给有需要的婴儿的。格蕾丝告诉我她要去做这件事情时，我伸手摸了摸她的前额，看她是否发烧了。"你还好吗？"我笑着问她。

她猛然把头从我手里抽出来。"我很好，"她说，"你用不着小题大做。"

我怀疑她会成为把婴儿用品送去医院的一名志愿者。自从山姆出世后，她就有些怵医院。她还跟我说，要是哪天我住院，她也不会来看我。她说她也不会去医院里看望克里夫。为此我感到很愧疚。山姆出事后，我们赶到急救室时，我惊恐万分地奔向诊疗室门口，格蕾丝就紧跟在我后面。我都不愿去想我在那个房间里看到的景象——山姆英俊的脸庞被撕裂，鲜血淋漓。我身后的格蕾丝像一块石头一样晕倒在地板上。

"那么，"伊恩说，"你们在诺艾尔家有没有发现什么……看上去不太寻常的东西？"

我摇了摇头。"艾莫森为了寻找线索，仔细检查过每样东西，"我说，"她以为那房子里会有一些东西能告诉我们诺艾尔自杀的原因，或者那个孩子的情况，或者她为什么对我们说谎隐瞒当助产士的事。"

诺艾尔和助产士，这两个词在一起和谐得就像牛奶和曲奇。"助产士"是我心里对她的定义，也是我们所有人对她的定义。

这几十年来我们中有谁在介绍她的时候没有用助产士这个词吗？
她也从来没表示过异议。这太诡异了。

伊恩用手指敲着空酒杯的杯底。"诺艾尔……"他摇摇头，
"有时候真的没办法知道她到底在做什么。"

我为他感到遗憾。我知道他曾经深爱着她："她解除婚约的
时候你一定很难过。"

"哦，天啊，塔拉。"他对我的话置之不理，"都过了那么
久了，上辈子的事了。"

"我记得那时候你居然没生气，要是一般男人肯定会暴跳
如雷。"

"我担心她多过生气，"他说。接着他在椅子上换了个姿
势，又对我微笑："我们轻松下吧，好不好？今晚上不要聊诺艾
尔或者山姆，不要聊任何不开心的事儿。"

"好极了。"我表示赞同。

"那么——"他把盘子里一块肥厚的扇贝切成两半，"上一
次你看电影是什么时候？我是说真正地去电影院看，而不是租了
影碟在家看。"

我在近几个月的记忆里搜了一下，然后皱了皱鼻子。"山姆
出事之后就没有过。"我说。

他笑了："好吧，我们聊点别的。"他抬头看着天花板，仿
佛在从那里寻找安全的话题。突然他的眼睛在镜片后亮了起来。
"我想养只狗。"他说。

"你开玩笑吧！"我知道他喜欢我们家喳喳，但是无法想
象他自己也养一只狗，"一只小狗？还是能救援的大狗，还
是——"

"小狗，"他说，"我从小就没养过狗。最近我有很多工作要在家里做。"

"是个好主意，"我说，"或者你可以养两只，这样它们就可以相互做伴一起玩儿，比如当——"

"塔拉？"我抬头看见一个上了年纪的女人朝我们的桌子走过来。我脑子里还在想伊恩养小狗的事，所以没有马上认出她来。

"芭芭拉！"回过神后，我站起来给了她一个拥抱，"见到你太好了。"两年前参加过芭芭拉·里德的退休晚宴后我就再没见过她。伊恩也站起身来。"伊恩，这是芭芭拉·里德，"我介绍道，"她以前在亨特教数学。"

"快坐下，你们俩。"芭芭拉微笑着。她看起来不错，红棕色的头发被剪得很短，皮肤光滑如丝，显然退休后的生活过得很滋润。"哦，亲爱的，"我一坐下她就开口说，"真高兴看到你气色这么好。听说山姆的事后我难过极了，还有可怜的格蕾丝，这些日子你们两一定很难熬。"

"谢谢你。"我冲伊恩点头示意，"伊恩是山姆的律所合伙人。"我说。我觉得有必要解释一下为什么山姆去世才六个月我就跟另外一个男人坐在餐厅里喝红酒。我看到伊恩的双唇露出一丝微笑，他猜到了我的顾虑和内疚。

但是芭芭拉好像完全没听到我说的话。"我刚刚听说了诺艾尔·唐尼的事，"她说，"哦，我的上帝，真是太惨了。"

我点点头。"是很让人难过。"我说。

"我知道你跟她要好，"芭芭拉说，"她性格那么开朗。去年我还在南滩烤肉店看到过她和山姆两次，真难以相信他们两个现在都不在了。他跟你提过看到我吗？我让他代我向你问好来着。"

我认为其中有些误会："你在南滩烤肉店看到山姆跟诺艾尔？在赖茨维尔海滩？"

"我很喜欢那个饭店，你不喜欢吗？我经常去那儿吃午饭，当然是在淡季的时候。夏天我从来不去海滩那边。"

"什么时候的事了？"我不想被人听出我很失落——或者更糟的情绪，吃醋——但是这真的很奇怪。诺艾尔和山姆是朋友，但肯定不是那种约在一起吃午饭的朋友。

"哦，让我想想。"芭芭拉一边敲着下巴一边看向窗外的河，"嗯，春天的时候。四月份吧，大概？"

"山姆是三月初去世的。"我对她失去了耐心，转而看向伊恩，发现他皱紧了眉心。

"嗯，那应该是冬末，甚至有可能是去年秋天。"芭芭拉笑了，"人一退休脑子就搞不清楚日期了。但我记得是两次，而且两次我都跟山姆打了招呼。我自己是不认识诺艾尔的，但是每个人都知道她，知道她以前是做什么的。我猜他应该是她负责的那个婴儿救助项目的律师吧。"

"应该是的。"伊恩说。他看着我，用眼神告诉我快点摆脱她。

"芭芭拉，真高兴再见到你，"我说，"但是我跟伊恩要快点吃完，不然会误了看电影的时间。"

"哦，我们也是。"她扭头看了看她来的方向，"我老公没准儿以为我在女洗手间迷路了呢。"她俯身拍了拍我的手腕，"亲爱的，见到你太好了。伊恩，很高兴认识你。祝你们有个愉快的夜晚。"

我跟伊恩盯着彼此，直到确定她走远，听不见我们说话。"婴儿救助项目需要律师吗？"我问。

他摇摇头。"我相信不是那么回事，"他说，"但我只是想把她赶走。看得出来她让你难过了。"

"我不是难过，只是疑惑。"

伊恩舔舔嘴唇，盯着他的盘子看了一会儿。"我想应该是遗嘱的事儿。"他抬起眼睛跟我对视。"遗嘱是二月份写的，我想山姆和诺艾尔肯定需要碰两次面聊聊这个。照顾她妈妈的事需要一些书面文件，这些山姆都要安排，而且我觉得……他应该要帮她想想怎么分配财产。"

"为什么要在饭店而不是他的办公室呢？"

"因为他们是朋友，所以决定找个舒服点儿的环境谈公事。我有时候也这么做，而山姆向来都是把客户带出去谈事。"他从桌子那边伸过手来，放在我的手上。"嘿，"他说，"你该不会是认为……？"

我摇摇头："诺艾尔跟山姆？不可能。虽然山姆一直对她印象不错，可也认为她神经兮兮的。只是乍一听到这种意想不到的事有点怪异，还是在我不知情……"我的声音弱了下去。

"山姆是出于职业道德，所以才没告诉你这件事，"伊恩说，"他没对你讲起她的遗嘱，跟我在他的文件里发现遗嘱却没告诉你是一个道理。坦白说，除非她去世，不然这跟你一点关系都没有。"

"也对。"我点点头。这不是第一次了，以前我也发现过他为我认识的人处理法律事务却不让我知道。结婚后不久我就已经学会了不要问东问西。

服务生把账单拿过来的时候，伊恩靠向椅背掏出钱包。"好吧——"他一边把信用卡放在桌上一边大笑，"我们没能做到不谈诺艾尔或山姆，是吧？"

"谈得不多。"我把餐巾放在桌子上，"我们还是全心全意看一场电影吧。"

"成交。"他说，直到我们从他的车里走进剧院，我才意识到自己让他请吃了一顿晚餐。

我觉得这根本就是个约会。

Chapter 9
寻找线索

埃莫森

　　数码照相技术的发明让人类丢掉了一些东西。我盘腿坐在诺艾尔小客厅的地板上，背靠着沙发一页一页翻看她的一本旧相册。跟我自己的相册一样，她的里面也没有几张近照，因为都在电脑里。再下一代人——比如我的外孙辈——应该再也不会翻着我的相册问"这家伙是谁，跟外婆有什么重要关系"吧？坦白说，那样的话我会很伤心。诺艾尔相册里仅有的几张近照都是珍妮和格蕾丝不怎么上相的毕业照，还有一些筹款活动的照片，比如诺艾尔每年都在教堂为婴儿举办的那个大型捐赠活动。

　　可是我也说不清楚到底在相册里找什么。也许是她和陌生人的照片？还是她藏起来不让我们知道的已经成人的儿子或女儿？或者是能为我们解答疑惑的人？我一页一页地找，但真正留住我目光的还是那些诺艾尔自己的照片，每一张都让我体内纠结起一种喜乐参半的痛楚。她的不辞而别和弥天大谎都让我恼火，但是我不愿意生她的气，打消这股怒火的唯一途径就是弄明白她的所作所为。

"我喜欢她这张照片。"我对泰德说,他正从壁炉两边的书架上把书抽出来往箱子里摆。他忙得气喘吁吁,我却在扮演侦探的角色。我知道他以为我情绪低落,很同情我,可实际上他根本没搞清状况。

"啊哈。"他一边说一边又往箱子里扔了两本书。我跟他提过想弄明白诺艾尔的神秘生活,但是他觉得我应该释然,所以我现在自己偷偷地找线索。我跟泰德之间缺乏亲密——再直白点说,是激情——就像塔拉和山姆那样,不过他是称职的经济支柱,也是老实可靠的丈夫和细心体贴的爸爸。我最需要的就是这三点,而他正好符合,所以我跟他相守到现在。

这张照片里的诺艾尔站在一个装饰挂毯前,曝光过度使得她脸部的光线太亮,白皙的皮肤看起来像雪花石一样,她双耳挂着一对简约风格的银耳环,强光下本就明蓝色的眼睛显得更亮了,而眉毛依稀可辨。她的身材很苗条,而且一贯如此,即使在她还没开始节食吃素的时候。但我却太过热爱美食——我看电视总是锁定美食频道。我还会继续胖下去,这一点简直毋庸置疑。我跟她的头发都很浓密,不好打理,照片里她桀骜不驯的头发被拢到了脑后,那是她常梳的发型。这样一来,那些头发虽然还是不够服帖,但在控制之中。我通常用同样的话向别人形容她:不够服帖,但在控制之中。我现在依然觉得这形容很贴切,她从来都是我行我素,哪怕最后会自食苦果。

泰德暂时停下往箱子里装书的动作,站起身来,双手叉在后腰。"嗯,"他说,"你要每样东西都这么仔细研究,我们就得一直待在这儿了。"

我笑了。"我知道。"我说。今天就看到这儿。我合上相册，往前探下身子把它放在箱子里，那里面都是我们准备自己留存的东西。过段时间我再仔细整理她的私人物品，现在我要先把这间房子清空。我跟泰德决定先翻新后再把这房子出租，我们要重新装修下厨房，打磨下硬木地板，还要里里外外粉刷一遍。花园我们也要照顾好，这是诺艾尔的愿望。塔拉在园艺方面比我强多了，所以她说要负责这项工作。春天到来之前应该不会有很多事做，而到那时候这房子早有了新租客了。苏珊妮·约翰逊有意接手，她几年前离婚后就一直租房子住，现在克里夫离家去上大学，她需要找个面积更小的。更何况她本来就喜欢日落公寓，不过我要确定她也喜欢园艺。虽然对诺艾尔感到恼火，但这丝毫没有减少我对她的爱，既然她希望她独特的小花园得到悉心照料，我就要保证做到。

补丁现在是我们家的正式一员，它发现自己跟两条狗在一起生活后似乎并没害怕，而是很适应。我讶异于诺艾尔在纸条里嘱咐我们照顾花园，却没提她的猫。也许她相信她的邻居们一旦发现她的事就会收留补丁，但是诺艾尔很喜欢那只猫，所以我不想让它跟着陌生人。

我打开一个新的储物箱，开始清理壁炉左边的书架，泰德继续弄右边的。今天早上我和塔拉已经收拾了厨房和卧室，但客厅和诺艾尔的办公室更具有难度。办公室的壁橱和文件柜还需要清空，而我只能先放一放，因为那里面塞满了文件纸张，没人知道都是什么，可我特别想整理清楚。虽然我知道泰德想全部扔掉，但我打算仔细检查每一张收据，每一份账单，每一样东西来寻找答案。我还想查看她的电脑，应该没有设置密码保护，若是能进到她的电子邮箱，或许我能找到答案，也或许不能。

　　我手里拿了几本书，其中一本的书名吸引了我的目光，叫《助产士的挑战》。我打开瞥了一眼版权登记日，是1992年的，太早了。我叹了口气，继续寻找能证明她早就离开助产士行业的线索。甚至在致电认证委员会得知诺艾尔的资格证早在十一年前就失效的情况后，我依然拒绝承认事实。十一年！"我还是无法接受，"我对眼前的泰德说，"她为什么要对我们说谎？"

　　泰德发出一声叹息，他已经厌烦了这一套问题。"她是故意说谎还是只不过没告诉你们？"他问。

　　"她是说谎。就在两年以前，她还总是告诉我她被安排了某个接生任务，或者说起某个病人的事情。"我想不起具体的例子，但是我确定她跟我聊过她的病人们，"然后还有她总是去乡下或者边远地区或者……总之是那些地方。你也知道的，就是她所谓的乡村工作。她在那里一待就是几个月，为很多孩子接生。这是她经常跟我们聊的话题。"

　　"有没有可能她在做些不可告人的事？"泰德说。

　　"我想象不出来。"诺艾尔虽然不是个因循守旧的人，但也绝不会在法律边缘游走。她很专业谨慎，总是劝服她的高危病人打消在家里分娩的念头。这一点我很清楚，因为我就是其中一个。我和塔拉的预产期相差三个星期，都想在家里分娩，但是我在怀珍妮之前流产过两次，怀她的时候又出现了一些并发症，所以诺艾尔不同意帮我在家里接生，而是把我引荐给她最喜欢的一位产科医生。她愿意在医院里给接生的医生打下手，但是计划赶不上变化。我提前三个星期就开始阵痛——正是塔拉要分娩的那个晚上——而泰德当时不在城里，所以我最后接受了剖腹产手术。这样一来，当珍妮幸福健康地来到这个世上的时候，诺艾尔还陪在塔拉的身边，而我并没觉得有多孤单。"我无法想象她在没有资格证的情况下从业，"回过神来后，我对泰德说。而且我也无法想象她自杀的情景："我们应该早一点知道她出了什么事。"我拿起书架上的另一本书。

"亲爱的，别再自责了。"泰德在中间部位已经凹陷的沙发上坐下，在腰背上擦了擦手。"你看，"他说，"诺艾尔是个好人，但是她并不是这世上最安分的人。你明白的。"

"她非常安分，有什么不一样吗？这一点毋庸置疑。不安分？不可能。"

"什么样安分的人会生活在秘密里而不让爱她的人知道？什么样安分的人会早有预谋地……那是多少？十二瓶？附近有十二个药瓶，存下那么多等到自杀的那天？而且，什么样安分的人会选择自杀？"

"我想她是自从那次车祸导致背部受伤后才开始存那些药的。"我还记得很久之前诺艾尔经常在痛苦中煎熬的那段日子，那之后她才张罗起婴儿救助项目，并逐渐恢复正常生活。

"这都是什么？"泰德又站起来，弯腰在书架的最底层拎起一本皮革包边儿的厚册子。他吹去封面的尘土，翻了几页。"是手写的，"他说，"是日记还是什么？"他把书递给我。

"不是。"我一接过册子就认出来了，"那些是她的工作日志。"我打开看第一篇：1991年1月22日，产妇的名字叫帕蒂·罗宾逊，诺艾尔用四页半的篇幅详细记录了她从阵痛到分娩的过程。我一边看她的文字一边笑。"泰德，她这写法真是不伦不类。"我说，"她记下所有这些专业性的内容，然后又说，'上午十点我离开帕蒂和她新出生的小天使，这时敞开的窗子正传来鸟儿的歌唱，空气中充满了咖啡的香味。'"我看了看书架底层排成一行的其他几本日志。"对了，把有格蕾丝的那本给我！"我说，"这本的最后一篇是1992年的，所以格蕾丝那本可能是第三个。"

泰德把第三本递给我，于是我坐在地板上迅速翻阅散发着霉味的书页，终于找到九月份格蕾丝出生的那一篇。我认真读着诺艾尔的笔记。拜剖腹产所赐，我的阵痛得以提前结束，不过我知道塔拉当时痛了很久。

我浏览着诺艾尔记录的内容，直到看到这句话："女婴是凌晨1点34分出世的，身长19英寸，重6磅2盎司，"我大声读给泰德听，"她很漂亮！他们给她取名格蕾丝。"

泰德弯腰在我头顶印下一吻，不过我觉得他根本没听到我念的话。"你把书架剩下的部分弄完，我去搞定诺艾尔办公室的壁橱怎么样？"他问，"不能再拖了。"

"好吧，"我说，但是依然捧着手里的日志不放，就好像捧着格蕾丝一样，"我一会儿就来帮你，千万什么都别扔。"

两小时后我坐在诺艾尔办公室的小书桌前，浏览显示屏上她几个月来的电子邮件。有一些是跟塔拉、我、珍妮和格蕾丝的通信，不过大部分都是跟苏珊妮和其他志愿者的。没有什么不寻常的，彻彻底底是什么都没有。

泰德从壁橱里拖出一个巨型的硬纸箱到屋子中间。"我们干脆把这些东西丢掉吧？"他问。

他打开箱盖，我看到里面都是信封、卡片、手写的信笺和照片。"那是什么？"我问，然后伸手抓了一沓，放在书桌上，翻开其中一张卡片。

亲爱的诺艾尔：

很难用言语形容你在过去这九个月里对我们的帮助，现在我只希望我所有的孩子都能在家里出世。真是太了不起了。你的热情和善良，还有向我随时伸出的援手都让我感动不已。（甚至那晚你明猜到我只不过是宫缩，而且事实证明你猜对了，可我凌晨三点喊你，你还是马上赶来了。谢谢你！）吉娜被照顾得很好，疯了一样地成长。诺艾尔，我们都很感激你，希望你一直陪伴着我们。

爱你的，佐伊

"都是病人们的感谢卡和信，"我说，从箱子里又抽出一张婴儿照，"还有她接生的婴儿的照片。"还有线索，我暗想，不过到目前为止我依然疑虑重重。我已经翻过大堆大堆的笔记和收据，还有各种废物，不得不承认大部分东西都可以当垃圾扔掉。

"都扔了吧？"泰德满怀期待地问。

我又翻开一张卡片，看里面的内容。

当你们把那些可爱的婴儿服带来收容所给我和我的孩子时，我简直不敢相信自己的眼睛。诺艾尔小姐，谢谢你。

我看着泰德。"我做不到，"我说，"还不到时候。我要把这箱子带回家，等有空挨个儿看。"

泰德笑了："你什么时候能有空啊？你要打理'热辣'，还想每周去看你祖父两次，还有你是不是打算在咱们家给苏珊妮办派对啊？"

我差点透不过气来。苏珊妮的派对，我双手按在头上。"我忘得一干二净了。"我对泰德说。我是答应过在我们家搞这个派对，因为诺艾尔想邀请好多人，而我们家有足够大的地方。

"取消了吧。"泰德说。

我摇摇头："那不行，请柬都发出去了，而且——"

"我相信苏珊妮会理解的，毕竟是在这种环境下。"

苏珊妮还没跟我提过这事儿，也许不知道怎么开口吧。她是个单亲妈妈，对抗过两次癌症病魔，一定活不过五十岁。诺艾尔肯定会希望派对照常举行。"不，"我说，"我们要搞这个派对，还有三个星期的时间，而且塔拉会帮忙的。"要是有什么需要筹划、打理或者组织的事儿，塔拉都能派上用场。

"你确定吗？"泰德问，"我觉得你力不从心啊。"

或许他是对的，而且我的确需要多花点时间陪外祖父。每次想到他我都忍不住要哭。昨天我带珍妮去杰克逊维尔看他，他躺在安养院的大床上，看起来那么憔悴，我几乎认不出他来了。不过他头脑还很清醒，见到我们特别高兴。我童年的记忆满是他的影子，那时候我爸爸一直到处旅行，所以是外祖父教我骑自行车，教我钓鱼，甚至教我烹饪。最重要的事应该是找时间去看他。

尽管如此，我还是不能扔下这个箱子。

"我想留下这个箱子，"我对泰德说，"我就想看看这些女人都对她说什么。"而且也许，只是也许，会有一些线索能搞清她儿子或者女儿的身份。

"我希望你扔了它，"他说，"我们没地方放她所有的东西。"

"我要带走它。"我说，把箱盖盖回去的时候，我感觉自己真是够顽固的。

我希望会有那么一次，我能听听他的意见。

Chapter 10
新生名单
北卡罗来纳州，威尔明顿分校
1988年

诺艾尔

　　培训的最后一天，她跟其他宿舍协管一起坐在盖洛韦宿舍的休息室里。大一新生明天就要报到了，到时候笼罩着威尔明顿校园的那种慵懒的宁静就会被喧嚣的混乱所取代。诺艾尔对此充满期待，她爱这所学校。

　　空空的比萨盒和汽水罐乱七八糟地堆在休息室的桌子上，不过诺艾尔碰都没碰那些比萨，因为那东西会导致动脉堵塞。她踢掉凉鞋，盘腿坐在一个沙发上，吃着自己随身携带的小塑料袋里的胡萝卜条和杏仁，她的蓝色长裙铺展在周围，好像一片海洋。她旁边还坐着另外一个培训生，名叫路安妮，她把袋子递给路安妮，路安妮拿了一根胡萝卜条。休息室的这些宿舍协管里，诺艾尔跟路安妮走得最近，但这也说明不了什么问题。北卡罗来纳大学的同学们都很喜欢并且尊敬诺艾尔，但她就是有点格格不入。她这一生都是这个样子，不过她并不怎么介意。她习惯跟同龄人稍微保持点儿距离。别的女孩儿都对她很热情，有问题甚至会向她请教，但距离一直存在，她也从来没能跟其他女孩发展出那种形影不离和无话不谈的关系。

至于男生们……反正那些学生运动员和纨绔子弟是不知道怎么跟诺艾尔这样的女生打交道的。她有点儿怪里怪气，他们轻蔑地说，在她身边会感觉很别扭，无所适从。她是那种会深更半夜一个人在校园里晃荡的怪女人。她有一种不同寻常的美，但是太难了解而且不值得费工夫。她就好像戴着一层戳不破挑不开的面纱。他们知道她从骨子里就和他们不是一路人。

不过她并不缺少爱慕者。校园里有那么一类男生不但没被她吓住，反而被她迷住了。他们或者思维偏理性，或者带有艺术气息，不敢和典型的女同学搭讪，不过他们觉得跟诺艾尔志趣相投，心灵相通。虽然她在北卡罗来纳大学的前三年没有真正的男朋友，但却跟一些人有着比友情还深厚的关系，哪怕这些关系并不会永久。她觉得都无所谓，因为她只有一个目标，那就是成为一名助产士，其他事情顺其自然就好。

作为一名护理专业的大三学生，她已经开始下一年的助产士课题研究了。她总是能毫不费力地完成自己想做的事，是班里最优秀的学生。人们嘴上没说什么，彼此都心照不宣。她学习刻苦，是教授们的宠儿。在医院临床实践期间一些莫名其妙的规章制度让她不以为然，但她还是乖乖遵从了。特别丧气的时候，她会打电话给还在为威尔逊小姐工作的妈妈，而且每次妈妈都能抚平她的情绪。"他们说什么你就做什么，这样才能拿到学位，"妈妈劝告她，"到时候你就有更多的自由空间去制定自己的规章制度。诺艾尔，你必须找到能够与这个体系相融合的办法。"

现在，诺艾尔跟其他宿舍协管培训生一起坐在休息室里，注意力集中在一个倚靠着沙发背的年轻小伙子身上。他是心理学专业的研究生，这两天一直担任他们的培训老师。"明天学校会乱成一团，"他说，"到这里的第一个小时，人们就会开始抱怨宿舍房间和同屋的舍友，你们要做好心理准备，别被他们弄得手足无措。有什么问题的话你们知道怎么联系到我，对吧？"

每个人都懒洋洋地应了一声，大家在这个休息室里关够了，诺艾尔也不例外。今天天气很好，八月末的气温不算太热，她很想出门。但是培训老师要给他们指派宿舍，她要领到自己的那份任务以后才能走。

她要求被指派到盖洛韦宿舍，就是她所在的这栋楼。她在这里度过了大一学年，记得那时的宿舍协管亲切友善。她也想成为初来乍到的新生们眼中的那种宿舍协管，乐于助人而且不偏不倚。

那位研究生在一沓纸中筛选着，诺艾尔知道上面是各个宿舍每一楼层的学生名单。"诺艾尔？"他叫道，同时把其中一张纸递给她，"你在盖洛韦，三楼。"

"太好了。"她站起来从他手里接过那张纸，又坐回路安妮身边。

研究生递给路安妮一张名单。

"我也在盖洛韦，"路安妮仔细看过那张纸后说，"太酷了。"

"第几层？"诺艾尔问。

"四楼。"

诺艾尔咬住嘴唇，体内生出的那丝渴望让她惊讶。"我大一的时候就住在那里。”她说。

“你对那里很有感情吗？”路安妮微笑着对她说，“你要想换的话，我不会不舍得的。”

她意识到自己的确想要换，不过也说不出为什么。那一年她过得非常快乐，人生中第一次独立闯荡——远离家园，在一个陌生的城市中，尽情享受每一分钟的生活。盖洛韦宿舍的每一层几乎大同小异，所以要求换会显得不合情理，然而……

“你真的不介意吗？”她问。

“不介意啊。”路安妮把她手上四楼的学生名单递过来，诺艾尔在把自己的名单递过去时，在名单尾部发现了一个名字，于是停止了动作。她使劲儿盯着那名字，努力确认自己看到的内容，以至于双眼都眯缝了起来。她把手缩回来。

“我还是负责三楼吧。”她听到自己的声音在颤抖，“我真是犯糊涂了，他们肯定已经把大家负责的楼层做了记录，咱们换过来会把一切都弄乱套的。”

路安妮冲她皱了皱眉。“我觉得那没什么大不了的。”她说。

“不用了，我没事。”诺艾尔说，然后把名单贴在自己的胸口，仿佛那是一笔封存已久的宝藏。

Chapter 11
母女谈话
北卡罗来纳州，威尔明顿市
2010年9月

塔拉

我敲了敲格蕾丝的房门，听到里面一阵忙乱的声音，好像她在做些什么不想让我知道的事情。

"进来吧。"过了一会她说。

我推开门看见她坐在桌子旁边，腿上摊开着一本课本。很有可能她刚刚在Facebook上或是回一封邮件，现在却努力让我相信她实际上在学习。我不在意。我确实不在意。我只希望她能开心。她从她最喜欢的黑色杯子里啜了口什么，抬头看我。毫无疑问，是高挥发性的咖啡。

"我只是过来看看对于缝纫机，你是否需要我帮什么忙。"

"我现在没工夫弄那个，妈妈，"她说，"我在学习。"

"好吧，什么时候都行。"我坐在她的床边，渴望跟她来一次真正的交谈。渴望跟她接触。喳喳把头靠在我的膝盖上，我抚摸着它的背："你为婴儿求助项目帮忙，诺艾尔会很高兴。"

"嗯。"她把背包从地板上拿起来，在里面翻找着，拿出一个笔记本。她在房间里四处张望，只是不看我。我讨厌我们之间的这种紧张情绪。我讨厌这个。

我看着她的黑色杯子发笑。"我不明白为什么这么晚了你还要喝咖啡。"我说。

她打开笔记本，重重地叹了口气，说："每次你看到我下午捧着杯咖啡都这么说。"

是吗？"你让我想起你爸爸，"我说，"你们俩在这一点上真像。"

"说到爸爸，"她说，直视我的眼睛，"你跟伊恩的盛大约会怎样？"

我皱了皱眉，这个问题让我惊讶。挖苦别人不是她的风格啊，并且还是在我没有防备的时候。"那不是约会，格蕾丝。"我说。

她看向窗外，脸颊更红了，我想她并非有意为难我，她只是脱口而出这个问题。"我在想念去世的爸爸，而你却出去找乐子。"她说，"我不明白你怎么能这么对他。"

"那不是约会，"我重复道，"至少不是你想的那样。要很久以后我才可能对你爸爸以外的男人感兴趣，但是有时我也需要跟某个朋友一起出去吃吃饭，看看电影，就像你跟珍妮那样。我们都需要社交活动。"我往前探着身子，低下头，想让她再看看我。"你能理解吗？"我问。

"没事了。"听起来她有些言不由衷。

"我知道你想念克里夫。"我说，又坐直身子。

她低头看笔记本，我感觉我触动了她内心那根最脆弱的神经。

"我没什么大不了的。"她说。

我不知道格蕾丝和克里夫走到了哪一步。他们有过性生活吗？他们曾在一起八个月。虽然我不能想象这幅图景，我也不愿意去想，我觉得他们有过。我确信她爱他。即便到了现在，她的衣柜、书桌和电脑后面的布告栏上都贴满了他的照片。她仍然爱着他。我希望我能够让她不再伤心。

"我还记得我和你爸爸分开的那段日子。"我说。

"分开？你说什么？"

"哦，我不是说我们结婚以后，"我说，"我是说他离家去上大学的时候，我还在读高中。"

"好吧，最大的区别在于你跟爸爸分开时，爸爸并没有跟你分手。"她看起来对自己的言语有些惊讶，看了我一眼。我得捉住这个眼神。

"亲爱的，我知道，"我说，"我知道有多难过。"

"不，你不知道。"她低声说。

"我知道我跟爸爸的情况跟你们的不一样，不过我应付离别之苦的方法就是让自己忙碌起来，被各种各样的事情缠得没空多想。行动起来。"我把身体倾向她，"格蕾丝，我希望你能发现这么做的好处。"

"我已经够忙的了！"她厉声叫道，"我在动物屋打工，我还要上学，还要参与这个愚蠢的婴儿救助项目。你还想要我做什么？"

"那很好，"我说，"不过你只有工作没有玩乐，不是吗？亲爱的，你需要扩大活动范围。我知道你喜欢珍妮，但是也需要跟其他朋友打交道。你爸爸跟我分开的时候，我跟艾莫森和诺艾尔交上了朋友。除了刻苦学习，我还参演戏剧。"

"是啊，你是完美小姐，一直都是。"她说。

"我不是那个意思，"我说，"我只是想告诉你一些应对这件事的方法。"我转动起手指上的结婚戒指。最近每当我紧张，每当我希望山姆在我身边时，我就做这个动作。

"你忙个不停，所以你不需要考虑任何事情，"格蕾丝说，"这样你就可以忘掉你的生活是怎样的一团糟。"

"哦，格蕾丝，"我摇了摇头，"跟这个一点关系都没有，多参加活动会让你更健康。"我不再转动戒指，把两只手平放在大腿上。"你知道，"我继续说，"我们有段时间没聊这个话题了，但是我希望你能认真考虑加入戏剧俱乐部的事。你不一定要参加演出。你写作那么好，你可以写剧本。我知道你会觉得有些别扭，因为我是……"

"你一点都不理解我！"她把笔记本重重地摔在桌子上，"我不是你，好不好？我不会用你那套方法处理事情。"

"是啊，我知道你不会。"我往下压了一下床。这次又失败了，"没关系，那只是个想法罢了。"

"我真的要学习了。"她把生物书举到大腿上方一两英寸的高度，让我看看我有多打搅她。

"好吧。"我从床上起来，走向她的椅子，俯身拥抱了她。她在我怀里僵硬得像块硬木板。"晚餐好了我叫你。"我说。

我离开她的房间，关上我身后的门，站在走廊里，感觉到失落和茫然。这个冷淡的孩子对待我总很不耐烦，让我怀疑她是否就是那个我爱了十六年的格蕾丝。我不知道为什么。因为山姆死后两周我就回去工作了？山姆的事情让她惊恐，但我需要保持忙碌才能生存。难道她还在为我想摆脱山姆的事情而生气？因为我见伊恩，她认为我背叛了山姆？

　　有一件事情我很确定，且不问对与错，她认为我要为山姆的死负责。

　　我也常为此事自责。

Chapter 12
清理箱子

艾莫森

星期五下午，我终于有点儿自己的时间了。珍妮还在学校，泰德在带客户看房子，咖啡厅在午饭高峰期后就被我关掉了。大家都建议我开始供应晚餐，但光是早餐和午餐就已经到我的极限了。尤其是现在，我几乎连这两样都疲于应对。

回到家时，我很诧异地发现珍妮和格蕾丝在车库上面的那个附加房，正在分类拣装为婴儿救助项目准备的东西。

"你们在干什么？"我问道，查看着她们整理好的衣服和被褥。

"今天过去一半啦。"珍妮说着，给了我一个拥抱。珍妮喜欢拥抱他人，这一点应该是遗传自我，而不是泰德。

"你怎么样，格蕾丝？"我问道，随手拿起一件黄色的手织小毛衣，"天哪，这件衣服真可爱。"

"我很好，"格蕾丝说，"虽然我很讨厌缝纫。"她给我看一件小毯子，褶皱的边缘让人好笑。"其他的我做得更好些，"她说，"关键在于机器的张力，妈妈给我调的。"

　　我能想象格蕾丝缝纫的场景。也许她很享受这个。她总是喜欢做独自一人就能完成的事情，比如写作、读书、绘画。

　　"听我说，"我说，"苏珊妮的生日聚会几周后就要开了，塔拉和我需要有人帮忙布置一下会场。你们两位有时间吗？"

　　"苏珊妮要办生日派对？"格蕾丝从她正在叠的毯子里抬起头来。

　　我点点头。"她五十岁的生日聚会。"我说，"我们想在这幢屋子里举办这个聚会，并且……"

　　"克里夫会回来参加吗？"她问道。她的表情充满期待与渴望，我都不忍看她。

　　"亲爱的，我不太清楚，"我说，"也许吧。"克里夫跟格蕾丝分手时，格蕾丝眼里的光芒都黯淡了。

　　格蕾丝放下手中的毯子，从口袋里掏出手机。我看着她发了一条短信给克里夫，毫无疑问。珍妮也看着她，我看到珍妮的脸庞显露出一丝担忧。

　　珍妮抬起头看着我，"妈妈，我们能帮一下忙。"她说。

　　"太好了，"我说，"还有一件事。今天早上我跟苏珊妮说话时，她告诉我有一对婴儿昨晚早产了，她让我问问你们俩下午能不能送点婴儿用品到医院去。"

　　"当然可以。"珍妮说。自从她有了驾照后，她不放过任何能开车的机会。

　　格蕾丝从手机上抬起头来。"你能先送我回家吗？"她问珍妮。

　　"你不想去看新生的宝宝吗？"珍妮问。

　　格蕾丝摇了摇头，不过我知道她不是不想看宝宝，原因在医院。塔拉告诉过我这些天即便是看到指向医院的路标格蕾丝都会犯晕。

"他们今天下午就要，"我说，"你们先去办这件事吧。"

"好的。"珍妮回答道。

我走向楼梯，下到一半时，听到珍妮问格蕾丝："他怎么说？"

我停下脚步偷听。

"不会错过的，不然她会杀了我。"格蕾丝说。我想象着她从手机屏幕上读这条消息的情景，我能听出她话语中的笑容和希望。

哦，格蕾丝，我在心里嘀咕。他十八岁了，上大学了，宝贝。这一点你没法忽视。

到楼下了，我走向我们在家里的办公室，诺艾尔装卡片的箱子等着我呢。它给人的感觉就像另外一个活人，一个占地儿不大但却充满力量的人。那箱子是我们最后的希望，因为诺艾尔家里没有任何东西能给我们想要的答案。我和塔拉问遍了方圆二十里的每一个妇产中心，那里的员工全都知道我们一直被蒙在鼓里的事：那就是诺艾尔很多年前就放弃了助产士职业。最近没什么人见过她，所以我们也没必要多此一举问他们是不是知道她心情不好。苏珊妮和其他志愿者都来问过我们同样的问题。不管诺艾尔遭遇了什么样的烦恼，也只有她自己才知道。我猜那个箱子也给不出答案，但是如果我置之不理就会遗憾，至少它能给我希望。

再没什么借口拖延了，我现在就有时间，我这就开始发掘。

家里的办公室是我和泰德共用的，一个面积很大、屋顶很低

的套间，是前一任房主为亲家特意加盖的……不过他们一定不怎
么喜欢这亲家。虽然低矮的天花板让人压抑，但是地方够大，我
们还算满意。泰德的办公桌和办公设备在房间的一侧，而我那张
较小的办公桌在另一侧。我们在没窗的一面墙上打了个书架，窗
子的前面放了两张长桌，让泰德可以摊开他的区域图。这时候影
子和布鲁正在桌子下打着呼噜。"热辣"开业之前我那部分办公
室只用来记录家事，现在我也有了自己的文件柜，专门放咖啡厅
的资料。曾经发生的这一切对我来说都太不可思议，我已经开始
陶醉于美好的生活。可现在山姆和诺艾尔都死了，祖父也要离我
而去，我知道自己再也无法有那种"万事如意"的感觉了。

　　我在窗边的扶手椅上坐下，从箱子里抓起一把卡片和信，但
马上意识到这种随意的方法不会有什么效率。我手上这些信有一
封是一个月前的，还有一封是八年前的。有一张诺艾尔和另一个
助产士所通电邮的打印件。有两张婴儿的照片，还有一张十几岁
男孩儿的照片。有一张珍妮送的生日卡，我还记得是几年前我帮
她选的。仿佛诺艾尔曾经用一个巨大的搅拌机把箱子里的东西全
部折腾过。要是塔拉能有时间帮我就好了，她可以在三十分钟之
内把这堆乱七八糟的东西全部按时间和字母排好顺序。

　　我站起身，把窗边的一张桌面清空，开始把卡片、信、照片
和一些剪报堆成几摞。泰德还是认为我应该把这些乱七八糟的东
西扔掉，但是诺艾尔一直保存着它们，说明它们对她很重要。我
想尽量感知她把这些东西放进箱子里时的心情。她为什么要保存
它们呢？泰德认为我变得多愁善感了，一方面为诺艾尔伤心，另
一方面又为祖父担心。他说我深陷其中不能自拔，或许吧，但这
箱子就好像是最后的纽带，将我与一个最好的朋友连接起来。里

面都是她珍而重之的东西，所以才会一直留到现在。

如果我把这些东西按照时间顺序排列，也许能追踪到她过去这些年的心路历程，甚至可以为她写一本小传。如果我们能找到她长大成人的骨肉，或许他（或者她）会珍惜亲生妈妈的这份纪念。

"就好像你有时间写似的。"我一边整理一堆卡片一边自言自语。影子抬起头看看我，怀着一线希望听我是不是在说吃的东西。

我一眼认出诺艾尔最后一个生日时我寄给她的卡片，的的确确是她最后一个生日。我抚摸着它，心情无比沉重，然后从箱子里又抓了一把出来。里面有一张去年的剪报，是关于当地妇产中心遣散助产士的。我摇摇头，这正是我们当初认为她辞职的原因。她就是这么告诉我们的，不是吗？她说她金盆洗手得正是时候，可事实是，她更早以前就已经脱离这个行业了。"为什么你不告诉我们？"我大声问出来。

我打算把这些东西按照时间顺序排列的计划很快夭折，因为许多卡片和信上压根儿没有日期。于是我把它们按照类别分开：第一摞是卡片，第二摞是信，第三摞是电邮打印件，第四摞是报纸文章。箱底还塞着一张，一半被卡在了箱缝里，是格蕾丝还不到四岁的时候给诺艾尔做的情人节卡片。我眼前出现一幅画面，诺艾尔拿着卡片准备扔进垃圾箱，然后又转念决定把它放进保存纪念品的箱子里。

趁着中间休息的空儿，我去厨房泡了一杯茶，打开从咖啡厅带回家的烤饼，掰了几角给跟我一直到厨房的两只狗，然后拿着烤饼和一杯茶走回办公室。

再走进去的时候，有一摞最上边的一小张蓝白方格的记事卡一跃一跃地朝我飘过来。我把杯子和碟子放在我的办公桌上，从地上捡起这张卡片。在打开的一瞬间，我就一屁股跌进扶手椅里，因为它着实给了我重重一击：卡片是我自己写的，很久很久以前，确切地说是十七年前。

诺艾尔，

谢谢你的照顾。你就像完全理解我的痛苦，而且清楚地知道怎样做和怎样说才能帮到我。我不知道没有你我会怎么办。

爱你的，默

我记得自己是在第二次流产几个星期后写了这番话，在我失去了第二个孩子之后。当时我跟泰德住在校园附近，于是诺艾尔搬进来两个星期帮忙料理所有的事，包括做饭，清洁，还有最重要的，聆听我内心的痛苦。那时候泰德已经不知道用什么话来安慰我；他自己也有伤痛需要复合。诺艾尔知道我有多想要那两个孩子。一年多以后，我已经将珍妮抱在怀里。虽然她无法弥补我曾经的失落——每当想起那两个永远无法知道性别的孩子，我仍会感受到那种失落——但是珍妮让我得以回归正常的生活。

我手里握了卡片好一会儿。留着它有什么意义呢？留着每一张写给诺艾尔的卡片有什么意义呢？不过我还是把它放回到那一摞最上面，因为现在还不需要马上作决定。

我一边读着信，一边小口呷着我的茶。全部都是感谢信，而且通篇文字都洋溢着幸福，是在喜极之时才能写出的那种感情，在被我自己那张伤感的旧卡片打击以后，我的确需要读读这样的信。我腿上放了一堆信，大部分是一目十行，个别的几封会逐字逐句地读，然后把看完的那些倒扣着放在椅子扶手上。

我读到一张几乎空白的信笺，用了一会儿工夫才认出是诺艾尔惯用的那种。纸上是熟悉的朦胧桃红色的席纹图案，我已经好多年没见过这种信笺了——现在还有人会用笔写信吗？——但是我记得偶尔会收到她写在这种纸上的信息。这张纸上只有一行字：

亲爱的安娜，

好多次我提笔想给你写这封信，现在再次提笔，仍然不知道该如何对你讲述……

仅此而已。就这么一句话。告诉她什么呢？安娜是谁？我在信和卡片里筛找来自安娜的东西，但是只有一张署名是阿娜的卡片，上面写了，"诺艾尔，我们全家都喜欢你！！！阿娜。"跟诺艾尔那封信里的安娜写法不同，而且没有姓，没有日期。上面用胶条粘了一张小男孩的照片，我把它撕下来的时候看到背面写着名字：保罗·德莱尼。

不知道该如何对你讲述。

这封信很旧，桃红色的信笺在时间的侵蚀下已经变软。此时此刻它可能跟什么关联在一起呢？

我暂时不管这封没写完的信，继续整理那一摞东西，小口咬着我的烤饼，呷着我的伯爵茶。还没整理到最下面一层，我就发现另外一张诺艾尔写了一半的信，不过是打印版。纸都有点皱了，我记得在一开始把那些信堆成摞的时候就想把它抚平的。我读着它，倒吸了一口气，却忘了再呼出来，然后迅速站起身，动作猛烈得把茶杯都碰到了地上。

Chapter 13
答案

北卡罗来纳大学，威尔明顿分校
1988年

诺艾尔

　　新生们塞满盖洛韦宿舍的第二天，诺艾尔开始挨个儿查看，还特意把305室放到最后，就好像每天早上她都把水果沙拉里的蓝莓留到最后吃，因为那是她的最爱。不过她从没急切地渴望过那些蓝莓，现在她却异常急切地渴望到305室。

　　还没接近敞开的房门，她就在走廊里听见那间屋子传出的笑声。这两个女孩儿，艾莫森·麦加里蒂和塔拉·洛克，简直就像粘在一起的一样。她敲了敲门框，向里面张望。女孩儿们坐在离窗户最近的那张床上，在挑拣唱片。她们抬头看诺艾尔，诺艾尔马上知道谁是塔拉——那个棕色眼睛的金发女孩儿——谁是艾莫森，那个长了一头又长又黑的鬈发的女孩儿，诺艾尔再清楚不过要梳通那种头发有多困难。

　　"嗨。"她笑道，"我是诺艾尔·唐尼，你们的宿舍协管。我正挨个儿屋转悠，想跟大家认识一下。"

金发女孩光着脚跳下来，伸出一只手。"我是塔拉。"她说。

诺艾尔跟女孩儿握了握手，然后把注意力移向艾莫森，她腿上放了一堆唱片，没有起身。诺艾尔只好探身过去跟她握手。"艾莫森？"她问。

"没错。"她笑得很美，温暖迷人，诺艾尔依依不舍地放开她的手。

"要坐一下吗？"塔拉指了指书桌椅，诺艾尔讶异于自己想坐下的渴望，她的膝盖忽然软得无法站立。

"我听见了你们俩的笑声，好像是老朋友一样，"她说，"你们俩来这里之前就认识吗？"

她们笑着彼此对视。"只是有那种感觉而已。"塔拉说。很明显她是两个人中比较外向的一个，这一点可以从她明亮的眼睛和自信的声音中看出来。

"我们一见如故，"艾莫森说，"我是说，暑期我们在电话里通过一次话，聊了聊要带的东西和各种话题，但实际上我俩根本不认识。"

"然后昨天我俩见面后，就感觉好像认识几辈子了，"塔拉说，"我们聊了通宵。"

"简直超乎寻常，"诺艾尔说，"这种情况并不是总能见到。"也不是总能长久，她想。不过她希望这两个人能实现这一点。她已经开始祈祷艾莫森能万事如意，这种感觉发自肺腑，那么深切，把她吓了一跳。她忍不住观察艾莫森的一言一行，在这间屋子里她一下子就迷失了自己。她不能对艾莫森另眼相待，要对她和其他学生一视同仁。

她扫视到两个柜子，每个上面都摆了相架。她试了试自己的腿，然后站起来拿起其中一个摆着年轻小伙子照片的相框，他黑发及肩，看起来很面熟。他的脸型很匀称，蓝色眼睛加上黑色头发容易给人留下深刻的印象。"这男生是谁？"她看了看艾莫森，又看了看塔拉。

"山姆，"塔拉说，"我男朋友。他也在这里，法律预科。"她的语气中透露出自豪，"他在校外住。"

"啊，"诺艾尔说，"我觉得我在哪里见过他。离他很近是不是很开心？"

"是啊，当然。"塔拉笑得好像这个问题问得很傻，而诺艾尔也觉得如此，她不像平常那样思路清晰了。

"他暑假时把头发剪了，现在看上去完全不一样了。"塔拉说。

诺艾尔拿起第二个柜子上的照片，那才是她真正想看的，就像她水果沙拉里的蓝莓。那是一张全家福，有艾莫森，还有一个男人和一个女人。女人的头发很短，红褐色，打着卷儿。她笑得非常非常开心，看起来很年轻，三十五六岁的样子。诺艾尔看了看艾莫森。"是你父母吗？"她问。

"是啊，我还没有男朋友。"她哈哈大笑，"要帮我介绍一个啊。"

"他们住哪儿？"她的目光几乎没办法从女人脸上移开。

"加利福尼亚。"

"加利福尼亚！"会不会是她搞错了？"那么……威尔明顿是……你在这里住过吗？"这问题问得很奇怪，话一出口她就觉察到了，但是艾莫森好像没注意到。

"实际上我高二时才从这里搬走，那时候我爸爸被调到格林斯博罗，所以我在那儿上完的高中。七月份的时候他又被调到洛杉矶，但是我想待在北卡罗来纳。我喜欢威尔明顿。"

"我来自韦克福里斯特。"塔拉主动说。

诺艾尔强迫自己把照片放回艾莫森的柜子上。"你的名字有什么来历吗？"她问艾莫森。

"我妈妈出嫁前用的名字。"

是的，诺艾尔想着，是的。"跟我多聊聊你们的家里人吧。"她说，又坐了回去。她没问过其他学生这个问题。她不过跟她们聊聊她们的课程，专业和爱好。但是她现在要装得好像这是一次对学生摸底的例行公事的谈话。

塔拉先开口，仿佛本来就该如此一样。她爸爸是会计，妈妈是家庭主妇。她是独生女。

"我也是。"艾莫森插进来一句。

不，你不是的，诺艾尔心里暗暗说。

塔拉讲起话来滔滔不绝。她读的是戏剧专业，诺艾尔对此一点也不感到惊讶。换个场合，诺艾尔一定会被她吸引——为她的热情活力，还有她的活泼开朗——但是眼下，她急切地想让艾莫森接过话头。

"那你也是独生女了。"等终于有机会把焦点转回艾莫森身上，她赶紧说了一句。

"是啊，我妈妈是护士，爸爸在一家大型家具公司做销售。"

护士！"我也是护理专业。"她脱口而出。这跟你无关，她在心里提醒自己。但是这次谈话从头到尾明明就跟她有关，她心知肚明。她又瞥了眼艾莫森父母的照片，盯着那个有灿烂笑容的女人："他们会不时来看你吗，还是你回加利福尼亚看他们？"

"他们现在对加利福尼亚很着迷，"艾莫森说，"不过我外祖父母住在杰克逊维尔，他们有时会回北卡罗来纳。"

诺艾尔的心怦怦跳着。**外祖父母**。她想起那个马尼拉文件夹，就在走廊尽头她的房间里——那是她妈妈的东西，不过她自己留下来了。"祖父母还是外祖父母？"听起来她是不是有些疯狂？她没有问过任何其他学生祖父母的问题。

"外祖父母，"艾莫森说，"我祖父母都已经去世了。"

"我的祖父母和外祖父母都在，"塔拉说，"但是他们四个都住在阿什维尔，也就是我爸妈长大的地方，我很少见到他们。"

"真是遗憾，"诺艾尔说，"最近你可以找个时间去看看他们。"她又把注意力转向艾莫森，希望自己表现得没有她心里感觉的那么无礼。"你们家族中还有人的名字很有趣吗？"她问，"你父亲怎么称呼？"

"老土的弗兰克。"艾莫森说。

塔拉皱起了眉头。诺艾尔从眼角看到了她的表情。塔拉不太明白她的意图——谁又可能猜到她真正的目的呢？但是诺艾尔担心塔拉已经开始觉得她们的宿舍协管神经兮兮。不过她已经知道了她要的答案。她现在知道一切答案，她在这个房间一秒也不能多待，不然她就要爆炸了。

她看了看表。"哇哦，"她惊叹道，"我在这里待得太久了！应该去下一个房间了，我真的是太想认识你们两个了。明天晚上我们在走廊里有一个见面会，会有点心和游戏，你们俩到时候一定要来啊。"她站起身，不过由于感觉有些摇晃，手还抓着

椅背。"另外，如果你们有什么问题或需要，直接到我房间里来
找我好了。"

"好的。"塔拉说。

"谢谢来访。"艾莫森说。

诺艾尔一走出门口，就不得不靠在墙上来支撑自己的身体。
她听到305室传来咯咯的笑声，塔拉跟艾莫森小声嘀咕着："我觉
得她简直就是爱上你了。"

说得八九不离十。

回到房间，她拨通了威尔逊小姐家的电话，听到妈妈的声音
后她终于松了一口气。"妈妈，我要跟您谈谈，"她说，"认真
地谈一谈。"

"你还好吗？"妈妈听起来上气不接下气的，好像是跑过来
接的电话。

"我很好。"诺艾尔在床上坐下，其实一点都不好，"您有
时间吗？"

"稍等一下。"妈妈放下电话，诺艾尔听到那边传来叮叮当
当的碗碟声。然后她又拿起电话："好了。出什么事了？"

这次谈话她在过去几年里思忖了不下百遍，却从未真正预料
到它的发生。她没料到艾莫森，她甚至不知道艾莫森的存在。与
她的见面改变了一切。

诺艾尔吸了一口气："我去上大学前，帮你把东西从家里
搬出去的时候，看到了一份你的文件。我不是故意的，因为那
天刮风而且……这都不重要，反正我看到它了，那份关于我的
文件。"

"关于你的?"

"关于我的身世,我被收养的情况。我拿到了那份文件。"

妈妈沉默了,诺艾尔想象着她是在努力回忆起那份文件里的确切内容,想判断出诺艾尔已经知道什么,还不知道什么。

"那里面有我亲生母亲的社工记录……一切。"

电话那边的妈妈再一次陷入了沉默。"为什么你现在提起这个?"最后妈妈问道。

诺艾尔记得碧伊生第一个孩子那天,她们俩在回家路上的谈话,妈妈说起诺艾尔年仅十五岁的未成年妈妈,在生下她后就送人收养:"你说你不知道她是谁,只知道她十五岁。"

"我不认为告诉你她的身份有什么意义。她的身份不重要。"

诺艾尔闭上双眼。"妈妈,"她说,"我们这儿有个女孩儿,跟我一个楼层。她是个大一新生,名字叫艾莫森·麦加里蒂。"

妈妈叹了口气:"艾莫森是你亲生妈妈的姓,但是我不明白为什么这会让你联想到——"

"麦加里蒂,妈妈。她爸爸是弗兰克·麦加里蒂。这名字你不熟悉吗?"

"我应该熟悉吗?"

"是社工记录里写的。"她想着是不是过了这么长时间,妈妈把整个事情都忘了,"在一次晚会后,苏珊·艾莫森怀孕了。她都不知道那个男孩姓什么。不过她确实有一个男朋友,弗兰克·麦加里蒂,不过她不想让他知道这件事情。她父母也不希望别人知道。他们把她送到她的……"

"她的姑姑那里。"母亲又叹了口气，"诺艾尔，这些我都知道，我知道得很清楚，虽然我忘了她男朋友的名字。他跟这件事情没有关系啊，我不理解你……"她突然喘了口气，"我的天啊，"她说，"你觉得跟你同一个楼层的姑娘是她的女儿？苏珊·艾莫森的女儿？"

"她是我同母异父的妹妹，妈妈。你应该见见她。"

"你不能告诉她，"妈妈忙说，"收养记录是密封的，她妈妈永远都不想让别人知道。"

"可是，社工记录不是密封的，对吧。你就有。"

妈妈犹豫了一下，"诺艾尔，我是接生你的助产士，"她终于说了出来，"你认识苏珊的姑姑，她的家人希望对所有事情保密。你被放在福利院两个月，然后我跟你爸爸才办好收养手续。我得对那份社工记录保密，对整件事……每件事。我无论如何不应该把它们放在任何可能被你发现的地方。诺艾尔，你不能利用这些资料采取任何行动。你能理解吗？"

"她是我的妹妹。"诺艾尔又说了一次。

"你不应该接近她。"

"我想接近她。"

"亲爱的，不要用这件事伤害她，"妈妈说，"也不要伤害那个家庭。诺艾尔，最最重要的，不要伤害你自己。旧事重提没有任何益处。好吗？"

诺艾尔想到305室的那个女孩儿，还有照片上本来是她妈妈的那个女人。她想到自己对那个女人可能意味着什么。一个巨大的错误。就像妈妈刚才说的那样，那是她避之唯恐不及的东西，她迫切想要摆脱的东西。她想起艾莫森谈起自己的家庭，她的母亲，她的外祖父母时，眼中的爱意。

　　"好吧。"她说，泪水涌上双眼，她知道她只能远远地关爱着她的妹妹。

Chapter 14
最喜欢的学生

北卡罗来纳州，威尔明顿市
2010年10月

塔拉

今天最后一节课后我小憩了一下，接下来还要为三年级学生排演戏剧。我坐在教室的书桌前，刚把当日计划表丢进提包，就发现我的手机信号灯在闪啊闪的。虽然只有三十秒钟就要出发去礼堂，我还是按了收听键。

艾莫森听起来像疯了一样。"马上打给我！"她叫，然后又像刚刚想起来似的加了一句，"没有人死掉。一定要打给我。"我一边皱眉，一边把手机丢回提包。我们的生活何至于斯，居然不得不在我们的电话留言里加上一句"没有人死掉"？

我往礼堂走去。我得安排一个学生帮着照看几分钟，这样我才好给艾莫森回电话，确定一切正常。

我走进礼堂的时候，孩子们已经先我一步全都到了。

"文太太！"有两个人看到我后大声喊。

"嘿，伙计们！"我回应道。

他们正在前排的座位附近闲逛，一些人坐在舞台外沿上，看到我都露出微笑，咧着嘴。这些孩子很喜欢我，真希望我对自己的女儿也能说上这么多话。

亨特有一个富丽堂皇的大礼堂，一排排深紫色的座位从高到低直到舞台的位置，构成一个漂亮的碗形，是能让发烧友为之发狂的那种。不过我没有走向舞台，而是招了一个叫泰勒的男孩儿过来，到礼堂一进门处我站的位置。

"你能不能帮我照看几分钟？"我问他，泰勒是个好孩子，新入学的，很有艺术气质，他是舞美师之一，"我要打个电话，很快。"

"我？"他看起来有点吃惊。

"就是你，"我说。然后我对剩下的学生们喊："大家听好！我要打个电话，就一会儿工夫，所以泰勒会跟你们讲讲布景的事儿。有什么意见和想法都告诉他，我马上回来。"

我离开礼堂的时候他们还很安静，我知道大门在我身后关上的一刹那，里面就可能会闹翻天，不过几分钟对他们来说应该还好，我必须速战速决。

我沿着大厅一直走到教师休息室，希望选择泰勒不是个错误。我本来可以选择别的学生；我对很多其他的学生比对他要了解，而三年级的学生演员里也确实有些真正的明星人物。不过每当有特殊任务我都会小心翼翼地选择不同的学生去执行，我不想被任何人指责偏爱哪个宠物，再也不要。

我一直很讨厌"老师的宠物"这种形容。我上高中的时候，人们用它来形容我，因为当时的戏剧俱乐部主管斯塔基先生对我宠爱有加。他看到我的天赋和热情，就认为找到了一个可以帮他使戏剧俱乐部走出平凡的学生。或许正是他对我的信心娇纵了我的恃才自傲，让我以为自己肯定是上耶鲁的料，那可是我的梦想，结果我对其他的课业没有付出太多精力。回想起来，我很生气他把我变成了他所谓的天才学生。那不但让其他学生因为嫉恨他对我的关注而疏离我，还让我对自己的真实能力丧失准确的判断。因为我虽然是那所小高中里最好的演员，但并不意味着我就是最好的演员。我只不过是矮子里拔出来的将军。

到我自己当老师的时候，我发誓永远不会有这样的宠物。我知道我会有最喜欢的学生，会关注那些勤勉刻苦不需要我操心劳神的学生，还有成绩突出让我备感成就的学生。不过我发誓永远都不会偏袒宠爱他们中的任何一个，而且我扪心自问，自己的确成功地做到了这一点。不过，每当那个玛蒂·卡弗蒂登台演出，我都会惊叹她的表现，虽然我努力隐藏这个事实，但是大家都心知肚明。我是在车祸后才意识到这一点的，因为那时候人们都在说这件事有多讽刺，我最喜欢的学生开车撞死了山姆。更糟糕的是，格蕾丝也知道。"你还以为她是完美无缺的！"当我们得知驾车的那个人正是玛蒂的时候，她这样挖苦我，当时正在给男朋友发短信的玛蒂。我本来可以让玛蒂照看一会儿礼堂里那些人的，我知道自己可以信任她。

想到玛蒂，我的脸有些发热，当我走进教师休息室的时候，一个理科老师正好要离开，她一脸忧虑地问我："你还好吗？"

"很好，"我笑了笑，"就是有点赶时间，常有的事儿。"

格蕾丝是对的，我原以为玛蒂很完美。

警察出现在教室门口时我正在上即兴表演课，我的第一反应就是是不是格蕾丝出了什么事，心怦怦跳。

"是你的丈夫。"我和那名警察一起走向校长办公室时，他说，校长办公室离我的教室只有几步之有遥，"他出了严重的事故。"

"他还活着吗？"我问。那是最重要的事，就是他还活着。

"我们到里面细谈。"他说，打开校长办公室的门。两个行政助理用惨淡的表情看了看我，他们肯定知道些我还未被告知的事情。

她们中的一位向前走了一步，抓住我的手。"需要我把格蕾丝叫出教室吗？"她问。

我点点头，让那名警察引我到一个指导老师的办公室。

"他还活着吗？"我又问了一次，我的身体在颤抖。

他拉出一把椅子，几乎把我硬塞进椅子里，我一动不动。"他可能没办法醒过来了，"他说，"很抱歉。您女儿一到，我们就……"

我站了起来。"不！"我大吼道，"不。"我看到警察向门外看去。他们当然听到了我的话，但我不在意。"我要去看他。"我说。

"您女儿一到，我们就去。"他说。

门开了，格蕾丝站在那里，双眼充满恐惧。"妈妈，"她说，"发生什么事了？"

我把她拉进我的怀里。"亲爱的，是爸爸。"我尽量表现得平静些，但是我的声音在颤抖。我紧紧地抱住她，紧得我们两人都没法呼吸。我吓坏她了。我吓坏我自己了。

在警车的后座上，那名警察仔细向我们讲述具体的细节，我死死地抓住格蕾丝的手。当时山姆正要穿过蒙奇章克奇的十字路口，另一辆车拦腰撞上了他的新普锐斯，车主是一个女孩，正在发短信。他并没有告诉我们这个女孩就是玛蒂。他也不会料到这个女孩的身份会给我们造成什么样的影响。

车祸一个月后，我在学校在线新闻中查找一篇对我们去年表演的一出戏剧的特别评论，突然在冬季的一期报纸上瞅见了一张照片，照片上是我和玛蒂·卡弗蒂。照片的标注是：文森特太太在南太平洋指导玛蒂·卡弗蒂。格蕾丝当然也看过这张照片。她就为校报工作。说不定是她添加的说明。照片里，我站在玛蒂旁边，手放在她的肩上，她浅色的头发垂到我的手腕上。我想起在那出戏剧中跟她一起合作的感受。我有一种发现了下一个梅里尔·斯特里普的感觉。我不知道如果格蕾丝现在看到这张照片，她会怎么想。我希望我能删掉学校文件里所有玛蒂的照片，至少删掉这一张，因为看上去我是那么地喜爱玛蒂。

车祸后，玛蒂的父母就马上把她从亨特带走了。他们一家搬到了佛罗里达，一个月后，我还收到她寄来的一封发自肺腑的信，充满悲伤和悔意。"我无法请求您的原谅，"她写道，"我只是想让您知道每一天我都会想到您，想到文森特先生和格蕾丝。"

我已经原谅她了。她是很没有责任感，爱做蠢事，但是格蕾丝也有这样的时候，而我在她那个年纪也一样。格蕾丝永远都不会原谅她，她也永远都不会原谅我，因为我曾一度那么喜欢玛蒂，而且似乎从没有像对待玛蒂那样对待过她。

我找到一个安静的角落，伸手到提包里取出我的手机。"塔拉！"艾莫森接起电话。

"怎么了？"我问。

"我要跟你谈谈，"她说，"今晚跟我一起吃晚饭吧？"

"你是发现诺艾尔什么事了吗？跟她的孩子有关的事？"

"我不想在电话里谈这些事。我只是……哦，我的天啊，塔拉。"

"什么？"

"六点钟亨利饭店，行吗？我真是……这件事只能你跟我知道。"

她的声音像完全换了一个人，她把我吓坏了："你生病了吗？"一想到要失去另一个我深爱的人我就陷入恐慌。

"没有，我挺好，"她说，"六点行吗？"

"可以。"我说。挂了电话后，我忧心忡忡。**她没生病也没人死掉**，我这样告诉自己，把手机关掉，放回提包。既然如此，那么不管是什么事，我都能应对。

Chapter 15
两封信

艾莫森

我对亨利餐厅熟悉得就像自己家的客厅一样。这里面的光线总是泛着一种琥珀色，应该是木制装饰品、室内灯光和卡座里的摩卡咖啡色皮坐椅综合作用的结果。在那种空间里总能舒缓我的情绪，但是今晚要让我的情绪得到舒缓，单靠它远远不够。

我在靠近窗户的一个卡座里发现了塔拉，我们总号称那是我们的座位。"那里应该有块牌子写上'盖洛韦女孩儿专属'。"塔拉有一次这么说，那时候我们每周都喜欢聚在一起，直到各自的生活让我们身不由己。

塔拉站起来给了我一个拥抱，但是没有笑容。她知道接下来会是严肃的话题。

女服务生记下我们要喝的东西，另外由于对菜单已经烂熟于胸，我们干脆连吃的也一起点了。塔拉要了一份牛排和一份烤土豆，我只要了一份特色沙拉。自从发现那封信之后我就吃不下什么东西，所以我怀疑自己可能连沙拉也吃不完。不过，我确信自己能迅速喝下一杯白葡萄酒。

"你就吃这个吗？"塔拉问。

"不是很有胃口，"我说，"不过我很高兴看到你的胃口恢复正常。"我挤出一丝笑容。塔拉一向都是那种想吃什么就吃什么，但是连一盎司都不会胖的女人。不过山姆死后，她几乎瘦得皮包骨了。我和诺艾尔都很担心她。

"对我来说再也没有正常可言。"塔拉说，我想到提包里的爆炸性消息。几分钟后，对我们两个来说都再没有正常可言。我感到眼睛湿润了，尽管琥珀色的光线很暗，塔拉还是注意到了。

"亲爱的。"她从桌子那边伸过手来抓住我的手，"是什么事？你外祖父吗？"

"不是。"我长吸了一口气，好吧，我想，说出来吧，"我在诺艾尔家里发现了一样东西。"

女服务生在我面前放了一杯白葡萄酒，在塔拉面前放了一杯红葡萄酒。我吞了一大口，塔拉等着我的下文。我已经感觉轻飘飘的了。

"那儿有一箱信……主要都是感谢卡还有病人们寄来的那类东西……总之五花八门。"我的指尖在桌面上轻敲着，手抖个不停。"我全都读了一遍，"我说，"我必须这么做。我想要更靠近，你明白吗？"

"我明白。"塔拉说。她当然会理解。她告诉过我，山姆去世后她读了一些他写过的枯燥无味的辩护状，只为让自己感觉与他依然联系在一起。

"不管怎么说吧，反正我最后找到了这两封信。"我拿提包的时候感觉手掌都是湿的。那两张纸被我对折成一半大小，现在我打开它们，露出桃红色信笺上的手写内容。"都是诺艾尔写的，不是别人写给她的。这张上面只有一行字。"我用手指抚过纸面，倾着身子好让自己离塔拉更近一些，"亲爱的安娜，"我读道，"好多次我提笔想给你写这封信，现在再次提笔，仍然不知道该如何对你讲述。"

"安娜是谁？"塔拉问。我们隔着桌子尽量伸长身子，两个人的脑袋几乎都快碰上了。

"我不知道。"我又喝了一口葡萄酒。"但是我知道诺艾尔想说的事情是什么，不过还是不敢相信。"我把桃红色信笺塞到那张白纸的下面。"这是第二封信，"我说，"很明显她是在电脑上写的，然后打印了出来，不过信没写完，所以我还是不知道——"

"读读看。"塔拉打断我。

"日期是2003年7月8日。"我说。然后开始读信，声音小得像在耳语。

亲爱的安娜，

我在报纸上读到一篇关于你的文章，觉得有必要写信给你。要告诉你的事情很难用言语表达，不过，不过当你知道这些事情时，你会更为震惊。我很抱歉。我是一名助产士，至少曾经是。

多年前，我因为背部受伤，一直服用止痛药，但是这影响了我的平衡感和判断力。我不小心把一个新生儿摔到了地上，导致她当场死亡。我慌乱得无法正常思考，于是利用职务之便从医院里抱走了一个长相差不多的新生儿，替换了被我杀死的那个孩子。我讨厌这么说，那真的是个可怕的意外。

现在我知道了自己抱走的是你的孩子，我为自己的所作所为

带给你的一切感到非常地抱歉。不过我希望你知道，你的女儿有
一对非常出色的父母，对她爱护有加，而且……

　　我抬头看着塔拉，她的眼睛睁得大大的。"信到这里就结束
了。"我说。

第二部
安娜

Chapter 16
女儿哈莉
弗吉尼亚州，亚历山大市

安娜

每个早上，我都会吻着我的女儿说再见，而每一次都可能是我最后一次吻她。每当我去上班或者送她跟朋友出门的时候，我都会当最后一次那样拥抱哈莉。她从不拒绝，尽管我知道那一天终会到来。她现在十二岁，眼看就要十三岁了，用不了多久的某一天她会说，"妈妈，走你的吧。"全世界所有正常和健康的母女都会相互斗争，就像跳着一支战舞，而我希望哈莉能够活到叛逆的年纪和说"我恨你"的那一天。所以，当她跟布莱恩外出，急急忙忙戴上头盔骑出车库，却忘记跟我说再见的时候，我控制住自己，不去喊她回来给我一个拥抱或者说一句"当心点"，而只是咬着嘴唇让她就这么离开。

虽然布莱恩回到我们的生活中已经将近两个月了，但是看他带哈莉出门我还是不太放心。今天他是要带她沿着波拖马克河骑自行车，我知道这是件值得庆贺的大好事。首先，哈莉的体力允许她骑车出游。这是她治疗的第八周，因为她的行动和感觉都能够像一个正常的孩子了，所以这一周她获准离开医院和停止化疗，改为在家休养。光是这一件事就足够值得庆贺了。现在的她仿佛又恢复了从前的模样，只是脸部还因为激素的作用而有些臃肿，而且偶尔会突然发个小脾气（我暗暗为此高兴，因为我喜欢这时候她身上透露出的那种好胜的坚毅）。第二，布莱恩正在扮演一个好父亲的角色。这一点我还不太适应。扮演两个月的好父亲并不足以弥补十年的遗弃，我心里的某个部位还有对他的怨恨，无法软化。哦，他遗弃我们之后每个月都会从阳光明媚的加利福尼亚的账户上划过抚养费来。哈莉生日的时候他也会寄礼物来，尽管那些礼物说明他对她的兴趣爱好一无所知。芭比娃娃和珠宝首饰？从来没有过。可是现在看着他们两个骑向弗农山的自行车道，我告诉自己，还是珍惜现在吧。*如今他已经回来了，并在竭尽全力，更何况哈莉喜欢现在这样，喜欢他。*

我走到楼上的办公桌前——这是我公司以外的另一间办公室。从我的办公桌这里可以俯瞰马里兰河，尽管在这套房子里生活了七年之久，但我依然看不够河面和远处绿树成荫的河岸。然而我还有好多工作没做，终究还是不得不开始回复在过去几小时里堆积如山的电子邮件。我就是通过电邮来告诉布莱恩哈莉的病情再度恶化的。那是在我得知这一消息的三天后，因为直到那时我才能够忍住决堤的眼泪，否则就连屏幕都看不清楚。我本来以为我们已经安全了，可恶！十年的病情缓解总应该发挥点作用吧。她是我的亲骨肉，活泼开朗，聪明伶俐，跟她在一起总是有很多乐趣，所以如果要在她和朋友之间选择，那我宁愿跟她一起出去玩。你永远不会知道她小时候曾病得那么重，而她自己对那十八个月的噩梦也只有微乎其微的记忆。但是每一处新伤，每一次发烧和每一种难以言状的不适感都会吓得我魂不附体。我拒绝带她看医生，因为我害怕他要说的话。最后我还是带她去了，当他告诉我病情复发的时候，我并没有吃惊。那是崩溃，不是吃惊。

当布莱恩给我回信的时候，我的确吃惊了。就在哈莉第一次被诊断为白血病的时候，他离家出走了。当然，这不是唯一的原因，但是白血病的确是压倒骆驼的最后一根稻草。他从弗吉尼亚搬去了加利福尼亚，只为了离他生病的孩子和吓坏的妻子越远越好，所以我以为哈莉病情再度恶化的消息会吓得他彻底从我们的生活里消失。结果没有，他打电话给我，说他刚刚失业。我已经记不清他做的是什么工作了，好像是在硅谷的一家公司从事有关软件的职业？无论如何，他说他要回弗吉尼亚帮忙。

打完电话的几天里，我的情绪一直在大起大落。哈莉已经开始大剂量地服用激素，但是很难说我们两个谁的行为举止更加古怪。我为布莱恩姗姗来迟的援手而生气，过去这十年里早就应该用到他。可是，现在我和哈莉已经融为一个整体，她帮我修理家里的水管，陪我在院子里耙树叶，我们最喜欢说的一句话就是"我们不需要臭男人！"我很担心他将如何介入。莫非他突然决定要对她的治疗指手画脚？休想！而且哈莉对他会有什么样的反应呢？她已经不记得他了，而且似乎从来没太关注过他寄来的卡片和礼物。在亚历山大老城里，哈莉有来自单亲家庭，混血家庭，同志家庭，黑人家庭，拉丁裔家庭，穆斯林家庭总之你能想得起来的各种家庭的朋友，所以我从来不认为没有爸爸会让她觉得与其他孩子有何不同。

　　我本来说服了自己，她不会对布莱恩有兴趣的，可是她的反应大大出乎我的意料。当我问她是否愿意让他回来的时候，她说，"当然，愿意！也是时候回来了。"我笑了起来。她那张嘴在她身上长了十二年，我也知道血脉相承自哪里，那我还有什么好说的呢？

　　我们通电话两个星期后，布莱恩出现了，我没想到哈莉那么容易就欢迎他进入她的生活。这让我觉得很自豪——我做得比自己想象的还要好，她才不会对他反叛，而这本来是件难事。我告诉她，她的电脑天分遗传自他，反正肯定不是遗传自我。她几乎是独立完成了一个网站的建设，为失踪儿童的兄弟姐妹提供了一个交流平台。我还编造各种理由来解释他为什么从我们的生活中完全消失。就我们离婚一事，我是这样解释的，"他非常爱你，所以不能忍受看你受苦的样子。""后来他在加利福尼亚找到了工作，要跨过整个国家在两地穿梭很难。"我相信她知道我在说谎，但是她不在乎。她需要她的父亲。

　　她对他一点印象都没了。他像一个陌生人一样出现在她的病房，那是她做化疗的第三周。她恶心想吐的时候，他给她端着盆盂。她做完骨髓穿刺后睡得断断续续，他就两手交叠托着下巴，坐在她床边皱眉。她抱怨化疗总是让她嘴里有种怪味道，他就给她买来柠檬糖。她讨厌掉光头发的样子，他就送给她像彩虹一样的七条不同颜色的印花大手帕。但是他认不出玩具熊弗雷德了，那是她第一个生日的时候他送给她的礼物，一直陪她到现在。

　　她好像从一开始就觉得跟他在一起很自在，反正肯定比我觉得自在。她一点都不像他，从出生那天起她跟我就像是一个模子刻出来的。她有跟我一样浅褐色的头发和绿色的眼睛，而布莱恩是黑头发——至少以前是。如今他再次出现，却是一头乔治·克鲁尼一样的灰白色头发。他的方形眼镜框后还是一样棕色的眼睛和长长的睫毛，鼻子看起来像是有罗马帝国的血统，尽管他实际上是英国和德国混血。我最后一次见他时他三十五岁，回想起来，当时他还是个帅小伙儿。现在他已经四十五岁了，全身的肌肉都有点松弛，眼周的皮肤开始有皱纹——就跟我一样——就算不愿对别人，我也必须对自己承认，我对他的怨恨丝毫无损他对我的吸引力。

　　他在老城附近租了一套公寓，并开始找工作，只是还没找到，对此我想我们三个人都觉得很庆幸。说真的，他的确帮了忙，而且帮了大忙。哈莉病情再度恶化的时候我正要被提升为失踪儿童局的局长，我想接受这项任命。在失踪儿童局供职这么多年，我觉得它的组织架构太不合理，急需改进，很想亲自接管。可是哈莉一病，我以为这个任命机会只能拱手让人了。幸好布莱恩及时伸出援手，我才得以接受这份工作。哈莉基本上是工作日在华盛顿儿童医院，而周末在家里。我可以把工作带到儿童医院去做，不过要开会或者有类似的事情时，布莱恩会替我在床边照顾她。这周他带她去看了两次医生，为了做血液常规检查。不过像今天这样带她出去玩才是最有帮助的。他把哈莉当成一个正常健康的孩子对待，就像一个父亲对女儿一样。不过我还不能完全相信他，等着看他受够了的那一天，到时候他会再次收拾背囊远逃西海岸。如果他那样伤害哈莉，我就杀了他，一定会杀了他。

　　显然哈莉已经原谅了他过去的所作所为，也许她从来就没怪过他。他回来得很及时，趁她还没有对父母产生青少年那种叛逆的态度。不过有时候在激素的作用下她会出现类似的表现，而我则是首当其冲的出气筒。布莱恩得以幸免，因为她在他面前总是一副乖巧可爱的模样，我知道那是因为她害怕再次失去他。

在线工作了一个多小时后，我听到哈莉和布莱恩从车库走进厨房。我下楼去，看到他们俩哈哈大笑，哈莉正试着从后面把那块蓝色的印花大手帕戴在头上。只是一天的疗程就让她脱发了，为此她那天从早上一直哭到晚上，不过据我所知那以后她就再没哭过。

"玩得好吗？"我问。

"她把自行车骑得飞快。"布莱恩拍着她的肩膀骄傲地说，就好像那里面有他的功劳。说实话，哈莉能够像现在这样我也不知道自己有多少功劳。她天资聪颖、自信、独立。其中独立这一点是个问题，因为我希望能把她永远拴在身边。我曾经失去过一个孩子，不想再失去这一个。

"爸爸很久没骑自行车了，"哈莉说，"不过他只撞倒了三次。"

"是两次。"布莱恩纠正她，咧嘴笑着。

我很清楚哈莉有多喜欢说"爸爸"那个词。她每天都说上好多遍，好像要把这些年缺失的都补上。

"留下来吃晚饭吗？"我问，但是布莱恩摇头。

"要给你们俩留些女生时间，"他拉过哈莉抱了一下。"明天还去吗？"他问。

"当然啦。"她说。

"你还有家庭作业吗？"我问。

"没多少了。"她在医院那几个星期一直没落下学校的功课。如果换作是我肯定就没她这劲头。她不想落在朋友们后面。

"那就先去做吧，我忙完手上的工作咱们就吃饭。"

"好的，"她说着就往楼上走，又回头看着我们，"再见，爸爸。"她说。

"明天见。"布莱恩挥了挥手。

我们听着她咚咚上楼的声音。"今天谢谢你帮忙。"我说。

"相信我，那是我的荣幸。"

"她很高兴能跟你亲近。"

"能跟她亲近我比她还要高兴好多倍。"

我忽然觉得很窝火，从他身边走开，在洗碗机上边的碗橱里拿了两个盘子出来。关于哈莉的病情和治疗我们已经聊得够多了，我们一直在聊哈莉。我给他看她的录像，有在芭蕾舞课上的，有打儿童棒球的，还有她以了不起的蛙泳技术把另一赛队赢得落花流水的。但我们就是没谈过他的遗弃，他的懦弱，彻头彻尾的自私自利。哈莉第一次发病的时候他说，"我不能承受再失去一个孩子。"我也不能，但是不能因为这个我就有离家出走的权利。

我们两个没提过丽莉一个字。在告诉他我被任命为失踪儿童局局长的时候，我观察到他脸上的变化，说明他想到了什么，但是他却表现得好像我说的是一家出版公司或者一个幼儿园的负责人，总之是与我们生活无关的事。

还是要找个机会跟他谈一谈，不然我要憋炸了，而且一想起他要若无其事地重回我们的生活我就气不打一处来。可是目前我还不敢轻举妄动，生怕会破坏他正苦心经营的与哈莉的关系。

我把盘子放在操作台上，走到车库大门。"那我们明天再见？"我问，把大门打开。

"好的。"他走到门前，微笑着把脸转向我。"她会长得越来越像你，"他说，"她已经让我想起从前的你了。"

"什么意思？"

"你明白的，"他耸了耸肩，"就是……出类拔萃。"他的笑容带有一丝悔恨，我能看到他眼里的歉意。"明天见。"他说。

他走了，我看着他穿过车库大门，走向停在街边的汽车。千万别被他哄住，我告诫自己。我不会的，我们之间有太多恩怨剪不断，理还乱。

一小时后电话响了，我的烤箱里正烤着三文鱼，于是我从冰箱边上的吊篮里拿起听筒。我总是直接听电话，从来都懒得看来电显示。这习惯源于多年来我对电话铃声的渴望，对接电话的渴望。接电话的时候我的声音总是充满希望。

"你好？"我把烹饪的火调小了一些。

"我是杰夫·杰克逊。"

哦，见鬼。是哈莉的肿瘤医生，六点钟打电话过来一定不是什么好兆头。我开始紧张起来。

"出什么事了？"我问。我很想听到"她一切都好"。拜托了，拜托让她这一周都平安无事吧。

"刚拿到实验报告，"他说，"她血细胞计数偏低。"

"哦，见鬼。"我揪住自己的头发，"杰夫，她看起来好得不得了。她今天还骑了挺长一段时间的自行车，而且——"

"她需要输血。"

我闭上双眼："现在吗？"

"恐怕是的。"

“见鬼！”

“我会给儿童医院打电话让他们给她准备好一间病房，”他说，轻轻加了一句，“抱歉。”

我花了几分钟时间才恢复常态，然后走上楼。她的房门开着，我就静静地站在外面。她正用Skype跟一个表姐视频，没注意到我的存在。我看到电脑屏幕上是孪生姐妹之一——不知道是麦迪逊还是曼迪——我分不出她们两个。麦迪逊或者曼迪边说边笑，怀里还抱着一只胖乎乎的小狗，是西高地白梗，她正在镜头前让小狗用爪子做出挥手的动作。布莱恩的姐姐玛丽琳·科利尔住在一小时车程之外的弗雷德里克斯堡，尽管布莱恩离开了我们，但是她和四个女儿跟我们依然往来密切，哈莉和她的表姐妹们彼此很投缘。我听着她跟麦迪逊/曼迪用飞快的语速聊天，忍不住眼泪模糊了双眼，我实在不愿意破坏这个时刻。

我轻轻敲了敲开着的房门。

“哎呀！”哈莉手疾眼快地关上屏幕，将坐椅转向我，眨着一双满是无辜的绿眼睛，“妈妈，我把数学作业做完了，才跟曼迪视频了一分钟。”

我宁愿她说的是谎话。我愿意让她Skype视频，我愿意让她做她想做的任何事。

“没关系，”我说，然后叹了口气，“亲爱的，杰克逊医生刚打了个电话，说你血细胞计数偏低。”

“见鬼。”

“不要说那个词。”

“你经常说。”

“是啊，好吧，我不应该那样。”

"妈妈，我不想去住院。"她用眼神祈求我让她待在家里，我的心都裂成了两半。

"亲爱的，你必须去。我很抱歉。"

她慢吞吞地站起来："真是倒霉透了。"

"我也这么认为。"

"这样我下周是不是就不能做化疗了？"

我不知道她是希望下周不用化疗还是担心化疗的周期会因此而顺延得更长。

"那要取决于你到时候的血液检查结果，"我说，"带好你的东西，我们出发。"

她皱眉看着我，一只手紧紧抓着椅子扶手。"妈妈？"她说，"别告诉爸爸，好吗？"

要是别的妈妈一定无法理解这句话的意思，但是我理解。她在害怕，多年前就是她的病把布莱恩吓得落荒而逃，而现在他们刚刚在一起过了几天健康快乐的日子，她害怕再次让他看到她病恹恹的样子。

"亲爱的，他不会离开的。"我说，然后走出她的房间，同时心存一线希望，但愿我没有撒谎骗她。

Chapter 17
死掉的孩子
北卡罗来纳州，威尔明顿市

艾莫森

"我的天啊！"塔拉低声惊呼。她抓过信纸，默默地从头到尾看了一遍。

我耳朵里都感觉到了心脏怦怦的跳动。我碰了一下她手里的信纸，"我不知道该拿这个怎么办。"我说。

塔拉的视线从信纸转向我。"我不相信诺艾尔会做这种事。"她说。

我摇着头："我也不相信。怎么看都不太可能。"

"您二位点的餐来了！"女服务生再次出现在我们桌旁，这次上的是我的沙拉和塔拉的牛排。"我也不确定您是喜欢把沙拉酱放在沙拉上面还是盘子边上。"她一边把盘子放在我面前一边说道。

"这样就好。"我说，看了看单放在一个杯子里的沙拉酱。反正我也不打算吃这盘沙拉，所以怎么都无所谓。我只希望她把食物放在桌子上，然后走开。

"您二位还需要其他的什么吗？"她问。

"不需要了，"塔拉说，"谢谢你。这样很好。"

女服务生走开了，塔拉把盘子推到桌边，显然她的胃口也没了。"或许她就是因为这个才不再当助产士了的。"她说。

这是明摆着的。真不敢相信我居然没想到这一层。

"我感觉好像不认识她了，"我说，"我知道我最近总是这么说，但是现在真真切切地有了这种感觉。这么多年来她一直死守住这个可怕的秘密，弄得我也不知道是该讨厌她还是同情她。"

"有没有可能这个……不是真的？"塔拉问我，"我是说，也许她在写一篇小说或者……一个短篇或者别的什么，而这只不过是文学试笔。"

"塔拉，我喜欢这个假设，"我说，"但是你真的相信如此吗？"

塔拉的手微微抖了一下。"她杀死了一个婴儿，"她慢慢说道，声音很轻，仿佛在寻找合适的词汇，"就是说有个可怜的女人甚至还不知道她的孩子已经死了。"

"而且那个女人抚养着另一个女人的孩子。"

"而且这个女人的孩子是被绑架来的。"塔拉把信纸举在半空。"你觉得她有没有可能给安娜写了另一封电邮或者信？"她问，"就是她确确实实收到了的？"

"我也问过自己这个问题，"我说，"但如果那样的话，我们会不知道吗？事情会不被曝光吗？会不引发一场重大案件吗？"我伸手去拿酒杯，但是整个屋子已经开始在我眼前旋转了，于是我把手又放回了腿上。

"你有没有在她家里发现别的可能跟案件有关的东西？"塔拉问。

"没了，没有类似这样的东西。"我说。

"或许她确实发了一封信，但是匿名了，所以安娜无法找出她是谁。"

我点头。"听起来她是打算匿名写这封信的，"我说，"她只是提到'非常出色的父母'来让她——安娜——相信她的女儿被照顾得很好，却没有要透露他们是谁的意思。所以我想她也不打算说出她自己是谁……无论过去还是现在的身份。"

"她说的报纸上的文章是什么意思？"塔拉问。

"不知道。"我说。

"泰德怎么说？"

"我还没告诉他呢。"或许我永远不会告诉他，我想不告诉任何人，并努力忘掉自己知道的事情，但是我没有办法守着这个秘密过活，不管怎么说，不能一个人守着它过活，"塔拉，我们要拿这个怎么办？不管它吗？"

"我觉得不能。"塔拉说。

"哦，塔拉，这太可怕了！泰德从一开始就不愿意我把那箱卡片带回家，现在我觉得要是当初听他的就好了。要是我那时候扔了那个箱子，就不会知道这件事了。"

"但你还是知道了。我们两个都知道了。"

"我讨厌这样，"我说，"要是我们去报警……我不想引起媒体的骚乱。而且诺艾尔……她的遗产，她做的所有好事。她会名誉扫地的。"

"看吧，"塔拉巡视了一下卡座后方，"我们这儿只有少之又少的证据，而且她可能是在写短篇故事，这是我们所了解的。我觉得我们的首要任务是争取弄明白安娜是谁。要是发现确有其人，而且也似乎确有其事，我们再考虑下一步的行动。"

把她牵扯进来让我感觉既宽慰又负疚："塔拉，真对不起让你知道这件事。就目前来说这是你最不需要的东西，但是我真的不想一个人面对它。"

"亲爱的，你不会一个人面对它的。"

"那么——"我把信纸又转到了自己面前，那些字在视线里有点模糊，"我们怎么弄明白谁是安娜？诺艾尔说自己在报纸上读了一篇关于她的文章，那我们可以……我也说不好。我觉得可以查查所有的旧报纸？"

"也许那个死掉的孩子——"塔拉说那个字的时候战栗了一下，"也许那是诺艾尔接生的最后一个孩子。"

我感到一股寒气。"我有她的工作日志。"我说。难道我这么快就要知道死掉的那个是谁的孩子吗？

女服务生走近我们的桌子，我看见她在检视动都没动的食物。"你们感觉这里怎么样？"她问。

"很好。"我说，塔拉则干脆微微摆了一下手，虽然话没出口，但是"请别打搅我们"的示意清楚易懂。

"我可以看看她工作日志的最后一篇，"女服务生走后我马上说道，"如果是个女孩儿，那么……"我看着塔拉，耸了耸肩。

"如果是个女孩儿，"塔拉说，"那我们就要想想下一步的行动了。"

Chapter 18

开心岁月

北卡罗来纳大学，威尔明顿分校
1988年

诺艾尔

诺艾尔从来没有像现在这么开心过。她的课业学习和临床实践一切顺利，宿舍协管的工作也让她心满意足。她那一层的女孩们要是有什么不开心的事，很自然地就会去找她，看到她跟一帮女孩们一起坐在走廊尽头的地板上聊天也成了稀松平常的事儿，话题可以是她们的男朋友，她们的教授，或者是彼此之间的关系。这样的集会有一种小型互助组的感觉，给大家一个聚在一起放松的机会，但又不是言之无物的那种。不过诺艾尔力求让每一个人都感受到欢迎的气氛，她不想让在走廊尽头的互助组变成一个小派系。

其他的宿舍协管觉得她跟学生们过于打成一片了。"你只要在她们万一有需求的时候出现就行。"她们说，但是诺艾尔觉得自己有意愿去保护管辖范围内的这些学生，她想成为她们的避风港。有一天晚上，得知一个学生因酒精中毒而差点丢了性命，她哭了，因为她本应该早点看到事态的发展。不过她确实提前洞悉了另一个学生的神经性贪食症，并及时出面干预，除此之外她还给一个意外怀孕却不知如何抉择的女孩儿提供了指导性建议——尽管当那个女孩儿决定打胎的时候她私下里伤感欷歔了一番。

总而言之，她爱她的女孩们。不过，她一直在想方设法隐藏一个事实，那就是对其中一个女孩儿，诺艾尔爱她比爱别人更多。

每当涉及艾莫森·麦加里蒂，她至少要稍微控制下自己的情感，尽量对她像对楼层里其他女孩儿一样。不知道是不是有人注意到她对艾莫森的关注多了一点儿，诺艾尔每次看到她都会变得兴奋，关于适应校园生活、班级课程、家庭成员这些事情，诺艾尔问她比问别人更多，目前还没有人对此说过一个字儿，至少没对她说过。她不需要让艾莫森知道她们的关系，只要能靠近她，成为她生活的一部分，足矣。显然艾莫森对她母亲少女时期怀过孕一无所知，诺艾尔的存在也成为不能说的秘密。诺艾尔作了一个慎而重之的决定，那就是永远守住这个秘密。她不想伤害艾莫森和她的家庭，但是她想一直作为她生活的一部分，无论是以怎样的方式。既然诺艾尔找到了她，就不能再失去她。

她也开始喜欢上塔拉。塔拉的活泼好动很好地平衡了艾莫森温和宁静的性格，而且她的情况不像诺艾尔最初以为的那样简单。塔拉从小到大的大部分时间里，她妈妈都在不停地辗转于各个精神病院。这并不是件容易说出口的事，最后当塔拉向诺艾尔透露自己的这部分经历的时候，诺艾尔的内心被触动了。她渐渐发现，塔拉之所以热爱戏剧，是因为她把戏剧当成了逃离不堪回首的童年和青春期的一种方式。

　　可是，诺艾尔的生活中还有一个挥之不去的小麻烦：山姆·文森特。

　　校园里有许多男生都爱慕诺艾尔，但是诺艾尔自己这一生中只对两个男人动过心——很认真的那种。山姆是第三个。

　　她是在开学第二周遇见他的，当时她经过塔拉和艾莫森的房间，给她们送去两条燕麦棒。塔拉和艾莫森正在宿舍厨房烤曲奇，房间里只有他一个人，他在塔拉干净整洁的床上舒展着身子，在一个笔记本上写着什么。他抬起头，冲她温和地笑了一笑，仅这一个动作就决定了一切。她被那笑容秒杀，感觉体内的器官全都融化，心怦怦跳得厉害，就好像她第一次走进这个房间看见艾莫森时一样。

　　"你是山姆吧。"她一边说，一边扫了一眼塔拉柜子上那张长头发男生的照片。眼前的山姆看起来全然不同。照片里的是个男孩儿，而床上这个短头发的，是个男人。他身材修长，没有外露的阳刚之气，不过猛男从来也不是吸引她的类型。他黑亮浓密的睫毛围住蓝色的眼睛，丰满的嘴唇微微撇起，只有宽宽的下巴轮廓才使得他不会美得太过分。

　　"没错，"他说，"我在等塔拉。你住在这间宿舍吗？"

　　"我是宿舍协管，诺艾尔。"

　　"哦，这样啊。"他稍稍坐直了些，后背靠在墙上，他把笔记本放在身边床上，两臂交叉环抱在胸前，"塔拉跟我说起过你。她觉得你很酷。"

　　诺艾尔露出笑容，在艾莫森的书桌椅上坐下。"很高兴她这么觉得，我也很喜欢她。"她冲那笔记本点了点头，"你在写什么？"

"日记。"他咧开嘴笑了，带着一丝不易察觉的尴尬，从床上拿起笔记本，放到大腿上。他的手臂是十足的棕褐色，覆了一层薄薄的黑色汗毛。"就是觉得可以尝试一下，"他说，"你懂的，把我最深层，最不为人知的想法写下来。"

她喜欢这个回答。什么样的男生会写日记呢？如果说在这之前她没有把他看得有多稀奇，那么现在是了。

他们聊了一会儿北卡罗来纳大学和他在法学院的计划。他告诉她自己跟塔拉是青梅竹马，尽管诺艾尔早就知道。事实上他对她说的每一件事都是她知道的：塔拉总是聊起他。虽然他们用语言交流，但到底聊了什么根本不重要。他们可以只是聊聊天气，或者前一天晚上吃了什么。事实上他们交流的并不是语言，而是有种更深邃的东西在悄悄滋生。诺艾尔感受到了，而且她体内正在融化、且十分饥渴的五脏六腑都在告诉她，他也感受到了。他将她的凝视全部收纳，他不管说什么都忍不住对她微笑，这些都说明了她的判断是正确的。

她给了他一条燕麦棒，看着他用棕褐色的完美手指撕开包装。他咬了一口，然后舔了一下落在唇上的碎屑，蓝色的眼睛又看回她。她想象他在自己床上的样子，两个人都一丝不挂。他在她两腿间，轻轻滑入她体内。她甚至没有从脑海里消除这影像的念头。如果他不是属于塔拉，那么她一定会开门见山地问他，"你想做爱吗？"因为那才是她的风格。为什么要扭扭捏捏呢？而且如果他不是属于塔拉，那么他会回答是。

但他是属于塔拉的，而且她从内心深处知道，他永远都是。

Chapter 19
全身麻醉
华盛顿，哥伦比亚特区
2010年

安娜

我憎恨他们给哈莉全身麻醉，我很少这样憎恨什么东西。在那一小时或者两三小时里，她就好像已经死去。我总是试图安慰自己，至少在她无意识的那段时间里她感受不到任何痛苦。可是，那种阴阳相隔和无法触及的感觉还是让我毛骨悚然。

两天前她刚输过血，所以红血细胞计数已经很好地回复到了正常值，但是现在医生们要把她的输液港（植入式中央静脉导管系统）从发炎的胸腔一侧移到另一侧，还要给她做骨髓穿刺。他们对她的折磨永远没有尽头。医生把今天的计划说给她听的时候她隐忍不发，但是我感觉要是布莱恩没有在场，她一定会骂他个狗血淋头。有布莱恩在的时候她总是表现得很乖巧温顺，但实际上我更愿意看她争强好胜的样子。我喜欢看她跟医生们据理力争，压抑心里的愤怒和郁闷对她来说并不是件好事。她希望爸爸认为她是个可爱的姑娘，但是——她本来就很可爱，在没有激素作用和不需为生命抗争的大部分时间里。

我想哈莉并不完全明白骨髓穿刺的意义。他们是要观察她的MRD，也就是微小残留病变。如果过高，就说明化疗效果不好，那么她就需要骨髓移植。这个过程总是让我胆战心惊，因为那意味着会有更多次痛苦的化疗和摧毁她免疫系统的全身放疗，而这一切都只不过是让她为移植作准备，当然我们必须要找到一个捐赠者。如果我有祈祷的习惯，那么我会一直祈祷让MRD处在很低的水平，很低，很低。她还在蹒跚学步的时候，我们虽然用了整整两年的时间接受治疗，但是只凭化疗就使癌细胞得到了很好的控制。这次我希望能产生一样的效果。

我给医院的人留下我的手机号，然后下楼去餐厅喝杯咖啡，再去办公室报到。布莱恩正在贝塞斯达面试一份工作。我通知他哈莉要手术的时候，他本来说要取消面试，但是我鼓励他只管去。我差点就脱口而出，"我以前都是自己照顾她的"，但是克制住了。现在还不是让他惭愧内疚的时候。

我没有直接回东配楼，而是走到新生儿重症监护室。哈莉病情再度恶化之后，我已经不是第一次不由自主地游走在新生儿重症监护室的走廊了，如今为了安全起见他们把婴儿全都安排到了私密病房，我再也不能像几年前那样随意看到他们。但我心里却很高兴，我不希望那些孩子暴露在人们的视线中。

由于工作需要，我有时候会去医院，每次我都很迫切地想要看到那些婴儿。看到那些小不点儿，那些导线和管子。那些泵入泵出空气的小胸腔，看起来好像每一次呼吸都很费力。他们那么脆弱，那种依赖别人保护的样子每次都把我刺痛。

为什么我要让自己这么做？为什么我要去看他们？为什么我

要观察那些婴儿的特征，想找到丽莉的影子？有时候我甚至觉得不能离开，而是需要站在那里守护他们，因为护士们不可能每分钟都在，也不可能照顾到每一个婴儿。即便是在儿童医院这个改良过的新生儿重症监护室，我依然忍不住在我看见的每个人脸上搜寻恶意的痕迹，然后我知道可以放心走开了。我成为失踪儿童局局长有部分原因是出于自己的痛苦和热情，但也是为了让自己神志清醒。那种清醒让我得以远离曾经的痛苦经历，保证有充分的理智来处理局里的事务。当我的脑海中浮现出某个人的影子——一个护士？还是一个彻头彻尾的陌生人？——溜进育儿室，把一个脆弱无助的女婴从那些导线和管子下弄出来，然后偷偷抱出门，这种情况下我知道我该走了。

只为这一点，生哈莉的时候我就选择了家里。我并不是喜欢在家里分娩，因为我不像那些对医疗系统充满怀疑的女人，也从不担心自己的产科医生会为了跑出去打高尔夫而选择不必要的剖腹产。不过我知道自己愿意在这种环境下生下哈莉，身边陪伴着可信任的朋友，还有一名精挑细选的助产士和一名早就相熟的产后护理师。

往肿瘤中心走的时候我的电话响了，我看了下来电显示，是哈莉的医生。我停下脚步，摁下蓝牙的按键。"她怎么样了？"我问。

"她正在恢复，"她说，"她表现得很好。"

"我马上到。"

再迈步的时候我拨通了布莱恩的电话。"她正在恢复。"我说。我听见电话那头有一个女人的声音，是笑声。他是在面试工作还是在做别的什么？一时间我被内心的怀疑深深刺痛，但很快我就再一次提醒自己他是为了哈莉才回来的，而不是为了我。我必须牢记这一点。

"她怎么样了？"他问。

"他们说她很好。"

"我两小时后到，"他说，"可以吗？"

"好吧。"我听到自己话音里的冷淡。

"需要我给你带什么东西吗？"

"不用，我很好。"接近术后恢复室的时候我加快了脚步，"我只是想见到她。"

在恢复室里，我把手伸进哈莉的手里，她臃肿的小脸上暂时洋溢着宁静。我在床边坐下，看着她动来动去的眼睑和不断抽动的薄嘴唇，以及每一个预示她即将醒来的信号。过去这两个月里她一共接受了三次全麻，每一次我都担心她醒来后就不再是原来的样子，担心麻醉会以某种方式改变她。但是哈莉睁开了双眼，我看到我勇敢的女儿绽出一丝疲惫的微笑。

"嗯，啊。"她发出声音。

我抚摸她的脸颊。"手术很顺利，"我说，"非常好。"

一个护士把哈莉蓝色的病号服拉低了几英寸，查看她胸部新的输液港周围的淡红色皮肤："疼痛级数有多少，范围从一到——"

"三。"护士还没问完哈莉就抢先回答了。

"哈莉的三差不多相当于一般人的六，"护士说。她认识我的女儿，医院的每个人都认识她。他们称她为"常旅客"，就是指那些一次又一次回到儿童医院的孩子。

"随便是多少吧。"哈莉说，她抬起眼睛看我，"爸爸在哪儿？"

"在路上了。"

"太好了！"她说，嘴角微微上翘，就这样再次入睡了。

一小时后我仍坐在她酸橙绿色的病房里陪着她。她在恢复室里总是时不时醒来，现在却睡得很沉，我便由着她去。我坐在折叠沙发变成的双人床上，用笔记本电脑做点儿行政方面的工作，这种工作枯燥但是必不可少。每过几分钟我就会停下来看看哈莉的脸，她过于苍白又过于浑圆的脸颊，还有一次敷药后脖子上发疹留下的痕迹。我把弗雷德放进了她的怀里，它大大的棕色塑料眼睛瞪着空处。过了一会儿，一个男护士走进来，他是非洲裔美国籍，瘦得像根牙签，戴着眼镜，我马上认出了他。

"汤姆！"

"嘿，奈特莉女士，"他说，"您记得我？"

"当然！"我站起来给了他一个拥抱。十年前汤姆就是照顾哈莉的护士之一，也是我们俩最喜欢的一个。他看起来一点没变。"想不到你还在这里！"我说。

"不然我应该去哪儿啊？"他大笑，"之前几个月我的确不在，去处理了一些家务事。"他眼睛转了转，"今天早上我回来看到布告牌上哈莉·霍普·奈特莉的名字……"他摇摇头，"很难过她要再次经受这一切。"

"我也是。"我说。我记得很久以前有一次他说漏了嘴，说他经常看到孩子们病情好转后用不了几年就又回到肿瘤中心。很奇怪，那些话你会牢牢记住，而且总在心里萦绕。我还记得当时他很快打住话头，推翻自己之前所说的，并告诉我大部分孩子恢复得很好，而他相信哈莉也会是其中的一个。

我看着他拿起哈莉的生命体征记录表，又调整了挂在输液架上的一个药袋，当看到床头柜上镶在相架里的哈莉和我那些侄女们的合照时，他的目光突然亮了起来。他欢呼一声，拿起相架。

"是表姐们！"他说，"看啊，她们都长成大人了。"

"你记得她们？"我惊讶地问道。

"怎么能忘得掉？她们像一群摇摇摆摆的鹅冲进病房，唧唧喳喳得差点挑翻房顶，简直不像姐妹，倒像是五胞胎。"

"是四胞胎，"我纠正他，"她们只有四个人，不过给人感觉比那个数目要多。先出生的是一对双胞胎，另外两个是两年后出世的。"

"坦白说，她们来探病的那些日子我真是烦透了。"他大笑着，"她们闹哄哄乱糟糟地闯进来，弄得到处都是小女孩儿的气息。"

"但是哈莉很喜欢。"我说。

汤姆指着照片中间的那个女孩儿："中间的这个就是我们的哈莉小姐。"照片是去年夏天在外滩拍的，她们身后很远的地方屹立着红砖砌成的花冠灯塔，这些小姑娘穿着泳衣搔首弄姿地摆出各种姿势。麦迪逊和曼迪站在左边，梅格和梅拉尼站在右边，每个人都把头发扎成黑色的马尾辫搭在肩膀上。而哈莉的头发比棕色还要淡一点，眼睛的颜色也比表姐妹们浅一些，显得与众不同。当时她咯咯地笑个不停，我好不容易才让她安静下来，并保持住直到我拍完照片。照片上的哈莉看起来健康得不得了，那一刻根本看不出病魔已经在她体内埋下了种子。每次她住院都坚持要带着那张照片，可是我很不情愿。每天都看着自己以前生机勃勃的样子会是什么样的感觉啊？

"我听说她爸爸这段时间一直陪着她。"汤姆说。他放下照片，在哈莉的记录表上写着什么。

一时间各种回应方式在我脑中穿梭而过，但是我决定表现得宽容一些。"是啊，"我说，"他住在加利福尼亚，但是我一告诉他哈莉病情再度恶化他就马上搬回来了。"

"我还记得上一次只有你跟她在一起时的情景。"他停住笔，从哈莉病床的那一侧向我看过来，"不是每个病人我都记得，但是你和哈莉给我的印象真的很深，因为尽管她还是个孩子，却像个小大人一样。她像你照顾她一样照顾着你。"

这句话听起来可能很奇怪，但却是事实。哈莉好像一直能感知到我内心的伤口，虽然我把那伤口藏得很深，没有人能发现，但是她却知道。她长大一点之后我跟她讲起丽莉的事，她才终于明白。而且她自己似乎也感受到了那种失落。

"您以前在医药公司做销售，是吗？"汤姆问。

"嗯，是。"我合上笔记本电脑，"哈莉生病后我就辞职了。"其实当时我的工作已经岌岌可危，因为哈莉出世后我就拒绝出差，而出差却本该是我工作的主要内容，每次去的都是威尔明顿，我曾经挺喜欢那个城市，现在却讨厌它，"那时候布莱恩刚复员回来，在IBM工作。"

"我对他一点印象都没有了。"汤姆说。

"嗯，她一病他就离开了。他无法面对哈莉的病。"我想这是所有理由中最具决定性的一个。

"你们结婚多久？"汤姆问。我看到他手上的戒指，但是想不起来上次的时候他是不是就已经结婚了。

　　"六年。"我在心里把这几年分成三段。其中有两年是二人世界的快乐时光，那时我们住在贝尔佛尔堡，我对自己的医药销售工作充满热情。我们很年轻，比现在要年轻得多，而且我们的关系中有一种我现在几乎忘却的能量和热情。

　　接下来一切都开始向南转移。布莱恩被派驻到索马里，还差点在那里送命，丽莉出世但是我却中风，病得几乎死掉。那是怎样一种噩梦般的日子啊。布莱恩和我的婚姻突然陷入一种紧张状态，毫无爱情可言。然后他再次出国，我觉得他走得很开心。虽然医生叮嘱我不要怀孕，但在一次布莱恩放假回家时，哈莉在这种没有准备的情况下来了。这说明避孕药并不是百分百有效，也说明人在心如死灰的时候依然可以做爱。我怀孕这件事让所有的医护人员忙成一团，但是我血压正常，感觉良好，充满希望。哈莉出世后一年，我们家里有了一种小心翼翼的喜悦气氛。因为布莱恩复员了，而且受聘于IBM，这样他就能离家近一些。当时我以为他是要保护我们，好弥补上一次没能好好保护我们的遗憾。可是我们的幸福脆弱得不堪一击，这一点我们是在哈莉出现发烧不断的迹象后才开始确信的。布莱恩的退堂鼓来得太快，以至于我都没发现它的到来。上一分钟他还在，下一分钟就消失了。他就那样离开了我和哈莉，切断了他和亲生骨肉的联系，让我觉得难以置信，也难以原谅。

　　"不过他现在回来了，"汤姆说，"就在她需要他的时候。"

　　我点点头。"你说得对。"我说，强忍住心里的怒火。我必须找到一种方法来把过去的事放下。

　　我在笔记本电脑上又工作了二十分钟后，布莱恩走了进来。他几乎看都没看我，径直走向哈莉的病床："她怎么样了？"他一边凝视着她的脸，一边轻轻握住她的手臂。

　　"她第一次醒来就要找你。"我说。

　　"真的？"靠近哈莉病床的大窗户透进阳光，反射在他的眼镜片上。

　　我情不自禁地被他那两个字中蕴含的感情打动了。"嗯，"我说，"那你的面试怎么样了？"

　　他耸耸肩："我觉得挺好，等着看吧。"

　　我记起背景里的笑声，我也不知道为什么会这么计较这件事。我坐在这里陪着失去知觉的女儿，而他却在跟某个女人大声欢笑。那又如何？我并不十分确定到底想从他那里得到什么。

　　"他们什么时候能知道她的MRD水平？"他问。

　　"大概用不了一天吧。"

　　"你要不要歇会儿？我可以在这里陪她？"

　　我看看睡梦中的女儿。如果她是醒着的，我可能会接受他的好意，但是现在她看上去那么虚弱无力。我曾经让一个毫无自卫能力的亲生骨肉脱离我的视线，我决不允许这样的事再次发生。

　　当天傍晚，杰夫·杰克逊打电话来汇报哈莉骨髓穿刺的结果。"化疗没起作用，"他说，"很抱歉。"

　　"见鬼。"当时我在儿童医院的餐厅处理堆积的邮件，而布莱恩在哈莉的病房陪她，我离开的时候他们两个正在玩香蕉拼字游戏。我没料到消息来得这么快，而且还是我不愿听到的消息。"那现在我们是要着手骨髓移植吗？"我问。

"我们会开始对她进行维持水平的化疗来稳定她的病情，与此同时为她寻找捐赠者。她的MRD比我希望的要高，所以我们必须尽快找到一个好的配型。明天我会安排你跟道格·戴维斯见面，他是骨髓移植中心的负责人，要是有什么需要他会告诉你。"

"他会给我和布莱恩验血看配型吗？"我问，"我们能不能马上验血？"

"这些事我会让道格全权负责，你要和他配合。"

"那么——"我看着笔记本电脑屏幕，但其实什么都没看进去，"这到底算是好消息还是坏消息？"

"什么都不是，"他说，"如此而已。"

"我讨厌这种表述方式。"想想看如果我对丢了孩子的家庭说这句话。嗯，如此而已。

"我想听到更好的答案。"我说。

他犹豫了一下。"我希望这是个更积极的消息。"他最后说。他已经尽力了，从他那里我只能得到这样的答案。

"好吧。"我放过他了。在这件事上我一直在孤军奋战，我想起坐在肿瘤中心陪着哈莉的布莱恩，想起最近哈莉对他的喜爱，她谈起他时话音里流露出的感情，还有她对"爸爸"这个词的着迷程度。我记得昨天哈莉手术后布莱恩出现在病房时的情景，他径直走向她的病床，握住她的手臂。然后我想也许我终究不是孤军奋战了，但只是也许而已。

Chapter 20
噩梦
北卡罗来纳州，威尔明顿市

塔拉

我以为是自己在尖叫。我从睡梦中惊醒，从床上逃开，这才意识到那声音不是我自己的，而是格蕾丝的。我顺着走廊跑到她的房间，脑子里出现有人伤害她的画面。我已经准备徒手挖出那个不速之客的两只眼珠。

但是房间里只有她一个人。半明半暗的月光下，我看到她坐在自己的床上，身子蜷在一起，两只手捂住耳朵，仿佛这样就能把她自己的尖叫挡在外面。

"救命啊，救命啊。"她抽噎道。

"格蕾丝！"我伸出手臂把她紧紧地抱在怀里，就像一只蚕茧那样，"宝贝！没事了。"我轻轻摇晃着她，她就老老实实地靠在我怀里。"一个噩梦，"我说，"一个噩梦而已。"我记得这场景，记得她小时候也是让我这样抱着她，虽然我不愿意看她受到惊吓的样子，但是我喜欢这种抱着她的感觉，不会被她推得远远的。"宝贝，做了什么梦？"我问道，"愿意告诉我吗？"
以前她总是对山姆讲她的梦。她像竹筒倒豆子一样讲给他听，他
也总是很认真地听着，仿佛要把每一个细节都珍存一辈子。

我感觉到她的头在我的下巴底下摇了摇。她抓紧我的胳膊，
然后放开，再抓紧，再放开，让我想起她小时候吃奶的动作，小
拳头一张一合地抓着我的乳房。

"是梦到爸爸了吗？"我问，然后马上咬住嘴唇。她不喜欢
我刨根问底。

"诺艾尔的死是我的错。"她的声音很小，而且模糊，我还
以为自己听错了。

"你的错？"我问道，"格雷西，不会的！怎么可能是你的
错呢？"

她又摇了摇头。

"告诉我，"我说，"为什么你会这么想？"

她往后退了退，不过只是一点点，所以我们的身体还是挨在
一起。我伸手去抚摸她后背的时候，她没有躲开。

"她死的那天，给我发过一封电邮，"她说，"是她一贯写
给我的那种，苦口婆心地游说我成为志愿者。"

"嗯。"我说。

"当时克里夫也发了一封邮件给我。我给他回信，说诺艾尔
有多烦人……数落她各种各样的不是。等到我点击发送之后，才
意识到那封信发给了她，而不是克里夫。"

"哦，不是的。"幸好在黑暗的遮掩下，她发现不了我脸上
的笑容。我自己也做过那样的事，而且不止一次。谁又没做过
呢？不过我理解格蕾丝的感受，也同情诺艾尔，她收到那样一封

信，而且还是发自她非常喜爱的女孩儿。"我们都会犯那样的错误，至少——"

"然后她就自杀了。"格蕾丝打断了我，"貌似两小时——或许两分钟——就在她收到我的信后。她读到我说的那些伤人的话，然后就自杀了。"

"不是的，格蕾丝，"我说，"你不能把她的自杀怪在自己身上。说不定她根本就没读过你的信，不过就算她读过了，也不至于就走了绝路。让诺艾尔想不开的不管是什么事，都一定是在她心底深埋已久的。"

艾莫森给我看完她找到的那封信后，我也有整整两天的时间难以入眠。我无法思考其他任何事，脑海中不断闪现的是一个婴儿从诺艾尔的手中滑落。什么时候？在哪里？她当时的感觉一定非常糟糕！我试图把这画面从脑子里赶走，但是无能为力。我希望自己可以把这件事告诉格蕾丝，好让她紧张的思绪得到放松，但是目前为止这个秘密只能让我和艾莫森知道，或许永远都要如此。

不过就像往常一样，我无法忍受自己跟格蕾丝之间开始蔓延的沉默，等到她从噩梦中恢复过来，我就会发觉我们之间的距离被再次拉开。

"我知道诺艾尔的一些事，"我说，我必须赶走沉默，用语言填满所有空隙，让她继续依赖我，"宝贝，她的悲观厌世是有一些原因的，而且能够解释她自杀的行为，相信我，那些原因跟你一点关系都没有。不管你有没有发出那封信，这件事都会发生。"

"是什么样的事？"她几乎不相信似的看着我，眼睛在月光的映照下烁烁发亮。

"现在还不能说。我和艾莫森正在尽力查明诺艾尔情绪如此低落的原因。我们觉得诺艾尔很早以前遭遇过……经历过一些事——"

"比如性侵犯或者什么的？"

"不，不是那样的事。"我一个字都不该讲的，本来我很有可能一辈子都不会对格蕾丝说出我所知道的诺艾尔的事，"连我自己也不知道事情的全部细节，不过我告诉你这些只是为了让你放松精神。你只需要知道一点，那就是诺艾尔发生的事跟你绝对一点关系都没有。好吗？"

她一边微微点了点头，一边躺下。

"你还能入睡吧？"

"我没事。"她在被子下面躺好，侧过身去，脸朝着墙壁。我身上她靠近过的部分已经冰冷。我还不想离开。我触到她的肩膀，抚摸着。

"今天下午你不用打工，是吗？"我问。

"不用，明天才去。"

"那我今天可以开车载你回家。"

"珍妮会载我的。"

我犹豫了一下。"我能看出来，你心情还是很不好，"我说，"宝贝，你太像你爸爸了。遇到事情你会翻来覆去地琢磨，这样不好。今天晚上也许我们可以——"

"妈妈！"她翻过身子，俯身躺着，虽然我看不清她的脸，但是我知道她瞪向我的目光像刀子一样锋利，"我想睡觉了！"

"好吧。"我对自己笑了笑，有些后悔刚才的话。她对我稍稍好了一些，我就得寸进尺。我俯下身，在她脸颊印上一吻。

"我爱你，"我说，"睡个好觉。"

接下来的一天，我竭力控制自己想查看一下格蕾丝是否恢复正常的冲动。这就是在你自己孩子所在的学校任教的利弊：接近她太方便了。她不会感激我的干涉，不过一整天我确实避免见到她。

当天下午放学后，我刚走进家里，厨房电话上的信号灯就闪个不停。是伊恩。

"嗨，塔拉，"他打过招呼，然后轻笑了一下，"我不得不告诉你，每次听到你们电话里传来山姆的外出留言，我都会吓一大跳。不过那感觉很好，能听到他的声音很好。我打电话来只是想问候一下你们，希望你和格蕾丝一切都好。"

我放下电话。

好吧。

坦白说，我已经全然不记得家里的外出留言还是山姆录进去的。他去世后的头几个星期，艾莫森倒是提过，但是回想起来，当时好像有人在跟我说我家的房子很漂亮云云，所以那句话我就左耳进，右耳出了。自那以后，我估计没有人敢对我提起这件事，除了伊恩，而且他用了一种很委婉的方式。

我从提包里拿出手机，拨通家里的电话号码。操作台上的电话一共响了四声，我咬住嘴唇等待着，然后它转接到语音信箱。

"嘿，你好！"山姆的声音听上去好像来自隔壁房间，"你所拨打的是山姆、塔拉和格蕾丝的电话，我们希望你能留下口讯。再见！"

　　我愣愣地盯了一会儿手里的电话，然后把它紧紧贴在心脏的位置，开始放声大哭。我坐在厨房岛台旁边的吧椅上，哭得声嘶力竭，眼泪落在花岗岩台面上，汪成一片。我以为自己已经熬过这段悲伤——这种铺天盖地，撕心裂肺的痛苦——但很明显不是。

　　我足足用了二十分钟的时间才恢复常态。然后我又看了看电话，这一次下定决心，必须把留言改掉。可问题是，我不知道怎么操作。

　　另外我也在顾虑格蕾丝会怎么说。我还记得那天她走进我们的卧室，看到我把山姆所有的衣物都放进了标明要送往"好意店"①的黑色垃圾袋时的反应。那时他已经走了两个星期，我觉得很有必要把他再也不能穿的衣服处理掉。我是听说有些女人把死去丈夫的衣物留存好几年，但是每天早上看到衣橱里那些西装、衬衣、卡其裤、运动衣，我心里的另一部分就会像被什么东西一片一片切下一样。

　　"你要清理掉他的痕迹！"格蕾丝看到那些袋子后冲我嚷嚷。我试过拥抱她——我希望我们两个可以抱在一起哭——但是她把我推开了，转身跑回自己的房间。我那时候以为，明天，她就会跟我言归于好，但是如今二百个明天过去了，她仿佛从那时起就切断了与我的所有联系。为什么我要那么快就处理掉山姆的东西呢？那么做符合常理吗？我原以为那会有所帮助，只要每天

---

① 美国的慈善超市Goodwill，主要业务是接收、处理、销售市民们捐赠的各种各样的旧物，用销售这些二手物资得到的善款为残疾人、失业者、新移民等举办各种类型的福利工场、职业培训、安置就业，并开设低价的食堂、旅馆等。

早上不再看见衣橱里有他的衣服。但是我没想到，看到原本属于他的地方空荡荡的竟会那么难受。

我拿起电话，按了几个键，想研究一下如何重新设置留言。反正格蕾丝也许压根儿就没注意过，因为她从来不打家里的电话。

格蕾丝走进厨房的时候，我还在听操作提示，所以结结实实地吓了一跳。我居然没意识到她已经先我一步从学校回到家里，希望她没听到我的失态。因为从一开始，我就觉得必须为她坚强起来。我迅速关掉电话，不想当着她的面改留言。

"你在做什么？"她站在岛台的另一侧，目光落在电话上，满是猜疑。

"我觉得是时候改掉外出留言了，"我实话实说，"但是我不记得怎么设置了。"

"你是说，要删掉爸爸的声音？"

我琢磨了一下她的话，想判断出里面是否有指责的意思。"是的，"我说，"我觉得是时候了。"

她没有看我，而是盯着我手里的电话。"我觉得，"她伸手去拿听筒，"如果你需要的话，我可以帮忙。"

"求之不得。"

她熟练地按了几个键，然后开口说："嗨，我是格蕾丝。"她把电话伸向我，我呆呆地看着它，不明白她想让我做什么。她对我露出"你真是个笨瓜"的表情，然后按了一个键："我说'我是格蕾丝'，你再加上一句，'我是塔拉'，然后就设置完毕了。明白了吗？"

"明白，很好。"我朝她挪近了些，我们两个的头碰在一起。我闻到她的洗发水香味，闻不到这味道的那些日子，我感觉是那么孤独。我的喉咙哽咽了。

"嗨，我是格蕾丝。"

"我是塔拉。"

"请给我们留下口讯，"她说完，把电话挂上，"搞定了。"

"谢谢你。"我笑了笑。

"随时效劳。"她从操作台上的果盘里拿了一个苹果，转身走向过道。我想伸手抓住她，让她留在厨房里陪我。我想问她：昨晚做完那个噩梦后你又睡着了吗？跟我说说你今天过得怎么样！这学期你最喜欢的老师是谁？你最近和克里夫通过话吗？但是我尽力克制住自己，没有开口，因为刚才发生在我们两个身上的事尽管看起来平凡无奇，但给我的感觉却是那么美妙。我不想破坏它。

Chapter 21
勇气奖章
华盛顿，哥伦比亚特区

安娜

道格·戴维斯在一页页翻看哈莉厚厚的档案，他是儿童医院的移植专家，我和布莱恩则坐在他办公桌的对面。他从那堆纸里抽出一张，放在桌上，用手指敲了敲。"我拿到了哈莉骨髓穿刺的报告，"他说，"很遗憾的是，要找到合适的配型有点儿困难，当然也不是绝对不可能，所以没有必要悲观。"他直视着我，莫非我看起来很悲观？其实我是吓得魂不附体。难道这两者根本就是同一回事？

身处儿童医院，哈莉又不在旁边的感觉很奇怪。这周末她一直跟玛丽琳和她的孩子们在一起，我已经等不及今晚听到她所有的故事。我很高兴她能有个机会摆脱这里，但是三天没有她的日子让我有些委靡不振。我想念我的女儿，一想到明天不得不把她带回儿童医院再做一次维持水平的化疗，我就一百个不情愿。

早上她给我打了个电话，我敢肯定她跟表姐们正玩得乐不思蜀。她们去室内冰场溜冰，在球赛上为梅格当拉拉队，在后院露营，出去看电影，逛几小时的商场。我并不觉得孩子们逛商场是件多有乐趣的事，但是我巴不得把所有好玩的东西一股脑儿地塞满哈莉的生活。如果她想逛商场，而且和科利尔表姐们在一起足够安全的话，那么，该死的，随她去。

　　"今天你能给我们化验吗？"布莱恩问戴维斯医生，"我不明白为什么这件事不能快点进行。为什么没人马上跑进来给我们两个采集口腔拭子样本。"

　　戴维斯医生笑了笑，他还那么年轻。某天早上我醒来后，突然发现所有打交道的医生都比我的年纪小。"我们会检查你们是否匹配，"他说，"但是父母一般是作为最后的选择，因为他们很少能够配型顺利。当然，最好的选择是兄弟姐妹，哈莉有没有？"

　　我张嘴要说话，但是布莱恩把我打住了："我们还有一个孩子。"他清了清嗓子，又扶了扶眼镜。"一个女孩儿，"他说，"她出生后不久就失踪了。我们甚至不知道她是否还活着。"

　　他的话把我惊得目瞪口呆，那正是我要说的话，而且是我惯用的模式，每次把那些话大声说出口，我的喉咙就会发紧。他两个月前突然在哈莉的病房出现之后，就连一次都没提过丽莉。我还以为他已经忘了那个失踪的孩子。他的声音里有真实流露的悲伤，还有痛苦。我以为这些年来只有我一个人独自承受那些悲伤。

　　"真是太可怜了。"戴维斯医生摘下他自己的眼镜。"那个小女孩儿很可怜，哈莉也很可怜，"他说，"兄弟姐妹匹配的概率是四分之一。要是我们从普通人群中寻找，概率接近二万五千分之一。"

　　我突然感到很愤怒，对布莱恩和整个世界，这种愤怒让我吃惊，我尽量不表露出来。如果我们没有失去丽莉，我们就有四分之一的概率救哈莉。就那么简单。

　　"她有几个表姐，"我说，不过自己也不知道表姐们在这种难以捉摸的概率中处于什么样的位置，谁会成为配型成功的捐赠者，而谁又不会，"四个女孩儿，都是布莱恩姐姐的孩子。"

　　"我们会为她们所有人做化验，"他说，"但是最可能的还是求助于全球捐赠者资料库。要是他们中有人有匹配的可能，就会被要求提供血液样本。基本上总是能找到捐赠者的——"他鼓励性地点了点头，"只是时间快慢的问题"。

　　我想到曾经听过的所有有关病人在等待移植的过程中死去的故事。我记得哈莉还在蹒跚学步的时候，有一个在儿童医院接受治疗的小男孩儿，他们最终没能及时为他找到捐赠者。我开始打哆嗦，仿佛掉进了冰窟窿。

　　"在找到捐赠者之前，我们会对哈莉进行维持水平的治疗，"戴维斯医生说，"好消息是她可能会长回一些头发。"他笑着说，"至少在一段时间内。"

　　"为什么只是在一段时间内？"布莱恩问，我意识到，她一岁后他就再没见过她的头发，回想起来，那时她的头发还是近乎金色的绒毛。十二岁的时候，她把头发梳成乱糟糟的马尾，长长的鬈发从皮筋里掉出来，就那么挡在脸上。她并不介意头发是什么样子，可我希望她能长到在乎发型的年纪。其实我自己也没有真正经历过那个年纪——到现在我还依然是个不懂保养的女人，除非有约定好的演讲，不然我连妆都不化。她是不是像我都无所谓，我只希望她有机会弄明白她想成为什么样的女人。

"找到捐赠者后，我们会开始帮她准备移植。她要接受两个星期的高密度化疗和放疗，到时候她会再次掉发。移植结束后，她还要在医院至少住上一个月甚至更长，然后再回到家里恢复大概四个月。"他给我们讲了有关保护性隔离和保证绝对卫生洁净的措施，这些都是我们照顾哈莉时需要注意的事项。

"嘘！"布莱恩听起来跟我一样不知所措。医生嘱咐我们的话对我来说并不新奇，因为我早就做过功课，也目睹过中心里其他孩子和他们的家人经受这样严峻的考验。但是目前的现实情况还是击中了我的要害，因为现在轮到了哈莉，我要想象她在我们面前熬过这些严峻的考验。

从医院开回亚历山大的路上，我和布莱恩两个人一言不发。后来我们把车停在旧街场，要了两杯拿铁，端着杯子来到河边的长椅。这里的日景华丽壮观，我们的左手边停靠了一条白色的河船，在阳光下闪闪发亮，面前的波拖马克河像镀上了一层银色。真希望此时此刻我在这里的每一样感受，都能为哈莉所有。我希望她能看到那艘河船，乘上它去兜风，还能坐在长椅上，对着银色的水面惊叹，再来上一杯焦糖拿铁细细品尝。无论我看到什么，闻到什么或者触到什么，似乎都会拼命地想要她也能够经历一遍。我的情感好像已经脱离了正常的范畴。

我和布莱恩静静地坐了一会儿，一边将这里的景色尽收眼底，一边尽力消化从戴维斯医生那里听来的每一句话。

"我很害怕，"我最后坦承道，"就算他们找到了配型，可能还会有很多其他的变故发生。"

他没有马上说话，而是继续呷着咖啡，定定地看着河水。我正要动手戳他，他终于开口了。

"听着，"他说，"我想让你知道，我哪儿都不会去，这次我再也不会逃避了。"

我想他是在试图打消我的疑虑，结果却适得其反地激怒了我。"你最好不要，"我说，"不要再让哈莉重新喜欢上你之后那么做。"

"我不会的。"

我望向远处的水面，鼓足勇气说出下面的话。"你提到丽莉的时候，我吃了一惊。"我说。

"为什么？你认为我有可能会忘记她吗？"

"坦白说，我这么怀疑过。"

"哦，安娜。你是说认真的吗？"

我在长椅上扭过身子面向他。"布莱恩，你当时逃也似的走了，"我说，"你为了开始新生活，再也不愿意谈起她。我是说，那件事发生以后，你只有跟警察和那些管事的人谈起过她，接下来这么多年了，你一次都没对我谈起过她。"

"那是多么艰难的一段日子。"

"艰难远远不足以形容那段日子。"

他摘下太阳镜，揉搓着鼻梁。"我很懊悔。"他说。

可恶的，那是你活该，我心里这么想。"跟我说说你懊悔什么。"我想核对一下，确定他的懊悔里有没有漏掉什么。

他看着我，好像在决定要不要咬下我设的饵。

"最起码也是最重要的，我懊悔没有当好哈莉的爸爸，"他说，"除了懦弱，我找不出其他借口来解释这种行为。我从一开始就不是她的好爸爸。我从来不肯接近她，害怕接近之后她又像丽莉一样失踪不见。我知道这纯属无稽之谈，但我就是这么感觉的。"

我记得哈莉出生后的第一年里，他跟哈莉的相处少之又少。当时我还觉得很正常，以为妈妈和孩子整天黏合在一起，会让爸爸不知道如何融入进去。我从来没想过，是恐惧感让他抗拒与她亲近。

"她病了以后——"他摇着头，"因为这个，我不得不逃。我知道，我是个懦夫。"

"现在你也在冒失去她的风险，"我说，"为什么？"

"我觉得这是我个人特色的中年危机。"他笑了笑，"有些家伙看到生命如水，时光如梭，就会用酷车靓女来填补自己的空虚。而当我也感到生命如水，内心空虚，却明白酷车靓女都不是我所需要的。我知道自己错过的是什么，是我的女儿。"他把太阳镜戴回去。"你打电话的时候，我正在考虑怎样才能光明正大地回到她的生活中，我也明白不太可能做到，但是我必须行动起来。我为她回来，也为你。安娜，虽然那让我胆战心惊，"他看着我，"现在依然如此。但是如果她出了什么事，而我又不曾用心了解过她，那么我一辈子都不会原谅自己，何况我已经做过那么多自己也无法原谅的事。虽然我在部队里获颁过一枚嘉奖勇气的奖章，在自己家里却扮演了胆小鬼的角色。我都想把那枚奖章退回去。"

我对他心软了，我相信他说的话。"你能对我说出这些，我很欣慰，"我说，"虽然有点晚，但我还是很欣慰。"

"还有别的事，"他说，"我在这儿有个朋友，他跟他夫人在马里兰拥有一个品牌的汽车代理权。上周我跟你说有个工作面试，其实是在那儿跟他们谈话。"

我记得他在面试期间我打的那个电话，背景里有女人的笑声。我皱着眉，等待下文，想知道接下来会怎么样。

"他们有个孩子在许多年前死于白血病。我来这里之前对他们讲了哈莉的事，他们说如果她最后必须接受骨髓移植，他们愿意为她举办一场以骨髓为主题的车赛。这就是我跟他们的谈话内容，当时只是以防万一她最后要用到，而现在她确实需要。所以——"

"哇哦，"我很内疚曾经那么怀疑过他，"哇哦。"

"虽然我也明白，靠一次车赛来找到捐赠者的可能性微乎其微，"他说，"但重要的是，它会调动起更多的人。他们说如果你和哈莉愿意走进公众的视线，你懂的——哈莉的故事，会有助于调动人们的积极性。不过你们并不是非做不可。"

我要想一想这件事。我们——我们三个人——共同拥有一个让人肝肠寸断，百感交集的悲惨故事，比如丽莉的失踪，还有哈莉第一次被确诊为白血病。但是我不确定愿意让我的女儿曝光。

"我会跟她谈这件事，"我说，"我们可以一起跟她谈这件事。无论是哪种结果，都很感谢你能这么想，这么做。"

我看到一个团的游客正在排队登上那艘船，同时心里还在叹服布莱恩为整个捐赠者车赛全力以赴这件事，还有他未雨绸缪的先见之明。

"你知道吗，"他说，"有关丽莉的整件事……我是花了很长时间才让自己走出来。不过……要提起她的名字对我来说仍然是件不容易的事。我知道，你当时生气我没有去威尔明顿看看她是不是安然无恙。相信我，我真的希望自己去过，但是我不能丢下你不管。我以为丽莉平安无事，而你却好像随时都可能离我而去。当时你正在生死之间徘徊。"

"我知道，"我说，"我知道你的做法在当时看起来是合情合理的。"不过我仍然希望他那时候能再用心些。他可以再早一点打电话给威尔明顿的医院，再多催催他们提供更多的信息，反正总有些事可以做得更好些。但是那时候他不可能知道丽莉已经不见了。谁又能知道呢？

"我感觉她的失踪完全是我的过失造成的。"他说。

"是我让你有那种感觉。"我一直想让他为所有的事情向我道歉，但是突然间我发现自己也并非无辜。我之所以责怪他，是因为没有别人可以责怪。他被从索马里召回的时候，我正在杜克大学附属医院昏迷，理所当然地成为他最紧张的人。可是当我从昏迷中醒来，得知丽莉在威尔明顿的那家医院莫名其妙地失踪了，就对他大发雷霆，怪他没有去那儿看她，从此拒他于千里之外。"我们把事情搞砸了，我们两个都有责任，"我说，"我们本应该认真接受一些婚姻辅导的。"

"这不是开玩笑，"他笑了一下，"我们早就应该找个婚姻顾问。"他呷了一口咖啡。"你有没有……你有没有过关于她的线索？"他问。

我摇了摇头。"那些探员认为她死了，你也知道，"我说，"也许是有人企图遮掩医疗事故，但我始终不能接受这种说法。"我是不愿意接受这种说法，"之后总是有各式各样的所谓线索将我们带进死胡同。哈莉差不多三岁的时候，他们有一次打电话给我，说有个南卡罗来纳州的女人联系上他们，声称她表姐的小女儿应该就是丽莉。她说她表姐有一天突然带了一个婴儿出现，正好就是丽莉被抱走的那些日子，这个女人觉得事有蹊跷。那些探员问她为什么等了这么多年才打电话，她说她担心会给她表姐带来麻烦，但是现在她觉得她表姐在虐待那个女孩儿，所以才打电话过来。最后发现她表姐的确是绑架了别人的孩子，只是不是我的，不是我们的。"我现在依然能感受到探员打电话通知我DNA检验结果时的那种落寞。"布莱恩，我真的燃起过希望，"我说，"就在哈莉快到四岁，病情得到缓解的时候，我终于不用满脑子都是让她康复的事，而是有机会想想别的，那时候我们两个去威尔明顿待了一个星期。我们就算走在大街上，我的目光也在寻找着像是丽莉的七岁女孩儿，我还在各个学校附近转悠。我那时候的行为有点疯狂，特别是她待过的那家医院占地面积那么大，丽莉可能会在任何地方。我总是牢牢抓住一线希望，是有人太想要一个孩子，看到医院里最漂亮的一个，就把她带走了。这样的话，至少她是被那个人需要和喜爱的。"

"我连一眼都没见过她。"布莱恩神情黯然。

"我知道，"我说，"我至少还有几小时跟她在一起过。"

"哈莉知道她吗？"

"当然。"他不习惯直言不讳，特别是涉及让人难以接受的事实。他花了两个月的时间才有足够的勇气谈起丽莉。"我早就告诉她了，"我说，"在她不过五六岁的时候。布莱恩，她是个不同寻常的女孩儿。"

"我知道，"他说，脸上带着笑容，"她很了不起。"

"也许是因为她很小的时候就要经受所有的医疗过程。我也不太明白，但是她一直都跟同龄的其他孩子不一样。她甚至还帮我寻找丽莉。"

他看起来很吃惊："你是什么意思？"

"她了解失踪儿童局的工作模式。她把我们掌握的线索都检查了一遍，寻找任何可能跟丽莉有关的东西。她有时候跟我一起待在办公室。还有两次，我们两个特意回到威尔明顿寻找丽莉。我们共同分担心里那个巨大的空洞。她甚至还自己做了一个网站，取名为'失踪人口同胞网'。"

"你在开玩笑吗？她自己做的？"

我点点头："她是个电脑天才，就像她的爸爸一样。"

他把头向后仰去，望着天空。"我爱她，"他说，"这么多年来，虽然我给她寄钱，寄圣诞礼物，寄各种东西，但是并没爱过她。作为一个差劲的爸爸，我对她除了愧疚，再没别的感觉。可是现在我爱她，而且……我可以坦诚地说，这种感觉从未有过。就是这种感情，让我在病房看到她的第一刻，看到她秃秃的头顶，呕吐的痛苦——"他看向我，脸上的笑容既迷乱又柔弱，"我就想代替她，"他说，"想把我的健康给她，让我成为病床上那个生病的人。"

"是啊，"我说，"我了解那种感觉。"

"我是那么痛恨自己。"

我再也不想听他的懊悔了。经年累月形成的这种需求，一时间烟消云散。"我们一起忘掉过去吧，"我说，"此时此刻你就在这里。从现在起，你要为那枚勇气奖章努力。"

Chapter 22
找寻安娜
北卡罗来纳州，威尔明顿市

艾莫森

　　"热辣"的厨房比我家里的还要干净许多倍。因为卫生署的人从来不会造访我家，却随时都可以大摇大摆地走进咖啡厅。我们目前的评分是九十九，而我的目标是一百分，所以我才每天都让珍妮把制冰机清理干净，并把操作台面仔仔细细刷上一遍，不然晚上就不放她出去玩。

　　"珍妮，我一会儿就从这儿直接去图书馆了，"我一边说，一边检查冰箱，确保早上有足够的淡奶油①，"这里面有一些剩下的奶油浓汤和辣椒，可以用做今天的晚餐。你带回家热一下，跟爸爸一起吃好不好？"

　　正在清理操作台的珍妮抬起头："你晚上不回家吃饭吗？"她的反应就好像我打算飞往月球似的，不过也不能怪她。除了偶

───────

① half and half，用来加在咖啡里的牛奶和奶油各一半的混合物。

尔跟塔拉一起出去参加女生聚会，我基本上都是在家里吃晚饭的。不过今晚，我有其他的计划。遗憾的是，我必须撒谎瞒过这件事。

"我要研究一下传统食谱，打算加在午餐菜单里，"我说，"这些资料在Google上查不到，不过图书馆里有。"我模棱两可的话起了作用，珍妮的眼神在听到"研究"两个字的时候了无趣味地暗了下去。我对泰德也讲过同样的话，屡试不爽。一提到"传统"，泰德就不再理会我了。我有一种感觉，作为权宜之计，这不会是我对家人说的最后一个谎话，要直到我把整件事情查个水落石出才行。"你觉得这提议怎么样？"我摘下围裙，挂在后门旁边的挂钩上，"你会打理晚餐吧？"

"我会的，"她拿着喷雾瓶，在操作台上喷出一个弧形，然后开始刷起来，"但是我想跟你谈谈我的工作。我想减少几小时的工作量。"

我哈哈大笑。"我们不是都有这样的愿望吗？"我说。

她没有看我，我很好奇她是不是在等我给出不同意的各种理由。说实话，我现在还不是那么需要她。我雇佣的经理桑德拉，其他的女服务生，还有一个厨师，大部分时候他们都可以打理好这些事。不过珍妮需要零花钱，而且她在这里打工的日子的确帮了不少忙。

"我是说真的。"她把烤面包机转过来清理后面。我回忆了一下，但是记不起来上一次把家里的烤面包机转过来清理是什么时候的事了。"我现在要做更多的婴儿用品，因为诺艾尔已经——"她耸了耸肩，"你知道的。"

"而且你需要更多的时间陪德文。"

珍妮笑着把脸低向操作台，脸颊和前胸绯红一片。"我现在没有多少自己的时间。"她说。

她被这小子吃定了。我太过沉湎于自己的生活，几乎没注意到她的世界发生的变化。

"减少工作时间就等于减少你口袋里的零花钱。"我一边说，一边把碗碟架上晾干了的那些碗推走。

"我明白。"

"你跟桑德拉制定一个新的工作时间表，我们看看会是什么样儿。"我说。珍妮是个好孩子，特别像我。她平易近人，有许多好朋友。或许她不是世界上最雄心勃勃的那一个，但是直言不讳地说，我觉得人缘好比飞黄腾达更重要。我知道你能找出许多专家来反驳我的话，但是我不在乎。我就是喜欢被喜欢的感觉，尽管批驳我好了。珍妮似乎是个万人迷，不管是孩子还是大人，每一个认识她的人都非常喜欢她。我宁愿生养这样的孩子，而不是那种为了往上爬就给人背后捅刀子的人。

她只交往过几个男孩子，他们看起来也都不错。不过她还没对谁认真过，至少据我所知是这样，所以没有什么大不了。也许德文与众不同。在整个夏天里，他们总是四个人一起出去，加上格蕾丝和克里夫，我喜欢那样。那数字给人以安全感，不过或许我只是在自欺欺人。

"格蕾丝的情况怎么样了？"我一边问一边关上橱柜门。

"你是说关于克里夫？"

"她一定很难过，毕竟你跟德文两个人还是好好的。"

"她……"珍妮耸耸肩，"她很失落。而且克里夫一直在装疯扮傻。"

"嗯，我能理解他的感受。"我从冰箱里拿出辣椒，生怕她会忘记带，"他可能是想好好体验大学生活，还有离家之后的无拘无束。"

"不是因为这个，"珍妮说，"这个我早就知道，我是说他现在的所作所为。他经常给她发短信，写电邮，这样就给了她希望，让她以为他还会回心转意跟她在一起。"

"哦。"我说。这的确不妥。

"我的意思是，虽然每次都是她主动的，"珍妮说，"给他发短信或别的什么，但是他总是给她回复，结果她就以为他依然在乎她。"

"我确信他依然在乎她。"

"但不是她所期望的那种。"她把喷雾瓶放进水池下的橱柜里，把厨用纸巾扔进垃圾桶。"我觉得他太不厚道，"她说。

"那对她是个双重打击。"我把辣椒倒进一个塑料杂物袋，"先是她爸爸，然后是克里夫。"可怜的格蕾丝。她跟山姆一直都是那么亲近，连我都忍不住嫉妒，因为泰德和珍妮就从来没像山姆和格蕾丝那样相处过。"我为她感到难过。"我说。

"我也是。"珍妮在水池里把手洗干净，然后靠在已经被她用纸巾擦干的操作台上。"妈妈，我无法想象爸爸死去，"她说，"诺艾尔死了，曾外公又躺在安养院里，这两件事已经很难承受了。"

"我知道，宝贝。"早上安养院的一个护士给我打过电话，说外祖父下次想单独见我，不带珍妮和泰德。虽然我不知道原因，但是我肯定会尊重他的意愿。我愿意为他做任何事。

我走近珍妮，把她几乎遮住右眼的头发拂到一边，在她太阳穴上吻了一下。"爱你。"我说。

"我也爱你。"她摇晃着脑袋，让那缕头发又回到前额，她看着操作台上的袋子，"准备好锁门了吗？"

"嗯。"我用手臂揽住她的肩膀，一起向后门走去。要是她减少在咖啡厅的工作量，我就会错过许多与她相处的时间。"跟德文交往得有多认真？"我问。

"没什么认真的。"她说。

我感觉我们两人之间升起了一堵无形的墙，当下心里明白我们的母女联谊时间已经过了，今晚上肯定不会重现了。那没关系。在追查安娜下落的时候，我会记住跟珍妮在一起的这几分钟，而由于诺艾尔的行为，那个女人连了解女儿的机会都不曾有过。

我在图书馆的一台电脑前坐下，拉动北卡罗来纳州立大学图书馆的主界面，输入他们在前台给我的密码。我曾在家里试着在Google上输入"安娜"和"婴儿"，还有"威尔明顿"和"医院"这些关键词，结果搜到了很多毫无价值的结果。我希望图书馆的网站能给我提供更多的信息，好继续下面的事情。

根据诺艾尔工作日志的记载，她接生的最后一个婴儿是个男孩儿，所以我们关于她在"事故"之后就放弃执业的猜测是错误的。当然，除非她在日志里对那次失败的接生只字未提。我想找到诺艾尔在第一封信里提到的报纸上的文章，信的日期是2003年7月8日。或许这是个不可能完成的任务，但是我必须试一试。

我费了一些工夫，还叫了一个图书馆管理员帮忙，最后终于找到了《威尔明顿星报》的搜索页面。诺艾尔在信里并没有明确说她是什么时候看到那篇提到安娜的文章的，但是北卡罗来纳州立大学图书馆网站上的《星报》只能往回查到2003年4月，所以我希望那篇文章是登载在这时间之后的某一期上。说不定正好就在8日那一期，而诺艾尔就是看了它才马上提笔给她写信的。

抱着乐观的态度，我决定先把2003年6月和7月《威尔明顿星报》上所有包含安娜这个名字的文章都搜出来。那能有多少呢？结果一出来，居然有五十七个。我被这么多的安娜弄蒙了，只好用排除法对文章进行筛选——比如筛掉那些讣告和田径队成绩，还有一个贪污腐败的法官和两个新生儿。我把目标范围缩小到诺艾尔当助产士那几年的育龄妇女身上。其中一个安娜是月度最佳院落得主，另一个是二十七岁的特奥会运动员，还有一个从IGA[①]店里偷过啤酒。我赶紧记下月度最佳院落得主的姓——菲谢尔——她似乎是唯一有可能的。她住在市中心，我想象出一幅画面，当时她应该是把全部精力都倾注在了自己的院子上，希望以此填补孩子失踪后留下的空虚。

我用Google搜索，结果只有一个叫安娜·菲谢尔的，她的确住在威尔明顿，但是据美国白页[②]网站上显示的信息推算，她大概有六十八岁了。

我又试着用"医院""婴儿"和"失踪"这三个关键词搜索威尔明顿地方报，但是没有一个结果是靠谱的。我靠回椅子里，对着电脑皱眉。

是时候认真思考了。诺艾尔看新闻上瘾，有一段时间她甚至订了《纽约时报》，让人每天早上送到家门口，但这是很久以前的事了，还是在她开始从网上看新闻之前。我知道她也在网上看

---

① Independent Grocers of Australia，澳大利亚连锁超市。

② White Page，类似国内的黄页。

《华盛顿邮报》，因为她总是抱怨那报纸办得越来越保守。可不管怎么说，她还是照看不误。她提到那些权威人士气就不打一处来，任何能够批得他们无可匿藏的话她都喜欢。

我先从邮报开始，在2003年6月1日和7月8日期间搜索安娜，很快出来一共十页的二百零二个结果。我凝视着图书馆的天花板，这场战争打下去我必败无疑。查看邮报看起来是个笨办法，而要是连《纽约时报》也查看的话，那就是笨上加笨。那婴儿是被从威尔明顿的医院抱走的，文章很可能是登在威尔明顿地方报上。我正打算掉过头去继续查《星报》，目光就落在第一页搜索结果的下半部分中间，那标题写着："警方在三岁女童失踪案件中采取保守行动"。我盯着标题，被"失踪"一词吸引了眼球。不过这肯定不会是我要找的文章，因为诺艾尔抱走的是个新生儿。或许是我在铺天盖地的搜索结果中迷失了自己，不知道该去向何方，所以鬼使神差地点击标题，开始在文章中捕捉安娜这个名字。

2003年6月3日，马里兰一个小女孩儿在与家人于谢南多厄山谷露营期间不幸失踪。很明显文章里有一部分内容是抗议警方处理女孩儿失踪一事的方式方法的，也是安娜这个名字出场的部分。我在最后一句话里找到了她：

失踪儿童局发言人安娜·奈特莉就警方对该案件的处理提出诘责，"发放一则仅仅描述孩子身体特征的安珀警戒① 绝非正当

---

① AMBER Alert，是当美国确认发生儿童绑架案时，通过各种媒体向社会大众传播的一种警戒告知。

举措。"她说。

　　这个不会是我们要找的安娜，但我还是用Google搜了一下她的名字。安娜·奈特莉这个名字更大众化，我猜想搜出来的结果会有安娜在饲养繁殖小狗，安娜在自己的博客里讲解十字绣，安娜在学校里教书等。于是我在搜索框里加了"失踪"一词，结果弹出一篇文章，正是踏破铁鞋无觅处，得来全不费工夫。那是刊登在2010年9月14日——诺艾尔自杀的日子——《华盛顿邮报》上的文章，标题写着"失踪儿童局任命新局长"。文章简明扼要，直击主题。

　　安娜·奈特莉已被任命为失踪儿童局局长，奈特莉女士自2001年起就职于该局，参与过各项工作。自从新出生的女儿在北卡罗来纳州一家医院失踪后，她就坚定决心，致力于帮助失踪儿童和父母家人团聚的事业中。

　　我颓坐在椅子里，全身上下冒出一层冷汗。在此之前，我对诺艾尔那封没有写完的信还是半信半疑。我连她偷包口香糖的画面都不能想象，更别说一个新生儿了。我想不到她的生活居然是由一个又一个的谎言组成的。可是事实摆在眼前，这就是证据。
　　现在，我该怎么办呢？

Chapter 23
海滩度假
北卡罗来纳州，赖茨维尔海滩
1989年

诺艾尔

"嘿，盖洛韦女孩儿们，"山姆从海滨小屋的后门处喊道，"来看我为今天晚餐加的菜。"

在艾莫森和塔拉一左一右的陪伴下，诺艾尔走过散发着霉味的客厅，朝山姆提着的水桶里瞥了一眼。桶底有四条长着银色鳞片的鱼，全都一副倒霉相地叠着罗汉。

"哇哦，太妙了！"塔拉说。

"那是什么？"艾莫森问。

"鱼啊。"山姆自豪地咧开嘴笑着说。

艾莫森给了他手臂重重一下："我是说什么鱼。"

"管他是什么鱼呢。"他大笑着。他们四个在海滩待了两天，他的皮肤已经变成了浓浓的焦糖颜色，他的眼睛跟他脑后的天空一样湛蓝。

诺艾尔看到里面至少还有一条鱼是活着的，正在费力地呼吸。她打了个冷战，目光从水桶移向山姆的脸。

"山姆，你太残忍了。"她说。

山姆自己也看了看水桶。"我没觉得它们有多痛苦啊。"他说，不过这时候他的确显露出一丝忧虑，那神情打动了她。山姆是个心软的人。

他斜过身子在塔拉脸上亲了一下。"我就在这外面把它们打扫干净，"他说，"只是想先跟你们炫耀一下。"

赖茨维尔海滩的这间海滨小屋面积不大，还有股味道，不过正适合他们几个。塔拉和山姆住最大的那间卧室，艾莫森住的是小间中最好的一个。她提议过跟诺艾尔抽签来决定谁住那间，不过诺艾尔让她尽管住进去。只要是为艾莫森，她愿意做任何事。她说她住哪间都无所谓，这是真心话。对她来说，能跟这几个交往了十个月并且越来越投缘的好朋友一起在沙滩上玩，就已经很开心了。她永远都不会有塔拉和艾莫森之间那种密不可分的大一室友的关系，毕竟她大她们三岁，而且这么久以来她一直扮演的是宿舍协管的角色，不过这两个年轻人已经成为她有生以来最亲密的朋友了。早些时候，她还在担心她们会觉得她是处心积虑地介入她们的生活，不过渐渐地，她感觉到她们对她的喜爱是发自内心的。她们愿意接受她，而且是接受她的全部，包括她的怪癖，这一点很少有人能做到。

不过，在某些方面，她跟山姆更为亲近。

山姆早在学期之初就担任了法学课和她们医学课的助教，让她发现他的优点远远不只是一张漂亮的脸蛋那么简单。当她的教授专注于讲述医疗人员如何保护自己不被卷入诉讼案件中的时候，山姆似乎更担心病人的安危，这一点让诺艾尔很是欣赏。他逐渐变成她世界的一部分，不管是课上还是课下。他们在课间休息的时候去学生中心的咖啡厅碰面，并且沉醉其中不能自拔，她给他讲她实习的那家诊所里的病人们，他总是全神贯注地听着。她从前以为律师都是一些为了当事人需要而不惜歪曲事实的工于算计的机会主义者，但是山姆绝对不会成为那种律师。她希望法律学院不会磨灭他的天性。他秋天就会毕业，于是她警告他，每周至少要坚持一次他自己的价值观，就好像她在护理学院里坚持她的一样。

他们在咖啡厅的谈话偶尔会从职业偏离到个人方面，她愿意跟他分享那些平常都埋在心底的话，包括她爸爸的抛妻弃子，还有她妈妈的助产士生涯。她在咖啡厅里指给他看那些和她上过床的男人，还有那些想得到她，但是她却置之不理的男人，因为提不起兴趣。

"你喜欢怪胎。"他对她说。

"什么意思？"

"你睡过的那些家伙。"他朝其中一个点了点头，那人坐在附近的一张桌子旁，弓着身子看一本书，长到腰间的头发从他一边的肩膀搭落下来，"他们不像是正常人。"

他说得没错。这就是山姆，一言一行都有他自己的方式，要不是他已经名草有主，她会希望跟他有更多的发展。她知道他对自己动了心，只不过对塔拉的责任感太过强烈，仿佛从他们两个一出生就注定要以身相许。

等到了秋天，很多事情都会变得不一样，所以这个夏天，以及她跟朋友们在一起的每分每秒，都会显得弥足珍贵。秋天的时候，山姆会进入韦克福里斯特的法律学院，而她也要前往格林维

尔的助产士学院。在为一步步接近理想而兴奋的同时，她每每想
到要与艾莫森、塔拉和山姆分别，就会从心底涌起感伤。

当然，特别是跟艾莫森的分别。

虽然她妈妈知道她已经跟艾莫森成为朋友，但是妈妈以为诺
艾尔已经能够心平气和地看待整件事，不再节外生枝。她可以不
再节外生枝，这个没错。她不想伤害任何人。但是心平气和？那
是不可能的。

整个这一学年，诺艾尔都在期盼艾莫森的父母从加利福尼亚
过来看她，那样诺艾尔就能够见到她的亲生妈妈。但是他们一直
没来。有一次艾莫森的外祖父母突然从杰克逊维尔来学校，但是
他们走了几分钟后诺艾尔才回来。讽刺的是，她感到宽慰。她担
心一个与她外祖父母不期而遇的会面可能会让她说出什么她后来
会后悔的话。她想见他们，但是要先准备好。

在赖茨维尔海滩小屋的第四个晚上，诺艾尔突然惊醒，她在
黑暗中静静地躺着，试图搞明白是什么把自己弄醒了。说话声？
电话声？可一切都是那么静谧。

不过，她卧室的房门突然打开了。

"诺艾尔，快起来！"山姆跑向她的床，晃动她的肩膀，她
坐起来，用手把脸上的头发拢到脑后。

"出什么事了？"她问道。

"艾莫森的妈妈去世了！"他说，"她——"

"什么？"

"她爸爸刚打电话来，说他们骑自行车的时候，她被一辆汽
车撞了。艾莫森她——"

"哦，不。"她抡起两条腿，一下子跨到床边，蹬上自己的短裤，双手还在瑟瑟发抖，这不是真的，不可能发生，"艾莫森在哪儿？"

"她跑出去了，朝海滩方向。"山姆奔向客厅，"她很激动，塔拉去追她了，我也正要去呢。"

"我跟着你。"她说。

他们穿过客厅，跑上门廊。山姆推开纱门，诺艾尔跟出去，跑向海滩。她无法接受这件事。她妈妈去世了？不，不，不。

空气就像沥青一样又黑又稠，海面风平浪静，他们还没看到艾莫森，就已经听到她的声音了。那哀恸把诺艾尔的心都撕碎了。他们发现她坐在沙滩上一个弄皱了的沙堆里，塔拉正用手臂揽住她轻轻晃着，就像抱着一个孩子。

"我不能相信！"艾莫森哭叫着，"我不能相信！"

诺艾尔和山姆双双坐在她们旁边的沙滩上，把艾莫森和塔拉一起抱在中间，山姆和塔拉低声说着安慰的话，但是诺艾尔却一声都发不出来。她的喉咙被堵得结结实实，幸好借着夜色的遮挡，她还能拭去自己的眼泪，那是为她永远都没机会认识的妈妈所流的眼泪。

那一晚他们谁都没有睡觉，打了十几通电话布置安排还有预订机票。塔拉决定跟艾莫森一起飞往加利福尼亚。不知怎么地，诺艾尔没留意到艾莫森外祖父母要来接他们去机场的信息，当她听到声音走出来开门的时候，冷不防跟一个男人打了个照面，他炯炯有神的蓝眼睛跟她自己的几乎一模一样。她马上意识到他是谁，呆呆地站在客厅里一动不动，一只手仿佛粘在了门把手上。

"我是艾莫森的外祖父，"他说，"她们准备好了吗？"他
有五十岁的样子，两只眼角的位置满是绽开的笑纹，好像他经常
使劲地笑。虽然他当时没有笑。

诺艾尔感觉口干舌燥。她知道她得说些什么，比如"很遗憾
您遭受这样的不幸"，但是她没法说出口。"我去叫她，"她终
于挤出这几个字。她转过身，正好看到山姆向门口走来。"告诉
艾莫森她外祖父在这儿。"她丢下一句，然后就向浴室走去，
"我感觉不太舒服。"

她很想拥抱艾莫森和塔拉，对她们说再见。可却身不由己地
待在小小的浴室里，穿得整整齐齐地坐在马桶上，等着他们离
去。关住的房门遮住了外面的响动，但她还是用手指塞住耳朵，
生怕听到艾莫森外祖父的声音，直到她隔着浴室的纱窗听到车门
砰地关上。

不过她还是没有走出浴室，而是在那里待了很长时间，最后
山姆不得不来敲门。"诺艾尔？你还好吗？"他问道。

她往脸上泼了一些水，走出浴室，来到走廊。"我很好。"
她的眼睛没有看向他。虽然她不确定自己脸上写了什么，但无论
如何不想让他读到。

"塔拉和艾莫森想跟你说再见的。"

"我只是……我那会儿有点想吐。"

山姆看了看表。"真不敢相信才两点钟，"他说，"今早接
到那通电话后感觉像是过了好几天。"

"我明白。"她觉得他在盯着她。"我要回房看会儿书，"
她说。

"你确定你还好吗？"他问。

"现在我们当中有谁是还好的？"

山姆摇了摇头。"我想没有。"他说，但是他看她的神情既有担心，也有好奇，她必须避开。

她想打电话给妈妈，告诉她发生的事情，但却没准备好怎么说。她一定会哭得声嘶力竭，妈妈一定会为她担心，但是诺艾尔很清楚地知道，她不会给予同情，不会给她想要的反应。对于诺艾尔秘密接近生母的家庭这件事，妈妈已经产生了错综复杂的感觉。

她几次拿起电话，开始拨威尔逊小姐家的号码，但是每次又把听筒放下。最后她出了房门，走向沙滩，山姆在那儿，他坐在一把沙滩椅里，光溜溜的大腿上放了一本摊开的书。她在他椅子旁边的沙滩上跪下，仿佛要开始祈祷一样。她握住他的手臂，感受着手掌下的温暖。

"能跟你聊聊吗？"她问。

他放下书，虽然看不见他太阳镜后的眼睛，但她能看到他脸上关切的神情。"当然，你随时可以找我聊天。"他说。

她伸出手，把他的太阳镜推到前额上。"我看不到你的眼睛，"她说，"我需要看着它们。"

他眯起眼睛，打量了她一会儿："你还好吗？"

她摇了摇头。

"咱们进屋吧。"他把书递给她，然后站起身，把椅子折好。他一只手提着椅子，另一只手臂搂着她的双肩，两个人一起走回了小屋。

诺艾尔感到喉咙又紧又痛。她能这么做吗？她能告诉给别人吗？她能讲出那些话吗？她应该吗？

装了纱帘的门廊上有几把摇椅，在山姆的示意下，他们坐在了那里。

"跟我讲讲吧。"他说。

她张开嘴，但是喉咙紧得发不出声音，她把头低下，埋在手里。山姆把自己的摇椅拖到她的摇椅正前方，她感觉到他的双手抱在自己头部的两侧，他的唇挨上她的太阳穴。那正是她想要的，一个朋友的安慰，而且她知道这个朋友一直爱着自己。

她抬起头，用手指抹去眼泪，山姆则坐回摇椅，脸上没有丝毫笑容。他的手指搭在她裸露的膝盖上，等她控制下自己的情绪。

"我接下来要说的话……"她摇摇头，然后再次鼓起勇气，"山姆，如果我告诉你什么事，你能保证永远都不会对别人讲吗？就连塔拉也不讲，永远不讲。"

他犹豫了一下，眉间皱起一条竖纹，显出他的忧虑。"当然，"他说，"我答应你。"

诺艾尔舔了舔嘴唇。"艾莫森是我同母异父的妹妹。"她说。

他前额的那条竖纹骤然加深。"她是……"他的头偏向一边，那样子好像在说，他刚刚一定是误会了她的意思，"你在说什么？"

"她妈妈也是我妈妈。"

"但是我见过你妈妈。"他说。

"你见过的是我的养母。"

他渐渐吸收了她话里的意思，震惊得往椅子里缩了缩。"真是见鬼。"他说。

"没有别人知道，"她说，"除了我养母和我自己，现在加上你。"

她将所有的事和盘托出，包括她发现的那份文件，还有她在盖洛韦学生名单上看到艾莫森姓名时的感受，还有她妈妈让她发誓一辈子都不能将这个秘密告诉给别人。

"那样合法吗？"山姆问，"我是说收养你的事？"

"是合法的，虽然当时可能有一些……我想我爸爸妈妈的确得到了一些优先权，毕竟我妈妈是接生我的人。具体情况我也不清楚，不过事已至此，当初到底什么样已经无所谓了。"

"那么你……见鬼。"他眼睛睁得大大的，"也就是说今天早上你失去了亲生妈妈，而你却不能告诉任何人。"

她感觉自己的下唇在抖个不停，"除了告诉你。"

"你爸爸，"他问，"你知道他是……"

她低头看着自己的膝盖，他棕褐色的手指还搭在她白皙的肌肤上。"妈妈在晚会上碰见的一个男孩，"她说，"我不知道他叫什么名字。"她用拳头抵着自己的膝盖。"先前在门边的就是我的外祖父！"她说，"我的外祖父。我只能站在那里盯着他。"

"我感到很抱歉，诺艾尔。"山姆说。

"我并不存在于那个家庭，我什么都不能说。"

"也许……"山姆透过镜片看向海滩，"你知道有时候女人们把孩子送给别人抚养，后来会同意开封记录，如果双方想……"

"她没有，"诺艾尔说，"我查过了。我只是她犯过的一个巨大而可怕的错误。没关系。幸好我遇到了一个了不起的妈妈。但是我原以为我……"她的声音弱了下去，她用足力气说下去，

"我以为我会有见到亲生妈妈的那一天，"她说，"我以为还有时间。"

山姆站起来，伸出一只手。"过来。"他说，等她也站起来后，他用手臂把她整个圈住，抱着她，让她尽情地哭。她知道有些男人会害怕听到这样的事，他们会对这样的亲密接触望而却步，或者会被这个惊天大秘密的重担压垮。但是山姆给她的感觉就像是一根支柱，从腋下撑住了她的身体。她可以放心地倚靠他，可以对他畅所欲言，哪怕是有关她最远大的理想和最难堪的秘密。他是她倾吐心声的对象，永远都是。

他们两个一起在小屋度过了三天的时光，塔拉会在第三天的傍晚回来，不过艾莫森要跟她的亲戚们在加利福尼亚再待上一个星期。诺艾尔会一直珍藏跟山姆在一起的那三天——在这期间，他们两人的友谊每小时都更深入一层。唯一困扰她的难题就是，她知道只有一个山姆，而且还不是为她所有。她一直觉得自己没有男人也可以活得轻松自在，但是这个男人，她不太确定自己是否能忍受没有他的日子。

还不到第三天的早上，她就已经再次找回了自己的笑容。这几天，她和山姆一起下厨，有天晚上还出去吃了一顿，他们互相给对方的背上抹防晒油，一起在海里游泳，不停地聊天，聊天，再聊天。那些话让诺艾尔欲火难耐，但是她竭力抑制那种渴求。他不是她的。她妈妈告诉过她，**不要像多琳伤害我那样去伤害别的女人**。永远不会，她是这样认为的，尽管夜深人静独自一人躺在床上的时候，她是那么希望山姆能在她枕边。不过，永远不会。

"我想告诉你一件事。"他在塔拉回来前的那天晚上对她说。明知法令禁止，他们还是在海滩上燃起了一个小火堆，用在小屋里找到的竹签穿着棉花糖在火上烤。

"什么事？"诺艾尔把黏兮兮的白色糖果一点点从竹签上咬下来吃掉。

"就是我爱你。"山姆的目光没在她身上，而是看着自己手里的竹签。"但是塔拉才是要跟我相守一生的人，我想你知道的。"他凝视着她。

她感到一阵眩晕，一方面是因为夜晚的暑气，另一方面则是因为听到他的表白。

"我也爱你。"她说。

他点点头。那在他意料之中："你知道我跟塔拉的状况，对吧？我们的过去，还有我们自始至终都只知道对方才是自己的另一半。"

她点点头。"我也爱塔拉，"她诚恳地说，"如果我不能拥有你，那么我希望她可以。"

"我想要的那种生活，是和她在一起才能实现的。"他似乎沉浸在自己的思绪中，"一种平淡、稳定的生活。"

她感到些微细碎的痛感。"那我是谁？"她笑了笑，"一个怪胎？"

他大笑道："诺艾尔，你不一样。你与众不同。你从来都不会想要大房子和白色围栏，还有两个孩子和一条狗。"

她怀疑那是否真的是他所需要的。山姆·文森特给人的印象都跟白色围栏扯不上关系，但是她不想伤害他，也不想伤害塔拉，而跟他辩论稳定生活的好处只会导致这种结果。

"只做我永远的朋友，好吗？"她问。

他把自己的竹签伸到她面前，递给她烤成了完美金色的棉花糖。"我已经是了。"他说。

她用指尖把棉花糖从竹签上捋下来，丢进嘴里，心里升起一种自豪感，因为她没有向山姆索取更多，没有伤害到塔拉，没敢把永远想象成很久很久。

Chapter 24
工作日志
北卡罗来纳州，威尔明顿市
2010年

塔拉

我把车停在诺艾尔家车道上的时候，那所房子以一副惨兮兮的样子出现在我眼前。正面的蓝色墙漆已经被漆匠们剥落了大半，侧面也斑驳一片，丑不堪言。太阳刚刚升起，在窗玻璃上映照出粉色的光。今天是星期六，我不知道漆匠们是否会照常开工。我希望不会，因为我来这里是想打理一下花圃，而且想有些思考的时间。

艾莫森已经找到了安娜，她是一家失踪儿童机构的最高负责人，这让她在我心目中的形象生动起来，一个惨遭不幸并最终走出阴霾的女人，坚强而又坚定。艾莫森打电话告诉我她的发现的时候，我的胃里感到阵阵恶心。每多了解到一些新的信息，这个女人的故事就感觉更加真实，而我们也就更需要对此事有所作为，责无旁贷。今天下午艾莫森会来我家，我们要一起制订下一步的计划。我知道她现在很后悔打开过那箱信。

　　我跳下自己的面包车，检视诺艾尔的前院。那里一片狼藉，杂草丛生。诺艾尔从来都没兴趣打理院子，除了那个花圃。虽然在房子出租之前我负责照顾花圃，但也只是有空儿浇浇水和除除草。如今距离诺艾尔去世已经将近三个星期了，我需要找出整块的时间来关照它一下。我能想象到人们开车经过这里，看到破败的旧屋残院，交头接耳地议论着，这里肯定出了大事。不过，他们所能知道的不过是皮毛而已。

　　艾莫森把诺艾尔的园艺工具放在了后台阶上的一个大水桶里，但是我带来了自己的。我坐在台阶上，一边套上我的护膝和手套，一边望向整个院子。它面积局促，草坪已经残破不堪，一棵发育不良的树长得歪七扭八。近期应该有人修整过草坪，我能看到割草机留下的痕迹。两边邻居家的院子已经蔓延进诺艾尔这里，景象惨不忍睹。只有那花圃除外。初升的太阳似乎定格在院子的那个角落，照得它像一颗闪闪发光的宝石。

　　我身后诺艾尔的房子给人一种阴森森的感觉，我忍不住打了个寒战，站起身离开它，走向花圃。我还在思索，要是你有一个朋友，一个好朋友，一个你喜爱的女人，而你知道她做了一些不可告人的坏事，那么你会不再喜欢她吗？尽管我们了解到诺艾尔的种种不是，但我依然不肯忘记她对我们的意义，特别是对我的意义。诺艾尔留下的那张字条始终在我脑子里盘旋，其中一个要求就是照顾好她的花圃。为了我熟知而喜爱的那个诺艾尔，我愿意代劳这件事。而那个撒谎骗人的诺艾尔不尽如人意，我则把它归咎为我们所有人没能够洞察实情并多给她一些关照。

　　花圃被设计成了三角形，两条边大概有七米长，虽然现在已入十月，但是这里却五彩缤纷。大大小小不同形状的花盆都开满了菊花，那一定是她在死前刚刚种下的。我开始动手，修剪金花菊、黑眼菊和大雏菊，还有给凤仙花除草。我带了一包三色紫罗兰的种子，从面包车上拿下来，种在小鸟浴盆的周围，我感觉自己不像是独自一人——那个青铜制的踮着脚尖的小姑娘是那么活灵活现，我忍不住开始跟她交谈。

"瞧瞧这些香草，"我一边给西芹除草，一边对她说话。诺艾尔这里有三色鼠尾草、凤梨鼠尾草和宽叶迷迭香。她的泰国罗勒长得非常好，于是我在每一株上割了一些叶子下来，打算下午带回去给艾莫森。

我清理掉那些已经枯萎的菊花，突然想起山姆死前不久我们的一次谈话。

"诺艾尔的花圃怎么样？"有天晚上他躺在床上问我。

"什么意思？"这问题听起来很出其不意。

"她跟我说起她的花圃。"山姆很少有机会去诺艾尔家，他大概从来没见过她的花圃。

"哦，面积很小，但是很美，"我说，"她喜欢得不得了，而且她也确实有园艺这方面的天赋，不过你要是只看她的前院，可绝对发现不了这一点。"

"她说她有一个很特别的小鸟浴盆。"

我给他描述了那个小鸟浴盆的特点，还告诉他记者们想以它为题写文章，而诺艾尔就是不肯答应。山姆问及花圃的那个时候，我并没觉得有什么奇怪。当时我以为诺艾尔是在一次聚会上拦住他聊天，说得他耳朵都要起趼子了才让他留下了印象。可是，现在我怀疑他们是不是在赖茨维尔海滩吃午饭的时候聊起的这个话题。他们这样的见面方式至今让我耿耿于怀，倒不是担心

他们有私情——我压根儿就不敢往那方面想——但是他们两个甚
至没人对我提及过这件事，让我很难释怀。也许伊恩说得对，他
们是为了谈诺艾尔的遗嘱，我觉得只有这样才能解释山姆为什么
对我只字不提。不管是哪种假设，我都永远没可能知道答案了。
或许这才是最困扰我的。

　　几小时后，我已经在自己家的厨房一边煮咖啡，一边等艾莫
森来。昨天晚上我做了水果沙拉，早上载格蕾丝去动物之家前想
劝她吃一些，可是她想吃果馅小饼，于是沙拉就留到现在。
　　艾莫森会带西葫芦瑞士乳酪蛋挞和自制的咖啡蛋糕过来。她
能用各种时令材料烹饪美食，这点让我望尘莫及，但是烤东西和
吃东西一直都是她应对紧张情绪的法宝。我的法宝则是收拾屋
子，所以在做"含羞草"①之前我把厨房的玻璃擦了个遍。此时
我正打开咖啡壶上方的碗橱，想拿出几个蓝白花的杯子，看到塞
在它们后面的那个山姆每天都会用的紫色条纹旅行杯，又旧又
丑，与其他的杯具格格不入。每次看到它我都会感觉心跳停止，
我也说不清楚，为什么捐出他的衣服和清理他书桌的时候没有把
这个杯子扔掉。我取出两个蓝白花的杯子，放在操作台上，然后
小心翼翼地越过其他的杯子，去够它们后面的旅行杯。我把它拿
到前厅，扔在一个打算这周带去好意店的盒子里。盒子已经满满
登登，该送走了。出于某种原因，我居然是先删掉了山姆的语音
信箱，而后才扔掉了他的杯子，往下压紧纸箱盖子的时候，我感
到一阵伤感。回到厨房后，我脑海里浮现出他每天早上带着那个

① 一种以香槟和柳橙汁为材料的鸡尾酒。

杯子走出门口的画面——除了最后那天早上。要不是门铃在这时候响起，我也许会再把杯子从箱子里拿出来。

我跟艾莫森端着几块蛋挞和两杯咖啡走到我家的客厅，在沙发上落座。艾莫森把诺艾尔的工作日志堆在了茶几上，旁边还有一份报纸文章的复印件，正是她发现的关于安娜·奈特莉的那篇。我已经读过了——而且读了好几次——但是此时此刻再次读到，那几行字依然让我不寒而栗。

"嗯，很明显这就是我们要找的女人，"我说，"我们的安娜。"我不知道为什么会开始把她看做是"我们的安娜"，似乎她已经成了我们的责任。

"现在我们要查清楚谁在抚养她的孩子。"艾莫森说。

"真要走到那一步的话，我们必须寻求政府部门的帮助。"我说。

艾莫森叹了口气："我知道。我只是……这件事毫无头绪。我还没找到任何线索可以知道她的孩子是什么时候被抱走的。从这篇文章来看，事情好像发生在2000年，但是诺艾尔在她写的那封信里说'多年前'，也就是说要在那之前更久。"

"可是诺艾尔那封信是2003年写的。"我提醒她。

"没错，"艾莫森说，"可是'多年前'听上去像是很久。"

"最后一本工作日志是哪个？"我问，艾莫森把最上面的一本递给了我。

"我们已经知道'最后一个婴儿'的理论是讲不通的，因为那是个男孩儿，"她说，"但是我必须坦率地说，她写的最后六个月左右的日志并不像……我说不好，并不像以往那么完整有序。"

我看着最后一篇日志。"1998年。"我摇摇头，"还是很难相信那就是她停止执业的时间，而且我们居然浑然不知。"

"如果你看下去，就会发现在那之前她的的确确放慢了频率，最后一篇之前的那几次接生两两相隔了好几个星期。唯一的可能就是她也许还有一些日志放在了别的地方，不过我已经仔细检查过她家里的每一片纸，现在我和泰德连整个房子都清空了，还是没发现别的什么东西。"

"或许她临死之前销毁了一些日志，"我一边翻页，一边暗示道，"她应该从未想过让我们知道这件事。"我翻到被黑色水笔完全涂掉的一页。"也许这就是，你觉得呢？"我问，"不然她为什么要涂黑它呢？"

"我也是这么猜的，"艾莫森说，"而且你看，"她伸手要拿那本日志，我站起身递给她。艾莫森把它平摊在茶几上，扒开页与页之间的装订部分。我探过身去，发现那里有一页被撕掉了。

"那正好是被涂黑的那页下面吗？"我问。

"正是。"艾莫森说。

"那肯定就是它了。"我的手指飞快滑过残破的那一页，"你有没有想办法辨认被涂黑的内容？"

"不可能做到。"艾莫森说。

"那是哪一年？"我问。

"这一篇之前和之后出生的婴儿都是1997年的。"艾莫森说。

"她为什么不干脆把那页也撕掉？"

"我想是因为那页背面记录了另外一个案例。"

"也许那个男婴实际上并不是她接生的最后一个，"我说，"也许她把最后那页也撕掉了。"

"她没有，"艾莫森说，"那个孩子出生之后没有被撕掉的页面。"

"我能把这页撕下来吗？"我指着被水笔完全涂黑的那页，"我们可以举到灯光下，说不定能看出黑色下面的内容。"

"好啊。"

"等我取把刀子。"我跳起身来，去厨房的刀架上拿了一把削皮刀，回到客厅。艾莫森从我手里接过去，小心翼翼地把刀刃沿着那页纸的内侧划下，然后干净利落地把它从日志上撕下来，就好像她每天都做这类手术一样。

"给我吧。"我伸手去接那页纸，反正我本来就是站着的。我把它拿到窗前，紧贴在玻璃上。要看清黑色涂面下的字并不容易，而且它们已经和这页背面的手写字交融在一起。"我觉得这是个R-a-b-a-e-e-a……哦，前面那两个a应该是e，是R-e-b-e-c-c-a，丽贝卡？"

艾莫森这时候已经站起来，在我身后很近的位置，我的脖颈甚至能感受到她的气息。"能看见她的姓吗？"她问。

为了辨认这些字，我的眼睛已经开始发酸。"第一个字母是个B？"我向旁边给艾莫森让了一步，让她来到窗边。

"B-a-k-e-r，贝克？"她说，"丽贝卡·贝克。"

"干得漂亮！"我说，"当然，现在我们必须要想好拿这个名字怎么办。"

"我根本认不清那个地址。"艾莫森还在仔细辨认窗户上那张纸的字迹。

"我们可以用Google搜搜她。"我又开始看那本工作日志。"我还是觉得诺艾尔会在出事之后停手,"我说,"默,你不觉得吗?我是说,有那么多的孩子在这个之后被接生出来,这个叫丽贝卡的孩子。你有没有看最后一个女孩儿的出生记录。"

"我看过了,"艾莫森说,"最后一个是个男孩儿,但是他之前是个女孩儿。女孩儿的那篇日志看起来没什么异常,就是有点儿……潦草。"

我看了看诺艾尔倒数第二个病人的名字。"德尼丝·阿伯内西,是那女孩儿的妈妈,"我说,"我觉得我们除了要查丽贝卡,还要把她也查出来。"

艾莫森又坐回沙发上,手里还拿着那张黑色的纸。她用手指轻轻拍打着嘴唇。"我们具体要怎么做这件事啊?"她问,"想办法跟这些女人碰面,然后看她们的女儿像不像她们还是怎样?"

我一直咬着嘴唇。我们该拿这些名字怎么办呢?"嗯,"我说,"我想我们需要编些理由去跟她们对话。我知道这很……很不坦荡,但是除此以外我们还能怎么做呢?"

她点点头:"我来找德尼丝,你去找丽贝卡,怎么样?"她听起来很不自信,但是除了觉得我们要做的事不够光明磊落之外,我还感到一种平常接手新项目时所有的兴奋。

但我马上记起格蕾丝的话。"你忙个不停,所以就不需要考虑任何事情,"她当时是这么说的。"这样你就可以忘掉你的生活是怎样一团糟。"

可是,我想,那样又有什么错呢?

Chapter 25
走向正轨
弗吉尼亚州，亚历山大市

安娜

　　星期日上午，哈莉坐在厨房的桌子上写作业，布莱恩和我一起打扫卫生。她今天戴的是蓝色和黄色圆点的大手帕，那是她最喜欢的一条。这个周末她一直住在家里，跟布莱恩一起骑自行车，在办公室帮我追赶落下的工作，还跟一个朋友在地下室的小屋里看电影。今天哈莉很兴奋，因为科利尔家的表姐们要来，参加亚历山大一年一度的秋收节，她们年年都不落空。届时亚历山大老城的街道会被围起来，搭起摆满食物、艺术品和手工制品的展位。我家的房子距离老城中心只有两个街区的距离，所以女孩儿们可以轻而易举地走路过去，而玛丽琳、布莱恩和我就可以待在房子里。过去的几年里只有我和玛丽琳一起，而现在我不知道布莱恩要怎么融入进来。玛丽琳也离婚了，我们两个人一直相处不错，话题大部分都是孩子。早几年的时候，我们还会聊聊布莱恩这个可怜的家伙，以及他抛妻弃子的混账行为，但是没多久他的名字就淡出我们的谈话和生活。两个月前他突然露面的时候，她跟我一样震惊。她对他依然抱有怨恨，不过我告诉她我已经释然了。"生命太短暂了，"我在上周发给她的电子邮件里说，"现在他回来了，而且跟哈莉相处得很好。这才是最重要的。"

寻找捐赠者的第一周徒劳无功，但是戴维斯医生告诉我们那没有什么不寻常的，没必要惊慌失措。我长这么大，只有一次那样的经历——是真正的惊慌失措，让我无法呼吸，致命的胸痛感，全身每一个毛孔都渗透着恐慌——那时候我意识到丽莉已经消失得无影无踪，仿佛从来就不曾出生过。哈莉第一次被诊断出白血病的时候，我并没有惊慌失措，甚至这第二次诊断也没让我有那种感觉。似乎丽莉失踪的时候，我就已经为那种极度的焦灼感用光了全力。现在我很害怕，的确很害怕，但是我们不能指望一蹴而就，而且哈莉的日渐好转让情况变得没那么紧张了。

她的血液检查结果看起来不错，精神也挺好。我有时候会怀疑她的诊断结果是不是有可能错了。我知道那是痴人说梦，但是当她的外表和行动都貌似健康的时候，很难相信她实际上病得那么严重。

"看外面那些北美红雀。"布莱恩站在厨房的水池边上说。我和哈莉顺着阳台的玻璃门望出去，看到喂鸟器上落了一些北美红雀。

"真酷，"哈莉说。她从桌边站起来，离玻璃门更近了些。"北美红雀从来不到喂鸟器上的，"她说，"妈妈，是因为我们换了新的鸟食吧？"

"有可能。"我表示同意，但是我并没有看那些北美红雀，而是看着布莱恩，他正弯着身子贴近窗户，完全被那些鸟儿吸引住了。他回来后，我很少注意看他的模样，只是发现他的脸上如今有了几条皱纹，而头发也慢慢向灰白色转变。但是此时他站在水池边，眼睛里满溢着阳光，于是我自丽莉出生和我的世界天崩地裂之后，第一次对一个男人产生了生理渴望。而那个男人，就是他。我已经太久没有体验过类似的欲求，几乎没辨别出那种感觉。

自从布莱恩出走后，我的生活就全部围绕着孩子——照顾哈莉和通过寻找失踪儿童的工作来企盼我自己丢失的孩子回归。没有关于男人的部分。我有一些女性朋友，有结婚了的，还有没结婚的，她们总是不停地谈论男人。看到我丝毫提不起兴趣，她们会摇摇头露出一副我不可救药的神情。我想要的只是让哈莉平安地长大，还有提高失踪儿童局的工作效率，为那些担惊受怕的家庭创造奇迹。

不过作为一个女人，我并没有完全心如止水。有一些社会名流还是会让我有种双膝发软的感觉，我只是无法在现实生活中约会那些变幻莫测，而且——太过经常性地——靠不住的男人。

可是，突然间布莱恩回来了。自从对他的态度软化后，已经又过了几周的时间，我发现自己渐渐喜欢上了他这个人。他不再是我二十一岁那年爱上的英俊小伙儿，也不再是哈莉生病后抛弃我的男人，他如今是另外一个人，更加成熟，更加睿智，更加勇敢，带着悔意。他深深地关爱着哈莉，而她和他在一起的安全感也与日俱增。现在我想知道我们之间是不是还可以有更多的关系，不是我们曾经有过的那种，而是一种全新的，更好的关系。

他说他不会离开，是当真的。几天前他在哥伦比亚特区面试了一份工作，现在那家公司让他飞去旧金山的总部进行下一轮面试。他同意了，并表示只要这份工作本身是在哥伦比亚特区就好。他不会离开。

"几点了？"哈莉又坐回了座位。

"快十一点了，"我说，"她们应该再有几分钟就到了。"

"我希望她们能快点到！"她合上历史课本，站起身来。今早她一直坐立不安，明天她就要回到儿童医院接着做维持水平的化疗，我知道她心里记挂着这件事。

"一想到明天要回医院，就觉得不好受。"我一边说，一边往咖啡壶里倒水。

她皱着脸看我。"所以我才想都不要想它，妈妈，"她说，"为什么你还要提到它呢？"

"对不起。"我说，布莱恩给了我一个表示同情的微笑。哈莉在激素作用下产生的暴躁性格火力十足，但是我并不责怪她这么厉声斥责我。眼下她为生存而做的努力要比我出色。既然今天不会再有讨厌的毒物注入她的血管，我就应该让她充分享受自由的每一秒钟。

我按下咖啡壶上的"启动"键时，听到前门外面传来啪的一声车门响。

"她们来啦！"哈莉欢呼着跑向客厅。我跟着她走进屋里，看到她打开大门，然后瞬间呆住的样子。"真是见鬼！"她的叫声大得连亚历山大另一边的人都听得到，"妈妈，你看！"

我走到她身边，看到玛丽琳正钻出她的车子，而四个光头女孩儿已经跑上了房前的人行道。

"哦，我的天啊。"我哈哈大笑，既震惊又感动。哈莉跑出前门，跑下人行道，我看到女孩儿们相互抱在一起，四个小光头和一条蓝色和黄色圆点的大手帕随着她们的动作一上一下。"布莱恩！"我冲着厨房喊，"把相机拿过来。"

他来到门口。"瞧瞧那景象。"他一边微笑着说，一边拍下照片。然后他用手臂揽住我，那感觉很奇妙。他捏了捏我的肩膀，然后把手又放回体侧。

玛丽琳绕过人行道上的那堆女孩儿，一边冲我微笑一边爬上前阶。"是她们的主意。"她给了我一个大大的拥抱，简短而敷衍地抱了一下她的弟弟。

"那是幅最可爱的画面。"我说，手指着女孩儿们。我看见双胞胎中的一个——我也不知道是哪一个——在给每个姐妹和哈莉分发蓝绿色的棒球帽。上个星期里这些堂姐们都被采集了口腔拭子样本。我认识的每个人都去做了口腔拭子，但是没有一个能跟哈莉配型，连接近的都没有。

哈莉扯下大手帕，五个女孩儿戴上帽子，一边咯咯笑着互相指点彼此的样子，一边朝我们走过来。

"女孩儿们，"我对侄女们说，"你们把我震住了。"

"你们干得真漂亮。"布莱恩对她们说。

四个侄女有头发的时候都很难分辨出来谁是谁，现在更不可能了。当然，十二岁的梅拉尼是我唯一能认出来的。她比姐姐们更瘦一些，小一些，胸部更平一些，但她还是跟她们一样有着圆圆的棕色眼睛，小小的下巴以及鼻翼两侧的小雀斑。

"我们差不多绕了十个街区才到了这里，因为街道都因为节日的缘故被封锁了。"一个女孩儿说道。

"妈妈，能给我们些钱吗？"梅拉尼问玛丽琳，"我想要买一大堆的东西。"

玛丽琳给她的每个女儿分了一张二十块钱的纸币，我正要去拿楼梯扶手上自己的提包，布莱恩截住了我，并把一张钞票塞进哈莉手里。

　　"谢谢爸爸。"哈莉咧开嘴笑了。然后女孩儿们一阵风似的跑走了，就跟来时一样，在人行道上留下一阵小旋风，不过这次哈莉在中间。

　　"上帝啊，她看起来那么精神！"我们跟着布莱恩走向厨房的时候，玛丽琳说道，"要不是圆圆的脸蛋和头发——我是说掉发——我真看不出哪里不对劲儿。"

　　"我知道，"我说，"她那么强壮而坚定。"

　　"那你怎么样？适应了吗？"她停下脚步，扳着我的肩膀面向她，打量着我的脸。她靠近我，低声问："有布莱恩在身边是多了个帮手，还是添了个累赘？"

　　很棒，我心里回答。"他帮了很大的忙，"我说，"骨髓主题车赛定在下个星期，他一个人包揽了所有的筹备工作。"

　　"真高兴他克服障碍，回到了你身边。"玛丽琳说。

　　"你们两个聊什么呢？"我们走到厨房的时候，布莱恩发问道。

　　"聊你啊。"玛丽琳用一只胳膊抱住他，"跟我讲讲骨髓主题车赛的事。我能帮上什么忙？"

　　"先来杯咖啡怎么样？"我问道，她点点头，在岛台的一张吧椅上坐下。

　　"好吧。"布莱恩拉出另一张吧椅，在他姐姐对面坐下，"我们在联系一些媒体。这周《邮报》会派人去儿童医院采访哈莉和安娜，等到临近车赛的时候，一家电视台也会为她们做一次访问。"

　　"真的啊！"玛丽琳看起来有点担心。"哈莉可以吗？"她问我。

我点点头："她理解我们做这件事的目的。也许我们没办法通过这场车赛为她找到捐赠者，但是如果我们能号召几百人去全球捐赠者资料库注册，那么就可能帮到其他人。"我的确对公开这件事顾虑重重，虽然我将自己的故事广而告之——比如丽莉的失踪如何激发我寻找失踪儿童的热情。但是要把哈莉的故事秀给所有人看，我做不到泰然自若。不过我知道布莱恩是对的。我听过的所有故事都告诉我，以个人名义寻求骨髓捐赠者是号召人们参与车赛活动的最佳途径。

我们喝着咖啡，又聊了一会儿，玛丽琳看向窗外。"今天的天气真是完美，"她说，"我们也去秋收节凑凑热闹吧，你们说呢？应该很好玩。"

说去就去。我们就像其他北弗吉尼亚的居民一样，漫步在观光的人群中，看两侧的小摊贩在景街上排成长溜儿。我们偶尔会在人头攒动中瞥见五个蓝绿色的棒球帽，于是就掉头朝相反的方向走，让她们充分享受独立的快乐。每次看到她们，我都有点激动得无法言语。我知道在相当一段时间内，这算是哈莉最后一天的快乐时光。虽然她现在的行为活动就像其他孩子一样，但是这样的机会所剩无几。今天，她是五个女孩儿中的一员，一样光头上戴着蓝绿色棒球帽，一样咯咯笑个不停。

在人群中穿行的时候，我尽量让自己接受女儿"活在此刻"的人生观，我尽量不去想明天就要回到儿童医院，而是尽情地呼吸热狗、爆米花和河水的气味。此时此刻，我沉醉于两份友情之中，一份来自姑姐，另一份则来自前夫，而后者带着一种全新而意外的惊喜，我的世界正走向正轨，充满希望。

Chapter 26
拜访丽贝卡
北卡罗来纳州，威尔明顿市

塔拉

此刻我正坐在自己的面包车里，停在丽贝卡·贝克家门前，对于我们那天商量好的计划，我还在三思。我跟艾莫森一致同意要联系到那两个女人，而且已经互通了十几封邮件来决定怎么跟她们开口。

我想我们应该尽可能地探明真相，而且最好不要透露我们已经掌握的情况。我们可以跟那两个女人说我们是诺艾尔最亲密的朋友，为她自杀一事已经心力交瘁。我们知道正好在她们生孩子期间，她遭遇过一些个人问题，既然她们跟她关系不错，或许可以帮助我们查明那段时间她到底发生了什么事。我们会解释这么做的原因只是为了更好地了解诺艾尔。当然，这本来就是事实。我和艾莫森一对一分工合作，希望能见到她们女儿的照片，然后毋庸解释，只要能看出母女两人缺少相似之处，就足够说明问题了。

不过这招在德尼丝·阿伯内西那里没有收获。

艾莫森说她鼓足所有勇气才走上阿伯内西家的前门，但是当她对德尼丝讲明来意后，德尼丝就马上邀请她进屋，滔滔不绝地讲起了对诺艾尔的崇拜之情。

"我觉得她不是我们要找的人"，艾莫森拜访回来给我发电邮说，"她有四个孩子，都是绿眼睛，黄头发，跟妈妈一样。德尼丝说诺艾尔是个非常好的助产士，让整个过程都很顺利。她的第二个孩子也是诺艾尔接生的，还说当她发现诺艾尔已经不再执业，无法为后两个孩子接生的时候非常失望。我打赌你的丽贝卡才是我们要找的人。"

我的丽贝卡。

我可以借用山姆当律师的那一套方针理论。我们眼下做的事合法吗？毋庸置疑这些做法是不道德的，但是我们还有什么选择吗？就算山姆还活着，我也不能把这件事告诉他，而且也肯定不能去问伊恩。我和艾莫森要靠自己的力量承担这一切。

现在我坐在丽贝卡·贝克家门前，不停地提醒自己是个演员。我一定能完成任务。

几小时前离开学校后我就在可劲儿混时间。还剩下三天就是苏珊妮的生日派对了，我去见了承办餐会的人，就最后的细节问题作了安排，还在派对商店逗留，订了几打氢气球。我再也找不到别的借口来妨碍自己见这个女人了。我从面包车上下来，走上长长的车道，希望她家里没人。

我寻找丽贝卡·贝克的过程要比艾莫森寻找德尼丝的还要艰难，因为后者依然住在诺艾尔工作日志上记录的地址。而丽贝卡的地址跟她的名字一样也被涂黑了。艾莫森最后是在职业社交网站LinkedIn上帮我找到的她。丽贝卡·贝克是个会计，个人资料里没有关于丈夫和孩子的信息，但是她的年龄和住址符合我们要找的那个女人的条件。

我在前廊摁下门铃，迟了一会儿才听到里屋传来铃音。有人在家，我能听到一只狗的吠声和人的脚步声。不一会儿，一个比格蕾丝还要小几岁的女孩儿给我开了门。

"嘿。"她说。她灵气逼人，长得很结实，头发是黑色的。她的眉毛带着疑问抬起，那样子在问：你是？

"嘿，"我回应了一声，"我是塔拉·文森特，来找丽贝卡·贝克。"

"等一下。"她做了个向后转的动作，沿着中间的过道跑向一间厨房。我能听见那里传来的锅碗瓢盆交响曲。"妈妈！"她喊道，"有人找你。"

一个女人大汗淋漓地朝我走来。她也抬起了眉毛，表情跟她的女儿一模一样，不过样子截然不同。她的头发是金色偏白，眼睛是很鲜明的蓝色。一点儿都不像她的女儿。

"很抱歉这么晚打搅你，"我说，"我也知道这听起来有点奇怪和冒昧，不过我叫塔拉·文森特，是诺艾尔·唐尼的好朋友。"

她皱着眉头，好像在揣测我的来意。也难怪她如此。"我听说诺艾尔自杀了。"她说。

"是的，"我说，"而且我……我想跟你聊几分钟，如果你有时间的话。我也可以另外找一天再来，如果——"

"关于什么的？"她问。

"你现在有空儿吗？"

她扭头看了看。"嗯，我是在清理厨房，不过我不介意这种打搅。"她指了指前廊的摇椅，"坐吧。"

"谢谢。"我们来到摇椅的位置。那上面满是灰尘，有点儿脏。我的毛衫是白色的，我竭力克制住，才没有在坐下之前拿张纸巾擦干净椅子。

"我必须坦言，听到诺艾尔自杀的消息，我并不吃惊，"丽贝卡一边说，一边慢慢坐进摇椅，"我的意思是，你是她的朋友，我很遗憾你失去了她，但是我并不吃惊。"

她的话让我很震撼。我们这些跟诺艾尔交好的人都没料到这件事的发生。莫非这个陌生人知道哪些我们不知道的内情？"真的吗？"我问道，"是怎么回事？"

"我最后一次见她的时候，她已经一塌糊涂了。"

"是什么时候的事了？"

"哦，很久以前了。她是我前两个孩子的助产士，就是我的儿子和你刚才在门口看到的女孩彼得拉。不过她并没有真的接生彼得拉。说来话长了。那你想聊什么？"

我脑子转了一下。诺艾尔没有接生彼得拉？这件事跟我们想要破解的谜题有什么关联？

"我和我的朋友都为诺艾尔自杀的事感到震惊，"我说，"听起来你在某些方面比我们还要了解她。我们真的很想弄清楚诺艾尔这么做的原因。她十多年前就不再当助产士了，我们想知道当时是否出了什么事，才让她心灰意冷。"是我们没有认识到的心灰意冷。"我们在争取跟诺艾尔最后的几位病人谈话，想看看是否能找出她意志消沉的原因。"这些说辞连我听起来都假得可笑，但是丽贝卡却频频点头，好像完全相信了这个解释。

"好吧，首先我要告诉你，她在接生我儿子的时候真的很了不起。我喜欢她，甚至迫不及待要在生彼得拉的时候再看到她的表现。但是当我分娩彼得拉的时候，她却一塌糊涂地出现在我面前，就像我刚说过的。其实那时候我也好不到哪儿去。"她笑了笑，"我当时的胎儿是反位，背痛了好几天，状态很糟糕。所以就算她顶了两个脑袋出现在我面前，我也不会知道，但是我丈夫会。"

"你什么意思，'她一塌糊涂'？"

"就是魂不守舍。"

"魂不守舍？"我重复道。我感觉自己长了个榆木脑袋，笨得要命。

"她步履蹒跚，精神非常，非常，非常不对劲儿。接生我儿子那会儿，她沉着冷静，我知道可以放心地把自己交给她。"

我点点头。

"可是，到我生彼得拉的时候，出现在我面前的已经不是那个人了，"她说，"她踉踉跄跄，目光呆滞。要不是我全身心地担忧着自己的状况，我一定会连她一起担心。说实话，我也没什么主意，当时已经大概凌晨三点了，我以为她或许是因为被突然叫醒才脚下不稳的，最开始那一小时左右，我只是听之任之，但是她一点好转的迹象都没有。最后还是我丈夫开口说她应该离开。我知道他是对的，但我还是很害怕。因为那样我就必须去医院，由一个素未相识的医生来替我接生。我听见我丈夫在我屋外的客厅里跟她说话。他毫不隐晦，说她的模样就像嗑了药，他不放心让她照顾我，要带我去医院。"

"诺艾尔说了什么？"我问。

"她声音很小，我听不见，但是我丈夫说她没有抗辩。似乎她自己也同意他的说法，她道了歉，说她因为背痛，可能服了太多的止痛药。她真的很沮丧，而且很歉疚，后来我丈夫开始安慰起她。诺艾尔给另一个叫简·罗杰斯的助产士打了电话，说她感到不舒服，问她能不能替她完成这项工作。简马上过来了，她做得很好。"

"有时候她确实需要吃止痛药，"我说，"这样连累到你，我很抱歉。"

"我丈夫觉得她可能是个瘾君子。"

"我觉得她不是。"我说，可是我又知道什么呢？我们原来以为她涂黑的那个名字是被她把孩子掉了包的女人，可是现在这种理论被击得粉碎。她之所以被涂黑，不过是因为诺艾尔根本就没为她接生过。不过彼得拉还是不像由这个苗条的金发美女生出来的。会不会是简接生的时候出了事，而诺艾尔是在帮她掩盖真相？我想问问她都记得接生的哪些细节。那孩子有没有离开过她的视线？诺艾尔有没有可能回来过？但是这些问题跟我之前所说明的来意风马牛不相及。

"至少诺艾尔还知道让其他人接手，说明她依然有准确的判断力。"我说。

"没错，"丽贝卡说，"我当时很生气，我丈夫也觉得我们应该写信投诉她，但是她做对了一件事，那就是叫来了别人，而且我们有了一个健康漂亮的小女孩儿，那才是我们真正在意的。"

"她很可爱，"我说，"我也有个十几岁的女儿。"

丽贝卡笑道，"那你一定知道那种艰难。"

这些话让我感到非常宽慰。原来我并不是唯一一个含辛茹苦照顾十几岁孩子的妈妈。艾莫森对珍妮省心多了，所以我们之间没什么同病相怜的感觉。

"太知道了，"我说。然后站起身，"谢谢你抽出时间跟我聊天。"

"帮到你了吗？"她问。

"嗯，我觉得帮到了。你留心到的诺艾尔的这些情况我们全都一无所知。我感觉很不应该。"

"我懂，"她说，"彼得拉有个朋友去年自杀了，她从那以后一直为此自责，但是所有人都没注意到征兆。你无法帮助那些不想被帮助的人。"

我驶离那里的时候，心里想的不再是诺艾尔，而是格蕾丝。原来十几岁的孩子也会自杀。我想起格蕾丝的喜怒无常和她的噩梦。这段日子我把所有时间都花在调查诺艾尔的事情上，而女儿才是我眼前更具挑战和更迫切需要破解的谜题。我突然感到害怕。我会不会也忽略了她身上发生的事，就在我眼皮底下？怎么样才能知道呢？

让我走进你的内心世界吧，格雷西，我一边开车一边想。求你了，宝贝，让我走进去。

Chapter 27
探望外祖父
北卡罗来纳州，杰克逊维尔市

艾莫森

我走进安养院病房的时候，发现外祖父的气色好了一些。也许事实如此，也许我只是习惯了他脸上疲惫憔悴的样子。

"你好啊，宝贝。"他看到我，露出了笑容，等我走到他床边，我俯下身子，他伸出一只细弱的胳膊拉住我，给了我一个拥抱。

"你看起来不错。"我说；拉了一张椅子过来。

"我让他们给我刮了胡子。"他用一只手颤巍巍地拂过下巴，"就为了见你。"

"我给你带了南瓜面饼，"我说，"交给你的陪护了，她会连晚饭一起给你送过来。"

"一直都喜欢吃你做的南瓜面饼。"他说。

"因为你是教我做它的人啊。"

"哦，我做的那是猪食。"他笑着摇摇头，"你还不到十岁就在烘焙方面超越了我。"他直视着我，我们两个头脑都很清醒。护士说他想单独见我，不带珍妮和泰德，所以我知道外祖父把这次探病当成了某种告别仪式。只是想到这个，我就忍不住眼泪在眼眶里打转儿。

"现在先别哭，"他说，"我还什么都没说呢。"

"你想单独见我。"我越过床栏杆握住他的手。

他点点头："我必须跟你谈谈。告诉你一件让你很难听下去的事。说来话长。"

我抿紧了双唇，无法想象会是什么事。他担忧地看着我。"我很好，"我说，"你能告诉我任何事。"

"你有一个好朋友，"他说，"叫诺艾尔·唐尼。"

这些年他见过诺艾尔几次，不过我不知道他现在为什么要提起她。我没有跟他提过诺艾尔的死。之前似乎没有什么理由需要对他提起她的死，而此时他的话音则告诉我现在最好也不要提。我只是点了点头。"是的。"

"诺艾尔是你同母异父的姐姐。"

我凑近他，皱着眉。这几个星期以来，他说过几次不着边际的话。"浴室里有几只蝴蝶"或者"这儿的人总是给我意大利面当早餐"。工作人员告诉我那是药物作用的结果。现在也是因为药物作用吗？"外祖父，你说的是什么意思？"我问。

"就是我说的意思。她是你同母异父的姐姐。你本来永远都不会知道这件事。"

"我……你能说明白点吗——"

"是的。我会告诉你真相。"他转过脸去，望向窗外修剪过的人工园景，"我死之前一定要让你知道关于诺艾尔的事情。"

两颗泪珠分别从他的两只蓝色眼睛里滑落，我伸手够到一张纸巾，替他把脸擦干。脑子里乱作一团，想容纳任何他告诉我的事。

"你妈妈十五岁的时候有过一个孩子。"他说。

我倒吸一口冷气，在椅子上往后退了一步。"天啦，不。"我想象着还是一个少女的妈妈，发现自己怀孕了，不知道该怎么办才好，"你是说……那个孩子是诺艾尔？"

他舔了舔发干的嘴唇："当时苏珊跟弗兰克在一起，但是另一个男孩让她怀孕了。直到她肚子很大时我们才知道，弗兰克也不知情。没有人知道，苏珊也想那么办。我们送她到你的姑奶奶莉塔家，也就是罗伯逊县。她告诉弗兰克……我不记得她告诉弗兰克什么了。我想是莉塔病了，她要去照顾她。莉塔找了一个助产士来照顾你妈妈，所以这件事没有曝光成一桩大丑闻，就像你知道的。"

助产士？诺艾尔？我转动脑筋，有些疑惑："我不明白怎样……"

"那助产士想要一个孩子。"他说，"她和她丈夫收养了这个孩子。"

"可是……你怎么知道那个孩子就是诺艾尔？"我问道。我感到一种支离破碎的疼痛在体内蔓延，因为我所失去的已经不再是一个最亲密的朋友，而是我未曾想象到的更重要的人。

"你父母搬到加利福尼亚的那段时间，你妈妈决定找到她的孩子，"他说，"不过她一直在拖延。她害怕告诉你爸爸实情，即便是过了这么久。她怕他会生气她对他撒过谎。但是你妈妈知道那个助产士的姓是唐尼，也知道她住哪儿，所以我猜要找出诺艾尔的名字并不难。就在她临死之前她找出了一切，但是我们从未意识到你和诺艾尔是朋友，直到你妈妈去世以后。你第一次提起她的名字时，我们都很震惊，你外祖母和我。你们都进入北卡罗来纳大学并不算十分巧合，但是最后成为好朋友就是……"他又摇了摇头，"你觉得她有可能知道吗？"

我想到诺艾尔的遗嘱，让我担任执行人。我想到她出人意料地分配了百分之七十五的财产给珍妮。我记起我和塔拉第一次在我们宿舍见到她的场景。甚至多年以后，我们还在拿诺艾尔那天的奇怪表现开玩笑，比如对我的家庭问东问西，想看那些照片，还有问起我外祖父母。

"她知道。"我几乎说不出话来，"我也不知道她是怎么发现的，但是她知道。"

"你外祖母和我决定要保守这个秘密，因为你父亲根本就不知道诺艾尔的存在。我们不希望破坏他对你妈妈的看法。现在你父亲已经去世，我也行将离开这个世界，是时候告诉你了。"他用满是希望的蓝色眼睛看着我。我一直都很爱这双眼睛，我突然在这双眼睛里看见了诺艾尔。"艾莫森，我想让你帮我做件事，很重要的事，"他说，"只要你不会觉得难堪，好吗？我知道这是奢求。"

我点点头。"任何事都行。"我说。

"我想让她知道真相。我想跟她相处一段时间，我的外孙女。"他的嘴唇抖得让我不忍心看下去，"可以吗？"

"哦，外祖父。"我再次拿起他的手，握在我两手之间，然后我对他讲了我所了解的诺艾尔的那部分故事，还有她的结局。

Chapter 28
花圃
北卡罗来纳州，威尔明顿市

塔拉

　　我和艾莫森并排坐在诺艾尔家的后阶上，手臂揽着彼此的肩膀，望向那个花圃。我们在等苏珊妮来看房子，希望她能成为新租客。她现在租住的房子要到春天才到期，但是这对艾莫森和泰德来说不是问题，反正他们也需要时间翻修。

　　这么多年来，苏珊妮来过这房子很多次，但是如今这里已经乱得一塌糊涂，所以当艾莫森问她是不是有意承租的时候，她先是做了个鬼脸，然后才说"也许吧"。这房子的地板千疮百孔，墙壁也是脏兮兮的，厨房有好多地方都空荡荡的，需要安装新的家用电器，要承租的话，她就必须对这些视而不见。希望她能看到潜在的价值，因为我们希望诺艾尔的房子能由爱她的人接手。

　　我们还想稍稍调动一下苏珊妮的脑筋，看她能否比我们知道更多关于诺艾尔减少执业频率那几年的事。我们对效果表示怀疑，因为苏珊妮在听到诺艾尔早就不再是助产士的消息的时候也是目瞪口呆，但还是值得尝试问些问题的。

　　不过最最重要的是，我和艾莫森现在得知了诺艾尔是她的姐姐，于是又为这个新身份的诺艾尔从头哀悼了一遍。我们已经在这里坐了半个多小时，回忆起诺艾尔在盖洛韦宿舍跟我们交上朋友的那些日子。当时我们是那么沾沾自喜，为这个大女孩儿——确切地说是这个女人——成为我们两个的朋友，超越了与同楼层其他女孩儿的关系。她为什么从来都不告诉艾莫森她知道的事呢？要是她说了该有多好。要是她和艾莫森能大大方方地公开享受她们的姐妹之情该有多好。不过真相本身就说明了很多缘由。难怪我一直有种被稍稍游离在这两人之外的感觉，难怪诺艾尔好像喜欢艾莫森比喜欢我要多一点。真希望山姆还活着，那样我就可以告诉他这件事，他一定会大吃一惊。

　　我们决定先不告诉珍妮和格蕾丝。眼下我们的生活已经混沌一片，更何况艾莫森自己也需要一些时间来消化这桩新闻。当然，她要告诉泰德，而且在她的允许下，我告诉了伊恩。昨天晚上格蕾丝和珍妮出去看电影的时候，他来我家吃的晚饭。这几天我觉得自己好像必须偷偷摸摸地跟伊恩交往。虽然我们之间除了良性增长的友谊之外，再无其他，但是格蕾丝却那么抗拒，让我觉得连在她面前提起他的名字都很不自在。

　　我把诺艾尔和艾莫森的事告诉他的时候，他非常震惊。他站在厨房正中，不停摇着头，一副难以置信的样子。"我跟一个自己一无所知的女人订了婚，"他说，一只手抚过日渐稀疏的金色头发，"我怀疑是否有人真的了解她。诺艾尔她一定非常孤独。"我第一次意识到他依然爱着她，或许只有一点点，但是那种爱意还在他的双眸和悲伤的话音里流露。

"你们好！"

我和艾莫森都听到苏珊妮的声音从屋里传出来。我们给她留了前门。

"苏珊妮，我们在这儿，在外边！"艾莫森喊她，并站起身来。她看着我，向花圃的方向示意。"我们也许应该让她先看看最好的东西。"她说。

苏珊妮推开玻璃门，在门廊跟我们会合了，她圆圆的蓝眼睛一如既往闪着惊奇的光。"嗨！"她给了我们一人一个拥抱，然后换上一副责怪的表情，"听着，你们两个。你们必须让我为派对帮帮忙。"

"已经万事俱备了。"我说。基本事实如此。

"我们只想让你开心。"艾莫森说。她眼睛里有点血丝，希望苏珊妮没注意到。

"没有诺艾尔的东西在里面，这房子看起来真不一样，"她说，"我能帮忙选涂料颜色吗？"

"绝对没问题，"艾莫森说，"还有硬木地板的上色和厨房的瓷砖。"

"瞧诺艾尔的花圃啊！"苏珊妮跑下门廊的台阶，我们跟在她身后，"我还记得春天的时候它有多惊艳。"

"它是诺艾尔的骄傲和快乐。"艾莫森说。

"她的小鸟浴盆。"苏珊妮指着踮起脚尖的小女孩儿，"那不就是最可爱的东西吗？还有那些香草！"她弯下身去碰了碰泰国罗勒，"她总是送给我一些，现在我可以成为送它们的人了。"

艾莫森在她身后冲我竖起两根大拇指。"我们希望你喜欢园艺。"她说。

"我喜欢啊，在我现在那个小到不能再小的院子里，我都没有空间施展。"苏珊妮恋恋不舍地从花圃移开目光，"你们确定可以等到四月初再出租吗？我知道时间很长。"

"那不是问题。"艾莫森说。

"克里夫夏天会跟你住在一起吗？"我问。这房子住一个不善修整维护的人还没什么问题，但是加上一个十几岁的男孩儿，我就不确定了。

"他到时候要做什么仁人家园的事，他还想在宾夕法尼亚跟他爸爸待段儿时间，谁知道他还想干什么呢，"她说，"我可以在第二间卧室给他放一张沙发床，可能还要在客厅放我的书桌。而且，我也希望克里夫以后再也不用跟我住在一起。"她看着我，"格蕾丝怎么样了？"她问，话音里带着同情。

"她还好。"我说。我有种要保护格蕾丝的感觉。我绝不会让苏珊妮知道我女儿有多想念她儿子。

"她是个漂亮的女孩儿，行为举止也很优雅。"苏珊妮说。

"谢谢。"我笑道。格蕾丝是个百分百漂亮的女孩儿，而且我很高兴听人说她的行为举止一样也是卓尔不群，至少在家以外的地方如此。

"苏珊妮，我想问问你知不知道简·罗杰斯，"艾莫森说，"她是个助产士，曾共事——"

"哦，当然知道，"苏珊妮说，"她以前在生育中心工作，几年前退休了，搬到澳大利亚去了。"

"澳大利亚！"艾莫森叫道。

"你们想让她知道诺艾尔的事吗？"苏珊妮问。

我瞥了一眼艾莫森，不知道该说多少合适："实际上，我们跟诺艾尔以前的一个病人谈过话，她说她分娩的时候，诺艾尔感觉不太舒服，于是打电话叫简来接替了她。我们只是好奇谁是简。"

苏珊妮点点头："那我就明白了。她们两个总是互相替补。不过那时候我基本上已经完全退出这个行业了。生下克里夫以后，我只想专心做一段时间的好妈妈。"她弯下身，摘下一片鼠尾草叶子，举到鼻子下面。"这也是我一直想不明白的事情，"她说。"既然诺艾尔这些年早就不是助产士了，为什么她每年或者隔段时间还要去做乡村工作呢？有几年她在那儿一待就是几个月。"她看看我，又看看艾莫森。艾莫森的眼睛跟我一样充满了惊愕，我知道她跟我想到了同样的问题。诺艾尔在那几个月里的病人有没有记录在工作日志里呢？

"苏珊妮，我也不明白，"我缓缓说道，"我们有那么多的疑问，可能永远都不会找到答案。"

"我总是在想她也许回了她出生的地方。她说那是个贫困地区，有很多美国土著。"

"是拉姆毕族，"我说，"她在罗伯逊县长大。"那是她去的地方吗？她这样告诉过我们还是我们都只不过在胡乱猜测？她一直跟我们用电子邮件或者手机保持联络，但是我想我们从来都没有过她确切的街道地址。

"好吧，听着。"苏珊妮又嗅了一下鼠尾草，"我要在房子里走一趟，想想怎么把我的家具安置进来，好吗？"

"当然，"艾莫森说，"有问题喊一声。"

我们目送她走回房里，然后面面相觑。

"我们真是白痴，"我说，"她离开的那几个月里会在工作日志上留记录吗？"

"我想不会。要是有不在这个区域的地址，我应该会留意到的。我打赌事情是那段时间发生的。"

"你说得对。"但是我接着记起那篇关于安娜·奈特莉的文章，于是摇了摇头。"不过也许不是。安娜·奈特莉的孩子是被从威尔明顿的医院抱走的，"我提醒她，"罗伯逊县有多远——一个半小时的路程？"

艾莫森双手抱着头，看起来想要呐喊的样子。"即便这是我能做的最后一件事，我也要把它弄个清楚明白。"她说。

我手机响了，《爵士春秋》的电子铃声在诺艾尔的后院响彻。我从肩上挎着的提包里拿出手机，扫了一眼来电显示。是伊恩。

"嘿，伊恩。"我说。

"你在哪儿？"他听起来几乎是很急促，我皱了皱眉。

"我和艾莫森在诺艾尔家，苏珊妮在这儿看——"

"你们两个能马上到我办公室来吗？"他问。

"马上？"我看看艾莫森。"我们还有很多明天派对的事需要安排。"

"很要紧，"伊恩说，"我查到诺艾尔是什么时候生的孩子了。"

Chapter 29

疯狂的一夜

北卡罗来纳州，赖茨维尔海滩
1992年

诺艾尔

这是你做过的最龌龊，最疯狂的事。她一边穿过静谧昏暗的突围舰酒店走廊，一边对自己说。她把车停在这家大型酒店的停车场的时候，只有凌晨两点，整个赖茨维尔海滩都还在沉睡。她需要私密的环境，她希望每个人都在沉睡。除了一个人，她只希望他是醒着的。

她走进空旷的门厅，迎面看到一个巨型条幅。欢迎LSAS！她不知道这四个字母代表什么。"L"可以代表"合法（Legal）"或者"法律（Law）"。是什么都没关系，她对会议毫无兴趣。她向左转了个弯，沿着走廊前行。

这些天日子过得很充实，她为此很感激。她终于开始做自她十二岁时就梦寐以求的事，开始助产士的生涯。她住的地方，离艾莫森和她新婚丈夫泰德的房子只有十分钟的车程，那间房子是她从泰德那儿租来的，泰德结婚前就住在日落公寓。日落公寓正是诺艾尔喜欢的那种小区：多元化，极其朴实，社区的感觉正是积聚。艾莫森已经怀孕了，她非常幸福。艾莫森感到幸福时，诺艾尔也觉得幸福。

有些讽刺的是泰德和艾莫森，两人认识不到一年就已经结婚了。塔拉和山姆却还没有结婚，虽然两周后他们也要步入结婚礼堂。如果没能在她从北卡罗来纳毕业之前，而是在毕业后的第二天就结婚，塔拉也会很兴奋。但是山姆希望能够减缓进展步伐。他说，他希望结婚之前一切准备妥当。他要通过律师考试，建立律师事务所，在这之上有妻子和家庭。现在，一切就位。塔拉开始了第一年的教书生涯，山姆也顺利通过律师考试，找到了一个律所合伙人，伊恩·卡特洛。婚礼不能再延迟了。诺艾尔看得到他对准备婚事很勉强，他有自己的疑虑，虽然他从来没说什么，她能确信自己就是原因。他怎么能跟一个女人结婚，却对另一个女人有好感？她也不能让他这么做。她觉得她生命中正在缺少一样东西，那就是山姆。他的结婚日期就像一个死亡日期一样在她的日历盘上若隐若现。

她很容易就找到了他的房间。第一层临海的一面。他们可以敞开阳台的玻璃门，倾听海浪声。

她从塔拉那儿打听到了他的房间号，借口是她需要跟他谈一个妇产学科的案件。她讨厌对塔拉撒谎，从某种程度上讲，撒谎比她正在做的这件事还要不堪。不过塔拉一向信任她。这也不是第一次诺艾尔向山姆咨询她病人的事情。他专注于健康法，这让她很高兴，她也觉得他作出这个选择是受她的影响，因为她经常向他讲述她对母婴健康的关心。他们五个人在一起时，她和山姆经常聊案子聊个不停，其他人则在讨论婚礼安排或者房产商场。

她感到和他比以往更亲近了。他是唯一知道她是艾莫森姐姐的人，也是唯一她能谈论这种关系给她带来的痛苦与快乐。

她敲了敲房门，沉默地等待着。没有任何动静。她又敲了几下，这次更用力了些。

山姆拉开门，她知道她把他吵醒了。他的黑头发乱蓬蓬的，牛仔裤的扣子还开着，上身赤裸着。他看到她，眼睛一下子睁大了，他的睫毛很长，在脸上投下影子。

"出什么事了？"他说，"塔拉一切都好吧？"

"每个人都很好，"她说，"我只是想见你。"

他犹豫了一会儿，她知道他在琢磨她话里的意思。还有两个星期就是他的婚礼了，她凌晨两点来这里做什么？

他抓着她的手腕，把她拉进房间。她径直走到他睡过的那一侧床边，在床沿上坐下。她感到床头柜灯笼罩着她的脸，不知道他能从她脸上看出什么。

他盯着她，双手放在臀部两侧，有那么一会儿，两个人谁都没说话。

"啊，诺艾尔，"他终于开口了，那几个字听起来很疲惫，有点像投降的意思，"你在做什么？"

"在想办法阻止你铸成一个错误，"她说，"对你和塔拉来说都是错误，对我也是。"她吞咽了一下。从决定来这儿之后，她第一次感到紧张。

他看向拉着窗帘的阳台玻璃门。"我不想在这儿谈这个话题。"他点头示意了一下床的方向，好像它会偷听似的。他关上灯，拉开窗帘。透过玻璃，她能看到海浪一遍遍冲上沙滩泛起的白色涟漪。山姆扣上牛仔裤的扣子，推开一扇门。"我们出来谈。"他说。

她甩掉凉鞋，跟着他走到外面的阳台。他们翻过铁栏杆，走过草坪，来到沙滩上，这里的空气黯黑而温暖，充满咸味，还有涨潮落潮的声音。一弯新月用一道银光把海平面一分为二。他拉起她的手。是的，她正需要这个，需要知道他没有怪她不请自到。

"今晚没孩子要出生吗？"他问。

"没有。昨天晚上我接生了跟我合作的产后护理师的第一胎。"分娩的过程很平静，地点就在苏珊妮和丈夫齐克合住的小卧室里，烛光照明，整个过程齐克对她寸步不离。虽然是第一胎，但是那个新生儿居然如此顺利地滑落到了诺艾尔手里，他被赋予了一个很响亮的名字，克里夫兰·艾泽克尔·约翰逊。"生得很顺利。"现在艾莫森也怀孕了，也在讨论在家里分娩。给自己的亲人接生有点头疼，但是想到要亲手把自己的外甥或者外甥女接到这个世界上，诺艾尔笑了。没有人，除了山姆，会比这个孩子更聪明。

"到我和塔拉也准备好的时候，你会去帮我们，"山姆试探似的问道，"对吗？"

她集中精力体会他握着她的手的感觉。"山姆，"她说，"你可以改变主意。当人们发现他们将要犯下的错误会影响到那么多人的后半生的时候，他们会这么做。你也可以——"

"嘘。"他使劲攥了下她的手，"拜托，别搅乱我的思绪，好吗？诺艾尔，最近两年我反复考虑过这个问题。你知道的。你知道我为此纠结过，并作出了决定。请尊重我的决定。"

"你爱我。"她说。

他没有否认。"除了爱，还有更多要考虑的事情。"他说。

"我不这么认为。"

"我也爱塔拉，而且我们俩比你跟我更合适。你知道的。我想在郊区有一所房子，我想要——"

"白色围栏，一条狗，两个孩子。我知道你说过，但是——"

"你是我认识的最优秀的人之一。"他打断她，"作为不可思议的出色女人，你跟塔拉不相上下。在某些方面，你甚至超越了她。但是诺艾尔，她想要的生活跟我想要的一样。你坦白告诉我，你不会愿意招待一屋子的律师，对吧？你不会愿意参加威尔明顿的社交圈，而我会需要这些……我的妻子……需要做这些对我的职业生涯有益的事。"

她没有回答。这都是事实。这些事她没一件愿意做的，但在她内心最深处，她相信山姆也不愿意做。

他停下脚步，面向她。她看见两弯小小的银色月牙分别映照在他的双眸里，他不知道他在自己脸上会看到什么。"你是一种幻想，"他说，"而塔拉是我的现实。跟你在一起……我总是感觉如果我碰触你，我的手就会穿过你的身体。好像你是一个幻象。"

她举起他的手，把它塞进自己的衬衣里，放到她赤裸的乳房上。"这样感觉像一个幻象吗？"她问。她松开他的手，但是他并没有放下。她感到他的拇指抚过她的乳头，知道他在作决定。不过她从心里知道，这个决定并非关乎他的后半生，也不是要取消两周后的婚礼。他在为今晚作决定，为此时此刻。

他倾身向前，双唇压在她的唇上。隔着她的衬衣和他的牛仔

裤，她感到了他的勃起。此时此刻并不是她来到这里的初衷，她
想要的是长长久久。可是当她的乳头在他手指的抚摸下绷紧，而
她的心跳在两腿之间擂鼓的时候，她全然忘记了长长久久。她要
把他今晚能给她的统统收下。那会成为他们今生今世不朽的印
记，就算他的世界意味着漂亮的围栏，昂贵的发型和整洁合身的
西服，而她的世界却意味着拼凑的家具，充斥着鲜血和生育气息
的午夜奔忙。如果今晚是她能够从他那里得到的全部，那么她要
让它值得一生回忆。

事毕，他们仰面躺在沙滩上，凝视着星斗密布的苍穹。他们
把她的裙子卷了起来，当成枕头放在她的头下，而山姆枕着他
自己的牛仔裤。她朝着他的方向翻了几个身，感到裸露的皮
肤卷起的沙浪四处喷洒，她用手抚摸着他的胸膛。"你还好
吗？"她问。

他没有回答，但是他的手指探进了她的发间，柔柔地。"我
这么做真是坏透了，我应该感觉更坏。"他最后说。

"你为自己不觉得内疚而内疚？"她笑道。

"我还没完全弄明白。你知道吗，我从来没欺骗过塔拉？在
我们交往的这七年里，从来没有过。"

"别用'欺骗'这个词，求你了。"

"这样……你知道这样改变不了任何事？"他说话的时候下
巴一下一下扫过她的太阳穴。

"它让我有了一些改变，"她说，"它给了我一段难忘的
回忆。"

他的手抚过她的头发，挑起一绺绕在食指上。"喜欢你的男
人有成百个，你想要谁都行，"他说，"比如说，伊恩。"

她不理睬他的话。她知道山姆的新搭档对她有好感，但是他只是单相思。伊恩很好，外表英俊，也聪明睿智。她想过跟他上床，但是那个想法是个错误。他会是那种想要更多的类型，但是事实上，如果她想跟一个男人长期在一起，她想要一个山姆这样的，而伊恩跟山姆不同。

"我不想你为这事忧心，"她说，"今晚的事，我以后都不会对你有这样的要求，再也不会。如果你感觉跟塔拉结婚确实是正确的决定，我会百分百支持，因为我爱你们两个。"她完全没料到竟会从自己的声音中听到一种决绝，山姆抚摸着她的肩膀，"我会跟伊恩约会几次，给他一个机会，好吧？"

"很好，"他说，"你会让他成为一个幸福的男人。"

她叹口气，坐了起来，拿她的衣服。"我得走了。"她说，套上衬衣。她站起身来，拍掉大腿上的沙子，山姆正在穿衣服。她想，她背叛了最亲密的一个朋友，这会伤害到她，但这是好事。只有这样，她才会放开山姆。否则她会继续渴求他好几年，或者好几十年。长远来看，那对她和塔拉的友谊伤害更大。现在她结束了，她一边穿上裙子，一边告诉自己。这渴望的一章收尾了。

"我要回家。"她指了指突围舰酒店后面的停车场。"我的车停在停车场的这一边。"她说。

他用手臂环抱着她，带她穿过沙滩。他的沉默让她不安，直到她的车旁，他温柔地抱着她，很久很久，她双手平按在他赤裸的脊背上面。"山姆，不要后悔。"她说。

他缓缓地放开她，手掌抚过她的胳膊，然后替她打开车门。"多保重。"他说。

"你也是。"她在驾驶室坐下，没再看他一眼，启动车子走了

眼泪像珠子一样落下。她的身体也随之震动，都没法看清前面的路。夜很深，她驶过桥开进大陆，停在一盏红色的路灯下。一路上她没看到任何车辆。她用手揉搓着脸，希望她能逃离自己的身体。

突然，刹车的尖叫声充满了她的头脑，她睁开眼，发现前灯正对着她。她尖叫了一声，向左急转弯，猛踩油门。迎面开来的一辆车撞上了她右边的保险杆，她的车旋转起来，把没有系安全带的她甩向仪器板。她猛按刹车，车猛地停住时，她感觉背部的每块肌肉都被扯成了两半。

一个男人从那辆车里跳出来向她跑来，对她吼叫，猛烈地挥舞着手臂。她锁好车门。他疯了吗？太兴奋了？过了好一会她才听懂他说的话。

"你没有开灯，傻瓜！"他喊道，"他妈的你的灯到底怎么了？"

没有开灯？天啦！她这是怎么了？扭亮前灯时她的手不停地颤抖。她看到那个男人从口袋里掏出手机，给警察打电话。一时间她的脑子里思绪纷杂，不过其中一个占了上风：她可不想向任何人解释深夜她在赖茨维尔海滩做了什么。

她踩了下油门，驶离交叉路口，将那个男人和他的吼声抛在脑后，她希望她消失的速度够快，那个男人还来不及记她的车牌号。开了几个街区，她把车停在一个荒凉的停车场，熄掉火，静静地坐了好一会直到心情平静下来。不过她背部的肌肉扭成了一团，又紧又痛，她知道她对塔拉的背叛并不会只在那个夜晚困扰她。

Chapter 30
合同
北卡罗来纳州，威尔明顿市
2010年

塔拉

　　山姆还活着的时候，我就没去过他的办公室。他死后几个星期，伊恩带了两箱私人物品给我，希望当时没有给他添太多麻烦。里面有一副备用的太阳镜，两个获颁的商务奖项，放有我和格蕾丝照片的相框，以及其他的零零碎碎——我本来不用这么快就看到它们的。此刻我和艾莫森就在山姆的旧办公室，坐在窗前的沙发里等着伊恩。山姆的办公桌上还有一个电脑显示器和一个键盘，不过除此之外，别无他物。房间里除了家具，就只有从地板连到天花板的一面书架里塞满了法律书籍，以及三个光面的木质古董文件柜。正是这几个文件柜，让伊恩花了挺长时间慢慢整理，因为他需要确定山姆的哪些旧案件需要他继续关注。

　　"你们要来些冷饮吗？"他走进办公室的时候问我们，"冰水？汽水？"他手里拿了一份法律文件大小的马尼拉文件夹，说不上厚，也说不上薄，边缘磨损得很厉害，仿佛在过去的日子里曾经被百般虐待。

"不用了。"我说。我知道我们都只想让他切入正题。

伊恩在山姆办公桌前的一张皮椅上坐下。"好吧，"他看着我——目光里带着歉意，反正我是这样认为的，"诺艾尔又让我们大吃一惊。"

"伊恩，"艾莫森不耐烦地说道，"你发现了什么？"

他举起那份文件夹："这是在山姆的旧案件里发现的。文件上的名字叫莎伦·布雷顿。我相信这名字是伪造的。"

"为什么是伪造的名字？"我问。

"我也这么做过。"伊恩说，"要是我所负责的客户需要对身份保密，为了防止有人偶然发现文件，我会弄一个假名字。不过，当我打开这份文件夹。"他摇摇头，露出一副难以置信的表情，仿佛他还没完全搞明白他在里面发现的内容。他打开文件，我看见一沓表面光滑，质感厚重的纸，是山姆常用于法律文件的那种。"还记得诺艾尔所谓的'乡村工作'吗？"他问。

我们点头。

"她那时候已经不做助产士了，"他说，"除了有可能为她自己接生。"

"你在说什么？"艾莫森问。

"这些是合同，"他说，将那些纸举在半空中，"她是一个代孕妈妈。"

"一个……？"那个词简直没办法从我的嘴里说出来。

"五次。当她出门去做乡村工作的时候，她实际上是在阿什维尔，或者罗列，或者夏洛特，为了度过最后几个月的妊娠期，然后把出生的婴儿交给他或她的亲生父母。"

　　我说不出话来，艾莫森似乎也哑口无言。这件事太过震撼，超乎我们的理解能力。真的太过震撼。

　　"这怎么会呢？"艾莫森看着我，"这怎么可能呢？她为什么要这么做？"

　　"哦……我的……天啊，"我缓缓地说道，"你确定吗？"

　　伊恩探过身子，给我们每个人递了一份合同。我低头看着满是法律措辞的几页纸，在亲生父亲和亲生母亲两栏里是陌生人的名字，而诺艾尔的名字在胚胎代孕的一栏里。我抬头看伊恩："这些人是谁？"

　　伊恩摇摇头："除了合同里写的，别的我什么都不知道。合同拟得很好，但却不是典型的代孕合同，不是我经常见到的那种。通常情况下，代孕妈妈都是已婚，有自己的孩子，而且其配偶也会在合同上签名。当然，这些案例不尽相同。她在每一份合同里都写明要优先选择人工授精，这点让我还算欣慰。她小心翼翼地保密着自己的身份。哦，我猜，是山姆在帮她保密。每一个案例里，那些父母当然都全额报销了她的花费，另外再加上一万五千美元，就这种事情来说，这报酬算低的，不过我能看出来诺艾尔认为这数目还好。她个人花销都不大。"

　　"我们免了她的房租。"艾莫森的嗓音沙哑。

　　"里面按照惯例规定代孕妈妈不得对孩子的抚养进行干预，甚至不能意图主张父母权益。还有——"

　　"她什么时候开始做这个的？"艾莫森问。

　　"第一份合同是在1998年4月签下的。"他清了清嗓子，然后低头看着大腿上的几份合同，他再开口的时候，嗓音很粗重，"通常代孕合同里会写明代孕妈妈的精神鉴定结果，但是这几份合同里都没有这项内容，而我……"他的声音弱了下去，头也垂了下去，他用一只手揉搓着下巴，镜片后的眼睛泛着光。我为他感到悲伤，于是站起来从这头走到那头去俯身拥抱他。

"伊恩，她当时不太正常，"我说，"她一定有什么地方不对劲儿，而我们所有人都没发现。"

"我想跟这里的一些父母谈谈，"艾莫森说，"至少跟最后一对。可行吗？"

伊恩又抬起头，捏了捏我的胳膊，有点"谢谢你"的意思，并重新回复了沉着冷静。"我会联系他们，看看他们是否愿意，"他说。我站在他椅子旁边，手还放在他的肩上。我自己的眼睛也雾气蒙蒙，不是为诺艾尔，而是为他，于是我意识到我对他的在意比我以为的要多。

"我们都没留意到她怀孕，"艾莫森说，"五次！"

"通过着装风格，她能掩饰得很好，"我说。

"这有可能是她和山姆在赖茨维尔海滩饭店碰面的原因吗？"艾莫森问。

"本来有这个可能，"伊恩说，"不过最后一份合同是2007年签下的，而且她去世的时候是四十七岁，所以我想她是……收手了。很少有人会雇佣她那个年龄的代孕妈妈。"

"可是，他们肯雇佣她这个没结过婚，也没孩子的人。"我一边说，一边坐回到艾莫森身边。"山姆怎么能这么做？"我问，我很震惊山姆居然参与其中，特别是他明知道这些关于诺艾尔的情况，却任由我们其他人蒙在鼓里，"他这么做算不算不道德？他是不是应该尽力劝阻她？"

"他应该劝过她，"伊恩说，"我猜他是把这些合同当成唯一可以为她做的事。看得出来，他把能考虑的都考虑进去了，包括细枝末节。"他举起手中的文件夹，"如果她有心理问题而我们却一无所知，那我会很困扰，但是如果她坚决要做代孕妈妈，而且拒绝心理治疗，那我只能相信山姆是在用他所知道的最好方式保护她的利益。不过这些合同。"他又打开文件夹。"这里面没有关于他跟她见面的任何记录，不过这也不足为奇，"他说，"我自己也经常把那种记录纸扔掉，特别是涉及一些敏感事件。除了合同，这夹子里就只有这样东西。"他拿起文件夹，翻开到最后一页。从我坐的位置能看到上面用铅笔写了些东西，但是看不清内容。

"上面说什么？"我问。

"只有一个词和一个问号，"伊恩回答道，"赎罪？"

Chapter 31
流产

北卡罗来纳州，威尔明顿市
1993年

诺艾尔

　　她坐在医院妇幼中心的休息室里等着塔拉。她的心已经碎了，却在强撑着不让它进裂开，因为等候区里到处都是焦急的家人和孩子，她不想在他们面前哭出来。

　　艾莫森刚刚接受了扩宫刮除术，还迷迷糊糊地站不稳呢，诺艾尔让她和泰德留在了恢复室里。她的第一次妊娠还不到十二个星期就停止了，但是这一次已经坚持了十八周了，一切似乎都在按部就班地顺利进行。下一次诺艾尔再也不会答应当她的助产士了。任何一个病人流产都会让她难过。而发生在艾莫森身上，那种悲伤对她来说简直太过残忍。

　　塔拉几乎是冲进了休息室，精气十足，忧心忡忡。"我闯了个红灯，"她给了诺艾尔一个拥抱，然后说，"她在哪儿？"

　　"在恢复室，泰德陪着她。"

　　塔拉一屁股坐在诺艾尔旁边的椅子上。"我无法相信她居然要再次经历这一切，"她说，"诺艾尔，上一次就那么糟糕。这一次会更糟。我为她感到害怕。"

她说得对。艾莫森第一次流产后，一连几个星期都沉浸在无边无际的忧郁中。她和泰德结婚前，就在他的房地产办公室帮忙，后来就没法做了。她也不能去买生活日用品或者打扫房子。有几天早上，她甚至连床都下不了。

"是激素分泌的问题，"诺艾尔说，"产后忧郁症。这一次她或许需要一些医药辅助才能熬过去。我问过泰德我能不能搬过去一段时间，他举双手赞成。"

"哦，太棒了！"塔拉抓住她的手，"知道你在那里会让我放心很多，我可以给你们送饭。"

"好啊，"诺艾尔说，"我们要一起照顾她。"她调整了一下在椅子里的重心。自从那次事故后，她的后背揪紧了，有时候想找块不疼的地方都几乎是件不可能的事。

塔拉朝里面瞥了一眼："我现在能去看看她吗？"

诺艾尔点点头，站起身。"跟我来，"她说，"我告诉他们让你进去。"

她们顺着过道往恢复室走去。

"她两次流产让我害怕极了，"塔拉说，"她把自己照顾得那么好，从来不敢行差踏错，还……我觉得要是我的话，一定不能应对。"

"你当然能。"诺艾尔把一只手放在她的背上，"你是个坚强的人。不过我们还是祈祷你永远都没这个必要。"

她知道塔拉和山姆已经在努力造人，于是祈祷他们只要成功，不要失败。将近六个月前，他们举行了婚礼，从此那一天就成为她这一生中最痛苦的日子。那天早上她感觉反胃恶心，连能不能去参加婚礼都是个问题，更别说当伴娘了。不过，她的病症并非来自生理，那种恶心源于对自己的厌恶。为什么一涉及性，人就会变得那么愚蠢？为什么连说个"不"字都那么困难？她明知道山姆不会放弃塔拉，为什么她不能说一句"我理解"然后走开？那样她就不必忍受这无休无止的背痛和内疚。

最重要的，那样她就不会毁掉她曾经拥有的一段最真挚的友谊。那之后他一反常态，再也不跟她单独相处。连塔拉都注意到了一些变化。"你跟山姆吵架了吗？"婚礼过了几个星期后塔拉这样问她。她看上去很忧虑，不希望她爱着的两个人之间出现隔膜。塔拉是那么心无城府的一个人，毫无保留地信任山姆。诺艾尔哈哈一笑打消了她的疑虑。"当然没有了，"她说。然后她紧紧地抱住塔拉，一边用手臂圈住她一边想，对不起，对不起。

她让塔拉进了恢复室，自己留在了外面。护士不会同意一大帮人围在艾莫森床边的。她走进女洗手间，吞了几片藏在口袋里的药。她靠在冷冰冰的墙上，闭起眼睛，迫不及待地想让舒缓疼痛的药效发作。

她告诉每个人有天午夜接生回来的路上一个喝醉酒的司机闯了红灯，撞上了她的车子，撞伤了她的背部。山姆和塔拉举行婚礼后她经常跟伊恩约会，他说她应该起诉，她告诉他那场事故当时似乎没那么严重，她嫌麻烦，没有记下另外一个司机的名字。她请求他不要再提这件事，就让那个夜晚过去。

一个女人走进了洗手间，诺艾尔从墙边挪开。她洗了洗手，离开那里，径直穿过走廊和休息室，来到外面的停车场。她得回家，随便收拾几件行李，好搬进她妹妹的家。

在车里的时候，她感到镇静药开始发挥作用了。谢天谢地。这些日子她加大了剂量，把不同的药混在一起吃。不过她比较小心，尽量找到一个平衡点，在减轻背痛到可忍耐程度的同时维持住自己正常的行为能力。她从来没想过要牺牲她的从医生涯或者拿病人冒险。她认识一些吃药吃坏了脑子的医生和护士，发誓永远都不要变成他们那样。不过自从她背部受伤以后，她就对他们多了几分同情。她试过针灸、灵气疗法（Reiki①）、休养、热敷、冰敷，但是没有一种方法能像刚刚好安全剂量的麻醉药一样这么有效。她尽量把它们留到确切知道没人召唤她接生或者照顾病人的时候再吃，当有此类任务的时候，她会忍痛操作。她觉得自己是罪有应得。

她住进了泰德和艾莫森家的客房，随身拖着一个行李箱，里面装着她的换洗衣服，医疗用具，电热毯和各种药物，以及她的工作日志。自从八年前离家后，她第一次有了家的归属感。她做饭、洗衣、购物，悉心照料她的妹妹，让她慢慢回复生活状态。她聆听艾莫森谈她失去的那个孩子，还有她为他拟定的人生规划和殷殷期盼——那是个男孩儿——以及她如何任由自己思绪驰骋到他开始上学、毕业、结婚、生子。在艾莫森的想象中，他天生具备音乐和艺术气质，尽管坦而言之，她和泰德都缺少这种特质。不过，他会是个善良热情的小伙子。艾莫森对此深信不疑，而诺艾尔也毫无异议。她用心聆听这一切，心里想的是"我的外

---

① 意指宇宙生命能量。19世纪时被日本人发现从而发展出Reiki疗法系统。这是一种利用宇宙能量补给人类所需的能量，促进身心健康与提升灵性修为的方法。

甥"，于是她自己也失落起来。

她每接生一个孩子，拥有自己的孩子和家庭的梦想就更加强烈，她开始用全新的眼光观察伊恩。

"我很佩服你，"一天晚上伊恩在艾莫森家的客房里对她说，他们刚刚在双人床上做过爱，没敢弄出声响，不想被人听到，"就凭你搬过来，肩负起照顾艾莫森和泰德的责任。"

伊恩对她不只是佩服，还有崇拜，就像多年来另外一些男人崇拜她一样。她从来都对别人的崇拜不以为然。她爱他吗？是的，就像她爱她所有的朋友，而且必须如此。她在身边找不到翻版山姆，而伊恩将会是一个优秀的爸爸和忠实的丈夫，尽管她配不上那种忠实。

"我愿意帮助艾莫森，"她说，把头枕在他的肩膀上，"我爱她，我只想看到她幸福。"

"她和泰德看起来很登对。"

"是啊，"她说，"我也觉得是。"有种男人从来都不会表达自己的感受，泰德就是其中之一，但是诺艾尔总会在偶然的一瞬间捕捉到他感人的一幕。比如一起看电视的时候，他温柔地抚摸着艾莫森的脸颊，或者当他把派不上用场的车用儿童座椅放进塑料袋，存进阁楼之前眼里流露出的悲伤。在那样的时刻，她感到一种迫切的渴望，想要她生活中不曾拥有过的一些东西。

"那，住在这样一个和谐的家庭氛围中，有没有让你产生什么想法？"伊恩逗弄她。

要在往常，她会一笑置之。他已经跟她求了两次婚了，但是她对他说现在就谈结婚早得可笑。不过今晚，想到泰德和艾莫森，这两个性格迥异却水乳交融的人，她动摇了。

"实际上，"她说，"那样很好。"

"哇哦，"伊恩说，"这答案真出乎意料，那你是愿意嫁给我啦？"

现在她真的笑了，但是她用一只手肘撑起身子看着他。"伊恩，能帮我个忙吗？"她问。

他抚过她肩上的一缕头发，"什么忙？"

"一直这么问下去，好吗？"她微笑道，"可能总有那么一次，我会给你惊喜。"

Chapter 32
赎罪
北卡罗来纳州，威尔明顿市
2010年

艾莫森

　　伊恩告诉我们诺艾尔代孕一事的第二天晚上，我躺在床上，累到骨子里却依然无法入睡。离开伊恩的办公室后，我驱车前往杰克逊维尔，用短得不能再短的时间探望了一次外祖父，看到他一直在沉睡。那样就很好。我知道他为没能与诺艾尔相处一段时间感到沮丧，看到他伤心懊悔，我也很难过。

　　在我到家之前，伊恩留了一个电话号码给我，是诺艾尔最后一次做代孕的女客户。幸好泰德和珍妮还没到家。我坐在厨房餐桌旁，拨通那个号码。那女人的名字叫安琪拉，当我告知我的身份和打电话的用意的时候，她的声音像要哭的样子。

　　"那个律师告诉我她自杀了，"安琪拉说，"我完全惊呆了。我们那么爱她。要不是有她，我们不可能有这两个孩子。"

　　"伊恩有没有说我们原来并不知道诺艾尔做代孕妈妈的事？"我问。

　　"他说了。我听到后没觉得很吃惊，因为她是个隐私防范意识很强的人。我和罗伯对她的生活也只是略知一二。最开始用她的时候，我们还很紧张，因为她自己没有孩子。他们总说代孕妈妈应该有自己的家庭。不过我们跟之前雇过她做代孕的一对夫妇聊过，他们强烈推荐她，我们才放心跟她合作下去。"

　　"那……"我一时间不知从何问起，尽管在拨号之前我就已经把那些问题在脑子里过了一遍，"她等待分娩期间住在哪里？"

　　"她怀着我们儿子的时候，我们把她安排在一间宾馆里。不过到我们的女儿出生之前，我们对整件事感觉不再那么别扭，就让她在怀孕的最后那三个月跟我们住在一起。实际上，她真是帮了我们大忙。"

　　"她有没有说她为什么要做这个？"

　　"她说那是她的使命。她用的就是这个词。她的使命。"

　　"你有没有发现她有用麻醉药的迹象？"我原来没打算问这个问题，但还是问了出来，而且是脱口而出，安琪拉没有马上回答。

　　"你为什么要问这个？"她最后开口道，"合同上写得明明白白，没有医生——和我们——的允许，她是不能用麻醉药的。"

　　"她背部有毛病，需要服用一段时间的止痛药，所以我想知道她是怎么在不服药的情况下坚持下来的。"

　　"我知道她背部的问题，"安琪拉说，"我知道她有时候会痛，但她只是靠忍耐。更何况，那三个月里她全天候二十四小时跟我们在一起。要是她用了什么东西，我们一定会知道的。我完全信任她。"

"你认为她心智稳定吗？"

安琪拉大笑道："依我说，诺艾尔是稳定得发疯，如果你明白我话的意思。我是说，她疯得很可爱。不是心理问题。只是……"她大声地叹了一口气。"她热爱她所做的那一切，"她说，"她那样做很开心。对此我确信无疑。我很遗憾你失去了她。我很难想象她亲手结束了自己的生命。"

"她有没有谈到过她的家人？"我问，"我知道我缠住你问了那么多问题，但是我——"

"不，没什么。要是我突然发现我家人的生活充满了秘密，我也会跟你有一样的感受。是的，她谈起过她的妹妹——就是你——谈了很多。她对你的厨艺和烘焙技术赞不绝口。"

"她把我称做她的妹妹？"

"是啊。就是你，难道你不是吗？"

"我是，不过我是最近才知道的。"

"哇哦，她总是把你称做她的妹妹。除非她还有另一个妹妹。"

"只有我，"我说，不过从另外一个角度我在想，谁知道她还隐藏了什么？"我只再问一个问题，"我说，"她有没有跟你提过一个叫安娜·奈特莉的女人？"

"安娜·奈特莉。"安琪拉听上去像在反复琢磨这个名字，"我想没有。会不会是诺艾尔帮过的另外一个母亲？"

我闭上眼睛。几乎没这个可能，我想。"不，"我说，"只是我在想办法追查的一个人。"

此时我躺在床上，满脑子想的都是诺艾尔和她的那些秘密，目光久久地定格投射在天花板上的月光。泰德终于在我身边入睡了，不过他是过了好久才睡着。诺艾尔当代孕妈妈这件事在我看来已经够荒诞离奇了，对泰德来说更是怪诞一百倍。之前得知我跟诺艾尔是姐妹，他还没完全从那种震撼中恢复过来，现在我又告诉他诺艾尔"乡村工作"的真正目的。就这个话题，我们俩聊到很晚，但是直到上床之前，我们都没能完全接受这个真相。他对整个故事还只是一知半解，我希望能把诺艾尔和安娜·奈特莉的事也告诉他。可与此同时，我对诺艾尔又有种保护意识。泰德已经开始在每次提到她名字的时候扮怪相了，要是我再把自己了解到的情况毫无保留地都告诉他，光是想象他的反应就让我受不了。

我和塔拉认为我们已经猜到了诺艾尔的动机：她偷了一个孩子，而借助代孕，她找到了一报还一报的方式，这就是她的赎罪。然而，还一个孩了还不够赦免她犯下的错事，她必须再还一个又一个。那个被她误杀的孩子和那个被她偷走的孩子——她们一定是她此生日日挥之不去的梦魇，直到她找到一条出路，得以将她们永远地放下。那让我很是伤感。我知道她很想要自己的孩子。她喜欢孩子。她一定是觉得自己再也没有资格拥有它们。要是她让我知道我们是姐妹该有多好。要是她能对我吐露心事该有多好。那样或许我就可以帮助到她。

我脑海里不断浮现那些代孕合同的画面，并想象山姆在整件事中扮演的重要角色。他早就知道代孕的事。他还知道其他的什么事？

我想起诺艾尔的工作日志，不知道那个死了孩子的女人身份是不是就在某一页的某个地方，只是无从得知，或者我们的调查是不是远远偏离了正确的方向。我开始认为她从日志簿上撕掉的那页上面就有我们苦苦追寻的答案，不过它不复存在了。我们无从知晓那个病人可能会是谁。生育中心肯定不会给我们提供线索——就算他们有的话。除非我们诉诸法律途径，他们才会同意拿出他们的旧案，而我和塔拉还不打算走到那一步。在心里的某个角落，我宁愿回到当初拒绝承认的状态。为此我不得不用诺艾尔写给安娜·奈特莉的那封信来提醒自己，记住所有这些乱七八糟的事都是真实发生过的。

我不停地想起德尼丝·阿伯内西家那两个绿眼睛，金头发的孩子，因为德尼丝的女儿是诺艾尔接生的最后一个女孩儿。我躺在泰德身边，毫无困意，脑海里浮现出诺艾尔发疯一样地寻找一个眼睛可能变成她妈妈或者姐姐那样绿色的新生儿的画面。诺艾尔对眼睛的颜色有种第六感。她总是能判断出别人似乎难以判断的事情——那就是婴儿的眼睛最终会变成什么颜色。我仿佛看到她在那晚徘徊于医院，抬起婴儿们的眼皮查看它们眼睛的颜色。这个想法很是疯狂，而且非常非常怪诞。就像秘密成为代孕妈妈这件事一样怪诞，而且还一共做了五次。

要是我们知道安娜·奈特莉的孩子出生的日子，就可以解决这个问题了，对吧？那样我们就能知道德尼丝·阿伯内西家那个绿眼睛，金头发的女孩儿是不是就是我们想找的那个。最基本的，我们能够知道诺艾尔有没有把铸成大错的那次接生记录写下来。我在床上猛地坐起。网上会不会有那些出生记录呢？

我从床上下来，现在就要查明白。

下得楼梯，我从冰箱里偷了一块为苏珊妮派对准备的酿馅蘑菇，用餐巾托着拿到我的办公室。电脑启动的时候，我一口一口吃掉了蘑菇。然后我找了一小圈，发现北卡罗来纳州出生记录的网站，但是不知道姓甚名谁，我什么信息都查不到。

我盯着屏幕，想着安娜·奈特莉。她是失踪儿童局的局长，她把她自己的损失转化成帮助他人的一种决心和力量。我对她只了解这么一点点，而我为这一点点而欣赏她，并且极为同情她的遭遇。当她发现自己的孩子不明不白地失踪后，是什么样的感觉？她是怎样经历过来的？而诺艾尔怎么能这样对她？

我对她的私人信息不想知道太多；我只想知道她的孩子是什么时候失踪的。我希望安娜始终都只是一个名字，而没有对应的形象。一旦我们知道谁在抚养她的孩子，我会让政府部门介入来跟她打交道。我希望永远不用见到她。

可是既然出生记录帮不上忙，那么似乎找到她孩子失踪日期的唯一办法就是找到她，于是我搜索到失踪儿童局的网站并链接过去。以前我在这个网站上也简单搜索过她，当时以为网页上会有关于她的详细简历，结果没有。这个网站的布局很狭促，看过去满眼都是信息，我都不知道从何开始。上面有家庭资料来源，还有在线表格，以供发现疑似失踪儿童的网友填写，以及安珀警戒信息。我搜了一会儿，发现一些安娜·奈特莉就某些具体案例发表声明的新闻报道，不过没有关于安娜她自己的。

然后，我终于知道怎么办了。

我在这网站上能查到多久以前失踪的儿童呢？我打开搜索条件页面，输入我知道的零碎信息：北卡罗来纳州，女，奈特莉。失踪多久？我选了"十三年"，因为诺艾尔是十二年前退出执业的，而且她也是在那一年第一次成为代孕妈妈的。然后我点击"开始搜索"，并迅速得到反馈，找到0个结果。或许那孩子的姓不是奈特莉。

　　我靠回椅子，又盯着屏幕发呆，也就是在此时，我注意到页面底部的绿色小字：站内搜索。我点开它，出现了一个搜索框。终于有了！我在框里输入安娜·奈特莉，她突然就出现了——有一张她的照片，还有一小段简历。我想移开目光不看她的照片，但是太晚了。我凝视着她，圆脸，不算太胖，但是和蔼可亲。她淡棕色的头发与下巴齐平，带着波浪卷。她的眼睛很大，很鲜明的绿色。绿色，就像德尼丝·阿伯内西的孩子们一样。不过打动我的还是她的笑容。笑容不是很明显，但却是拍摄职业形象照时人们都会展现的那种笑容。热情，自信，但却冷静。我为庄严的事业全力以赴，她的笑容传递了这一信息。我为找到你们的孩子全力以赴。

　　我浏览了她照片下面的几行文字。

　　失踪儿童局局长，安娜·切斯特·奈特莉，四十四岁，在失踪儿童局供职十年。她新出生的女儿丽莉在1994年于北卡罗来纳州威尔明顿的一家医院失踪。她还有另外一个女儿哈莉。

　　哦！她还有另外一个女儿。我真欣慰。

　　但是1994年？那么久以前吗？我们猜测的日期显然错得离谱了。我重新回到失踪儿童搜索页面，把十三年改为十七年，于是丽莉·安·奈特莉的结果弹出来。

　　没有照片——只有一行简单的字。

　　丽莉·安·奈特莉出生于1994年8月29日，并在出生后不久于北卡罗来纳州威尔明顿的一家医院失踪。

　　我的心突然沉了下去。1994年8月29日。我坐着椅子从电脑屏前来了个一百八十度转弯，然后走向窗边的长桌，那里有我堆放的诺艾尔的工作日志。我拿起标记着1994年3月——1994年11月的那本，慢慢地翻开，屏住呼吸一页页翻去。

　　"不。"当我翻到我要找的那一页时，我大喊了出来，尽管我早已料到那里写的是什么。那一页最上面写着病人的姓名：塔拉·文森特，日期是1994年8月31日——那是珍妮经剖腹产出生和塔拉分娩格蕾丝的日子。平生第一次，我感谢上帝让我没能在家里分娩，让诺艾尔没有机会接近我的女儿。我又读了一遍诺艾尔的日志，上面说塔拉分娩的过程漫长而可怕，最后在9月1日凌晨结束，接生过程甚是凶险。我迅速翻下去，希冀诺艾尔有可能在那两天还为别人接生过，但是下一篇日志写的是一个9月15日出生的孩子，而且还是个男孩。我又翻回塔拉分娩的那篇，前前后后审视诺艾尔的日志。我读着每一篇的最后几行，想找出诺艾尔笔记有所变化的分界处，在那之前，她是一个细心自信的助产士，在那之后，她是一个因不小心摔掉朋友孩子而惊恐万分的女人，一个马上就要冲到医院寻找替代品的女人。我研读着她的记录，但是她做得丝毫不露痕迹。我又看到她最后一句话——她很漂亮！他们给她取名格蕾丝——我想知道在那一刻她说的是塔拉生下来的格蕾丝，还是我熟悉并爱护了这么多年的格蕾丝。

　　这个不属于我们任何人的格蕾丝。

第三部
格蕾丝

Chapter 33
紫色旅行杯

格蕾丝

六点钟我就醒了，没打算再费劲睡回去。克里夫几小时后就到家了！昨晚他在电邮里说有个朋友会载他过来，他应该赶得及到家吃午饭，不过他没说让我过去跟他一起吃午饭。但是过去这几天里他给我发电邮和发短信的次数多了起来，好像因为要回家了，他对我的挂念也多了起来。昨天下午他在给我发的短信里说了句"回头见！"，然后我就在不停地琢磨回味这三个字的深意。那个感叹号是我最钟爱的部分。

我对我们在一起的一整天都做了详细规划。要是天气好的话，我们可以去滨河步道逛一逛，聊一聊。通过聊天来改善现状，我们以前总用这方法。当然，我希望我们能当场复合。不过这个周末有三天，所以就算今天我不能说服他相信我们注定要在一起，那么还有明后两天可以让我再接再厉。

大约八点的时候，我还在上Facebook，妈妈从门外探进头来。"你起床了？"她听起来很意外。

"你这是明知故问。"我说。

"这条裤子很靓。"她冲我一笑。过去几天里她表现得很诡异，笑容也不是发自真心，"能跟我一起去帮帮忙吗？我要为今晚的派对准备一大堆东西。"

"对不起。我要写论文，而且克里夫一会儿就到家了。"我为什么要加上后面那句啊？现在倒好，她会有各种各样的问题抛向我。

"你要去见他？"她不觉得这主意有什么好。我能判断出来。"我是说，除了在今晚的派对上？"她补充道。

我耸耸肩，做出无所谓的样子。"我想是的。"我说。

"你可以问问他学习怎么样，还有教堂山怎么样。"

我像看外星人一样看着她，似乎她是刚降落在地球上。"妈妈，我知道怎么跟他聊天。"我说。

"好吧，你今晚打算穿什么？"看她那架势，这只是众多问题的冰山一角，通常我只有一种办法可以让她闭嘴，但是我对今天的着装打扮既兴奋又紧张，所以决定秀给她看看。我和珍妮在星期一放学后就去逛街，我一眼就爱上了这件衣服。我从衣橱里拽出衣架，拿开罩在衣服上的白色塑料袋，她深吸了一口气，就跟我在商店里看到它时的反应一模一样。

"哦，格雷西，这真是太可爱了！"

可爱并不是我想要的效果。我想要性感和老练，但是我知道她的意思。这件衣服以红色为基调，短身，无肩带，衣料是光滑的绸缎类，腰间有一条银色的装饰带。或许挂在衣架上的时候，它看起来很可爱，但是只要穿在我身上，那感觉就是热辣。对此珍妮一遍遍发誓跟我确认过。

"谢谢。"我说。

"你要穿哪双鞋？"

我拿出系带的红色鞋子。它们差不多花光了我全部积蓄。

"很完美，"她说，"鞋跟不算太高。你搭配得很好。"

我本来要买双更高跟的，但是我买下的这双已经让我走路困难了。不管怎么说，我不想整个晚上心里都想着我的鞋子。

"我连想都没想自己要穿什么衣服呢，"妈妈说，"你吃饭了吗？"

"还没。"

"想让我给你做些——"

"不用了，谢谢。我不需要。"我又在电脑前坐下，看见她瞥了眼手表。

"你确定不要跟我走吗？我中午前可以开车带你回来。"

"妈妈，我真的要写论文。"我很庆幸从她站的那个角度看不到我显示屏上Facebook的页面。

"好吧，"她说，"玩得开心。"

我当然没有写论文，连想都没想过。我做了一些数学作业，吃了一根香蕉，洗了头发，看了手机不下千遍，只为确定它处于开机状态，另外我跟Facebook上一些没面对面见过的网友相互写了评论。到中午的时候，我实在等不下去了，于是给他发了一条短信。

你还没到家吗？

还不到一分钟，他就发了回来。**一小时前就到了，派对上见？**

我的心一下子沉到谷底。派对上见？他在开玩笑吗？为什么不是现在？我们有一整个下午的时间可以在一起。我们可以去滨河步道，说说笑笑。

我两根拇指在手机上重重地飞速敲了几个键。**你能现在出来一聚吗？我今天不用打工。**

在给妈妈帮忙，再议。

我一屁股坐在床上，开始号啕大哭。我不能理解，我几乎又有了他跟我分手时的那种感觉。我打电话给珍妮，但是她没接。喳喳开始低声哀叫，于是我让它跳上床。它知道我心情不好，把整个身体使劲儿挤上我的大腿。我把脸埋在它的脖颈里，呜呜地哭。

大概过了一小时，我站起身，从浴室的镜子里看自己的样子。到处都是红红的——我的鼻子，我的眼睛，我的脸颊。我必须振作起来，不然今晚派对上我的脸就会跟我的衣服一个颜色了。我清理了一下，润湿一条毛巾，敷在眼睛上。

我一点都不饿，但是特想喝咖啡。我来到楼下的厨房，看到壶里还有一些咖啡，不过当然是凉的。我要把它全喝光。我打开碗橱，想找个杯子。那里有些异样，我最喜欢的黑色杯子在，我把它拿了出来，但是我知道有什么东西不见了。妈妈总是重新归置东西，让人大为恼火。我很快弄明白了，是我送给爸爸的紫色旅行杯！我把其他的碗橱一个一个打开寻找，但就是找不到它。

我不会哭，不会。我要让脸恢复正常。我没哭，抓过手机，拨通妈妈的号码。

Chapter 34
准备工作

塔拉

　　我的面包车里装满了气球。店里那个身上穿了太多孔的年轻女孩儿问我要什么颜色的，我告诉她要能给我惊喜的。要在往常，我会在意这些，但是现在我的思绪几乎是以每分钟一千英里的速度在两件事之间穿梭，一是派对，二就是发现诺艾尔当过代孕妈妈而山姆一直知情……而后者将我整个人湮没。这么多年来，他一直知情！我的天啊。我知道他当时一定很想告诉我。我对他的职业操守敬佩万分。我不知道换作是我在他的位置上，还能不能守口如瓶。不过我很高兴诺艾尔找了山姆寻求帮助。我很高兴她对他那么信任。

　　从我后视镜里只能看到一片气球的海洋，我慢慢地驶向西点屋，去取苏珊妮派对的蛋糕。开着一辆塞满气球的面包车不会比一边开车一边发短信安全到哪里去，我想到这里，突然发现离西点屋半个街区的位置有一个可以停车的地方。我挂上倒挡，仅凭着侧视镜的指示一点一点挪进那个停车位。

　　熄火的时候，我的电话响了，我猜一定是艾莫森又想起了什么，需要我顺便捎过去。我看都没看来电显示就接了起来。

"嗨，默。"我说。

"你怎么能这么做？"格蕾丝吼得声音那么大，震得我猛地把手机从耳边拿开。虽然我不知道自己做过什么，但马上有种莫名的负疚感。

"你在说什么？"我问。

"你就不能在家里留一样爸爸的东西吗？"她怒气冲天，就像一个毫不认识的陌生人。最近我做过什么了？我想起我们衣橱里山姆放衣服的地方，还是那么空荡荡的。他那一侧的床头柜抽屉里原来放满了他的书和笔，还有一盏读书灯，现在只放了一把手电筒和一些富余的电池。我把他的文件柜捐了出去，他书桌的抽屉里现在放的是我的文具和教学用具。

"你是什么意思？"我问。

"杯子，"她说，"我送给爸爸的杯子。"

我眼前浮现出那个杯子的画面，我看见自己伸手去拿它，那个其貌不扬，再无用处却在碗橱里占地方的东西。为什么要留一些我们再也不会用的东西呢？我看见自己把它塞进要送去"好意店"的盒子里。"哦，"我说，"哦，不是的。我……我没想，宝贝。我只是看到它了，你知道我受不了东西杂乱无章，所以我忘记那个——"

"从来什么都是你怎样怎样，对吗？"她吼道，"你受不了杂乱无章，所以那杯子就要从你眼前消失。你甚至不问问我怎么想。妈妈，要是你那么讨厌看到它，你可以把它给我，我可以放在自己的房间，因为我没那该死的毛病，什么受不了杂乱无章！我一点都不在乎杂乱无章！"

她挂断了，我坐在那儿，手里还握着手机。她以前从来没这样子跟我说过话，没这么暴怒过，当然也没用过这些字眼。我知道她甚至不会用这样的方式说话。我忽略掉她那些伤人的话，结果发现她是对的。我真是自私，而且愚蠢。那杯子是她买给山姆的。我每次看到的都是对他的痛苦回忆，但她看到的却是与至爱亲人的宝贵联系。我感到喉咙发紧，于是给她打回去，但她不肯接。她已经把要说的话都说了。

我从停车位开出来。那块蛋糕不得不等一等了。我开到"好意店"，从堆满气球的面包车上跳下去，跑向前门。在小小的收货室里，一个女人正把一个厨凳交给那个瘦骨伶仃，闷闷不乐的小伙子，他在给人们发收据。

"抱歉打扰，"我说，"前些日子我拿了一些东西过来，现在想要回来。可以吗？"

"不可以，夫人。"他一边说，一边从那女人手里接过凳子，放倒在一堆纸箱上，"办不到。"

我看向他身后敞开的大门，那里面是个超大的房间，有一些戴着手套的女人在整理那些袋子、箱子和各种各样的旧物。我想认出我那个孤零零的小盒子，却是明知不可行而为之。这无异于大海捞针。

我走回我的面包车，缓慢而小心翼翼地开回西点屋，脑子里想的一直是格蕾丝打开那个碗橱，发现和爸爸的最后一丝物质联系荡然无存的感觉。我感觉自己就在女儿的体内，那种痛让我难以承受。

我从面包车里拿出气球，举在头顶上方，几乎是飘到了艾莫森家门前。她房门没锁，于是我不请自入，在宽敞的客厅里撒开手，让那些气球升到空中。我仰起头看的时候，发现天花板上的吊扇是个问题，因为等屋子里挤满人群的时候，我们很可能要用到它。我待会儿再来搞定它。

"默？"我喊道。

"在厨房呢。"

"我到了。还需要从车里拿些东西下来。"

我又去车里拿了一趟剩下的气球，然后第三趟把蛋糕拿了出来，从房子的侧门进到厨房。我把蛋糕盒放到花岗岩操作台上的时候，影子和布鲁绕着我嗅来嗅去。

艾莫森正在水池边洗一只拌凉菜用的大碗。"嘿，"她心神恍惚地抬眼看了看我，"我在冰箱里给蛋糕留了地方，谢谢你把它带过来。"

我把蛋糕放到冰箱里空置的底架上，另外几层架子上塞得满满的，天晓得是什么东西。艾莫森的冰箱从来没让人赏心悦目过。

"我把气球放在客厅了，"我说，"一会儿我再把它们分放到各个地方去。"

"我们还有个小问题。"艾莫森把那只大碗擦得锃亮，我知道她心理压抑，"苏珊妮的妹妹给我们发了一些照片过来，珍妮本来想用它们做一个拼贴画出来，不过她不太舒服，上床去休息了。你有时间做这个吗？我让她放在我办公室了。"

"当然，"我说，"只要能转移我注意力……什么都行。"我对艾莫森笑了笑，但是她累得连回给我一个笑容的力气都没有。"珍妮怎么了？"我问。

"她觉得自己感冒了。"她最后擦了一下那个大碗,放在沥干架上,"她说早上起来的时候嗓子就疼。她帮我把盘子和其他东西摆在餐厅的桌子上,然后就撑不住了。我觉得她只是不太想帮忙,等到开派对的时候她应该就好了。"

我看到壶里还有一些咖啡,伸手拿了过来。"我自己招呼自己行吗?"我问。

"要是你不介意热一下的话。"她在一块擦碗布上抹干双手,从我身边走到储藏室,都没怎么看向我这里。

"你还好吗?"我一边问,一边伸手去碗橱里拿了一个杯子出来。我无法想象我自己的碗橱,没有那个紫色旅行杯在里面突兀着,它现在看上去整洁又漂亮。

"我很好。"她说,从储藏室里拽了一包餐巾出来,"我只是,"她摇了摇头,"你知道的。"

"是啊。"我用手臂揽住她的肩膀。我知道她跟那个雇了诺艾尔生孩子的女人谈过话。这些曝光的秘密让我感觉异样,而对艾莫森来说,这种感觉怕是要深刻得多。我们没有时间去处理好每一件事,而风波却接踵而来,让我们两个不得安宁。等派对一结束,我们就能喘口气了。似乎我们需要为诺艾尔再举办一个葬礼,因为之前的那个葬礼祭奠的是一个我们并不熟知的女人。

"嗯,"我一边往杯子里倒咖啡,一边说,"我想我刚刚破坏了一段美好的回忆。"

她正从抽屉里拿出一把剪子,在餐巾的塑料包装上比画着:"你说什么?"这还是我到这里后,第一次看我。

"我扔掉了山姆的旅行杯。"我把杯子放进微波炉,设定了加热时间,"我忘了那杯子是格蕾丝送给他的。或者可以说,我没想过格蕾丝送他杯子这件事。她发现以后就给我打了电话，当时我正准备取蛋糕，她郑重其事地斥责我。我从来没听过她对我那么大发雷霆。"

艾莫森剪开塑料膜，然后把剪子放回了抽屉。"时间会冲淡它的，"她说，"她会好起来。"

"你还好吗？"我问，"你看起来不太好。"

"我只是……"她把餐巾上的塑料拽下来，打算数一数有多少块。

"我想是二十四块。"我说。塑料套上应该说明了数目，不过我没忍心告诉她。

"我只希望今晚事事顺利。"她说。

"会的，亲爱的。"微波炉"叮"地响了一声，于是我把杯子拿出来，"不过我有点担心格蕾丝和克里夫。"

"你觉得你能做那个拼贴画吗？"她问道，仿佛刚才那句话我不曾说过。

"这就去。"我说。她现在的言行更像是我自己，不停地担心细节问题，追求完美。我会去做拼贴画，等把它解决好，再看看还有什么其他要做的。

我在艾莫森和泰德共用的办公室里的一张桌子上找到了那个巨大的白色纸板，是个半成品，旁边还有一根胶棒和一摞照片。有些照片经过放大，有些还是正常尺寸。我把那摞照片和胶棒在拼贴画上放好，端着这些杂七杂八的东西回到了厨房，这样我就能一边干活一边跟艾莫森聊天了。

我走进去的时候，她正从碗橱里拿出一些红酒杯，看到我吃了一惊。

"我打算在这里做。"我说。

"办公室里地方大得多，可以把东西铺开。"

"一个人在那儿太没意思，"我一边说，一边把拼贴画放在桌子上，坐了下来。我开始一张张看那些照片。有一些照片是她和诺艾尔近几年的合影，让我不敢直视。我会问自己，**拍这张照片的时候诺艾尔怀孕了吗？拍这张的时候呢？**

里面有好多张克里夫不同年龄段的照片。山核桃色的皮肤，他爸爸的乌黑头发和他妈妈的蓝色眼睛。他从小就是个漂亮的孩子，长成个小伙子后更好看了。"克里夫真是个英俊帅气的孩子。"我对艾莫森说。

艾莫森正用一块擦碗布清理红酒杯上的水渍，似乎没听到我在说什么。格蕾丝有一次对我说，我要聊天的话根本用不着第二个人——我一个人分饰两角就足够了——但其实不是这样的。我站起来，拿着一张克里夫的照片，走到水池边艾莫森站的地方，举到她面前，让她不用放下手里的杯子就可以看到："这张是他大概三岁的时候照的，你不觉得？他不招人爱吗？"

艾莫森几乎没看照片，而是突然把杯子和擦碗布放在操作台上，一下子把我拉进怀里，吓了我一跳。她把我抱得那么紧，似乎是太紧了。

"嘿，"我说，拍拍她的背，"出什么事了？"

"我爱你，"她说，"对不起，我太心不在焉了。"

我离开她的怀抱。看到她眼里含着泪水，我拿起她的手："艾莫森，是什么事？"我压低了声音，怕万一珍妮或者泰德在附近出现。"就是诺艾尔的那些事吗？"我小声道，然后一个念头击中了我，"是你外祖父！他——"

"他很好，"她说，"我想我只是经前综合征，或是别的什么。"

"好吧，"我慢慢说道，但并不确信她说的是真的，她从来没为经前综合征抱怨过，"你怎么不躺一躺？我能把所有东西准备妥当。承办餐会的人五点才来布置，实际上我们现在已经做得差不多了，不是吗？"

"你会介意吗？"她看起来放松多了，"昨晚我睡得不好，而且我——"

"去吧。"我把她轻轻推向过道，"一切尽在掌控中。别担心。"

"那好吧，"她说，"我走了。"

我看着她走下过道。她需要好好地打个盹儿，我想，而且她很可能要到明天派对的事彻底告一段落之后才能再有机会打盹儿。她肩上的担子太多了：刚刚曝光的诺艾尔的所有秘密；她住在安养院的外祖父；苏珊妮的派对。怪不得她被压垮了。

我又在照片前坐下。我要弄完这个拼贴画，还要确定所有准备工作停当。接下来我要回家换上正装。我想给格蕾丝拍一张穿着红色新衣服的照片，但又感觉她不会同意。我能想象到我们两个人坐在面包车里开回艾莫森家的情景。我不停地自说自话，而她则气鼓鼓地一言不发。我们要在派对开始前平息这场争端，我一边想着，一边把一张苏珊妮和诺艾尔的合影用胶棒粘在拼贴画的底角。我们要把这个问题解决掉。

我去背包里拿出手机，又按了一次重拨，但她还是没接。她不会那么容易就转过弯儿来的。

Chapter 35
婚礼筹划

北卡罗来纳州，威尔明顿市
1994年

诺艾尔

"我就是想简单一些。"诺艾尔说。她和伊恩坐在日落公寓的客厅里，还有塔拉和艾莫森，她们主动报名帮忙筹划十一月的婚礼。在这方面她没有任何经验，简直就是一无所知。

"在风格上可以简约一些，"伊恩说，"但我真的很想请所有的朋友到场。"

诺艾尔知道她对简单的要求让伊恩抓狂。她已经明确表示反对教堂婚礼——那是他的愿望——也反对租一个接待厅。他送她的订婚戒指镶了一颗硕大无比的钻石，坠得她的手都抬不起来了，她坚持认为交换仪式不能再这么奢侈，要尽量从简。他本来想把婚期定在八月，但是她决定往后推到十一月，这样塔拉和艾莫森就可以在生孩子之后有足够的时间恢复元气。塔拉的预产期是八月下旬，还有将近一个月，艾莫森的预产期在九月中旬。她们都将担任她的伴娘，不会有首席伴娘。她总是小心谨慎地保证对她们两个一视同仁。

"也许我们需要弄清楚你们各自对'简单'的定义。"塔拉说。她坐在诺艾尔那张旧沙发的一头，腿上放了一个记事本，眼神充满了兴奋，为能筹备一场婚礼而激动不已。艾莫森坐在沙发的另一头，在诺艾尔看来，她们两个就像是一架重量级天平——两个大腹便便的孕妇各自一端地压在她的沙发上。艾莫森这次一定会平安无事的。她在妊娠期出现的问题已经一个接一个地考验过她们的勇气和胆量，虽然她想在家里分娩，但是诺艾尔坚决不要让她冒这个险。她会在医院里帮忙接生，但是要有个产科医生主事，这才是她真正想要的。不过只要塔拉一切安好，那么她是可以在家里分娩的。

"对我来说，简单就是穿着舒适的衣服结婚，"诺艾尔说，"你明白的，就是穿着我平常的衣服。"

伊恩轻轻地发出一声呻吟。他看看塔拉和艾莫森："看到我的处境了吧？"他的话音里满是爱意，诺艾尔忍不住凑过去亲了一下他的脸颊。他是个可爱的小伙子，他们的婚礼会很美好。

"我们还是说会儿正题吧。"塔拉咔嗒一声弹出笔芯，在腿上的记事本上摆出要记录的姿势。"诺艾尔，十一月份太冷了，在室外举办婚礼不妥，那在我家举办婚礼怎么样？我们家有地方。虽然仪式过程中不能保证每个人都有座位，但空间还是挺大的。"

"而且我可以负责准备一些吃的，"艾莫森补充道，"还有——"

"我不想让你们两个那么麻烦，"诺艾尔说，"到时候你们都刚生完孩子，相信我，只要有空你们就会想睡觉。"

"哦，让我们参与吧。"塔拉驳回抗议，"你知道我们每一秒都会乐在其中。"

伊恩看着诺艾尔。"我喜欢这主意，在塔拉和山姆家办婚礼，"他说，"我们可以雇人布置，在婚礼前后清理打扫。而且你可以想穿什么，就穿什么。"

"不行，不能让她那样，"塔拉说，"我和默会带她去逛街。要让我看见她穿着平时的旧裙子从长廊上款款走来，我会——"

"还要有长廊？"诺艾尔打断她，"我不想要长廊。"她不想要，她不想要所有的注意力都集中在自己身上。

"只是打个比方，"塔拉说，"你们可以在我家的壁炉前举行仪式。"

那场景真美，她和伊恩在壁炉前，手拉着手，被朋友们包围着。想到这里，她的眼前居然雾气一片，让她吃了一惊。"好吧，"她对塔拉说，"你为什么不先跟山姆商量一下在你家办婚礼的事，"她说，"确定他是不是觉得这主意可行。"

"哦，山姆不会有异议的。"塔拉说。

诺艾尔并不那么肯定。在照顾塔拉孕期的这几个月里，她们两人的关系变得更加深厚了，而且她发现当好朋友成为自己病人的时候，她向来和病人建立起来的那种亲密关系甚至会更强烈。尽管如此，她和山姆之间的关系还是有点紧张。随着他对孕期中的塔拉投入越来越多的关心和照顾，他和诺艾尔的关系也日渐改善，但她心里明白，他对她担当他们的助产士一事有所保留。不是因为他不信任她的技术——他实际上很信任——但是在那种真情流露的环境下，如果有她在，他似乎就会很不自在。当然，他从来也没那么明说过；他们再也没有过那样开诚布公的谈话了。就是那种"无话可谈"向她暴露了他的不自在。她想念曾经的那个他，并为两个人之间如今的距离感自责不已。

每当她的背痛害她行动不便，以及肌肉紧绷折磨得她一夜无眠的时候，都会让她想起海滩上的那个夜晚，无法忘却。她需要更多剂量的药来熬过白天，而且——只要她不会有接生的任务——甚至需要更多来挺过黑夜。她问自己，这些有多少是身体上的疼痛，又有多少是源于挥之不去的内疚和渴望的感情上的疼痛？

该是从这种内疚和渴望中解脱的时候了。

"你知道吗？"她此时对伊恩说，"我不在乎我们如何举办婚礼，你的任何要求我都愿意配合，我只是想成为你的妻子。"

"耶！"艾莫森拍了一下巴掌。

"这就是主题精神！"塔拉说着，在记事本上迅速记下了一些东西。

伊恩冲她微笑，两颊因为惊喜而现出两团红晕。"那么你愿意考虑教堂吗？"他趁热打铁地问道。

"是的。"她坚定地冲他点了点头，"你想要教堂？那我们就在教堂办。"

那有什么关系呢？她想嫁给伊恩。她爱他，尽她所能地爱着他，为了让他开心幸福，她愿意做任何事，只要力所能及。幸运的话，不出两年，他们也会开始有自己的家庭。不过就算是现在，她身边坐着一个爱她的男人，两个最好的朋友，体内有刚刚好能缓解背痛的药量，她就已经感到十分地满足和幸福了。

Chapter 36
决定
北卡罗来纳州，威尔明顿市
2010年

艾莫森

我到底该怎么办？

我本来是想为苏珊妮办一场别开生面的派对，但是知道了塔拉和格蕾丝的事后，我再无心顾及其他，客人们纷纷到场，开始吃喝说笑的时候，我感觉自己好像是置身于水底，而所有的一切都发生在水面之上。我看得到人们的脸，但却模糊不清，我听得到他们说话，但却弄不懂他们说的是什么。我希望这个夜晚快点过去，而且更重要的，是我不想再当唯一的知情人。我在各个房间穿梭，被剧烈头痛和犹疑不决撕扯着。我该怎么办？

大家似乎都在兴头上。所有人都聚拢在苏珊妮身边，一起干杯，讲笑话，庆祝她来之不易的五十岁生日，但就算我的脑子没被格蕾丝和塔拉占据，我也开心不起来。来参加这个派对的有那么多贫困婴儿救助项目的志愿者，让我频频想起在诺艾尔葬礼之后，这三个星期以来我们的聚会。三个星期，却让我有恍如隔世的感觉。事情的发展速度快得让我应接不暇。我感觉一切都已经失控。

　　我站在客厅和餐厅之间，看到泰德朝我走来，手里还拿了一杯酒。他抚摸着我的肩膀。"默，干得不错，"他说，"你还撑得住吗？我知道你昨晚没怎么睡。"

　　"我还好。"我冲他笑了笑。至少我希望自己是笑出来了。我对自己在做什么全然不知，感觉我已经被疲惫和焦虑麻醉了心智。昨晚我压根儿没睡，而且今天下午我跟塔拉说要打个盹儿的时候，其实是在撒谎。我只是想从她身边逃开。我不能看她。那感觉就像是你明明知道自己最好的朋友就要死了，但却无力回天，连告诉她都不能。

　　我生自己的气，因为是我非要探查诺艾尔的过去，是我没有听从泰德的建议把那箱卡片和信一扔了之。我现在还是可以扔掉它，扔掉那些信，那些报纸文章，那些工作日志。我可以把这个噩梦赶得远远的，唯一要做的就是缄口不言，但是我知道，我绝对不可能带着这个秘密过我的下半生。

　　格蕾丝和塔拉早就到了，这样塔拉就可以帮我做最后的收尾工作。她们之间隔了一堵冰墙，我看得出塔拉为不能打破它而沮丧。显然格蕾丝还没有原谅她，因为……塔拉做了什么来着？扔了山姆的杯子？哦，感觉这是多么小的一件事。这么一件无足轻重，微乎其微的事。但格蕾丝还在生气，她几乎没跟我说"嗨"就跑到楼上珍妮的房间去了，塔拉跟承办餐会的人和服务生们碰头商议，我则呆头呆脑地在房子里走来走去，佯装忙碌。

　　现在孩子们——克里夫、珍妮和格蕾丝——都在楼上。为了表示礼貌，他们跟大人们应酬了足够长的时间才消失掉。珍妮不停吸溜鼻子，感冒症状明显，但除此以外其他都好，不过我知道她为德文不在身边而不太开心。德文跟家里人出门去过这个长周末了。克里夫在离家的这一个半月里，出落得越发英俊了，如果不是我主观臆想的话。不过当然，我的视线还是一直在格蕾丝身上，我观察她的面部特征，想找出长得像塔拉或者山姆的地方。她长得很漂亮。我以前从来没想过用漂亮这个词来形容格蕾丝。可爱，那是肯定的。但是漂亮？不过她无肩带的红色上衣的确将她的身材勾勒得恰到好处。衣服不是轻佻惹火的那种，但却显露出她微微隆起的胸部曲线，而克里夫不停地向那个部位投去目光。她的头发浓密光滑，如丝般披垂在背上，她在眼部画了烟熏妆，不是很浓，但足以改变她的气质。她的眼睛一直都与众不同。虽然像塔拉一样是棕色的，但当你凑近了看，就会发现它们满溢着翠玉般的光彩。她今晚的妆画得很聪明，让她的眼睛比平时更显碧绿。

突然之间，她一点都不像格蕾丝了，我想在这个全新的年轻女人身上找出我深爱的那个女孩儿，可是越找就越沮丧。我以前觉得能在她身上看到山姆的影子，不只是从相貌上，更多的是从言谈举止中。她有着跟山姆一样的羞涩笑容，不过山姆的那种笑容让他看起来和蔼可亲，而格蕾丝的笑容让她看起来很不自信。看着她在派对上尽力跟相交甚浅的大人们交谈时流露出的局促不安，我的心隐隐作痛。这个女孩儿已经是我们的一部分，我们都那么爱她。是我们把她抚养长大，我们所有人。无论如何，我们都不会让她离开。无论如何，我都不能让塔拉在刚刚失去丈夫后，又很快失去女儿。塔拉不会失去她，是吧？当然不是说物理意义的失去。而是说格蕾丝不能在十六岁的时候就被从妈妈身边带走。可是我怎么知道在这种荒诞离奇的情况下该如何衡量法律意义呢？我一无所知，这让我很害怕。不过在此之上，我想得更多的是塔拉在得知她的亲生骨肉已经不在人世的感受。诺艾尔是怎么处置那个婴儿的呢？我不愿意想起那个女婴，那个没人记得，也没人悼念的女婴。

我又想，我可以把这一切都埋在心底。一个字都不透露，独自为塔拉生下的那个孩子心痛，把格蕾丝的身世真相埋在心底。但就在我考虑作出这个选择的时候，我还在各个房间里寻找伊恩的身影。我需要跟一个关心塔拉的人分担这个重负——我知道伊恩就是那个人。同时他也是了解法律后果的人。

我看到他在餐厅跟塔拉和另外几个人一起聊天，我一直盯住他，看准他走向临时吧台的时机，拦住他单聊。

"有些事我要跟你谈谈。"我说。

他的眉毛在镜片上方挑起。"关于你和安琪拉的谈话吗？"他问。

"谁？"有那么一会儿，我甚至不记得安琪拉是谁了，"哦，不是。是别的事，但是不能在这儿说。你明天能找个时间过来吗？下午早一点的时候？"那时候泰德会带人看房子，而珍妮肯定会跟德文或者格蕾丝出去。

"默，能等过段时间吗？"他问，"明晚我要出城，而且我有点忙得不可开交。"

我摇摇头，而他一定发现我眼里已经开始泪汪汪的。

他摸了摸我的胳膊。"好吧，"他说，"我会来的。"

"而且拜托你一定不要告诉塔拉。"我紧张地回头扫了一眼房间里参加派对的人，希望没人听到我说的话。

伊恩眉头紧锁："出什么事了？"

"我明天再告诉你。"我从他身边走开，重新回到人群中。

我想，这就是决定，**最终的决定**。

不过我一点都没感到轻松。

Chapter 37

不一样的克里夫

格蕾丝

克里夫变了。一个人怎么可能在短短一个半月的时间里发生这么大的变化呢？毫不夸张地说，他连相貌都变了。当他跟苏珊妮一起走进派对场地的时候，我感觉自己都不认识他了。他长高了，脸型也变了。不过他马上朝我走了过来，给了我一个拥抱。

"你看起来漂亮极了。"他说，有一样东西一点儿都没变，那就是他身上的味道。我真想就一直被他抱在怀里，呼吸那味道。

在派对上待了一段时间后，珍妮、克里夫和我都跑到楼上，在附加房里聊天。那感觉简直就像回到我们三个还只是朋友的时候，唯一不一样的是我现在不知道该说什么。我和珍妮带他看了给婴儿救助项目准备的东西，包括我已经学会缝制的婴儿套装袋子，他说我们做得很了不起，不过我看得出他根本提不起兴趣。他聊了很多卡罗来纳的事，说他迷上了篮球和"柏油脚跟"①。

① Tar Heels，北卡罗来纳大学教堂山分校运动队的统一名称。

"我想去卡罗来纳，"珍妮说，"教堂山分校会是个不错的地方。"我和她都光着脚坐在蒲团上。我穿的这件衣服站着的时候还行，但一坐下可就远不是那回事儿了，我不得不一个劲儿地往下拽裙子，还有往上提上衣。珍妮的衣服很宽松，可爱极了，不过她面色很难看。她感冒了，说话粗声粗气的，一沓纸巾在手里揉成一团。

"珍，要是没有任何人生目标的话，你是进不了卡罗来纳的。"克里夫四肢摊开地坐在豆包椅子①上。他从婴儿用品中捡了个奶嘴，在两只手里扔来扔去。"你是万人迷小姐，但你成绩一塌糊涂，我说得对不对？"他问。

"去死吧你。"珍妮笑道，"要是你都能进去，我也能。"

"我的GPA成绩可是5.2。"他说。

"你有一半黑人血统，"珍妮说，"所以你才能进去。"

我用光着的脚踢了一下她的腿。"你太没礼貌了。"我说。实际上这是我们上楼后我说的第一句话。为什么有他在身边我就突然间那么傻乎乎地害羞起来？

克里夫咧嘴笑了笑。"或许也没那么伤人。"他坦白道。

"我还有时间迎头赶上，"珍妮说，"我所知道的就是我想要从事一种助人为乐的职业。"

"到底什么才是助人为乐的职业呢？"克里夫问，"你是说像护士那样的？"

"或者是医生，你这个性别歧视的浑蛋。"珍妮又大笑道。他们总是这么你来我往地唇枪舌剑。"或者是教师，或者是律

---

① Bean Bag Chair，填充式大袋子堆成的椅子。

师。反正就是能帮助人的，不像建筑师，只能帮忙建房子。"

"天啊，你太无知了，"克里夫说，"你觉得在建筑物里生活和工作的是什么东西？"

他把奶嘴在两只手里扔来扔去的时候，我一直在看着他的手。我知道当他用那双手从我的裙子底下摸上我的大腿是什么感觉。认真地说，要是珍妮不在，我会站起来，拉开衣服拉链，扑到他身上。不过，也许不会。但我心里却渴望那样。

"至少格蕾丝有她的志向。"克里夫在我毫无防备的时候点到了我的名字，"你认识的人里有多少文笔像她一样好的？"

"没错，不过靠笔杆子很难赚到钱。"珍妮说。

"很难，但是并非毫无可能。而且她能做自己喜欢的事，那才是最重要的。"他们你一言我一语地谈论着我，仿佛我不在场一样，但我并不介意。他冲我微笑，是发自真心的笑容。他还是喜欢我的，我这样想着。我希望珍妮凭空消失，如果只有我们两个人，我跟他交谈会自如得多。

克里夫用一只手把奶嘴抛高到空中，然后用另一只手接住。"我们去公园吧，"他一边说，一边站了起来，"我们已经在派对上露过面了，没必要再待在这里了。"

对了，就是公园！我们在那里度过那么多的傍晚。他跟我分手的前一晚我们第一次做爱也是在那里。我总觉得这两件事情有联系：性和分手。

"好主意。"珍妮也站了起来。

"我随后就到，"他说，然后向过道走去。我猜他是要去下洗手间。我们开始下楼梯的时候，我抓住珍妮的胳膊。

"珍，你能留在这儿吗？"我问，"求你了好不好？对不起，我只是想跟他单独聊聊。"

她看起来很吃惊，但那表情稍纵即逝。"没问题，"她说，"反正我感觉也很不舒服。跟他说我妈妈让我帮忙打下手。"

"你真好。"我说，拥抱了她。

"只是——"她皱了皱鼻子，"别让自己受伤，好吗？"

这时候我已经下了一半楼梯了。"不会的。"我说。我甚至从未想过会受伤害，脑子里没这根神经线。

我在门前的草坪上等他，看见他走下车道。他是从后门出来的，也许是为了避开客厅的人群。

"珍妮要给艾莫森帮忙。"等他走近，能听见我说话的时候，我解释道。

"好极了！"他说，不过从他的语气中我听得出来，他的意思不是"太棒了"，而是"好吧"。我们向公园出发，走进又走出一个个街灯投射的光影。"不过也许珍妮应该跟我们一起。"过了一会儿他说道。

"为什么？"

"只因为……让咱们两个单独在一起不是个好主意。"

我大笑道："你认为我们需要个监护人？"

"说实话，的确如此。特别是你今晚看起来这么性感。"

哦，上帝。"谢谢。"我说。

"说真的。我今晚一直看着你，心里想，我真是个浑蛋，居然跟你说分手。"

他想重归于好吗？我几乎脱口就问出来，但又怕弄巧成拙。"没错，"我说，"你是个浑蛋。"

"不过这是个正确的选择，格蕾丝，"他说，"我是说，你看上去光彩照人。但如果我们重新走在一起，我只会伤害你。我跟你之间有三小时的车程，而且我希望自己能在毫无愧疚的情况下认识别人。"

"你是说，其他的女孩儿。"我们以前谈过这个话题。

"女孩儿，男孩儿，原来不认识的人。"他的手在衣兜里动来动去，"我目前只需要自由。"

"这些我都懂，"我说，"我们别谈这个了。"现在谈这些，只会让我想起我们第一次谈这话题的时候我有多伤心，"我明白，我们没必要再重蹈覆辙。"

"那就好，"他说。有那么几分钟，我们俩谁都没说话。我们来到公园入口，两个人就像装了自动导航仪一样，都朝着操场的方向走去。说实话，除了复合，我的确想不到还能跟他说什么。分手之前，我可以跟他谈笑风生，而现在对他，我却连一个不会让自己掉泪的话题都想不出来。

他在一架秋千上坐下。我脱掉鞋子，在离他最近的一个秋千上坐下。"我不介意我们两地相隔。"我说。

"格蕾丝……别开启这个话题。"

"你甚至可以跟其他女孩儿出去约会，只要你不……你懂的。我知道你需要交朋友，需要做自己的事。"

他说："谁知道将来会发生什么？但是眼下，我的确需要感知外面的世界。我们两个都需要。我们要认识许许多多的人，而在此之前，我们怎么会知道谁是最适合自己的那一个呢？"

我飞快地咀摸这几句话的意思。我听见他说，我想要的那个人是你，但我必须跟其他女孩儿约会过，那样等到回来找你的时候，才能说我确定无误了。

我们两个都没把秋千荡起来，只是抓着链子，用脚蹬在下面的沙地上，稍稍推着身子来回晃晃。突然间，我无法再忍受我们两个身体之间的距离。我站起来，走向他的秋千。我知道应该怎么做，我知道怎么在一分钟之内扭转局面。我的手抓住他握着的链子上方，凑过去吻他。他一点都没抗拒。我知道他不会，而且当我最后结束这个吻的时候，就只需要一路向下游走，隔着他的裤子抚摸他的阴茎。他抓住了我的手，但不是推开，而是让我停在那儿。不过我退后了一步，提起我的衣服，两根拇指伸进裤腰处。

"哦，格雷西，别。"他说，但他言不由衷，而且当我爬上秋千座——爬到他身上——他全身的每一处都像我一样在快感中迷失了。

Chapter 38
切断联络

格蕾丝

"我今天不想去教堂。"派对第二天，吃早饭的时候我对妈妈说。至少，她还吃得下早饭，吃得下燕麦粥和香蕉，而我却兴奋得吃不下盘子里的吐司。

"哦，宝贝，跟我去吧，"她说，"我今天有个独唱。"她已经穿上了去教堂的衣服——黄褐色的裤子，白色衬衣，蓝色夹克，脖子上还围了条蓝白方格的围巾。我还穿着睡裤和T恤。

"我真累了，"我说，"我只想待在家里，好不好？"她看起来很失望——或许是受伤——但我真的不喜欢去教堂。我讨厌在结束的时候，人们都要站起来跟身边的人交谈。当然，那是妈妈最喜欢的环节。唯一能让我不那么别扭的，是珍妮一般都会在那儿。我相信她今天一定会留在家里，因为她生病了，而且我要等克里夫的电话。我想在他临走前跟他复合。虽然这是一个三天的长周末，但是他的朋友需要今晚就回去，克里夫没有其他顺风车可以搭，就会滞留在这里。

昨天深夜我给珍妮打了电话，告诉她我跟他的进展有多顺利。

"你们复合了吗？"她问。她声音太过沙哑，我几乎听不清她说的是什么。

"准确地说，我们还不能算是复合。"我说。昨晚只是行动，不是交谈。我小口咬了一角吐司，脸上露出微笑，因为我记起妈妈两个星期前说过的话：你要行动起来。是啊，妈妈，我照做了，而且你说得很对。

哦，我的天啊，这次真是太棒了！我的感觉完全不一样了。就好像我穿过了一扇门，进入了个全新的世界。克里夫也知道这次的不同，而且完事儿之后他还在不停地说"真是见鬼"。他一直抱着我，亲吻我的头发，真是最美妙的一个夜晚。

"昨晚跟克里夫怎么样了？"妈妈问道，我猛地一抬头。好像她能听见我的想法似的。她知道什么了？

"你指的是什么？"我问。

"就是……跟他见面。"她啜了一口咖啡，"我担心那会让你心里不好过。"

"没什么大不了的，"我说，"我们很好。"

她看起来好像不大相信我，我站起来，把我的盘子拿到操作台，好摆脱她的目光。

"那就好，听你这样说我很欣慰，"她说，"你觉得派对怎么样？"

"很好。"我把吐司扔进水池下的垃圾桶里。

"格雷西，我还在为旅行杯的事感到难过。"她说。

"我不想谈这个。"我还没打算让她从这件事中解脱出来。

她站起来看了看表。我巴不得她快点离开。我担心她还没走克里夫就打电话过来。我的手机就放在操作台上，而且我不停地瞄着显示屏，等着它亮起的那一刻。

"今天下午我要跟唱诗班成员开个会，"她说，"会议地点在港城咖啡店，我们要计划一下今年接下来要表演的曲目。你想来吗？你可以在那儿写作业，然后我们顺便找点东西吃。"

港城咖啡店是爸爸临死前去过的最后一个地方，我想不明白她怎么能去那儿，哪怕是看那地方一眼都应该难过。"不用了，谢谢，"我说，"我可能只去找珍妮玩玩。"我洗了洗手，拿了一张纸巾。我不能告诉她我要跟克里夫出去玩，那样会引发另一连串新的提问。

"你能把你的洗手间打扫一下吗，拜托？"她一边朝门口走，一边对我说，"都惨不忍睹了。"

"好的。"我说。我只想让她快点走。

十点半的时候，我拿着手机来到客厅，在沙发上坐下。他现在应该已经起床了。我发了条短信，你起来了吗？

几秒钟后他回了过来。**在回教堂山的路上。**

什么？我坐起来，盯着那几个字。你说今晚的！！我写道，然后等他回信，我的手指一直紧紧抓着手机。

朋友需要提早回去。对不起。

我盯着显示屏。去他的发短信！我直接拨了他的号码。

"嘿。"他接起来后说。

"我真不敢相信你居然就这么走了，都没过来找我，什么都没有！"我说。

"听着，格蕾丝，"他说，"昨晚的事我很抱歉。"

"你什么意思，'抱歉'？"

"我真不应该……我不应该占你便宜。"

"不，你没有！是我想做的。"

"我知道你想，而我正是利用了这一点。"

"克里夫！我——"

"你那么做是因为你想我们复合，但那不是我想要的。"

"不对，你想要的。"我说。

"格蕾丝，我的想法没变，懂吗？我说的每句话，关于我们需要认识其他的人……关于自由……这些依然都是我的真心话。"

"克里夫！"

"你知道我很在乎你，对吗？"

"对。"我说。

"我会一直如此，不管发生什么事，好吗？但我跟你分手后不该继续跟你通电邮和短信，结果把一切都搞砸了。"

"你这么说是什么意思？"

"我以为那样会比较妥当，"他说，"我不想突然中断与你的所有联系，我希望我们还能做朋友。但我现在觉得，跟你的那些联系让你有种错觉，以为我们并没真的分手。我们需要把我们之间的各种联系速冻起来，至少切断几个月。"

几个月？想到不能再跟他保持联络，我就感觉又死了一次。我开始大哭。一开始我尽力忍住，但后来我说不出话来了，而且他心知肚明。我的生活被彻底掏空了。没有爸爸，珍妮也把越来越多的时间分给德文。现在连克里夫也没有了。他是我的救生索。

"格蕾丝，别这样，"他说，"振作起来。我很抱歉，但这是正确的做法。我本应该早点这样做的。我哥们儿说这就像撕创可贴，我本应该一下子就撕下来，而不是一点一点。尽管那样会有几分钟痛彻心扉，但总好过……我想是我误导了你，一直没有切断联络。"

"还有昨晚干了我！"

"别那么形容。"

"可那就是你全部的感觉。你说的就是这个意思。"

我听见他发出一声响亮而无奈的叹息。"这样没有意义，"他说，"我不知道怎么跟你做个了断。我们必须要做的就是停止这一切。即刻开始，等我们一挂断电话，就不要再发短信，什么都别做。这是让你开始适应生活里不再有我的最好方式。"

"因为你想让你的生活里不再有我。"我说。

"你说得对，"他说，"现在就想，我需要这样。"

我挂了电话，然后马上又拨了回去，但他没有接。

我给他发短信。**对不起，我刚才挂了电话。**然后盯着显示屏等待。什么都没有，他不会回给我了。

我想起昨晚，跟克里夫在一起的感觉是那么美妙。当他在我身边的时候，他想要我。可一旦他离开我身边，他就被那些狐朋狗友洗了脑。

我必须见到他。

我要行动起来。

Chapter 39
母女战争

塔拉

我从教堂回来的时候，格蕾丝正坐在厨房餐桌那里，桌子上有一杯咖啡，她的手机就放在面前。

"你的独唱怎么样？"她问。

早上我提起独唱的时候，根本没想到她居然听进去了。"很顺利。"我说。大家都说我的嗓音很美，现在我已经不记得在那个漂亮的地方纵情高歌的感觉。但是我能感到内心的空虚，而且直到开回家，我才意识到原因是什么：因为山姆不在那儿。他总是说我的歌声能打动他。哦，他的原话不是这样。有时候他根本不需要对我说出来，我也能够在走回座位的时候，通过他握着我手的方式了解到他的感觉。

"你什么时候出去？"我问。她穿了一条七分裤，一件条纹的长袖T恤，头发湿漉漉的。

"一会儿就走，"她说，"我把我房里的洗手间打扫干净了。"

"好极了！"要在以前，我需要唠叨她好多次才行。我弯下身子给了她一个拥抱。她有几根凉丝丝，湿漉漉的头发粘在了我的脸上。

她两手交叠放在桌上，紧紧地握着，指关节都发白了。我知道一定有事。

"妈妈，你听我说。"她抬眼看我，"我知道你马上就会说'不'，所以一定要听我全都说完后，再做出反应，好吗？"

这好像是几个月来她跟我说的最长的一句话。

"好吧。"我背靠着操作台。这样很好。我不会马上说不。我会让她讲下去。

"今天下午我要去教堂山。在那儿待一晚，我——"

"教堂山？今天？为什么？"

她对我露出无可奈何的表情。"有这么一个女孩儿，"她说，"她是从卡罗来纳毕业的，珍妮认识她，而且她——这个女孩儿——想去那里看几个朋友，但是她没车，所以她会跟我一起，做我的副驾驶，我明天就回来。"

平生第一次，我哑口无言了。格蕾丝一坐进驾驶室就怕得不行，而且要是我让她开车，那我害怕的程度会丝毫不亚于她。"嗯，首先，"我说，"你不能去。"

"妈妈，我告诉过你，别马上就反对！"她交叠在一起的两只手握得更紧了，眼睛睁得大大的，可怜巴巴地看着我，"听我解释完。"她恳求道。

"这跟克里夫有什么关系吗？"我问，不过这说不通。克里夫这周末在家里，她有什么理由要去卡罗来纳呢？

"是的，"她承认道，"他不得不今天就回去，我也确实必须跟他见面。而且我也想看看北卡罗来纳大学，因为我很可能申请那所学校。"

我明白这完全是胡诌。也许她会申请那里，但这么突然之间要看北卡罗来纳大学，多么烂的借口啊，就连她自己也明白这一点，所以她把头扭过去，不敢看我的眼睛。

"格蕾丝，你知道这样说不通，"我说，"你要想看克里夫的话，至少要对我坦诚，别编造那些鬼话，什么突然之间想去看北卡罗来纳大学。"

她把放在桌子上的两只手摊平："克里夫没想到今天就要提前回去，而且昨晚我们还没谈完，所以他问我能不能过去。"

"你们两个复合了吗？"

我看得出来她在挣扎，在决定到底要跟我摊牌多少。"他理不清我们的事，"她说，"他认为我们应该继续保持分手的状态，但是他愿意再谈一谈，而我们还没找到机会。"她抬起头看我，眉头紧锁，"妈妈，我心情很不好！我需要跟他当面聊聊。"

"那你要住哪儿？"我问。

"跟珍妮的朋友住一起。"

"她叫什么？"

"埃琳娜。"

"珍妮怎么会有个毕业的大学生做朋友？"

"她是……我也说不好，是邻居还是什么。你想跟她通话吗？我可以——"

"不想，因为你不会去。"

"要是我自己不开车，让埃琳娜开呢？"

"不行，格蕾丝。我很遗憾你跟克里夫还在挣扎，但你们必须在电话里开诚布公地谈一谈。要是将来什么时候你想去北卡罗来纳大学，我们可以提前计划一下。你首先要向我证明你驾驶起来一点问题都没有，而且——"

"埃琳娜可以开车。"

"这计划太不成熟了，好不好？你不能去。对不起，但这没得商量。"

她从椅子上弹起来："你根本就不理解！"她说道，而且没一会儿，她的眼睛就溢满了泪水。

"那就帮助我理解。"我抓住她的肩膀，她扭动着身体想逃开，于是我抓得更紧了些，"为什么你跟克里夫不能在电话里解决这件事。"

她把我的手从她肩上掰开："我就是想去，仅此而已！"她转身跑向楼梯。

"格蕾丝！"我在她身后喊道，"别就那样跑开。跟我说说！"

但是她三步并作两步地上了楼。我在一张椅子上坐下，又搞砸了，可我不明白除此以外，自己还能怎么说，怎么做。这是正常现象，我对自己说。母女战争。

我摸了摸脸上挨过她头发的地方。我想再次感受那甜香湿润的头发触及我皮肤的感觉。那让我想起她小的时候，我抱着她，摇着她，她在我的怀里那么幸福。

很久，很久以前。

Chapter 40
装满毒虫的罐子

艾莫森

现在看来，我的计划很难顺利进行。我没料到珍妮病得那么厉害，今天下午都出不了门，所以我焦虑不安地站在客厅的窗户边，等着看伊恩的车来没来。天空阴沉沉的，布满乌云。很快就会下起倾盆大雨。我手里紧抓着诺艾尔的工作日志，还有一个薄薄的文件夹，里面是她写给安娜的信和我从失踪儿童网上打印出来的信息。

我从窗边才走开了一小会儿，去把剩下的希腊菠菜派从烤箱里拿出来，再回来的时候就发现他的车停在外面，但是没看见他的人，我知道他一定是已经走上我们家的车道，来到侧门了。

人们一向都是不敲门就直接走进我家的厨房，所以我赶紧跑到房子那头去拦住他，刚一开门，他正好要走进来。"珍妮在家，"我小声说，"我本来希望她会出去，但她生病了，所以只要……不管我说什么你都配合一下。"

伊恩皱起眉。"什么状况？"他问。

我对他做了一个"嘘"的手势："我会告诉你——"

"嘿。"珍妮从厨房过道那边打了个招呼。她还穿着她的短腿睡裤和圆领背心，头发从一边支棱出来。

"嗨，珍妮，"伊恩说，"你不舒服吗？"

"昨晚的派对对我来说太疯狂了。"珍妮哑着嗓子说，并揉了揉喉咙。她对我露出"伊恩在这里干什么"的疑惑表情。

"伊恩和我有些关于诺艾尔遗产的事要谈。"我说。我觉得她是看到我胳膊下面夹着的日志和文件，起了疑心，不过也许是我疑神疑鬼。"珍，要我给你弄点什么？"我问她，"蜂蜜柠檬茶？"

"我还要再睡一觉。"她说。

"好主意。睡前要来些果汁吗？"

"嗯，也许吧。"她走向冰箱，不过被我拦住了。我把工作日志和文件放在厨房餐桌上，迅速倒了一杯橙汁。伊恩静静地站在岛台旁边，我知道他不知道怎样做或者怎样说才是安全的。我把杯子递给珍妮。

"谢谢，"她说，"一会儿见。"

"看上去她很难受。"我们目送她走向楼梯的时候，伊恩说道。

"我明白。"我把希腊菠菜派从烤盘里移到碟子上。"我们可以吃一点派对的剩菜。"我说，把碟子放在餐桌上。

"你的手在发抖，"伊恩说，然后他压低了声音，"真的是跟诺艾尔的遗嘱有关还是……我们之前聊过的关于她的事？"

"都不是。"我把两只手搭在岛台上，专心做了一会儿吸气和呼气的动作。"我这就告诉你。"我终于开口道，眼神还瞟向过道和楼梯。我聊这件事的时候真希望家里一个人都没有，特别是一个可能随时需要我照顾的生病的孩子。我冲桌子示意了一下。"坐吧，"我说，"我这儿有咖啡？冰茶？要是你喜欢的话，我还可以煮脱因咖啡。或者等我把要告诉你的一切说出来的时候，你可能真正需要的是一杯葡萄酒。"

"咖啡就好。"他在厨房里的一张椅子上坐下，目光始终注视着我。

我给他倒了一杯，然后坐在桌子的另一侧，又瞧了瞧过道。

伊恩看着桌子上的日志和文件，但并没伸手碰。"这是什么？"他问。

我长长地呼了一口气。"我想找到一个问题的答案，结果却引发了一连串新的问题，现在不知道如何收场。我就好像打开了一个装满毒虫的罐子，现在不知道怎么把它们再收回罐子里，"我平静地说道，"我想过干脆独自保守这个秘密，但是做不到。我找不到别人可以倾诉。"我用手指按了按太阳穴，"我需要你的帮助，让我知道该怎么办。"

"是法律方面的吗？"他问。

"也是，也不是。"我抽出诺艾尔写给安娜的那封打印版的信，放在他面前。他读着信，脸上的血色渐渐褪去。

"这太……"他抬起眼睛看我，摇着头，"接下来是什么？我是说认真的。诺艾尔接下来到底还有什么事要丢给我们？还有谁是安娜？"

我讲述了我是怎么无意中发现那封信，还有我和塔拉是怎样最终查到安娜的身份："不过对于你'接下来是什么'的问题，我可以准确无误地告诉你接下来是什么。"

他的表情好像并不确定要不要知道。

我凑近他。"我相信诺艾尔摔掉的那个孩子是塔拉的。"我小声地说道。

他猛地向后退去，好像我刚才蜇到他了："什么……为什么你会这么想？"

"我在失踪儿童网上找到了安娜·奈特莉的孩子失踪的日期，"我说，"或者至少，是她出生的日期。诺艾尔在那段时间接生过的唯一婴儿就是格蕾丝。也可以说是……真正的格蕾丝。"我从桌子上的文件里抽出一张纸，"这是从失踪儿童网上打印出来的。上面说丽莉·安·奈特莉出生于1994年8月29日，并在出生后不久于北卡罗来纳州威尔明顿的一家医院失踪。"

他从那张纸上抬起目光的时候，眉头还紧锁着："珍妮不也是那时候出生的吗？"

"珍妮是31号出生的，而格蕾丝是1号出生的，但我是在医院生的珍妮，诺艾尔一点儿都没插手。我剖腹产的时候，塔拉还在分娩。"

伊恩抬头看着天花板。"我清楚地记得格蕾丝出生的那个晚上，"他说，"回想起来，那时候我和诺艾尔已经订婚了，记得吧？"

我点点头。

"她从山姆和塔拉家里给我打了好几个电话，告诉我事情有多棘手。她真的很担心，还说起要带塔拉去医院，但是最后，还是圆满成功了。"他突然摇了摇头。"艾莫森，这样说不通啊，"他说，"要是塔拉的孩子突然被换掉了，那她应该知道的。"

"我也记不清当时的所有细节，因为我自己也在忙着分娩，但我确实记得塔拉告诉过我，说她当时生完后就神志不清，甚至不记得在第二天早上之前抱过格蕾丝。"

"但是山姆在啊，"伊恩说，"他当时应该是清醒而警觉的，要是他的孩子突然死掉，那他应该知道啊。"

"别那么说。"我打了个寒战。

"好吧，不过我们现在说的就是这个，不对吗？"伊恩的话音里突然带了怒气。我真希望他能把声音压低一些。"诺艾尔杀了一个婴儿，不知道用什么办法处置了她，然后就想出这么一个——"他挥了挥那封信，"这么一个脑残的计划，还去医院找了一个能蒙混过关的替代品，并带回来，而按照推测，这一切发生的时间是？当山姆和塔拉睡觉的时候吗，在他们人生中最激动人心的夜晚？这让人难以置信。"

"可是我们知道它发生了，"我说，"是诺艾尔自己写出来的。"

"也许诺艾尔接生过的一些孩子从来没记录在工作日志里。"伊恩暗示道。

"那样的话，我认为就应该有些被撕掉的页面，但1994年的记录里没有。"

"你和塔拉发现这件事后应该马上来找我。"他说。

"我们……说实话，伊恩。我们当时并不知道这件事的水有多深。我想我们当时都怀揣着一种希望，那就是渐渐会发现这一切都只是个误会。"

他摘下眼镜，揉了揉眼睛："这件事塔拉知道多少？"

"她不知道那孩子是格蕾丝，"我说，"诺艾尔是1998年退出执业的，所以我们很自然地以为那个病人……丢了孩子的那个病人是那个时期的。"

伊恩伸手要工作日志。"我来看看她写的格蕾丝的出生日志。"他说。

我给那几页做了标记，于是翻开来给他。我看他一字一句读着描写格蕾丝在塔拉分娩时卡住的内容。枕后位，诺艾尔是这么形容的，而那之后几小时的纠正操作和常人难以忍受的疼痛让我对诺艾尔和塔拉肃然起敬。读着那些记述，我会认为诺艾尔根本就是一个帮塔拉完成分娩的能人异士。

"这写得太恐怖了。"伊恩退缩了，"但是没有一句话是关于摔了孩子的。"他说。

"显然她没把那部分写下来，"我说，"她歪曲了事实。假使你到现在还没认识到这一点，那么我告诉你，我姐姐诺艾尔是瞒天过海的高手。"

"那孩子哪儿去了？"伊恩问，"塔拉真正的……她亲生的那个孩子？"

"我甚至不敢想到这儿。"我感觉到双眼灼痛。塔拉不只是我的朋友，更是我的姐妹，我无法摆脱内心的疑问，就是那孩子后来怎么样了。她最后被埋在一个浅坑里了吗？还是某处的废料桶？那个我们本来有机会宠爱和哀悼的孩子，到底结局怎样？我以手掩面。"我该怎么办，伊恩？"我问道。

"好吧，首要之急，就是塔拉需要知道真相。"他说。

"哦，上帝啊，"我说，因为毫无疑问她需要如此，我心知肚明，但我还是需要听见另一个人说出来。"那似乎太残忍了。"我说。

我觉得自己听见楼梯方向传来了很微弱的嘎吱嘎吱声，我朝过道瞧去，但伊恩似乎并没注意到。

"假如说我和塔拉知道珍妮不是你的亲生骨肉，"他说，"你会希望我们告诉你吗？"

"是的，当然，但是我会……"我闭上嘴，尽量想象得知那消息的情景，"要让我知道我的孩子已经死了，而我一直被蒙在鼓里，跟要我的命没什么两样，还有珍妮是从别的女人那里偷来的。"我摇着头，"哦，我的上帝。那简直就会要了我的命。"

"你不会的，因为现在处在这种境况的人是塔拉，不是你，"伊恩说，"你们两个彼此相望着走过风风雨雨，而且到时候你会陪在她身边，对吗？还有我也会。"

"可是伊恩，她才刚失去山姆，"我几乎是在哀号，"我们怎么能夺去她的女儿呢？"我很伤心，但是我喜欢突然间可以不再说"我"，而是说"我们"。

"我们说的不是要夺走谁的女儿，"他说，"说实话，我还要对这件事再做些调查，好想出一个最好的办法，但是我们要一步一步地进行。我认识九四年那时候可能负责调查这起案子的人。"

"可是我认为我们需要先告诉塔拉，然后你再跟别人说这件事，"我说，"我害怕她会因为我先告诉你，然后再告诉她而生气。而且我可以告诉她或许我弄错了。认真想一想这件事，我们并没有证据，对吧？我可以只把我所知道的情况告诉她。说不定是我曲解了什么东西。"

"你说得非常对，"他说，"还要做DNA鉴定，还有访问调查，就像我说的，我们要一步一步地进行。"

"我们应该今天就告诉她吗？"我的语气带着十足的试探。在当前的情况下，我如履薄冰。

　　伊恩两臂交叉抱在胸前。"你能再等两天吗？"他问，"我今晚要出发去夏洛特，明天一整天都在高尔夫锦标赛上。"自打他进门后，这是他第一次露出微笑，然后他把手平放在工作日志上。"不是说在我心里高尔夫比赛比这事更重要，"他说，"但是明天是个假期，而这件事已经发生了十六年。我们要先跟塔拉说明，然后我才会给那个探员打电话，所以要是你等得了的话，我们可以在周二下午，她从学校回来后跟她谈。"

　　我又听见楼梯方向传来嘎吱嘎吱声，而且这一次伊恩跟我一起看向过道。

　　"珍妮？"我喊道，但是没人应声。

　　我把头转回来，看着伊恩，舔了舔干涩的嘴唇。"可以。"我说，现在我的声音低得不能再低了，"我可以等。"

Chapter 41
荒谬之事

格蕾丝

我讨厌自己现在的感觉。好像胸腔里塞了一个硕大无比的刺儿球，疼痛是那么剧烈，那么真实。我感觉自己正在经历一种沉沦。我本来燃起了希望，认为我和克里夫会复合。就是现在那些希望也还没被放下，而且我想用最拙劣的方法再试着打电话给他。结果，我终于意识到我给他打电话和发短信的频率有多高。我烦到他了吗？我可以打电话给他，为我打了太多电话而道歉。我止不住地构想能跟他取得联系的借口。但我知道我不能那么做，否则我会把他推得更远。

我没那么做，而是躺在我的床上，双脚搭着床头板，在妈妈外出的这一整个下午都在给珍妮发短信。我告诉她我是怎么想出开车去教堂山的计划，还有我妈妈是个多麻烦的女人。我告诉她我编造了埃琳娜这个女孩儿，以防妈妈问起她来。我几乎没撒过谎。虽然我认识的每个人都在不停地撒谎，但我真的没做过，而现在我感觉撒谎竟是惊人地简单。我妈妈太好骗了。我不得不承认，这整个儿就是一个傻到家的主意，不过我还是想那么做。然而现在正下着瓢泼大雨，我要等到天黑后才能到那儿，还不知道要去哪里，虽然我有他的宿舍地址，但是……哦，那就是个傻到家的主意。我会成为他眼里可怜兮兮的女孩儿。

珍妮发短信说她需要拿些果汁，所以有几分钟的时间，只剩下我和我的手机。这状态很危险。我给克里夫写：对不起，让你这么烦。但我没有发出去，而是删掉了。

珍妮拿果汁拿了那么久都不回来。你还在吗？我发短信给她，但她没发回来。不知不觉地我睡着了，等我醒来的时候，我的手机在响，显示屏上是她的手机号码。

"我睡着了。"我说，我没在接电话的一开始说你好。

"我这就去你那儿。"她听起来还是不太好，我知道她说话的时候一定很疼。

"你确定吗？外面下大雨呢，而且你生病了。"

"我要告诉你一件事。给你看样东西。你妈妈在家吗？"

"没在。你要——"

"我马上就来，好吗？"

我放下床头板上的脚，坐起来。"是跟克里夫有关吗？"我问，但她已经挂线了。

几分钟后我打开前门，珍妮瑟瑟发抖地站在那儿，一把伞举在头上。我抓住她的胳膊，把她拉进屋里。

"什么事这么重要？"我问。

"你妈妈还没回家，是吗？"她的嗓音低沉沙哑，鼻子红红的。她抱着一个塑料杂物袋，里面有一个大册子或是别的什么东西。

"还没呢。是跟克里夫有关的,对吗?"要是他出车祸了怎么办?哦,上帝!那我会死掉的。

她往楼梯方向轻轻推了我一下。"跟克里夫没关系,"她说,"我们去你房间。"

我任由她推着我穿过客厅。"你真的吓到我了,"我们爬楼梯的时候我说道,"我已经为克里夫心力交瘁了,你又不帮我出谋划策。"

"走就是了。"她说。

在我的房间里,珍妮从一边的床头柜上抓了一盒纸巾。她坐在我的床沿上,一边是纸巾,一边是塑料袋。她从纸巾盒里抽了一张出来擤鼻子,而我就紧握双手站在那儿,等着她切入正题。

"瞧,"珍妮终于开口,"这不是个好时候,我很抱歉,不过有件事情你必须知情,关于你是谁。"

"这是什么意思,我是谁?"她是指我的性格吗?难道我性格里有什么显著的缺陷,让她不得不在病得像摊烂泥的时候冒着大雨跑来告诉我?或许是的。毕竟,克里夫并不在乎我是谁。我妈妈也不在乎。我自己都不在乎。

"听我说就好,"她说,"而且要记住,我永远都是你最好的朋友,好吗?我永远都是。永远,永远,格雷西,不管什么事!"她的眼睛看起来了无生气,于是我甚至还不明就里,就开始泪奔。不管是什么事,能让她这么难过,那一定也会让我方寸大乱。

"告诉我。"我说。

"大概一小时前,伊恩在我家。"

"伊恩？"什么事能跟伊恩有关系？"是遗嘱以外的事吗？"得知诺艾尔留给珍妮的钱比留给我的多的时候，我并没伤心。那是珍妮应得的，而我不配。

"不，不是遗嘱。我原来也以为是遗嘱，但是根本不是。咱们两个发短信的时候我一直在楼上，然后当我下楼，想再倒些果汁的时候，我听见他们聊天，而且……我记不起我妈妈说了什么，但是我听到后站住了，就在那儿仔细听。他们聊的是——"珍妮犹豫了一下，"对不起我要告诉你这个！"

"告诉我什么？"

"他们聊起你其实不是你妈妈的亲生女儿，还聊起你是怎么被从另一个女人那儿偷来的。"

"什么？"我努力消化她说的话，"你确定他们谈的是我吗？"

"确定。"

"那……为什么他们要聊起这个？太荒谬了。"

"我知道，这听上去太疯狂了，但是他们聊的就是这个，而且当时我完全震惊了。"她又擤了擤鼻子，"我就站在那儿听，努力听懂他们说的话。你妈妈还不知道，但是他们正打算告诉她。"

"知道什么？既然是关于我的事，那怎么可能他们知道，而我妈却不知道？"我想大笑，"这好像是我听过的最荒诞离奇的事了。"

"我知道，但是——"

"你没听出来这说法有多矛盾吗？你刚刚说我妈妈偷了我，这怎么说都是无稽之谈，但如果她是偷了我，又怎么可能不知道我是被偷来的呢？"我都想朝珍妮扔东西了，"为什么你要跟我玩这样的智力游戏？"

"对不起！我懂。但是我可以把这一切都解释给你听。"她打开杂物袋，抽出一本棕色的大册子和一个马尼拉文件夹。整个过程中她的手抖个不停。"我一直在楼梯上坐着，等伊恩走后，我才装做要再倒些果汁的样子进了厨房，"她说，"我想我妈妈应该在担心我偷听了他们的谈话，但我表现得好像是在那一刻才刚刚从楼上下来倒果汁。我看见她把这些东西放进厨房的抽屉里，就是她桌子旁边的那个，你知道吧？"

"这册子里是什么？"我挨着她坐在床上。

"都是诺艾尔接生的时候做的记录。我看了你出生时她写的那些，没发现里面有什么不寻常的内容。但是这些东西能说明问题。"她打开文件夹，拿出一张打印件，"这封信……是一封信的一部分。诺艾尔写的。"她把它递给我。

我简直不敢相信自己的眼睛。

"这太卑鄙了！"我胆战心惊地说，"我不敢相信诺艾尔会做这样的事。"

"我明白，我跟你一样，但是——"

"为什么你认为我就是她抱走的那个孩子？"

"我也不确定他们是怎么知道你就是那个孩子的，但他们的确知道了，"珍妮说，"我想应该是因为这个。因为这上面的日期。"她从文件夹里抽出两张打印纸，给我看最上面的那张。"看见底部的链接了吧？这是从失踪儿童局的网站上打印下来的。只有一行字。"她用她那公鸭似的嗓音大声念了出来，"丽莉·安·奈特莉出生于1994年8月29日，并在出生后不久于北卡罗来纳州威尔明顿的一家医院失踪。"

我缓缓摇着头。我已经开始感觉恶心了："有没有其他……
我是说，有没有可能是诺艾尔接生的另一个孩子？为什么他们那
么确信一定就是我？你的生日比我跟她还更近一天呢。"丽莉。
难道那才是我真正的名字吗?

"但是我出生的时候诺艾尔并没插手。"

珍妮用一只手臂抱住了我。我们两个都知道我跟我爸爸妈妈
没有相像之处。虽然我跟他们一样有棕色的眼睛，但是全国有一
半的孩子都是这样。人们总是说我的文静和聪明像我的爸爸，但
许多孩子都一样文静和聪明。至于妈妈，我跟她一点儿相像的地
方都没有。一点儿都没有。

"我没办法相信这一切。"我静静地说道。

"对不起，"珍妮说，"我认为你有权知道。我不知道他们
会不会告诉你。"

我抚摸着那张打印件。丽莉·安·奈特莉。丽莉。"我是
谁？"我问。

珍妮把脸靠在我的肩膀上，抱着我的那条手臂更紧了些。
"你是格蕾丝，"她说，"我最好的朋友，你永远不要忘记这
一点。"

我的思绪开始飘向远处。"我一直都知道我有些格格不入。
我妈妈……好像她曾经希望我是另外一个人，"我说，"那个死
去的孩子，她才是妈妈应该拥有的女儿。"我站起来，在空中挥
舞着双手，"哦，我的上帝，珍妮。一个孩子就那么死了。我恨
诺艾尔。怎么可能有人会做出这种事？"

"可是，要不是她抱走了你，你就不会成为我的朋友，光是

想想这一点就让我受不了。"

这是真的。我无法想象自己没有珍妮的生活。但就目前来看，拥有珍妮好像是我生活中唯一值得庆贺的事。

"他们打算什么时候告诉我妈妈？"我想，就是那个时候。妈妈一定会在那个时候把我从她的心里赶走。现在她是不得不爱护和包容我。难怪她一点都不像我，我妈妈肯定会这么想。她怎么可能忍住不这么想呢？她怎么可能忍住不去想她亲生的女儿要是在世的话，会有多么不同，多么完美呢？

"我想是周二。"珍妮说，"别告诉她是我告诉你的，好吗？我妈妈看我这么好事，一定会杀了我。我要在她发现之前把这些东西拿回去。"

"另外那张纸是什么？"我指了指她大腿上放的两张打印件。

"什么都不是。"珍妮把两张纸都塞回文件夹。

"让我看看。"我说。珍妮是个天才大话王。

她犹豫了一下，从文件夹里把另外一张从失踪儿童局网站上打印下来的纸拿出来，并递给我。

失踪儿童局局长，安娜·切斯特·奈特莉，四十四岁，在失踪儿童局供职十年。她新出生的女儿丽莉在1994年于北卡罗来纳州威尔明顿的一家医院失踪。她还有另外一个女儿哈莉。

我一个字都说不出来了。我的妈妈？还有一个妹妹。"她们住在哪儿？"过了好久我终于能开口了，"她们在威尔明顿吗？"

"我想不在。她是这家失踪儿童部门的局长，我想应该不在咱们这儿。"

"她一直在找我，"我喃喃道，"从我出生到现在，她一直在找我。"一时间我对她生出那么多的同情。这种同情，还有渴望，让我从内心最深处直到指尖都有种很强烈的感受，"她或许以为我已经死了。"

珍妮从我手里拿走那张纸，放回文件夹。"你瞧，我现在该回家了，"她说，"我跟妈妈说只是去店里买些咳嗽药。她随时会打电话给我。"

"把这些文件留给我吧。"我说。

"那不行。她会发现它们不见了的。"

"求你了，珍妮。我需要它们。"

"真的不行。"她开始把文件夹放回塑料袋，但我从她那里抢过来，抱在胸前。

"格蕾丝！我必须把它们放回去！"她说。

"我要留着它们。它们是我的。里面的内容是关于我的。"

"格雷西，求你了。她会杀了我的。"她想抢回文件夹，但是我迅速转身，打开我的橱柜抽屉，把文件放了进去。

"格蕾丝！"她想靠近抽屉，但是我把她拉开了。"你可以在那个网站上找到一模一样的资料，"她说，"在失踪儿童网上。"

我两手在身侧张开，阻止她靠近抽屉。她是对的，我可以在网上找到那些信息，但是我想要这几张纸。突然间，我感觉自己仿佛无法再忍受另一样东西被从我身边带走。"珍妮，让我留着它们，"我祈求道。我感觉眼泪顺着两颊流下，"把它们给我吧。"

她盯了我一分钟，然后把我拉进她的怀里，抱住我。"弄个复印件，"她贴着我的头发说，"然后明天把它们还给我。"我也搞不清我们两个到底谁哭得更厉害。

珍妮走后，我在我黑暗的房间里坐了一小时，腿上放着那两张纸。我盯着上面的那些字好久好久，直到天黑得再也看不清了，我似乎连开灯的力气都没有了。妈妈回家后，到我的房间来告诉我她带了一些三明治回来当晚餐。我打开灯想看看她现在在我眼里有什么不同，但是没有。她不是两小时前变了身份的那个人。

妈妈下楼后，我上网，找到了失踪儿童局的网站，并按照那个链接找到安娜·奈特莉的页面。我屏住了呼吸。居然有一张照片！哦，我的上帝，她长得那么好看。她的脸很漂亮，神情开朗。从这一张照片上你就能判断出很多东西。她看起来很温柔，充满爱心。她长了一双绿色的眼睛，我眼睛里的点点绿色应该就是遗传自这里。不过除此以外，我不觉得她有什么地方长得像我。我自己的妈妈——至少是抚养了我的妈妈——长得比安娜·奈特莉更像我。我想在她脸上找到我的影子，于是拿了一面小镜子在面前，好我的影像和她的照片之间来回比对。我想，我一定更像我真正的爸爸。我打了个寒战，被这种想法吓到了，原来除了看着我长大的这个爸爸，我还有另外一个爸爸。而不管怎样，我在这里的爸爸都是我一生的挚爱。

我一遍遍地读着那句话。**她新出生的女儿，丽莉，失踪了。**他们是怎么通知她孩子不见了的？我眼前浮现出这个外表漂亮温柔的女人一阵风一样地跑进医院育儿室的画面，她去接自己的女儿回家，结果所有的护士都在手忙脚乱地寻找那个婴儿，随着她失踪的事实越发清晰地呈现在他们面前，他们的恐慌也升级了。我失踪了。我还是没办法理解那个丽莉就是我。我想象得到安娜·奈特莉得到这个消息时是什么样的感受，还有她曾经怎样为她——为我——伤心欲绝。我本来应该有一个完全不一样的人生。

失踪儿童的结局就是死亡。这是新闻里经常播报的内容，而这一次，事情朝着安娜·奈特莉期望的方向发展。她只是知道我失踪了，但并不知道我其余的经历。

"我还活着。"我对着显示器上的照片说，"我就在这里。"

她住在哪儿呢？我能想办法找到可以联系到她的电话吗？我可以马上打电话给她吗？就在这一秒？我想告诉她我活着。也许明天她就会死去，那样我们就永远没相认的机会了。

这里有一个失踪儿童局的电话号码，我把它写了下来。另外还有一个地址，在维吉尼亚州的亚历山大，我们中间隔了一个州。我的妈妈——我的亲生妈妈——离我只有小小的一个州的距离。

我无法入睡，脑子里不停浮现出一张地图。亚历山大位于维吉尼亚的北部，对吧？靠近华盛顿？去华盛顿大概只要五小时就够了。我需要去见安娜。我需要弄清楚我到底是谁。我可以明天一早打电话到失踪儿童局去找她，但亲自跟她见一面会好得多。我坐起来，兴奋得不能自已。我想，我现在就必须要见到她，能有多快就要多快，因为生命是短暂的。明天安娜可能会在开车上班的路上出车祸死掉。这种事发生过。

我抓起电话，用快捷键拨通了克里夫的号码，当他接起来的时候——他接起来了！——我的眼泪夺眶而出。

"别挂断。别挂断！"我叫道，"我一定要跟你聊一聊。不是跟我们有关的事，所以不用担心，我只是必须跟你聊聊，不然我就会发疯的。"

"格蕾丝，已经快半夜了。"他听上去还很清醒。我能听见那边的背景音里有人说话，还有个女孩儿在大笑。"我们明天再聊，好吗？"他问。

"我刚刚发现我是被从另一个女人那里偷来的，在我还是个婴儿的时候！"

他听了后很平静："你到底在胡说些什么？"

我把每件事解释给他听：珍妮无意中听到了她妈妈和伊恩的对话；诺艾尔写给安娜·奈特莉的信；被偷走的婴儿；失踪儿童局。

"我没办法相信，"他说，"是你编出来的吗？"

"不是，"我说，"要是你不信我的话，明天问问珍妮。他们打算周二告诉我妈妈。她早就认为我是……"我的声音弱了下去，卸掉了我的防备，"我从来就不是她真正想要的那个女儿。死去的那个婴儿，可能才是跟她一脉相承的女儿。"

"等一下，先别挂，"克里夫说，我听见他走动的声音，可能有扇门被打开了，"我要到外面的过道里，"他过了一分钟后说，"我室友来了个客人。尽管我不知道发生了什么事，但是你妈妈是爱你的。格蕾丝，每个人跟自己的妈妈都有这样那样的问题。我也有一半的时间都想要跟我妈妈断绝关系，但她就是我的妈妈，她爱我，而且你妈妈也爱你。"

"那不一样。苏珊妮真的是你妈妈，而我妈妈不是，我想去见我真正的妈妈，把这一切都告诉她。我要去那儿。"

"哪儿？"

"弗吉尼亚。我要去见她。"

"什么时候？还有你打算怎么过去？"

"我开车去。明天就去。"

他大笑起来："格蕾丝，别那么像十二岁的小孩子。"

他的话刺痛了我。"你不明白这是种什么样的感受。"我说。

"这样吧，明天你把你知道的事都告诉你妈妈，然后——"

"那样会给珍妮带来麻烦。她不应该知道这些事的。"

"珍妮会挺过去的。你还是告诉你妈妈吧。如果你说的话是真的——其实我很怀疑——那么你和你妈妈就需要请个律师。伊恩是律师，对吧？将会有各种形式的法律问题需要得到解决。"

"律师只会把一切搞砸。"我说。我爸爸曾经是个大律师，但每当涉及他客户的案子，他总是放慢做事的速度。我敢打赌伊恩也是这样。爸爸想让所有人都能从容不迫，不要急于求成。要是他还活着，我想知道他会怎么处理这团乱麻。"哦，克里夫，"我说，"我爸爸并不真的是我爸爸！"

"他就是你爸爸，而你妈妈就是你妈妈。就算是另外这个女人生了你，你的爸爸妈妈也依然是你的爸爸妈妈。"

"我真的吓坏了，克里夫。"我说，但是我的思绪已经飘离了我们的对话。我走向电脑，坐下来，点出Google地图。

克里夫又叹了口气，说："答应我，明天你会告诉你妈妈，而且你不会做任何蠢事。格蕾丝，我很关心你，"他说，"这一点永远都不会变。所以，答应我好吗？"

"我答应你。"我说，但是我已经开始输入失踪儿童局的地址了。

Chapter 42
别忘了我们
华盛顿，哥伦比亚特区

安娜

"爸爸，你觉得这个样子怎么样？"布莱恩拉开她病床边的帘子的时候，哈莉问他。几小时前我们把她安置在了病房，已经很晚了，但她似乎现在才从激素诱发的亢奋状态中平静下来。她把她的折叠小桌板立起来，从镜子里看自己的样子，还用一只手在黑色的短发上摸来摸去，那是上个星期新长出来的。

"很酷。"布莱恩站在她床边，手摸过那些竖起来的柔软毛发。我知道她的头发在他手掌下是什么样的感觉。我自己摸着它的时候，会痒得想笑，由此还让我产生一种不真实的安全感。我不得不时刻提醒自己，那些细小的毛发只不过是暴风雨来临前的些许抚慰。

明天她还要再接受一次维持水平的化疗，这种安排会持续下去，直到找到一名捐赠者。一旦我们找到了捐赠者，那么她要接受的化疗和放疗对她的伤害就绝不再仅仅是头发而已，只有这样，才能让她为接受移植做好准备。我抗拒在病魔带走她之前一个捐赠者都找不到的可能性，甚至想都不要想。今晚，我只想让她好好地欣赏镜子里的那些头发，享受我们跟布莱恩在一起的最后几小时。我一晚上都会在这里陪着哈莉，但他却很快就要回到他的公寓。明天他要搭上飞往旧金山的班机，去参加哥伦比亚特区那份工作的面试。看见他走我很不开心。从哈莉出生到现在，大部分时间都是我一个人在照顾她，所以我并不是需要他的帮助，尽管他的帮助很有用，而是我已经对他有了依赖，哈莉也是。我们希望有他在身边。

"我们的女孩儿在这儿呢！"哈莉最喜欢的护士汤姆走进了病房，"我带来了你的晚安药片。"

哈莉从他手里接过小纸杯。

"我知道你今晚会来，"汤姆看她把药片吞下，说道，"所以我剪了这个，免得你还想要再要一份。"他递给哈莉一篇文章的复印件，是星期五那期《华盛顿邮报》上关于骨髓车赛的。哈莉在面对邮报记者的时候表现得棒极了，在面对华盛顿WJLA电视台的时候表现得更棒。她谈起记忆中第一次遭遇白血病的情景。"我就以为所有的小孩子都是一样的，必须要一直挂着那些吊瓶，让要命的药液流入体内，"她轻描淡写地说道，"我不知道这样有什么不同。"她还谈起了丽莉，那些词句我永远都不会有胆量说出口。"我妈妈失去了我的姐姐，"她说，"我不想让她再失去我。"她说这句话的时候，我的心揪紧了，希望没人就此质疑她的真诚和坦率。我知道她说的每一个字都是发自肺腑，所以我深受触动，显然跟我同样感受的大有人在。第二天汽车经销处的陈列室里就挤满了人，都是自愿来接受口腔拭子取样的。

　　汤姆一离开病房，哈莉就开始调整床头，直到自己能够近乎平躺。"好吧，"她对布莱恩说，"你星期三会回来吧？"

　　"星期三四点。"他关掉她床头柜的照明灯。我在床脚的位置注视着他背部的肌肉在Polo衫下一动一动。这一周里我发现能让我双膝发软的不再只是某些社会名流。以前要是有人告诉我，这个我蔑视了那么多年的男人对我能有同样的影响，我会说他们疯了。

　　"你想让我从旧金山给你带什么回来？"他问哈莉。

　　"只要你。"她说，我看见布莱恩的身体颤了一下。这些天哈莉都是毫无避忌地袒露自己的情感。她从来不像我们很多人那样戴着面具，让自己躲在后面。她任由自己展现出脆弱的一面，仿佛她认识到没有时间可以浪费在装模作样上。我们不敢保证明天会怎样。没人可以做到。我从我的女儿身上学会了很多东西。

　　"你真可爱，"布莱恩对她说，"但是说真的，带些吉拉德里①巧克力怎么样？"

　　她做了个鬼脸："乍一听是个不错的主意，但我可能一直到星期三都不会有想吃的欲望。"

　　"你可以留着，等你想吃的时候再说。"他看了看表，"我要赶紧走了。"

　　"我送你下去，"我说，面向哈莉，她已经在被子下面蜷起身体，怀里还抱着弗雷德，"你自己待一小会儿可以吗？"

　　她打了个哈欠，点点头。布莱恩弯下腰亲了亲她的脸，她用一只胳膊环上他的脖子。"别忘了我们。"她轻轻地说。

---

① Ghirardelli，旧金山有名的巧克力品牌。

他站起来，把她的手握在自己的两手间。"不会，"他说，"永远不会。"

我们静静地走向电梯，下到停车场那一层，这么晚了，里面几乎全是空的。我陪他一直走到车边。我不想看着他走，或许我也有些哈莉那样的恐惧，一些类似于"别忘了我们"的担忧。但我又觉得不是。我想尽我所能地时刻跟他在一起。我也要扔掉我自己的面具。

他打开车门，然后面向我。

"快点回来。"我说。

他笑了一下，把我拉进怀里，抱了很久很久，曾经的回忆潮水般向我涌来。都是美好的回忆，那时候我们都还年轻，未来除了希望，还是希望。

"等一下。"他说，将我放开。他打开后车门爬了进去，并跟着把我也拉了进去。我在他身边大声笑着，几乎倒在了汽车的长排座上。他亲吻着我，我们好像还是当年青春飞扬的样子，我们一开始还在笑这样有多滑稽，两个四十几岁的人，却在停车场里的车后座上胡闹，但是过了一会儿，我们的笑声停止了，车里到处都是我们的喘息和抚摸，一场剪不断，理还乱的爱情翻开了一页新的甜蜜篇章。

Chapter 43
完美计划
北卡罗来纳州，威尔明顿市

格蕾丝

　　都凌晨三点了，我还醒着，躺在床上计划我下一步的行动。越想起去亚历山大这件事，就越认为我非去不可。我已经打印了去失踪儿童局的路线，看起来一点儿都不难，从威尔明顿到亚历山大差不多是一条直线，不过我不敢想象自己真的开在那条直线上，而且路程比我以为的要远。Google地图说到那儿要开五小时五十分。用五小时五十分就可以找到我的亲生妈妈，从这个角度一想，这段时间简直就跟没有一样。

　　太阳一出来我就要出发。明天是假期，妈妈不用上课，但她从来不睡懒觉，赶在她之前起床不是件容易的事。我本来把手机闹钟定在了六点，不过现在又调到了五点，我应该在天还黑着的时候出发。要是我五点半走，就可以在午餐时间前到那儿。一想到走进失踪儿童局，对本来是我妈妈的那个女人宣布我的身份，我的心就怦怦跳得厉害。

不过要是她出去吃午饭怎么办？就好像以前爸爸那种要持续挺长时间的商务午餐？我又把手机从床头柜上拿过来，按亮显示屏看时间。三点十分，而我还困意全无。我从来没这么清醒过，那感觉就像是喝了一整桶咖啡。要是我现在就出发，就肯定能在午饭之前到那儿。但是现在外面那么黑，我还能听见雨点噼里啪啦敲击窗户的声音。在我丧失坐进驾驶室的勇气之前，我一共只在雨里开过几次车。

"说走就走。"我大声喊了出来。

我一骨碌爬起来，穿上白天那条七分裤和一件蓝色毛衣。我把课本和笔记本从背包里掏出来，堆在床上，然后把干净的内衣，牙刷和牙膏，以及珍妮留给我的文件夹塞进去。我动作飞快，就好像在跟人比赛一样。从某个角度来说，的确如此。我是在努力打败另外一个自己，她认为我的计划不但愚蠢，还很冒险。爸爸死后我就再也没开过车，而且我不曾在没人陪同的情况下开车，每次开车也从没超过两小时。我抓起打印的路线图，把背包吊在一边肩膀上，然后悄声下楼，从后门旁边的钥匙柜里取出本田车的钥匙，在改变主意之前离开了家门。

我顺顺利利开出了大概一小时的路程。我知道我的速度超级慢，但真的很难看清前方。大雨把路面弄得像面镜子，我脑子里不断出现一只小鹿从暗处冲到我车前的幻象。不过整条马路几乎都只有我一个人，这样很安全，却也很吓人。然后突然之间，雨就大到了不可思议的程度。就连大雨这个词都已经不能准确形容它的恐怖。雨水一波又一浪地落在车身上，遮挡了视线，而打在车顶上的声音那么响，让我连电台广播都听不见了。雨刷器已经设置到了最快频率，但还是只能看见几米以内，想再看远点根本不可能。我把速度减到一小时四十英里，然后又减到三十英里，始终紧贴着应急车道。这时候马路上的车多了一些，那些司机从我身边呼啸而过的时候，好像都不把在雨中开车当一回事儿。有一个司机还对我摁喇叭，大概因为我开得太慢了吧。我两只手都汗涔涔的，但我还是死死抓着方向盘不放，我的身体始终前倾，好像只要我的脸离风挡玻璃近一些，就能看得清楚一些。

　　就在我决定最好还是把车停下，等雨小一些再走的时候，它就突然小了。我往后坐了一点，松了一口气。我又能听见广播里的音乐了。我加大油门，让时速升到五十五英里，太阳出来之前，我就打算保持在这个速度了。我那五小时五十分的计划只能作罢了。

　　我进入弗吉尼亚界内之前，天光就已经大亮了，但还在下小雨。我翻来覆去地想要不要打电话给珍妮，告诉她我现在在哪里，还有我是什么时候有了这个可怕的想法。我回忆起自己曾经把手机闹钟调到五点，还有手机放在床头柜上的场景，但却怎么都想不起曾经把它拿起来放进背包里。哦，我的上帝。我踩下刹车，转到应急车道上。一辆卡车冲我摁喇叭，它从我身边嗖地飞驰而过的时候，我感觉自己的车身晃了一下，太近了。我找到双闪的按钮，摁到开的状态，接着就开始在背包里翻找我的手机，结果只是让我确定它不在里面。我怎么能这么笨？现在离家已经几小时了，还在高速路上，身上却没有手机。我在车里瘫坐了几分钟，偶尔还瞄一眼地上和副驾驶座，好像一部手机会神奇地凭空出现一样。我能怎么办？已经开出三分之二的路程了。我只能继续向前。费劲地吞咽了几口唾沫，我关掉双闪，等车流之间有一个足够大的空当的时候，就把车子又开回了行驶道上。

　　两小时后，我不知道身处何方，但是我平安无事，被堵在路上。人们抱怨着威尔明顿早高峰的交通拥堵，但他们说的都是一些不知所谓的话。我一动不动地坐在车里五分钟，然后前进大概十米的样子，接着继续一动不动。我左右两侧都是巨型卡车，我有种被四面包围和幽闭恐惧症的感觉。它们实在是太大了，我都能透过车底看到另外两条车道上的汽车了。至少我在黑暗的雨幕中开车的时候，除了保命，没时间想其他的事情。现在我又累又乏，开始觉得这个在凌晨三点还看起来完美无缺的计划白痴到家。

　　我应该给妈妈留张字条的，尽管我也不清楚能说什么。等她发现我不见了的时候，她可能会以为我去了教堂山。这倒没关系，因为不管是哪种情况，我都会有大麻烦。

　　突然我记起有一次我冲妈妈发火的时候，爸爸告诉我的一些话。"你知道你妈妈为了庆祝你们球队的胜利，是怎样煞费苦心地用橙子切片摆盘的吗？还有为了你那些生日派对，她是怎么提前两个月就开始筹划的吗？"他这样问我，"格雷西，那就是她表达爱的方式。"我为什么在这个时候想起这件事呢？我能清楚地听见他的声音，好像他就坐在后座上跟我说话。格雷西，那就是她表达爱的方式。

　　她爱我。我从没怀疑过这一点。当她意识到我并非她的亲生骨肉，她的孩子早已夭折的时候，她会伤心死。我眼前浮现出艾莫森安抚她坐下，把真相讲给她听的画面，我甚至能看见妈妈脸上崩溃的表情。

　　这时交通已经开始缓解了。我让卡车从自己身边开过去，这才看到路边旧式的建筑，硕大的烟囱和几辆吊车，这一切都在我的泪水中模糊成一片。

　　我紧抓着方向盘。"你在做什么啊？"我低声问自己，"你在做什么啊？"

Chapter 44
大冒险游戏

塔拉

　　格蕾丝还在屋里睡觉，这是好事。昨天她为了克里夫太过紧张和难过，我也知道我没能把问题处理妥当。当然，她去教堂山的事我必须要插手，但我是不是可以采用另外一种方式呢？一种不会让我们的交流戛然而止的方式？什么交流？我们就没有过交流。昨晚她对我甚至比往常更加沉默，而我无从理解她的想法。不管我做什么都没用。山姆死后克里夫给了她安慰，那是我无法给予的。现在她连克里夫也失去了，于是轮到我来给她鼓劲儿，可是我对如何做却依然毫无头绪。下星期我要打电话给心理医生，山姆死后我见过她两次。格蕾丝跟她也不会有话可讲，但或许那个女人能够给我一些建议，让我跟女儿有个全新的开始。我和格蕾丝需要重新来过。

　　我坐在厨房的桌子旁边，列出购物清单，这样做是为了让自己专注在不那么伤脑筋的事情上。我给格蕾丝写了张字条，告诉她我去超市了，穿过储藏室走向车库。

　　走进车库，我呆住了。山姆那辆旧本田不见了。这给我的震撼太大了。我脑子里闪过一个不切实际的想法，那就是山姆还活着，而且正在上班的路上，过去的七个月不过是一场可怕的噩梦。但我是个超级现实的人，所以并没痴缠有这种幻想。一个可能是车被偷了，另一个可能就是格蕾丝开走了它。我也不知道哪种可能性更不真实。

我走回家里，敲格蕾丝的房门，没人应声，于是我推门而入。她的房间还像平常一样乱七八糟，床上堆满了杂物，我只好挪开那些书和衣服，向自己证实她确实不见了。我没觉得生气；只有彻头彻尾的恐惧感。我的小女儿在开车，毫无疑问是去了教堂山。天还下着雨，她还伤着心，而且现在她思维并不清晰，加上已经有七个月没开过车。她这时候正开在出口和入口错综复杂的高速公路上，周围是那些飞快的汽车和通宵未睡的司机。山姆对蒙奇章克申的十字路口再熟悉不过，却还是在那里被撞死了。格蕾丝又有多少机会能活着开到教堂山呢？

我拿起格蕾丝桌上的电话，但是停住了拨号的动作。我不想让她在开车的时候还要想着接手机。然后我想起来，珍妮那个年长些的朋友跟她在一起，或许开车的人是她。我松了一口气，至少我不用再想格蕾丝坐在驾驶座上的样子。要是我认识珍妮的朋友，而且她是个靠得住的人就好了。

我拨通了格蕾丝的手机，结果吓了一跳，因为我听见她那与众不同的铃音从几英寸以外的床头柜上响起。"哦，不。"我说道，同时抓起她的手机。手机显示屏亮了，我们家的号码赫然出现在上面。她没带手机就走了？我挂断电话，颓然坐在她的床上，想弄清楚到底是怎么回事。格蕾丝不管去哪儿都会带着她的手机的。

我翻查她手机里的通讯录，拨通珍妮的号码。响了几声后她才接起来，我知道我把她吵醒了。

"我一整晚都在想你的事，"她说，声音厚重而沙哑，"你还好吗？"

很显然她参与了这场大冒险游戏。"珍妮，我是塔拉。"我说。

有那么一段时间的沉默。"哦，"她说，"对不起。为什么你在用格蕾丝的电话？"

"我需要你朋友的手机号，就是跟格蕾丝在一起的那个，"我开门见山地说道，"我不记得她叫什么了。"

珍妮又沉默了。"我不明白你在说什么，"她说，"格蕾丝不在吗？"

"不在。早上我还没起床她就走了，而且我猜……"难道我猜错了？"她开走了本田车，忘了带手机。我猜她在去克里夫那儿的路上。昨天她跟我说她想去，还说会有个你的朋友……一个大点儿的女孩儿……跟她一起，给她做副驾驶。"

珍妮什么都没说，我知道她不是在隐瞒什么，就是跟我一样蒙在鼓里。

"珍妮？"我问，"你知道她在哪儿吗？"

"我彻底糊涂了。"她说。

"你那个大点儿的朋友是谁？海伦还是……埃琳娜！"我突然记起来了，"她叫埃琳娜。"

"我……我不知道发生了什么事。"

我站了起来。"珍妮！"我说话的声音尖锐起来，因为内心的恐慌在膨胀，"那你知道什么？这事儿很严重！她有没有告诉你她要去教堂山？"

"没有！"珍妮说，"我说的是实话，我真的不知道她在哪儿。你有没有试着打给她？"

"我告诉过你，她忘带手机了。我要给克里夫打个电话。要是你有她的消息或者埃琳娜的……你有个叫埃琳娜的朋友吗？"

她没有回答。

"珍妮！"

"没有。"她坦白道。

见鬼。"有消息给我打电话。"我说，然后就挂断了。我在格蕾丝的手机上找到克里夫的号码，拨通后却转到语音信箱。"克里夫，我是塔拉，"我说，"收到后立刻给我回电话。我是说认真的！"我把我的号码留给了他，免得他到时候还要到处找。

我挂断电话，看了看表。现在是十点过一点，她一定是在我七点起床前就走了。这时候她可能已经到教堂山了，但似乎又不是那么回事儿。

从她房间的窗户，我看见大雨使劲儿拍在我们侧院的枫树叶子上，我摇了摇头，想象不出她熟练驾驶的样子。一想到她在这样的大雨里开车，我就觉得既无法接受又魂飞魄散。

上帝啊，求求你，保佑她平安无事吧！

然后我拿起她的手机，又试着拨打克里夫的号码。

Chapter 45
失踪儿童局
弗吉尼亚州，亚历山大市

格蕾丝

　　我在一段叫做环形路的高速公路上，我从没一下子见过这么多速度那么快的汽车。我就好像被塞在　个停车场里，只不过这个停车场是在以每小时六十五英里的速度前行，为了能跟上大家，我踩着油门的那条腿的肌肉都开始抖了。看到亚历山大出口，我高兴极了。导航仪指引我转了几个弯，我一下子身处在一个小城的一条繁华的马路中间。我需要加些天然气，而更迫切的，是我想喝咖啡。我发现了一家加气站，于是开了进去。我买了二十美元的天然气，还有一把梳子，这是他们仅有的一把，还是男用的，梳齿太密了，我估计怎么也无法梳通我这样的头发。我买了一杯咖啡，味道实在是太不新鲜了，而且还是温吞吞的，不过我顾不得了，就那么在恶心的加气站商店里咕咚咕咚喝了个精光。

　　等我重新开上马路的时候，导航仪指示我离目的地只有一英里之遥了。然后是半英里，接着是四百米，我开始怀疑它带我走错路了。失踪儿童局不是应该在一个大大的办公楼里吗？开这一路下来，我想象中跟妈妈见面的地点都是在一个大大的办公楼的四层或者五层，可是这条马路两侧的建筑物那么小，看上去更像是小型店铺和住宅，而不是办公室。

我被堵在了一个红灯前，这时候才注意到往前一个街区的位置有一面旗子，高高飘扬在街道的上空。"哥伦布发现美洲纪念日游行"！哦，不。哦，不。我居然忘了今天是假期。失踪儿童局会关门吗？

导航仪报告"已经抵达目的地"。我很确定事儿办砸了，不过因为还在堵车，我有机会看这些建筑物的门牌号，就在那儿：237号。那是个小小的黄色住宅，夹在一排小住宅中间。肯定是错了，不过我可以看见一块方方的牌子挂在门边，就是从座位这个角度认不清字。我必须靠近些。

我不会平行移库。练车的时候我每次做这个都弄得一团糟，而且这么多车围着我的情况下更不可能做到了。我转下一个小道，开了两个街区才发现相邻的两个空车位，于是把车停到了马路牙子旁边。当我终于关掉发动机的时候，我坐在那里呆了一秒钟，因为真的被自己的壮举吓到了。我想，我刚刚开了从威尔明顿到亚历山大这整整一路，尽管这是有生以来我做的最为疯狂的一件事，我还是感到自豪。不管接下来发生什么，我都做了一件让人叹为观止的事。

不过现在，我要面临真正困难的环节了。

我从后视镜里看了看我的脸。我从来没见过自己这副鬼样子。我千方百计想把头发梳通，但凭着这把破梳子，那就是个不可能完成的任务。

一定要开门啊，我一边祈祷着，一边从车里出来，顺着湿漉漉的人行道往大路的方向走去。我走得很快，单肩挎着我的背包，里面的文件已经做好了讲故事的准备。

门边的那块方形牌子上写着"失踪儿童局"，我看到里面有灯光。门没锁，我推开走了进去，置身于一个很小的房间，里面放满了老式的椅子，一个双人沙发，还有一个种满了植物的飘窗。房间正中是一张桌子，但却看不出任何有人的迹象，我不知如何是好。

这时候我听见旁边的屋子里传来一声叮当响，一个女人突然出现在门口。她灰白色的头发剪得很短，戴了副黑框窄边的小眼镜，手里还抓着一根芹菜。看见我时，她的眉毛猛地挑高到了前额中线。

"你吓了我一跳！"她说，笑了笑，"需要什么帮助？"

"我来这儿找安娜·奈特莉。"我说。

"哦，奈特莉女士跟她女儿在儿童中心。"她说，在桌子后坐下。

听到另外一个人说起安娜·奈特莉这个名字，我突然一阵眩晕，因为那样就感觉她真的存在。所有这一切开始让我有梦幻般的感觉。我不得不用一只手撑在桌子边上保持平衡。

"亲爱的，你还好吗？"那女人问我。我回味起她的话。她的女儿，我的妹妹。还有难道我来的这里不是失踪儿童局吗？

"儿童中心？"我问，"你是说……这里不是失踪儿童局？"

"这儿是。"她露出疑惑的表情，"哦，不，不是。我的意

思是她在儿童医院。你——"她奇怪地看着我，查看了一下她的
电脑屏幕，"你跟她没有预约，对吧？我想我告知了所有人。"

"没有，但是我需要见到她。"一家医院？我妹妹病了？
"我知道一个失踪儿童的消息，"我说，"我需要跟她谈谈。"
我不想告诉这个女人我的身份。万一她认为我说谎怎么办？万一
她打电话报警或者什么的怎么办？

"哦，好吧，你可以把消息告诉我。奈特莉女士一般不直接
处理——"

"不用了，没事。我真的需要跟她本人谈。她什么时候
回来？"

"她请了一段时间的假去陪女儿。你要喝什么，咖啡？
汽水？"

这女人对我有所顾忌。我想象着自己在一夜没睡之后样子有
多狼狈，梳了一半的头发，连牙都没刷。我全然不记得背包里放
着牙刷。

"不用了，谢谢。不过我是赶了很远的路来跟她面谈的。"
我感觉自己声调都变了，"我怎样才能跟她通上话？拜托你，我
真的很需要。"

她看着我，好像在决定该如何处理这件事："给我你的手机
号，我可以——"

"我没手机。"我的声音又哑了起来，两只手纠结在身前，
"我离开家的时候忘了带。告诉我怎么去医院就好。"马上我就
意识到自己问错话了。

女人摇了摇头。"你看现在，"她说，"奈特莉女士正在处
理一件很重要的私事，你不能打搅她，好吗？"

我就是一件很重要的私事，我心里这样想。"哦，我知道了，"我说，"我不会的。"

女人递给我一个小小的便笺簿，"写下你的名字和你的联系方式。"

"没有能联系到我的方式，我忘带手机了。"

她叹了口气。"亲爱的，告诉我是关于什么的事，这样我才好帮你。"

"是隐私。"我说。

她冲我笑了一下，那意思是说她有些生气。"好吧，你看。"她向后靠向椅背，"我会在这儿待到五点。我今天肯定会有机会跟她通话。我会问她能让你联系到她的方式，然后你可以下午稍晚些的时候过来，我向你转述她的话。不过要是你能给我多提供些信息，会非常有用。"

我想到了那种预付费的手机，可以买一个。我从来没用过那种手机，不过或许我可以弄一个，然后把号码给这个女人，让她交给安娜·奈特莉。

"能给我你的电话吗？"我问。

"当然。"她从桌子上的一个小盘子里拿了张名片递给我，我把它揣进口袋。

"谢谢。"说完我转身走了。

"你稍后会回来吧？"她问，但是我已经走到了大门外，计划我下一步的行动。

走回汽车的路上，我经过一家银行，在自动取款机上取了一些钱。我身上剩下四十美元，但还需要再买一些买天然气，或者还要一个预付费的手机，前提是我能买到。不过我脑子里想的却是另一件事。回到车里，我打开导航仪，搜索医院。结果有好多个，但只有一家是儿童专科的，名字叫"国家儿童医学中心"。是这个吗？我喜欢"医学中心"这几个字，比"医院"好听多了。

　　它位于华盛顿。我把地址输进导航仪，结果显示要三十二分钟的车程。要是在昨天，三十二分钟的车程对我来说就是不可能完成的任务，而现在听上去就像吸口气那么简单。但是……那女人用的是医院这个词。这一点我无法否认，于是我又看见了爸爸那张血肉模糊的脸。我在眼前迅速挥了一下手，仿佛这样就能把那幻象赶走。我要出发了。我要去大厅找人帮忙给安娜·奈特莉带个字条。我刚刚独自开了三百八十二英里，还是在一夜没睡的前提下。一个医院大厅难不倒我。我必须去。

Chapter 46
电话
北卡罗来纳州，威尔明顿市

艾莫森

咖啡厅里忙得热火朝天。尽管是周末，但今天上午好像半个威尔明顿的人都来了"热辣"落脚。我的招牌产品木莓奶油乳酪羊角包卖光了，桑德拉和我那些女服务员忙得不可开交。所以我手机响起的时候，我故意没接，甚至都没抽空看一眼来电显示。珍妮不用去学校，很可能是在家里无所事事，我打算一有空就查看信息。但很快咖啡厅的电话就响了，这我可不能故意不接。那些办公室的人经常在上午就下单订好午餐，一会儿取走，但我以为哥伦比亚发现美洲纪念日里不会有多少那种电话。

我抓起收银台附近的电话。"热辣！"我说。

"妈妈！"珍妮的喊声冲进了我的耳朵，她听上去又焦急又害怕，"我要告诉你件事。"

"什么？"我拿着电话进了厨房，感到有些担心。

"您可千万别杀了我！"她说得好像是她把房子点着了一

样，"我想格蕾丝去找那位叫安娜·奈特莉的女士了。"

我皱着眉头，不敢相信。格蕾丝怎么可能……珍妮怎么可能……知道安娜·奈特莉呢？"你在说什么？"

"塔拉打电话来，说格蕾丝不见了。她把车开走了，塔拉以为她去了教堂山，但是我恐怕——"

"格蕾丝都不开车的。"我感觉有些蒙。不管珍妮要告诉我什么，我都想找到破绽。

桑德拉拿着一盘三明治掠过我身边，我朝后门走了走，让开过道。

"我打电话给克里夫了，他说昨晚他跟格蕾丝通过话，她说她想去弗吉尼亚找她妈妈。"

"等等！"我不得不打断她，"她是怎么……还有你，就这件事，怎么可能知道她……那个安娜·奈特莉的？"

珍妮没有马上做出回答。"我听到你们说的话了。"她带着哭腔，"我不是故意偷听的，但昨天我下楼的时候你们正好在聊，后来我就找到了诺艾尔写的那封信。我去找了格蕾丝，把一切都告诉她了。"

我记得楼梯位置传来的嘎吱嘎吱声。哦，上帝。我试图想象格蕾丝知道真相后该有多崩溃，眼前浮现出她读诺艾尔写给安娜·奈特莉那封信时的样子："你知道后应该来找我，而不是格蕾丝！"

"对不起，"珍妮说，"但是格蕾丝有权知道。"

"她可以有知道的权利，但是珍妮！我们连塔拉都还没告诉呢。"

"我没想到她会就这样离开，"她说，"克里夫说他以为他已经劝阻了她，但她今天早上还是走了，而且现在并不在教堂山，至少我跟克里夫通话的时候还没有。所以我想她应该在去找那个女人的路上！"她的声音又高亢了起来。

"我要挂电话了，"我说，"我要去塔拉家，告诉她现在的情况。"

"格蕾丝开车的技术那么糟，"珍妮说，"要是我想到她会这么做，怎么都不会——"

"我知道。我要挂电话了。"

我挂断电话，抓住桑德拉，告诉她我很抱歉，但她必须帮我接管两小时。她对我露出抓狂的表情，但从我的脸上，她看得出来争辩没有任何意义。坐进车里，我在打火前拨了下伊恩的电话，结果却转到了语音信箱，我想他此时正沉浸在高尔夫球赛里。我不得不独自处理这件事。

不过当我在塔拉家门前停下的时候，看见珍妮的车已经停在街上了，珍妮在人行道上顶着雨雾等我。她抱着自己的身体，瑟瑟发抖，两臂紧紧地贴在胸前，于是我知道自己终究不用独自对塔拉讲出真相了。

Chapter 47
真相

塔拉

我听见车门砰地一响，跑向前面的窗户，抱着一线希望能看见格蕾丝走上人行道。但眼前出现的是艾莫森和珍妮，我看着她们几乎是跑上我家的前门，脑子里全部的念头就是，她们给我带来了可怕的消息。虽然情节截然不同，但那天警察出现在教室门口，告诉我山姆去世的消息时，我也是有一样病恹恹的感觉。一看见那个穿制服的年轻小伙子，我就立刻知道大事不好。现在我有跟当初一样的感觉。

我拉开前门。"什么事？"她们才刚接近门廊，我就喊了出来。我感觉自己已经面无血色，她们两个旋即闯入了我的视线。

"我想我们知道格蕾丝在哪儿。"艾莫森说着就踏上了门廊。

"跟克里夫在一起？"我问。

艾莫森扳着我面向屋子。"塔拉，我们觉得她没事。我们找个地方坐下，好吗？我有好多话要讲给你听。"

"你在说什么？"我任由她带着我走向娱乐室，"珍妮，你跟她通过话吗？你们什么意思，你们觉得她没事？她在哪儿？"

"我们肯定她没事。"艾莫森加重了语气。她把一只手放在我的背上，引着我走向沙发。我坐了进去，她和珍妮肩并肩地坐在双人沙发上。

"她跟克里夫在一起吗？"我看着珍妮，她摇了摇头，然后低下目光，盯着自己的腿，仿佛她无法承受看着我，但这并没能让我平静下来。

"塔拉，听我说，"艾莫森说，"有一天，我查到诺艾尔从医院偷走的那个孩子很可能是格蕾丝。"

我瞪着她，没能理解她的意思。"不可能。那时候格蕾丝根本没去过医院，你知道的。"我瞥了眼珍妮。她还在逃避我的目光，但显然她已经知道了诺艾尔和那个孩子的事。

艾莫森前倾着身子。"亲爱的，听着，"她说，"我又找到了一些有关安娜·奈特莉那个孩子的信息，说她是在格蕾丝出生那段时间失踪的。就在1994年8月底的时候。"

"不会的，"我说，疑虑重重，"你说的是1998年，她不再当助产士的时候。"

"但是格蕾丝是九月一号出生的。"我知道自己是在执拗地回避这段话的主旨，不过我还是认为格蕾丝怎么都不可能是安娜·奈特莉的孩子。

"我知道难以理解，"艾莫森说，"我知道难以置信。但是我认为诺艾尔接生了你的孩子……不是格蕾丝……她不小心摔掉的是你的孩子。然后她去医院抱走了安娜·奈特莉的孩子，带回你家，用她……换掉了你的孩子。就是格蕾丝。"

"这太荒谬了。"我说。

"那段时间诺艾尔没接生过别的孩子，"艾莫森说，"日志上没有被撕掉的页面，什么都没有。塔拉，我真的认为那是格蕾丝。对不起。"

我一只手迅速捋过自己的头发，想啊想。我记起格蕾丝出生的那天晚上，并意识到有些环节不太对劲。诺艾尔想方设法纠正格蕾丝在我体内的位置之前，有段时间她一直在纠结要不要叫救护车。我记起那个漫长黑暗的夜晚，还有那之后我马上死一般地沉沉睡去。

"可我抱过她，"我说，紧锁着眉头，"我马上就给她喂奶了。"当时她贴着我的皮肤，给我感觉那么温暖，几乎是火热。我喜欢那种温暖，到现在还记忆犹新。接下来是一觉无梦。但是山姆……难道他也睡着了吗？难道我们能睡那么久，久到我们的孩子从诺艾尔手中滑落都不知道？久到让她有时间冲到医院偷一个替代品？如果说以前我就觉得所发现的整件事都是难以置信的，那么现在那种感觉更是加深了百倍。

"你是说……我生下来的那个孩子死了？"

艾莫森从双人沙发上站起来，坐在我身边，用一只手臂抱着我。"我非常抱歉，"她说，"我——"

"珍妮是怎么知道这一切的？"我问。珍妮还是不肯看我。她今天的样子让我想起了格蕾丝，一样那么安静。

艾莫森犹豫了一下。"昨天我把这件事告诉了伊恩，当我……串接这些线索的时候，珍妮不小心听到了。"

"你告诉了伊恩？在告诉我之前？"我离开她的身边，忽然怒火中烧，"这跟我的孩子有关，而我却是最后一个知道的？你们知道多久了？"

"苏珊妮派对的前一天晚上知道的。"艾莫森承认道。

"而你当时没告诉我?"我真想给她一巴掌,气死我了。我站起来。"你怎么可以告诉伊恩却不告诉我?"我问,"你怎么敢这么做?"

"我不知道怎么……"艾莫森摇着脑袋,"我害怕伤害你。"

我根本听不进去,就是听不进去。"格蕾丝在哪儿?"我问。此时此刻我无论是脑子里还是心里都没有地方装下那个已经失去的孩子,一个对我来说还没怎么存在过的孩子,只装得下这个我全心全意爱着的孩子。"她在哪儿?为什么她——"

"昨晚我告诉她之后,她给克里夫打了电话,"珍妮沙哑着声音说,"她难过极了,她跟克里夫说想去弗吉尼亚找她……那个女人。他想办法劝阻了她。"

"再怎么你都不应该对格蕾丝说这些!"我说。

"我知道。"她的双眼布满血丝,在双人沙发上的身体又往下沉了沉。

"求你了,塔拉,"艾莫森求情道,"珍妮现在知道她错了。"

"她怎么会知道如何找到安娜·奈特莉?"我在沙发和窗户之间来回踱步。

"我想,是失踪儿童局那个地方,"珍妮说,"在亚历山大。"

亚历山大!格蕾丝一个人在雨中开那么远的路,心里还带着身世的疑问,这画面在我脑中逐渐成形。只有极度的心理需求才会让我的女儿有勇气坐进驾驶室千里寻亲。我始终没办法满足她的那种需求。"哦,我可怜的宝贝。"我说。我记起昨晚她在厨房面对我时的沉默。那时候她就知道了吗？"她一定害怕极了，困惑极了。"我说。当她发现自己把手机落在家里的时候会是什么样的感觉啊，我心里想着。我几乎没办法忍受想象她当时的反应。

"我感觉糟透了。"艾莫森说。

"艾莫森，现在我才不在乎你那什么该死的感觉，"我说，"我只想找到格蕾丝。你没有权力对我隐瞒这件事。一件影响到格蕾丝人身安全的事。你……"我转过脸去不看她们，"我对你们两个很生气！要是她出了什么事的话，我永远都不会原谅你们。"我走向厨房，拿起电话。"我们要打给谁呢？"我对着空气发问，"我们要怎样找到她呢？"

Chapter 48
错误
华盛顿，哥伦比亚特区

格蕾丝

我之前在另一个加气站停了停，买了个便宜的预付费手机，并且跟自己打着商量，如果一小时内我不能找到安娜·奈特莉，我就给失踪儿童局的那个女人打电话，告诉她我的号码。无论如何，今天我要找到妈妈。

我终于看到全国儿童医学中心的标志。我开进一个巨大的地下停车场，发现在这里比在高速上开车还要费劲。不断有车在我面前驶离，要不就是在我后面摁喇叭，但我最后总算停进了一个车位。

在大厅入口处有个标牌，告诉人们需要出示身份证明，我拿出驾驶执照给那个保安看，他甚至瞧都不瞧我一眼就问："监护你的大人在哪儿？"

我两手发抖，不知道自己是不是一副做贼心虚的样子。"我妈妈和妹妹在里面。"我说。

　　这时候他开始冲我身后的一个家伙喊："嘿！你！"他一定对我身后那个人比对我更有兴趣，因为他只是冲我点了点头，示意我通过金属探测器。我走得飞快，心下知道自己侥幸混过一关。

　　大厅宽敞开阔，我想如果我是个来看病的孩子的话，应该会很自在。这里五颜六色的，给人的感觉一点儿都不像在医院，更没有那种带走我爸爸的急救室之类的东西。但我不是个孩子，也不是来看病的，我完全清楚自己来这里的目的。大厅里到处都是家长、孩子、医生和护士，每个人的样子都好像有处可去，除了我。

　　大厅一侧有个咨询台，后面坐了个女人，我走上前去。她是非洲裔美国人，灰白色的头发，戴着灰白色的眼镜，她冲我微微一笑。我尽量让自己像十八岁的样子，生怕被人踢出去。

　　"嗨，"我说，"我要给人留条重要的信息。她是这里一个病人的妈妈。要是我写张字条的话，会有人帮忙带给她吗？"

　　"病人姓名？"那女人问。尽管她脸上挂着笑容，声音听起来却有些不悦。

　　"哈莉……"哈莉是随她妈妈的姓吗？"她妈妈叫安娜·奈特莉。K-N-I-"

　　"我知道怎么拼。她女儿在东配楼416室。给我你的字条，我会让义工有时间就给你带上去。我们人手不够，可能要等一会儿。"她伸出一只手想接字条，但我还没写呢。

　　"我要写一个，"我说，"我马上回来。"

　　要是我带着妈妈的便笺簿就好了。我找到一张关于儿童医院趣味竞赛的宣传单，背面是空白的，于是我坐在一张长椅上，从背包里拿了一支笔出来。

接下来呢？

奈特莉女士，我写道，我叫格蕾丝·文森特，请到大厅来一下，我需要跟您面谈一件重要的事。我会在咨询台旁边等您。我的头发很长，今年十六岁。

我折好字条，回去找那个女人，她的反应就好像从来没见过我一样。"这是给东配楼416室那个女人的字条。"我说。

她从我手里接过去。"要等一会儿。"她又说了一遍。

我回到长椅上等着。大约过了二十分钟，一个义工——是个上了年纪的男人——走到咨询台那里，拿起一瓶鲜花朝电梯走去。台子后面的女人根本没把我的字条给他。

这里到处都有指路牌，其中一个上面写着东配楼，还画了个指向走廊的箭头。我告诉自己，别总当个胆小鬼。于是我站起身，沿着走廊来到一排电梯前。我站在两个医生和一个护士中间，还有个女人带了个小男孩儿，他靠在她腿上都快睡着了。电梯来了，我们都走了上去。那个护士摁下四层的按钮，上行的时候我感到一阵眩晕。我一直都没吃东西呢。

我和护士在四层下了电梯。她沿着走廊前行，而我却只是站在那儿，一动不动。地毯上巨大的几何图案只是让我晕得更厉害了。有个指路牌指明了去病房的方向。416室在我的右手边，但我好像动不了了。在大厅的时候我没注意到医院的气味，但上到四层这里却到处都是那气味。

不要想起爸爸。千万不要。

"需要帮忙吗？"一个女人问。她可能是个护士，脖子上绕了个听诊器，医护外套上印满了狗狗的图案。"你看起来迷路了。"她说。

"没有，"我挤出一丝笑容，"我没事。"我开始走起来，假装对自己的去向和目的了然于胸。

我到了416室，站在敞开的房门附近。我的心跳得那么快，我以为自己最后也要被送往急救室了。过道那头有一群人迎面走来，我知道自己不能就这么一直站在这儿。我鼓起勇气，一点一点顺着门框偷偷看去，仿佛我必须慢慢地，慢慢地看清屋里的人。

以前她们只是些人名而已，不是有血有肉的真人。而突然间，现实就向我迎面扑来。一个几乎秃头的女孩儿坐在一张超大的病床上，一个女人坐在她床边的一把椅子上，她们看着女孩腿上的什么东西，一本书还是杂志还是什么的。那个女人在大笑，那个女孩儿在微笑。只一瞬间，我就感觉到了她们两个之间的那种真情流露。她们构成的那个小圈子里没有我的存在。突然间，我知道了自己并不属于那间屋子，我不属于任何地方。

那女人朝我这边瞥了一眼，我们四目相对，不过只有一秒钟的时间。我迅速从门边走开，后背紧紧贴着墙面。我心跳加速，快得都不像是一下一下地跳动，反倒更像是耳朵里嗡嗡的鸣音。我不知道如何是好。

余光中我看见那个女人走进过道。

"嗨。"她说。

我往前迈了一步，离开那面墙，转向她。她的笑容很美。

"嗨。"我说。

"你是哈莉在这个中心的朋友吗？"她看起来很困惑。

"我是你女儿。"我说。

女人的笑容不见了。她往后退了一步。"你是什么意思？"

"我刚刚发现的，"我说，"我住在威尔明顿，我找到一封信……或者说有朋友找到了一封信，是我妈妈的助产士写给你的，只不过从来没寄出过。"——我取下肩上的背包，想拿到那个文件夹，但是两只手抖得太厉害，抓都抓不住，于是我只好放弃。"她——那个助产士——在信里道歉，因为她在我出生的那个晚上从医院偷走了你的孩子。"

女人一时间没听懂我的话，也难怪她。她什么都没说，眉间皱出一条犀利的直线。她胸部起伏的速度那么快，我都以为她可能会晕倒了。我舔了舔嘴唇，继续说。"她摔落了我妈妈的……我以为是我妈妈的那个女人……她摔落了她的孩子，害孩子没了命。"

我感觉胸腔内有一个结越揪越紧。很难一下子承受住这么多，我突然疯狂地想念起我的妈妈。我想让她抱着我。那个知我懂我的妈妈，而不是面前这个陌生人，她的笑容消失得无影无踪，她的眼神告诉我，她认为我在撒谎。来这儿本身就是个错误。一个冲动疯狂的错误，而且医院的气味铺天盖地地向我涌来，就像一个海浪打过来，我知道我要昏倒了。我靠着墙，让自己不至于倒下。现在我离我的家和我的妈妈都太遥远了。好像我必须要穿越半个宇宙才能够回到她身边。

"这是……是有人教你这么做的吗？"这女人问，"这是个搞笑的恶作剧吗？"

我哑口无言。我的喉咙像粘住了一样，而且从来没感觉像现在这样孤单和孤独。我摇摇头。

女人拉起我的胳膊。"跟我来。"她说。

Chapter 49
我的格蕾丝
北卡罗来纳州，威尔明顿市

塔拉

　　我们站在厨房里，艾莫森在我的笔记本上搜索失踪儿童局的电话号码，我则抓着电话准备拨打。珍妮站在岛台附近，一直咬着嘴唇。我想把她们两个都骂走，滚出我的家，不过我需要她们帮我找格蕾丝。我不想看她们，我要保持住我的怒火不被熄灭。

　　"这儿有号码，"艾莫森说，"哦，是个热线，不是办公室电话。"她一边念，我一边拨号。接电话的是个男人，我跟他说我要联系上他们局的亚历山大办公室。我小心自己的措辞，尽管艾莫森一直想告诉我该怎么说。"闭嘴！"我终于冲她吼道，然后我对那个男人说声抱歉，说服他给了我办公室的电话。不过等我打过去的时候，却转到了语音信箱。

　　"我需要跟安娜·奈特莉通话，"我说，"请让她……让人……立刻回电话给我。十万火急。"我把我的手机号和家里电话都留下了。

　　艾莫森又试着联系了一下伊恩，不过我知道他在高尔夫球场上是无法被联系到的。"也许我们应该报警，"艾莫森又给伊恩留了条口信，然后说道，"他们可以帮忙搜寻格蕾丝的车，还可以派人去失踪儿童局等她露面。"

　　"我要亲自去那儿。"我说。

　　"可你不知道她在哪儿，"艾莫森说，"最好留在这儿。"

　　"我要去。"我抓起提包，朝车库走去。

　　"我送你。"艾莫森从我后面跑过来，"你心情不好，不适合开车。"

　　我转过身。"我不想看到你在身边！"

　　"你需要我，"艾莫森说，"而且格蕾丝也会需要珍妮。我们送你去。"

　　与其说我们是在开车，倒不如说我们是在飞。我坐在副驾驶座位上，抓着电话的手放在腿上，过度的恐惧、气愤和焦虑让我四肢颤抖。我身后的后座上，珍妮一直在不停地道歉。艾莫森也一样。但是我听都不要听，有那么两小时，我一个字都不肯说，除了给伊恩的语音信箱留言，告诉他我们在哪里还有发生了什么事。艾莫森一直想办法让我跟她说话，但我脑子里只想着格蕾丝，她一定感觉又孤单又难过又害怕。我知道这就是她的感觉，她长大以后，这好像是第一次我不用在她身边也能知道她的感觉。也是这么久以来我第一次感觉到跟她的那种无形的联系。她身体里流着我的血，她的胸腔里跳动着我的心。我不在乎DNA鉴定会是什么结果。她就是我的女儿。

　　我不愿意想起安娜·奈特莉。当我想查出她的孩子为谁所有的时候，我对她感到同情。她对我来说就是个陌生人，一封信上的一个名字而已。那时候我想过得知自己的孩子失踪会是什么样的感觉。现在我亲身体验到了。安娜·奈特莉还有另外一个女儿，我想，让她满足于那一个吧。

要是这一刻格蕾丝跟我一起坐在车里就好了。我会握着她的手，对她说不管我当她的妈妈当得有多糟糕，我都是爱她的。我愿意为她做任何事。不管她要不要我，我都会紧紧地抱住她，不让任何人从我怀里把她抢走。有时候很难表达你对一个人的爱有多深。就算你说着那样的话，但也始终无法真正达到那样的深度，你也无法真的抱她抱得那么紧。我希望跟我的女儿能有这样的机会。

"你们有谁需要下个车吗？"车辆速度在里士满慢下来的时候，艾莫森问。

"不需要，"我代表我们两个人做了回答。我才不在乎珍妮是不是需要下车方便。为了我所在乎的一切，让珍妮憋爆了吧。"只要继续开就好。"

我心里有两种对照鲜明的情感在彼此抗争：一个是对诺艾尔的恨，而这种恨意如今波及艾莫森和珍妮身上，不管是不是合情合理；另一个是对我女儿的爱。"哦，格蕾丝。"我大声喊出来，尽管我本意并非如此。

艾莫森伸出一只手，放在我的小臂上。"她会平安无事的，"她说，"一切都会好的。"

我把脸扭过去不看她。

"是我的错。"珍妮在我后面说。她话音里带着哭腔，我不知道她在后面哭了多久了。

有太多需要责备的人和事。包括艾莫森和伊恩向我隐瞒事实；珍妮傻兮兮地把自己知道的情况告诉给格蕾丝；我自己对怎样当好一个女儿的妈妈一无所知，不能成为她需要的那种妈妈，可以让她在得知这种晴天霹雳般真相的时候过来寻求慰藉。她本来可以去找山姆，所以我还要责备玛蒂·卡弗蒂，那个夺走我丈夫生命的学生，是她让我不得不独自面对这一切。当然，我还要责备诺艾尔犯下的罪过，这种泯灭良心的行为。然而……要是诺艾尔没有这么做，我就不会拥有我的格蕾丝。

我的格蕾丝。

我的手机响了，我拿到耳边接听。"我是塔拉·文森特。"我说出的每个字都带着颤音。

"我是失踪儿童局的伊莱恩·迈耶斯，给您回电话。"

"是的！谢谢您！"我一只手按在脸颊上，"说起来很复杂，不过我十六岁的女儿可能会去你们那儿找安娜·奈特莉，而我需要——"

"漂亮的女孩儿？长头发？"

"哦，我的上帝。就是她。她在吗？"

"她来过，但我跟她说奈特莉女士不在。她当时很失落，她说她有一个失踪儿童的消息。"

"她去哪儿了？"

"我不知道。她不肯留下姓名，而且她说她没有电话。我很担心她。"

"她会不会……等在附近？也许在外面？"

"不会，我告诉她安娜在儿童医院跟她女儿在一起，暂时不会回来——"

"你说'跟她女儿在一起'是什么意思？"

我察觉到艾莫森飞快地瞥了我一眼。

"她女儿病得很重，安娜在医院陪她。"

"她会……我的女儿会不会……她知道安娜·奈特莉在儿童医院吗？"

"我确实对她提过，不过我想她不——"

"医院在哪儿。在哥伦比亚特区，对吗？"

"在密歇根大道。但是——"

珍妮反应很快，她已经把她的iPhone从后面伸到我和艾莫森的座位之间，给我看儿童医院的地址。

"我找到了，"我对那女人说，"麻烦听到她的任何消息后都要打电话给我。"我挂断电话，转向珍妮。"你能找到路线吗？"我问。

"能。"

我用手机轻轻拍打着嘴唇，心里想。"不过她不会去医院的，"我说，"你知道她对医院的感觉。我无法想象——"

"我们要不要报警？"艾莫森问。

我摇摇头。"暂时不要，"我说，"等我们用尽各种可能联系到她的办法之后再说。"我不想让警察介入我和我女儿之间。我不想让任何人介入我和我女儿之间。

Chapter 50
陌生的女孩
华盛顿，哥伦比亚特区

安娜

我有许多，许多次梦到过此刻的场景，但如今眼前的这一切都跟我的梦境不尽相同。在我的梦里，我总会看到一个女孩儿，有时候是蹒跚学步的小不点儿，有时候是九岁、十岁的样子，偶尔也会是十六岁这个年纪。这个年纪刚刚好跟现实吻合。但是每个梦里都有一个共同的场景，而此时此地却不曾出现，那就是我一眼就能认出我的女儿。我的丽莉。我心底一直珍藏的孩子。我坐在小小的休息室里，身边是格蕾丝——对我来说她更像是格蕾丝，而不是丽莉——听她用那么细小的声音讲述她的故事，以至于我不得不凑近了她才能听到。我打量着她可爱的瓜子脸。她给我看那封信，把它从背包里拿出来的时候她的手在剧烈地颤抖。她对我讲了那个助产士自杀的事。

我读着信，心里依然充满怀疑。我止不住地想，如今有那么多关于骨髓车赛的公开报道，我和布莱恩为了引起人们对哈莉遭遇的注意和同情，对丽莉的失踪毫无隐瞒。我们准许他们撰写、谈论和修饰丽莉的故事以及我们的经历。现在是有人伪造了一封信，一个女孩儿，一个故事来搅乱我的思绪。可是为什么要这么做呢？莫非有人以为我是个有钱人？如果是这样的话，那他们就错了。

我在梦里感受到的本能的母性呢？这女孩的样子一点都不像我。一点都不像哈莉，也不像布莱恩。她有一双大大的棕色眼睛，但是形状就不对了。你怎么敢这样剖析这个女孩呢？我对自己说。我察觉到她在渐渐疏离我，封闭自己，仿佛她留意到了我的犹疑不决。

"你是什么时候出生的？"我问，决定让她自己露出马脚。

"1994年9月1号。"

"哦，真的吗？"

她从背包里拿出钱包，双手颤抖的程度只比几分钟前好了一点点。她抽出驾驶执照，递给我。我盯着日期看，是1994年9月1日，很吻合，吻合得天衣无缝。驾照有可能是假的吗？我不知道该怎么判断。

我又看了看她。我害怕让自己燃起希望，真的很害怕，我以前一直是失望的。或许这女孩儿就是丽莉，但我想的不是"我们马上去做个DNA鉴定吧！"而是她的骨髓。我的这种想法吓了我一跳，但是我情不自禁。我还没有准备好把她看做自己的女儿。在我眼里，她倒更像是一件有用的东西，一条可以拯救我女儿生命的出路，我是说我能够确认身份的那个女儿。

"你爸爸妈妈知道你在这儿吗？"我问。如果她是真的，那么一定有人会担心她。

"我爸爸死了，"她说，"不。我妈妈——她以为她是我妈妈——不知道我在这儿。她对这件事情几乎还一无所知。是她朋友查出来的，还没有告诉她。"

她的故事变得如此曲折，我开始相信它是真的。没人能编造出这样的故事。

"你妈妈以为你在哪儿？"

"我……可能是在教堂山跟我男朋友一起。我的前男友。"

"你需要马上给她打个电话，告诉她你在哪儿。"我说。

"但她甚至还不知道这件事呢。"她的样子有点惊慌，"她不知道我不是她的女儿。"

"那你也还是需要让她知道你在哪里。"我说。

女孩儿舔了舔嘴唇。"好吧。"她说，不过她并没有做出拿手机的动作。

"听我说，"我说，"这件事从很多角度来讲都异常尴尬，我不认识你，你也不认识我，而且在一个……但凡情况稍有不同，那么我们都可以慢慢了解彼此，然后再验证你是否真的是我的女儿，但是眼下，我的女儿，"我差点就说我真正的女儿，"——哈莉病得很重，她得了白血病。我希望你能见见她，如果你愿意的话。她是个很好的女孩，她需要骨髓移植来获得生存的机会，那是她唯一的机会。只有某些人能够成为捐赠者，我们还没能找到跟她配型成功的。"我的声音开始弱了下去；有时候那种情感还是会出其不意地向我袭来。"有可能，只是可能而已，亲生姐妹会配型成功。"我感觉自己很残忍。不管我眼前的这个女孩是谁，她都没有这样要求过，没有这样考虑过。但我不在乎，我就是想让她接受化验。无论她是不是哈莉的姐姐，我都要看看她有没有可能成为配型者，万一碰巧了呢？

格蕾丝做了个吞咽的动作，我看得出她有多害怕。我觉得自己刚才的所作所为大错而特错了，但我就是控制不住自己。哈莉正在慢慢走向死亡。

"要是你们两个都愿意的话，我希望你能见见哈莉，"我又说，"然后你再决定是不是愿意接受化验，看你是否能配型，只是口腔拭子取样而已，一点儿都不疼。只要你愿意，你妈妈就会表示许可。"我往后靠了靠，发出一声长叹。女孩的双手紧紧地交叠在一起，放在她的腿上。"格蕾丝，我不知道现在是什么状况，"我说，"但有时事情是不会无缘无故发生的，我们很难解释清楚。"

她听到这些话，下巴抬了起来，我看得出这些话对她起了作用。"你也相信这一点，对吗？"我柔声说道，"就是事情不会无缘无故发生？"

她点点头。"我想相信这一点。"她说，不过她的眼睛——跟哈莉毫无相像之处的那双眼睛——出卖了她的怀疑。但是她的话那么柔弱，那么真诚，我被感动了，对她心软起来。"我不相信你是我的女儿，"我说，"这说不通。我的孩子刚出生的时候是一头黑发，就像哈莉一样，随她爸爸。我猜你刚出生的时候头发是浅色的吧。"

"是淡褐色，实际上比现在的颜色要深。"她抚摸了一下浓密的长发，"我做过片染。"

"或许你出生的时候是淡褐色，但并不是真正的黑色。"我站起身，"你要吃点或者喝点什么东西吗？"我问。

她摇摇头。抱紧两臂。"我吃喝不下。"她说。

"你很紧张？"

"我讨厌医院。"

我冲她扬起头。"那你到这儿来真的是很勇敢，"我说，"让我先跟哈莉谈一谈，你就待在这儿。"我担心我吓到她了，搞不好她会跑掉。要是我有一根长绳子就好了，那样可以在我跟哈莉说话的时候把她拴在身上。"请跟我保证你会待在这儿，"我说，"并且打电话给你妈妈，告诉她你在哪儿和发生了什么事。但千万不要离开。你不是必须要帮忙骨髓那回事儿。我只是……"

"我不会离开的，"她说，"我一路过来，不会就这么走掉的。"

"你去哪儿了？"我走回病房的时候哈莉问我。

"嗯，哈莉，"我站在她的床尾，靠在踏板上，"刚才发生了一件不可思议的事。"

"你在发抖。"

的确如此。我弄得她的床都嘎嘎作响。我直起身，冲她笑了笑。"我离开前那一分钟，你有没有注意到过道里的那个女孩儿？"

她摇了摇头。

"好吧，这里有个女孩，十几岁了，自称是丽莉。"

哈莉的眼睛睁得大大的。"我们的丽莉？"

"她是那么说的。"

她不知不觉张大了嘴。"我们的丽莉？"她又问了一遍，不过这次声音变得很低。

"宝贝，我也不知道她到底是不是。"我还是不能让自己燃起希望。"我不知道应该怎么理解，"我说，"她给我看了一封助产士的信……你知道什么是助产士吗？"

哈莉摇了摇头。

"就是接生婴儿的女人。这个助产士——写信的这个助产士——显然是在病人家里给婴儿接生。反正我必须长话短说，因为我把那女孩儿留在了外面——"

"那就快点叫她过来！"

"她在过道尽头的一个小房间里。"至少我希望她还在那儿。我知道我有很多言行都把她吓坏了。

我告诉哈莉我所记得的信里的内容，她瞠目结舌地看着我。

"真是见鬼。"她说。

"没错，"我表示同意，"真是见鬼。那些日期跟丽莉的失踪时间吻合，所以这女孩儿认为她就是丽莉。她从威尔明顿开车到这儿，就是因为她认为我是她妈妈。"

"是她吗？"哈莉问。

"我对丽莉记得很清楚，"我说，"她留给我的记忆就好像被人印在了脑子里，我想象中她长大后并不是这个女孩儿的样子。何况——"

"我想见见她！"

"你确定吗？哈莉，那样貌似会比较诡异。而且你还不知道她是不是你的姐姐。你要牢记这一点，不要怀揣希望。"

"我确实想见她。从小到大我一直都想见她。"

"但她也许不是——"

"我多么希望她就是丽莉！"她说。

我记得她这次被确诊为白血病的时候，她告诉我说她希望丽莉在我身边，那样她死后我就不会孤单了。她的勇敢和胸怀触动了我，不过我并不希望她有那种感觉，一点儿都不希望。

我摸到她盖在毯子下面的一只脚。"你心里明白，从来，从来都没有人可以替代你的位置，对吗？"我问。

"妈妈，让我见见她，"她祈求道，并用手把我从她的床边推开。"把她带来，趁她没再次消失。"

Chapter 51
强劲的对手

格蕾丝

我交叠的双手放在腿上，一动不动地坐着。我对接下来要发生的事感到恐惧的时候，脑子里不断弹出妈妈的影子。她什么时候会发现我不见了呢？她什么时候会发现我不在教堂山呢？她该有多么担心啊。她接下来也许会打电话给艾莫森，而艾莫森会告诉她其实我并不是她的女儿。哦，我的上帝。只是这么一想我的五脏六腑就疼得要命，于是两只手攥得更紧了。现在我妈妈一定会彻底孤单了。没有丈夫，没有女儿。她会想念她真正的宝贝，已经夭折的那个，并好奇她该出落得多么优秀。也许天资聪颖，就像她爸爸一样，而且像她妈妈一样是只生气勃勃，擅长交际的蝴蝶。反正就是不像他们最后拥有的这个女孩儿。

但是我妈妈爱我，此时此刻我希望能在她身边。我想让她知道我平安无事，只是需要独立解决一些问题。不过我还是害怕给她打电话，我闯了这么大的祸。

这个叫安娜的女人冷冰冰的。我所料想的完全不是这样。我原来以为她听说了我的身份之后，眼睛会放出惊喜的光芒，我以为她会把我拉进怀里，立刻展现出无尽的母爱，就像所有妈妈对孩子做的那样。但这些都没有发生。她怀疑我，而且她只在乎她另外那个女儿，哈莉。我正在掉进两个世界间的裂缝。我的亲生妈妈——安娜——很早以前就认为我死了，并放弃了我，于是把她所有的爱都投入另一个女儿身上，而抚养我长大的妈妈现在可能在为她当年失去的那个婴儿心痛不已。

妈妈。为什么我总是把她推开呢？她担心我，我心里知道的。她现在应该真的被吓得抓狂了。

我从背包里拿出手机，拨了她的号码。响了两声之后她接了起来。

"你好？"她说，只凭这两个字我就知道她现在心乱如麻。

"是我。"我说。

"格蕾丝！格蕾丝！你在哪儿？宝贝，我一直在担心，你还好吗？你从哪儿打来的电话？你把手机落在——"

"我很好，"我说，"我打电话来就是要告诉你这个。我要处理一些事，然后我会——"

"你在儿童医院吗？"

我不知道该说什么。她是怎么知道的呢？

"我正在赶去的路上，跟艾莫森和珍妮在一起，"她说，"你是在那儿吗？格蕾丝，我爱你。我非常爱你。"

"妈妈，你没必要过来。我是——"我一抬头，看见安娜站在过道。"我要走了。"我说，然后合上手机。

"是你妈妈吗？"安娜问，"你跟她通了电话？"

我点头。手机响了，不过我把它丢回背包。

"你不想接电话吗？"安娜问。

我摇摇头。

安娜冲我微微一笑。她的微笑的确很美。"哈莉想见见你，如果你愿意的话。"她说。

我站起身，安娜用一只手臂揽住我，我们走进过道。那条手臂就像是个陌生人的，她把手臂轻轻地搭在我的背上，就像引着一个并不熟悉的人从一个房间走到另一个房间那样。我妈妈的声音在耳畔回响起来。**格蕾丝，我爱你。我非常爱你。**我对自己微微笑了笑。

"我妈妈说她要来这儿。"我说。

"哦，那很好，"安娜说，"我们需要开诚布公地处理问题，对吧？她离这儿有多远？"

"她在威尔明顿……不过她说她已经在路上了，所以我也不知道她现在还有多远。我最好的朋友和她妈妈陪着她。"我眼前浮现出她们三个一起在车里的画面。

"我们到了。"安娜说。我们回到了哈莉病房的门口。"进来吧。"

我跟着她走进病房，就站在门口的内侧。

"哈莉，这是格蕾丝，"安娜说，"格蕾丝，这是哈莉。"

哈莉盘着腿坐在床上，旁边有几个吊杆，挂着好多药袋，还有导线。她棕色的头发非常短，或者是故意剃成那样的，或者是就长成那样。

"嗨。"我说。

"哇哦，你长得跟我想象中的丽莉差别好大啊。"她说。

我觉得自己让她们两个失望了。我把背包牢牢抓在胸前。"嗯。我这么久以来都没想过我还有个妹妹。"我想再挤出一丝笑容，但似乎无能为力。

"或许你并没有妹妹，"安娜提醒道，"哈莉，格蕾丝的妈妈正在来这儿的路上，到时候我们就能得到答复了。现在我要给你爸爸打个电话。"她看了我一眼。"格蕾丝，怎么不找个地方坐呢？"她指了指房间另一头，哈莉病床对面的一张沙发。我走过去坐下来，依然抱着我的背包。"我几分钟后就回来。"安娜说，然后就只剩下我跟哈莉一起。我的手机又响了，我把它从背包里拿出来，关掉振铃。

"也许是你妈妈打来的。"哈莉说。

"没事。"我不知道该跟哈莉聊什么。我很遗憾她病得那么重。我知道她比我勇敢多了，吊着那么些东西。"你感觉怎么样？"我问。

"妈妈把整件事都告诉我了，包括那个助产士，还有所有的故事，"她说，好像我刚才没问过她那个问题。她说话的时候，眼睛使劲儿盯着我，"你看起来很冷。"

我在瑟瑟发抖，尽管我明白这跟房间的温度无关。"我没事。"我说。

"找找这张病床下面，"哈莉说，"拿条毯子裹住身体。"

我站起来，从她床下的架子上拿了条毯子出来。毯子是淡蓝色的，很柔软，我把它裹在肩上。

"你真的认为你是我姐姐吗？"哈莉问。

"你妈妈跟你说起过那封信吗？"我又从背包里把那封信拿出来，递给她，看着她读下去。

"哦，我的天哪，"哈莉读完后说道，"这太疯狂了！不过如果是真的的话，那就太酷了。我是说，我和妈妈已经把寻找丽莉当成了我们的任务。我从来没想过她——你——会就这么突然跳出来。"

　　我拿回那封信，折了一折后放回背包。

　　"你爸爸妈妈是什么样儿的？"哈莉问，"抚养你的人？你有没有过不属于他们的感觉？"

　　"一直都有。"我说，虽然事实并不完全如此，不是吗？我属于我的爸爸，但就是对妈妈没有归属感。"我从来没有过'哦，我是被收养的'或者类似的感觉，"我说，"但我跟我妈妈相处得一点儿都不好。"

　　"那你爸爸呢？"

　　"今年三月他因为一场车祸去世了。是我妈妈的一个学生——我妈妈是个老师——撞死了他，因为她一边开车一边发短信。"

　　"真是见鬼，"哈莉说，"这太可怕了！"这时候她床边一个吊杆上的机器开始嘟嘟作响，她按了一个键，关掉声音，好像这不是什么大不了的事。"我从没真正了解过我的爸爸，直到现在才开始改变，"她说，"我的意思是，我知道他是谁，知道他的情况，但是他在我很小的时候就离开了。这次当我病倒的时候，他露面了，我居然一下子喜欢上了他。我是说，虽然我很生气，在我成长的大部分时间里他都不在身边，只是寄钱寄东西，但是妈妈说他只是不够成熟而已，所以当我生病的时候，他受不了，就那么消失了。先是丽莉失踪，我妈妈病倒，这一切已经让他难于应对，接着我又病了，终于让他不堪重负，他这么做完全毁掉了我对他的尊重。我是说，我妈妈连出去散个步都不敢奢望，对吧？但是现在他回来了，而且在努力扮演爸爸的角色。他筹划这次大型车赛，就是为了帮我找到骨髓捐赠者。"

"他也是我的爸爸。"我说，毯子下的身体依然在抖。

"如果你是丽莉的话，那就是的。"她说。

我猜想那对哈莉来说会是什么样的感觉。她终于跟自己的爸爸建立起亲密的关系，然后这个陌生的女孩儿出现了，要跟她分享他。"我没有要求过什么，"我说，"我什么都不会跟你争的。我只是要——"

"嘿，别紧张，"哈莉说。她在微笑，"如果你是丽莉，那么我们想要你，好吗？我们祈祷能找到你。至少我祈祷过。我妈妈并不是个喜欢祈祷的人，但是我从很小的时候就开始找你了。"

"你多大了？"我问。

"差不多十三了。"

她看起来比实际年龄要大。我无法相信她比我小了三岁还多。她脸色苍白，有点浮肿，很容易就能看出她是个病人，但她似乎那么沉着、自信、坚定，就像珍妮一样。虽然认识她只有五分钟，但是我已经感觉到她是个强劲的对手。"你这么……你跟我一点儿都不一样。"我说。

"你在说什么？"

"你非常……你看起来更像我的妈妈。我是说抚养我的妈妈。你比我更像她。你看起来真的很乐观，很外向。"

哈莉耸耸肩。"我也不是一直这么乐观的，"她说，"我也会有极度抑郁的时候。我接受过无数次抗抑郁治疗。但是我拥有希望，就是大写的H，我的全名中间有个H，代表Hope[1]，也就是

---

[1] 哈莉的全名是哈莉·霍普·奈特莉，其中霍普是Hope的音译，有希望的意思。

希望这个词。我以前也得过白血病，后来病情稳定了。不过我想这一次，光是希望应该不够了。"她抬眼瞟了一下床边吊杆上的一个药袋。"这种病很麻烦。"

是遗传的吗？我好奇地问自己，觉得自己居然有这种想法实在是太自私了。"很抱歉，"我说，"你妈妈说骨髓移植能救你。"

"只有找到捐赠者才行。她希望如果你是丽莉，那么你可能会配型成功。"

"我知道。"我说。

"我妈妈总是希望能找到丽莉，"她说，"她到处找她，从来没放弃过找她。我们去过威尔明顿好几次，只为了找长得像我的人。"

"我从始至终都在那儿。"我说。

"你的生活是什么样儿的？"哈莉问。

"我的生活一直都是……"我必须停下来好好想想，这问题问得我猝不及防。我想起我的家，总是一尘不染，除了我自己的房间。我想起我和珍妮在夏天的时候怎样重新装饰我们的卧室，一边聊着克里夫和德文，笑得人仰马翻，一边把房间弄得到处都是色彩和波尔卡圆点。我想起爸爸曾经唱给我的那首歌。我记得人们在他死后的几个星期里怎样给我们送来食物。带着心痛的感觉，我想起我妈妈怎样筹划我的生日派对，乃至蛋糕上喷的颜色。**格雷西，那就是她表达爱的方式**。我想起在我成长的过程中，珍妮、艾莫森、泰德乃至诺艾尔都成了我另外的家人。我想起威尔明顿和我对它的每一份爱，从槲树上垂挂下来的铁兰藤蔓到我家附近直通小公园的那条滨河步道。突然我没办法想象我的生活里没有这一切会是什么样子。所有那些好的还有不好的事物才造就了今天的我。庆幸当初诺艾尔把我偷了出来似乎有欠妥当，但是在这一刻，我就是这样庆幸的。

这一切我怎么可能用三言两语就描述给一个对我的世界一无所知的人呢？她不了解我身边的人，也不了解我成长的地方。"我的生活就是，你知道的，很平常的那种，"我弱弱地说，"有好的部分，也有不好的部分。"

"我希望你能接受化验，"哈莉说，"不过如果你不愿意的话，我也不会怪你。我是说，你就这样出现在你真正的家人面前，而她们都想要抓住你，索取你身体的某一部分。"她大笑道，于是我用毯子把自己裹得更紧了。

"你妈妈说只是需要口腔拭子取样，或者类似的东西。"我说。

"没错。第一步只是口腔拭子。如果你口腔细胞适合，他们就会给你验血。接下来如果血液也合适，那你就要接受手术，抽出一些骨髓，但是我不觉得这一切有多可怕。不会比他们要在我身上施加的东西更可怕。他们要用化疗和放疗摧毁我的整个免疫系统，让我不会对骨髓产生排斥。但这似乎是我唯一的生机。"

我想起了我的爸爸，还有得知他去世时我的感受。那时候我以为一定有些事，只要我做了，就可以让他起死回生，回到我们身边，只要我能想明白是什么事。我想起我错发给诺艾尔的那封信，那可能就是导致她自杀的元凶。这一次，也许我可以做些事去拯救一个人的生命。一些困难而可怕的事，但却是正确的善举。那意味着我要面对无数针筒和手术刀，可能还要在医院里过夜。但我却有可能救下一条命，我妹妹的命。

　　问题是，在让他们碰我之前，我希望妈妈能在我身边。我想听妈妈告诉我，一切都会好起来的。

Chapter 52
害怕

安娜

哦，见鬼，我居然害怕了。

我坐在医院咖啡店附近，颤巍巍地拨布莱恩的手机号，这种害怕的感觉太过剧烈而庞大，仿佛要将我整个人淹没。布莱恩最近才刚刚鼓起回到我们身边的勇气。他现在只是找到在我们两个中间的立足点，可是如今，我担心他会再度跑掉，或许就此待在加利福尼亚了。我提醒自己，他已经不是当初丽莉失踪时回来的那个男人了，不是哈莉第一次生病时的那个男人了。他成长了，坚强了。还是我在自欺欺人？我担心我只是一相情愿地把他想象为自己心目中期望的那个男人。而眼下更大的担忧在于，我要让自己相信哈莉房间的那个女孩儿真的是丽莉，然后让这些希望再次幻灭。我教过哈莉永远不要放弃希望，但我却知道一个事实：希望会带你走向海市蜃楼。

"嘿，"布莱恩接了电话，"一切都还好吗？"哦，那话音里透露出来的温暖！我好害怕会失去那份温暖。我害怕我和布莱恩之间刚刚重拾的一切会在几分钟后烟消云散。

"是的。"我说。当然，实际上一切都不好，但我知道他的意思。他是说，哈莉的状况没有恶化吧，对吗？就这个角度来说，的确没有。

"发生了一件不可思议的事儿。"我说。

"哦……是好得不可思议，还是坏得不可思议？"

"今天医院来了个女孩儿，自称是丽莉。"

他沉默了，我不知道这几个字对他有怎样的影响。他是像我一样害怕希望吗？

"她是谁？她想玩什么？你是不是认为所有的公开信息——"

"我不知道。"我打断他，"她带来了一封信。"我对他讲了那封信，讲了她驾照上的出生日期。"我想不是有人教她这么做的，"我说，"不过有些地方感觉不太对劲。我自己也查不清楚。她妈妈正在从威尔明顿往这儿赶。表面上看，这个女孩儿……她名字叫格蕾丝……从一个朋友那儿知道了这一切，没告诉她妈妈就跑来了。她爸爸已经死了。"

他安静了下来，想把这些信息都消化掉。"你跟她妈妈通过电话吗？"他最后问道。

"还没呢，布莱恩，这女孩儿愿意接受化验，看她是不是匹配。"

"你相信她真的是丽莉吗？"

"我不知道该相信什么。我……当然我希望她是，但她并不是我想象中的丽莉的样子。她长得跟我们两个谁都不像，而且一点都不像哈莉。她很漂亮，似乎是个好孩子，但是——"

"她现在在哪儿？"

"跟哈莉在一起。"

"你让她去见哈莉？"他的语气告诉我他不赞同我的做法，但是我相信我所做的是正确的。

你还是没能真正了解你的女儿，我想这样对他说。"我把所有事都告诉哈莉了，包括我的怀疑，但哈莉希望见她一面。"

"我今晚要搭班机赶回去，"他说，"今天的面试很顺利，明天早上还给我安排了一个更高级别的面试，但我要跟他们说家里有急事，需要——"

"不，别那样，"我说，"待在那儿接受明天的面试。我可以处理好这边的事。"

"你已经有十年的时间都是在独立处理每一件事，"他说，"我想回去。"

"好吧，"我说，"我该回病房了。你将时间定下来后给我打个电话。"

挂断电话，我走回哈莉的病房，嘴上漾起一丝笑容。他要回家了。

Chapter 53
深沉

塔拉

我在车里给格蕾丝打了不下十通电话，最后她终于接了。

"跟我保持通话！"我对她说，"拜托了，一定要保持通话，直到我到那儿。"

"妈妈，我没有那么久的通话时间。这是那种预付费的电话。等你到这儿，我需要你许可她们给我做化验，看我是不是能跟我妹妹配型。你……你知道她吗？哈莉？她得了白血病，需要骨髓移植，她们要看看我是不是合适。"

我毛骨悚然。她们要对我的女儿做什么？我从来没像现在这样，觉得她这么脆弱，这么需要我。

"格蕾丝，"我尽量让自己的语气保持冷静，比我想象的还要冷静得多。我们需要一个律师。要是伊恩查一下他那该死的语音信箱该多好，"慢慢来，宝贝，拜托你。我要先赶到那儿，然后跟……医护人员和所有人谈谈。你可能以为自己了解这些人，但实际上不是。我们都不了解。你是我的女儿。"我一字一顿地说，"你明白吗？而且你还没有得到我的许可，任何人都不能碰触到你。等我到了那儿，我们会把一切处理妥当。"

艾莫森的目光从路面转到我身上。"什么状况？"她问。

"她会死的。"格蕾丝说，但我明白那种语气。她很害怕。她希望我说不，希望我保护她。我比我所以为的还要了解我的女儿。

"我很快就到……我们还有多远？"我问艾莫森。

"非常近了，"艾莫森说，"取决于这该死的交通。"

"几分钟就到，"我对格蕾丝说，"宝贝，我几分钟后就到了。"

"妈妈，我不知道该怎么做。"

泪水模糊了我的双眼。"格蕾丝，我会处理的。我们会一起解决问题。"

我不想让她挂掉电话，但是还没来得及多说一个字，她就已经挂断了。我合上手机，看着艾莫森。

"我的天。"我说。

"出什么事了？"珍妮从后座上探过身子来。

"听上去安娜·奈特莉的女儿好像是需要骨髓移植，她们想给格蕾丝化验，看她是不是合适。"

"开什么玩笑！"艾莫森说，"这些人这么冷酷无情。"

"你是说，格蕾丝走进去的时候，她们看到的不是一个人，而是一堆细胞？"珍妮问，"哦，妈妈，开快点。"

"没有我的许可，没人可以碰她，所以不用担心这个。"

我的电话响了，我看到来电显示上是伊恩的手机号。"伊恩！"我几乎是冲着手机嚷嚷。

"塔拉，很抱歉你发现——"

"虽然我很生你的气，但是眼下你只要帮助我就好，行吗？"

"这个叫奈特莉的女人，"他说，"不要跟她交谈，塔拉。只要找到格蕾丝，然后离开。让奈特莉的律师联系我，我们会接手来处理这件事。我要在威尔明顿警署找个认识的人打通电话。但是眼下，你只需要确定格蕾丝平安无事。"

找到格蕾丝，然后离开。"好的。"我说。

"对不起，我知道你一定是——"

"我不想占着电话线，怕万一格蕾丝打回给我。"我说。

"好吧，稍后再聊。"

我挂断电话，用一只手擦了擦前额。我已经一头汗了。"他说只要找到格蕾丝，然后离开。"我说，就好像这不是我本来的计划似的。我回想格蕾丝在电话里的声音。"她一定吓坏了。"我说，然后转向珍妮。"珍妮，我对她做错了什么？"我的软弱无助开始浮上水面。"为什么我好像从来都走不到她心里？"

"只是典型的'孩子跟父母难以相处'之类的事情。"珍妮安慰我。

"不，不是的。"我反驳道。

"哦，就是！"艾莫森坚持。

我看着珍妮。"你跟你妈妈的关系比我跟格蕾丝的要好得多，"我说，"我心知肚明。我觉得我好像有些地方做错了。"

"我觉得你没做错任何事，"珍妮说，"格蕾丝只是有些深沉。她只是比大多数人敏感，所以有时让人不太容易靠近。"

我还是认为她在安慰我。山姆从来都是轻而易举就可以走进她的心里。我记起诺艾尔在山姆葬礼上的颂文。"山姆是最好的聆听者，"诺艾尔是这样说的，"正因为如此，他才得以成为这样一位好律师，好丈夫和好父亲。"她的声音在寂静的教堂里弱了下去。"以及这样一位好朋友。"

这样一位好父亲，我此刻在想，他总是知道如何安静地面对格蕾丝。不像我，总是想讲话，活动，做事。

"有个去医院的路标。"艾莫森指了指前方，"等我们进去后，你想让我和珍妮陪着你，还是我们找个咖啡厅待在外面，你自己去找格蕾丝并把她带出来？有我们碍手碍脚可能只会增添困惑。你认为呢？"

我当然喜欢有艾莫森陪着，在精神上支持我，但我要做的只是找到格蕾丝，然后离开，就像伊恩建议的那样。我们不需要四个人同时出现的壮观场面。"你们去咖啡厅，"我说，"但要保持手机开机，如果需要的话我会打给你们，好吗？"

这时候医院映入我们的眼帘，一个由无数玻璃和金属构成的巨型几何图案。我的女儿就在那里边。我无法相信她居然有勇气走进去，还有独自开车到这儿。她只是有些深沉，珍妮是这样说的。没错，她就是。我想一毫米一毫米地了解那种深度。我希望对我们来说还为时未晚，而且我害怕已经来不及了。

Chapter 54
妈妈来了

格蕾丝

安娜在哈莉的病房里到处忙活，整理那些书、遥控器、纸巾盒和饮水杯，哈莉聊着她看过的一部电影，我则不停地向过道张望。我们都在等我妈妈露面。有妈妈在这儿，所有的一切就都会不一样了。她会掌控住局面，而且我现在才意识到我有多依赖这一点——依赖我妈妈掌控局面的能力。

我们三个一直在聊些无关痛痒的话题——我的学校，亚历山大老城，以及威尔明顿是什么样，好像我只是个来探病的客人，不是她们的女儿或者姐姐。

每当看见有人出现在过道里，我都会跳起来。最后，她终于来了。我的妈妈。她看起来都不像她自己了，那么苍白，那么疲惫。我从沙发上跳起来，不顾肩上的毯子滑落下去，径直跑向她怀里。

"妈妈。"我喊道，突然我在过去二十四小时里经历的所有一切——珍妮给我看那封信，我在漆黑的雨夜里狼狈驾驶，寻找安娜·奈特莉——同时向我袭来。我腿上的肌肉变得软绵绵的，我知道我之所以能站住，只因为有妈妈在支撑着我。

"宝贝，"妈妈说，她的声音在我耳畔轻轻柔柔的，"我的宝贝。没事了。我在这儿。"

我抱紧她。"对不起，我就那么走了。"我说。

"没关系，"她说。她的眼睛湿润润的，"都没关系。"

我可以就这么一直待着，永远永远，安全地躲在她的怀抱里，但是我察觉到安娜还在我身后，哈莉正坐在病床上望着我们。于是我从妈妈怀里出来。

"这是我妈妈。"我对安娜说。

妈妈走向安娜，伸出一只手。"我是塔拉·文森特。"她说。

"安娜·奈特莉，"安娜说，"这是我女儿，哈莉。"

妈妈看了看哈莉。"嗨，哈莉。"她一只手揽住我的肩膀。"我已经跟我的律师通过电话，"她对安娜说，"他会跟你联络的。"

安娜把头歪向一边，我看得出来她不喜欢我妈妈的态度。"我们能谈几分钟吗？"她问，"拜托你，妈妈对妈妈的谈话。"

"妈妈，我们不能就这么走掉。"我说。我知道她还不完全清楚发生了什么事。她并没意识到这间病房里正上演着一场生死大战。

妈妈把目光从我身上移向安娜。"可以，"她说，"但我要先跟我女儿单独谈谈。"

安娜点点头。我看得出来，她害怕我妈妈会把我带走。我想走，我真的想走。但是我不能走。"过道尽头有间休息室，"安娜说，"通常都是空的。去吧。"

妈妈抓起我的手，好像我还是个小女孩儿一样，我们就这样在过道里走着，好像我还是她的那个小女孩儿。

要真的是该多好。

Chapter 55
倾听

塔拉

我有千言万语想对她说。我有一肚子问题要问她，她的恐惧，她的害怕，我要知道她的每一个想法和每一种感受。我想让她知道她永远都会是我的女儿，我永远都不会让人把她从我身边带走，还要让她知道她的身体是她自己的，她没有义务提供哪怕一个细胞去证实她是否能够跟病床上的那个陌生人配型。

但是我什么都没说，我们坐在小房间里的两个双人沙发上，我一个问题都没问出口。山姆是最好的聆听者。我觉得他就在房间里陪着我们，让我抑制住冲动。他会听她说话，不咄咄逼人，也不刨根问底。他知道怎样爱我们的女儿。

"我爱你。"我说，我需要说的仅此而已。她开始哭了。

"非常对不起，我就那么走了，"她又说了一遍，"这么做太愚蠢了。"

"没关系，"我说，"关键是你平安无事。"

"要是我从来都没发现你不是我妈妈该多好。"

"我们需要做个DNA鉴定，然后再相信它，"我说，"不过一次血液化验永远都不会改变我对你的感情，格蕾丝。"

她把发梢缠在手指上。"我对你那么暴躁，"她说，"有时候我甚至讨厌你。今天我甚至记不起为什么曾经有那样的感觉。我想去见克里夫，你说不，我就暴跳如雷，现在看起来那样真是太愚蠢了。"

我点头，只是让她知道我在聆听。

"现在我连想都没想过克里夫，"她说，"他在我心里好像排在了最末一位。"她放开头发，身子向前凑得离我近了些。"妈妈，我不知道我是谁。"

我想告诉她她是谁。她是家里多愁善感的作家，是一拿起笔就洋洋洒洒的文静女孩儿。她是她爸爸的心肝宝贝，是把我和山姆永远联结在一起的纽带，让血缘关系见鬼去吧。她是个美人胚子，说实话，跟我俩谁都不像。她是我煞费苦心想要了解的女孩儿。

不过我没有，而是挣扎着选了一句最不至于将交谈引入死胡同的话，就是山姆那样的话。"你依然是格蕾丝。"我说，并立刻判断出这是完全正确的选择。她凝视我的时候微微皱了皱眉，我几乎能看见她大脑的转动。

"我不想失去格蕾丝这个身份，"她说，"尽管我有很长时间多希望我……不是我。希望我能更像你。"

真的吗？我从来一点儿都没想过她会希望像我一样，我想问她为什么，但控制住没有开口。

"我一直希望我能更像珍妮。每个人都喜欢珍妮。在人群中我从来都不知道该说什么，而且我就是……我是那么格格不入。我是个怪人。"

不，你不是，我想这么告诉她。我要怎样将那种形容解释得毫无争议呢？但是还没等我有机会回答，她就继续说了。

"但好像突然之间我只是想做我自己，妈妈，"她说，"我不想成为别人的女儿。哈莉很好，她很优秀，但我突然觉得每个人都希望我挽救她的生命，而且，"她摇摇头"——求你了……让这一切都停止吗？"

我走过去，跟她并排坐在双人沙发上，把她揽在怀里。"格蕾丝，你和我有着同样的愿望。"我一只手从她的头顶滑到发梢。她有多久没让我这么做了？"我也希望能让这一切停止，但是我不知道自己能不能行。"我是力挽狂澜的人，是掌控局面的人，从来没有什么事能给我这么失控的感觉。"有一件事我可以答应你，就是我会让这件事慢些进行，好吗？"

"如果我不给她的骨髓的话，她会死的。"

我几乎就要纠正她的说法，但还是决定对这个错误听之任之。她在我怀里似乎那么弱小，一个不知道"骨髓"是从"血细胞"里来的小孩子，我会让她尽情地做那个小孩子，想做多久就做多久。

"你的孩子夭折了。"她的脸靠在我的肩上，她呼出的气吹向我的喉咙。

在某一刻，我知道那个已经魂归天上的孩子会设法走进我的心里，但现在还没有。"我没考虑过那个孩子，"我说，"我考虑的是你。"

"你和安娜谈话的时候我能跟着你吗？求你了。"

伊恩让我找到格蕾丝，然后离开，说起来容易。在我踏进那间病房之前，在安娜·奈特莉从一个纯粹的名字转变为一个女人，一个妈妈之前，我以为要做到也很容易。

我把格蕾丝抱得离我更近了些。我知道她害怕安娜会想办法说服我，让我心甘情愿地把她交出去。为什么是在今天我才这么了解我的女儿？一直以来我了解过她吗？

"可以，"我说，"这一切都跟你相关，你可以跟着我们。"

Chapter 56
两个妈妈

安娜

塔拉那个女人想让格蕾丝跟我们一起坐在小房间里。我认为最好还是让她不要卷入我们的谈话。我和塔拉说话的时候，她可以跟哈莉在一起，但是塔拉和格蕾丝是一体的。二对一。*很好*，我对自己说，*事情本该如此*。如果最后格蕾丝真的是我的丽莉，那么我希望她拥有这样的生活，有人疼爱，有人保护。然而格蕾丝似乎那么脆弱，我不确定她是否应该参与我们的谈话。毕竟，这不是我能说了算的。

格蕾丝跟塔拉比跟我更像，这一点毋庸置疑，但坦白说，她跟我们两个都不怎么像。她和塔拉肩并肩地坐在双人沙发上，手拉着手。她们两个头上片染出来的亚麻色下面可能都是棕色的头发，而且两个人都长了一双棕色的眼睛，不过她们的气质大相径庭。我忍不住打量她们的目光，比较两个人的鼻子、嘴唇的形状、眉毛的曲线。

我对格蕾丝还是没有什么感觉，只是把她当做哈莉可能的骨髓捐赠者，这想法让我很郁闷。我从来没料到，在见到失踪的女儿出现在面前时，我的感觉竟会如此平淡。

"我不明白这一切是如何发生的，"塔拉说，"你当时住在威尔明顿吗？"

"过去这两小时里我也在不停地问自己同样的问题，"我说，"我当时是住在这儿的，但我是个医药销售代表，经常要去威尔明顿出差。"我回想当年的情况，我自己也需要把这件事弄个清楚。"那时候我怀着丽莉已经大概三十五周了，最后一次去那儿出差。我丈夫布莱恩还在海外驻军。在威尔明顿的时候，我早产，于是就把丽莉生在了那里。她生下来的时候六磅三盎司重，很健康。不过我的血压却出了问题，在丽莉出生几小时后，我中风晕了过去。"

"哦，我的上帝啊。"塔拉说。

"他们把我转到了杜克，"我说，"布莱恩还在索马里，向部队争取获准回家，但是当然，我那时候浑浑噩噩，全然不知外界发生的事。布莱恩回来后，在杜克附近的一家酒店住了下来。我猜那段日子对他来说是个噩梦。"我几乎从没有过这种想法，那期间布莱恩该有多么难熬。"我们家在亚历山大这儿，而我们刚出生的孩子在威尔明顿，我又在德汉姆昏迷不醒。他给威尔明顿的医院打电话问丽莉的情况，他们说她不在那儿，还说一定是跟着我一起被转走了。布莱恩于是联系给我转院的急救人员，但是没人收到跟我一起转院的婴儿记录。她——"我看了看格蕾丝，"她就那样随着所有的出生记录一起消失了。布莱恩无从知道接生她的医生姓名。总之一切都乱了套。我昏迷了两个多星期。中风对我居然没造成太大的伤害，谢天谢地。当时我左半边身子软弱无力，视线模糊，口齿不清，到现在左手都还没完全恢复力气。"我摩挲着手指，"那时候的我丧失了记忆功能，连一个医生的名字都记不起来。唯一记得的就是我生了个漂亮的女孩儿，我想把她找回来。"

"很遗憾。"塔拉说，但是我看见她在跟格蕾丝相握的手上加了力道，仿佛从来没有放她离开的意思。

"等我恢复得能够应付旅行的时候，"我继续说道，"我们去了威尔明顿。那时候丽莉应该大概七周大了。我们担心有人会把丽莉当做弃婴，从某种程度上说她当时的确是被抛弃了，我们担心有人把她送去福利院，所以我们搜遍了整个福利系统。"

"真是难为你们了。"塔拉说，但她依然紧抓着格蕾丝的手。

"我看见你的助产士写给我的信了，"我说，"我……让人难以理解。你知道是怎么回事吗？"

"不知道，"塔拉说，"诺艾尔最近死了。"她看了看格蕾丝，"——你告诉她了吗？"

格蕾丝点点头。

"她自杀了，我和朋友们发现了这封信，开始调查诺艾尔写信的对象'安娜'。最后我们查到是你，但并不知道是谁的孩子被她……谁的孩子死了。就算再过一百年，我们也不会想到那是我的孩子。"

"你没见过你的孩子吗……我是说，你察觉不到你的孩子突然变了样子吗？"我问。

"她出生的时候是在半夜，我又是难产。早晨诺艾尔把她带来给我的时候，我猜她已经……被掉了包，因为当时那孩子绝对就是格蕾丝。"

"你那个助产士的为人真是不怎么样。"我说。

"她是做了件坏事，"塔拉说，"但我很难只凭这一件事就对她作出评判。"

"跟她讲讲婴儿救助项目。"格蕾丝轻轻地说。

"你愿意讲给她听吗？"塔拉问，"这件事你比我参与得更多。"

"她创办了一个组织来帮助婴儿……包括早产的、贫困的和生病的，"格蕾丝说，"为此她获得了政府嘉奖，但是她不肯接受。"

她说话的时候我无法看向她。我害怕自己会喜欢上她，于是我只看着塔拉。"也许这就是原因，"我说，并挥起一只手，示意我们三个和我们的困境，"也许她觉得自己不配得到任何嘉奖。"

"可能吧。"塔拉表示同意。她用一只手臂揽住格蕾丝。"我认为我们需要做个亲子鉴定，"她说，"而且我想我们最好让律师介入进来。我的意思不是要弄得两方敌对，但是我们——"

"我完全赞同，"我说，"我们都需要弄清楚各自所面临的问题。但是我之前确实跟格蕾丝解释过哈莉需要一个骨髓捐赠者。她病得特别重。她是——"我耸耸肩，虽不情愿但还是说了出来，"她病得快不行了。而且格蕾丝同意……"

"安娜，格蕾丝并不知道她同意的究竟是什么，"塔拉说，"对不起，但是我必须立刻让这件事暂缓下来，好吗？让我们稍稍放慢速度。我会让我的律师联系你的律师，看看他们建议什么时候做DNA鉴定，再进行下面的事情。"

我感觉自己好想一跃而起把门锁上。"在正常人的世界里，这样做合情合理。"我说。不要哭，千万不要哭。塔拉是个冷漠的客户，而我在职业生涯里学到的一件事就是保持冷静的必要性。然而，我无法控制话音里的颤抖。"塔拉，我请求你的理解。我不知道格蕾丝是不是丽莉……"我看着格蕾丝。"很抱歉我用第三人称谈起你，"我说，"我真的不知道，但万一她就是呢？万一她能够跟哈莉配型成功呢？万一我们发现得太晚了怎么办？我们一直没能找到捐赠者，而兄弟姐妹配型成功的机会是四分之一。"

塔拉摇摇头。"你对她苛求得太多了，"她说，"必须要等一等再作决定。"

"我想做这件事，"格蕾丝说。她看了看她的妈妈："我必须这么做。"

"不，宝贝，你不需要。没有什么事是你必须要做的。"

"我想做。"她重复道。

拜托你答应她，我心里想。

我看出塔拉软化了。如果是一个律师的话，我敢肯定答复一定是等一等，但是这件事不一样。这里是两个妈妈和两个女儿。

"好吧，"塔拉让步了，"如果你确定的话。"

Chapter 57

易地而处

艾莫森

珍妮的冰激凌圣代在她的碗里化成了一摊摩卡咖啡色的汤，她用勺子在软软的液体里画着圆圈。我的沙拉也几乎碰都没碰。我们坐在咖啡厅靠窗的位子，周围有医生、护士和造访者的喋喋不休，但我和珍妮在一个与世隔绝的小圈子里。

也许我们应该跟塔拉一起去那女孩儿的病房。我告诉自己最好还是给她们充足的私人空间。现在的场面已经够乱的了，再卷进两个人去只会乱上加乱。但是我又很庆幸塔拉没让我们陪她，我认为自己没办法忍受亲眼看着她经历这一切。我感觉那么内疚，因为我没有在怀疑格蕾丝是安娜·奈特莉的孩子的第一时间就告诉她，因为用真相伤害了格蕾丝的那个人正是我的女儿。一想到塔拉此时的感受，我就备受折磨。

我可以想象出塔拉和安娜·奈特莉之间的对话。两个妈妈为争夺一个女儿展开的斗争。格蕾丝当然会是塔拉的，除此之外，我无法再作他想。然而安娜的孩子是被偷走的。她怎么可能就此作罢，对这孩子一无所求呢？

珍妮推开她面前的冰激凌汤碗。"妈妈，很对不起。"她又一次说道。我已经记不清她道歉了多少次。

"看吧，"我说，把我的沙拉也推到一边，"你错在没有把你偷听的事告诉我。我错在没有马上对塔拉说出真相。但是这都无法改变诺艾尔已经铸成大错的事实，现在每个人都要面对这些后果。帮助塔拉和格蕾丝处理接下来的问题，这才是需要我和你全力以赴的事。"

"我不想让她搬走，成为别人家的一员，要住在这儿，还要——"

"我怀疑这些都不会发生，"我说，"格蕾丝十六岁了，她有权作出任何决定。而且你不会以为塔拉只是说句'哦，给你，她是你的'，对吗？"

"如果现在换成是你在塔拉的位置，你会怎么做？"珍妮问。

我呼出一口气，抬头看向天花板。"我会给那个女人……安娜·奈特莉……我会给她我最深的同情，但我只会做我希望塔拉现在做的事。把格蕾丝从这儿带走，让律师来处理一切。"不过，我还是有些担心。之前我和珍妮还在讨论要不要叫东西吃，因为我们以为塔拉过不了几分钟就会给我们打电话。现在几乎过去了四十分钟。什么事要耽搁这么久？

"如果现在是你在格蕾丝的位置，你会有什么感受？"我问。

她咬了一会儿嘴唇。"我会希望认识那些人，"她说，"我另一个家。但是我不希望他们把我从你和爸爸身边带走。我绝对不会让他们那么做的。而且我会为你死去的孩子伤心。这太可怕了。可怜的塔拉。"

"我理解，"我说，"想一想都觉得难受。"

"而且我也无法忍受格蕾丝现在的感觉。"

"我完全理解你的意思。"我看向她的眼睛。"珍，她们的确会需要我们的支持。"我说。

"我认为我们刚才应该跟塔拉一起去病房。"她说。

我的女儿比我勇敢。"你想陪着格蕾丝？"我问。

珍妮点点头。

"好吧，"我站起来，"我们去找她们。"

Chapter 58
逆转

格蕾丝

妈妈又变回了自己，我们在哈莉病房的沙发上等护士过来做口腔拭子取样的时候，她跟哈莉和安娜一直在闲聊。有人又拿来了一把椅子，我们每个人都能坐下了，虽然我知道房间的温度正好，但还是觉得冷。我又把蓝色毯子裹在了肩上，感觉像装备了一件盔甲。我不知道应该希望什么。如果我能够配型，那我会害怕接下来要经历的程序。如果我不能配型，那哈莉就会死。当我想到这里，就知道自己别无选择。

妈妈简直跟我一样紧张。她语速很快，跟平常一样，还不到十分钟她就把该了解的都了解到了，包括哈莉和安娜在弗吉尼亚的生活环境，哈莉在学校的喜好，以及所有经典话题。她表现得就像那个永远都在状态的塔拉·文森特，但她的眼睛却在哈莉、安娜和敞开的房门之间瞄来瞄去，她干脆把椅子搬到我旁边，而且从她来医院后就没有跟我切断过身体的联系。我很乐意这样。*我属于她*，我想对安娜说，*我知道我是你的孩子，把我抢走对你很不公平，但是我妈妈抚养了我，所以我是属于她的，好吗？*

妈妈说话的时候，安娜和哈莉的目光一直盯在我身上，好像我是杂货店里的一个桃子，而她们在决定要不要把我带回家。终于我再也无法忍受了。

"拜托你们每个人别那么盯着我看好不好。"我说。妈妈凑过来，坐在沙发上，但是安娜和哈莉只是哈哈大笑。

"我们情不自禁。"安娜说。

"我真的很想要一些那样的头发。"哈莉说。

我不知道是不是能给她一些。剪下来捐给"一绺关爱"①项目，让他们做个假发给她。我能按照自己意愿指定接收头发的人吗？

就在我思考该如何捐出我的头发的时候，艾莫森和珍妮突然出现在过道里。

"敲门，敲门，"艾莫森说，"我们只是想看看塔拉和格蕾丝怎么样了。"

安娜从椅子上站了起来，好像有人用根棍子戳到她了，哈莉也突然在床上坐直了身体。

"真是见鬼。"她说。

然后整个形势发生了逆转。

---

① Locks of Love，该组织用人们捐赠的头发制成假发，送给因癌症或其他疾病而失去头发的孩子。

Chapter 59
新生儿

北卡罗来纳州，威尔明顿市
1994年

诺艾尔

她以前也有过接生之后骨头累得都要散架的时候，那种过程很可怕，本来以为能顺顺当当地把孩子接出来，可却又突然变得很棘手，让她紧张得脉搏加速。可是塔拉生格蕾丝的过程却永远都是她职业生涯里最吓人的一次经历。

塔拉那天清晨就打电话告诉她开始宫缩了，所以诺艾尔没吃早上那顿缓解背痛的药片组合，而是在牙龈和腮帮子之间塞了几搓姜黄根粉末，弄了一杯热气腾腾的红三叶茶，不过无法指望这些能起到什么缓解作用。据说草药对缓解分娩疼痛有些用处，但对她的背痛却无济于事。这几天她的背疼得比往常还要厉害，唯一能管用的就是止痛药，所以她愿上帝保佑镇痛药、安定药和止痛药的发明者们。

在塔拉漫长而紧张的分娩过程中，诺艾尔的背痛每小时都在加剧，后来她不得不过一段时间就掩饰一下疼出来的眼泪，她不想让塔拉或者山姆在需要为自己的事全神贯注的同时还要为她分心。

大概下午四点的时候，艾莫森打电话来，说她羊水破了，有个邻居正送她去医院。泰德还在加利福尼亚参加一个房地产同业公会的活动，她要一个人面对分娩。她在电话里哭个不停，诺艾尔感觉自己都被撕成了两半。

"泰德在去机场的路上，"艾莫森说，"他会搭最早的一趟班机离开，但他必须在芝加哥转机，不知道什么年月能回到这里呢。"

"亲爱的，你会被照顾得很好的。"诺艾尔向她保证。没有泰德，也没有两个最亲密的朋友在身边，艾莫森在情感上会很难过，但是从医疗水平的角度讲，她会得到很好的照顾，而这才是眼下最重要的事。保佑她一定要一切顺利。艾莫森已经失去了两个孩子，现在除了让她平平安安生下一个健康的女婴，诺艾尔无法忍受其他更坏的可能性。

她一直跟艾莫森保持通话，在她阵痛的时候安慰她，鼓励她。一旦塔拉生下孩子，而且她能确定母女平安，她就会跟塔拉和山姆建议把跟她合作了几年的产后护理师叫来。塔拉也认识克莱尔·布里格斯，有她在会很安心。这之后，如果艾莫森分娩还没结束，那么诺艾尔会赶到医院去陪着她。

入夜，泰德还滞留在芝加哥，塔拉在跟恐惧和疼痛抗争，诺艾尔给医院打了个电话，得知艾莫森被紧急采取了剖腹产手术。哦，她多想在那儿握着她妹妹的手！她一直跟医院保持着联系——她几乎认识中心里所有的护士——当珍妮出生而且她们向她报告说艾莫森和孩子都身体健康，情况稳定的时候，她终于松了一口气。

她给塔拉、山姆和自己倒了苹果汁，在塔拉宫缩的间隙，她们为珍妮·麦加里蒂·斯泰尔斯干杯庆祝。只有山姆知道她和那个孩子的血缘关系。她坐在床沿上的时候，他捏着她的手。诺艾尔等不及要见到她的外甥女了，但是她要先把这个孩子接生出来。

助产士工作总是很耗费体力，弯腰、倾身、扭转、支撑这些动作都是过程的一部分，诺艾尔第一次无法确定自己一定能成功。炽热的背痛折磨着她，她甚至都想吃一片药。只一片。她甚至听到它们从她放在厨房的包里呼唤她。她知道危险。这次接生很冒险。孩子被卡在里面了，诺艾尔知道她唯一的选择可能就是把塔拉送去医院注射催产素来加强宫缩。塔拉拒绝了她的提议。"孩子身体健康比在家分娩要重要得多。"诺艾尔说，不过她向塔拉保证会先尝试自己能想到的各种办法。她尽量不在塔拉需要送医院的必要性里掺杂她个人想陪伴艾莫森和她女儿的愿望，以及她想让背部放松放松的愿望。她和山姆一起身体力行地支持着塔拉，变换她在床上的体位，带她在房间里踱步，给她用升麻酊剂和其他草药——总而言之，就是用她能想到的所有办法来帮助里面的小女婴来到世上。

既然不去医院，那么诺艾尔只有一个选择，就是尝试动手给胎儿正位。这么一点点地徒手操作让人觉得一分钟都像一辈子那么长，不过她知道塔拉的煎熬一定更甚于此。诺艾尔觉得要是有个助理帮忙就好了——她需要四只手来完成翻转，也许是五只。当胎儿回复正位时，她松了一大口气，胎儿心音强劲有力，值得欣慰。过了一小会儿，新生儿呱呱坠地，在这闷热黑暗的房间里，诺艾尔分不清楚他们四个谁是最筋疲力尽的。

　　她在厨房给新生儿洗澡的时候，山姆走了进来。"她现在没事了，对吗？"他问，"塔拉？"

　　"她会好起来的，"诺艾尔说，她知道塔拉生下孩子后失去意识的那一小段时间里，他很害怕。她知道他有多爱塔拉。每次跟他们同处一室，她都看得出来，这让她为他们两个人——两个她挚爱的人——感到幸福欣慰，同时也有种永远无法释怀的强烈嫉妒。现在他们有了一个孩子，可以将他们更紧密地联结在一起。幸好还有两个月她就要跟伊恩结婚了。人生第一次，她有了一个可以共同憧憬未来的人。她渴望有一群孩子，有一个因血缘关系而密不可分的光明正大的家，而这些在不久的将来就会实现了。

　　她让山姆回卧室去陪塔拉，自己给婴儿检查完身体，并打电话叫克莱尔·布里格斯过来。然后她把婴儿裹在温暖的抱毯里，小心翼翼地放在厨房操作台靠里面的一块厚毛巾上，这才开始在提包里翻找她的那些药瓶。接生工作结束了，克莱尔几分钟后就到，现在她可以放松一下了。

　　她把婴儿抱回卧室，看到山姆和塔拉在床上相拥相偎。塔拉露出疲惫的笑容，伸手接过婴儿。

　　"我们想为她取名诺艾尔。"山姆说，就在那一秒钟，她知道他已经原谅了她在那个海滩之夜的所作所为，尽管这个提议让她感动，但是她不能答应。那样就大错特错了。有时候她还是会为跟山姆在一起的那个晚上感到内疚，而现在就是这样。

　　"哦，不，你们不能这么做，"她说，"答应我一定不能给这孩子用我的名字。"

她的语气一定比她的感觉还要强烈，因为他们马上让步了，总算让她松了口气。她不能让塔拉在毫不知情的前提下让孩子随她的名。

克莱尔到了，风风火火进到屋里，她自信的态度总是能让每位新病人放松下来。诺艾尔确定他们彼此间可以融洽相处后，就出发赶往医院。她累得都快虚脱了，但等不及想看到艾莫森和她的外甥女。这个孩子很有可能长得像她。会这样吗？她只希望孩子不要太像她，不要像得引起人们注意其背后的真相就好。

离开山姆和塔拉的家之前，她吃了一片止痛药。过去了二十四小时让她的背难以承受。开车去医院的时候，她感到药剂已经舒缓了她的刺痛，她背部的肌肉得以松弛，咬紧的牙关也放松了。从车里走向妇幼中心入口的时候，她有种愉悦的飘忽感。疼痛的缓解和身体的疲惫，再加上马上要见到艾莫森孩子的兴奋，让她几乎头重脚轻。

她喜欢夜晚的妇幼中心，灯光朦胧，静谧无声。中心被分隔成几个完全一样的分部，每个分部都有四间屋子，正中央则设置了一个可以容纳一两个护士的小小护士站。

诺艾尔准确找到艾莫森所在的分部，看到她认识了好多年的护士吉尔·肯尼正弯着身子给一个焦糖色皮肤的婴儿换尿片，那婴儿所在的塑料摇篮和另外一个塑料摇篮一起放在接待台边上。她好像刚刚经历了一个跟诺艾尔一样漫长而艰难的夜晚，所以笑容里都带着疲惫。

"嘿，诺艾尔，"她轻声打招呼，"我猜到你会来看斯泰尔斯家的孩子。你一定已经为这推掉了别的工作吧。这个妈妈是你最好的朋友，对吗？"

"我刚为另一个朋友在家里接生，"诺艾尔回报给她一个微笑，"下次我要让她们稍微错开一下生孩子的时间。"站在这个分部的过道里，她感觉自己像在做梦一样。这是种幸福而喜悦的感受。她的背就像是棉花做的，软软的，柔柔的，而且终于不疼了。

"她给孩子取名珍妮。"吉尔在摇篮边直起身子，走到水池边洗手，"不是珍妮弗，而是珍妮。我觉得挺可爱的。"

诺艾尔走向那两个摇篮。"这两个是谁？"她问。

吉尔在接待台后坐下。"嗯——"她用手指揉搓着太阳穴，一张脸在黑色短发的映衬下显得那么苍白，"这一个的妈妈需要休息一下。"她指了指肤色稍黑的新生儿。

"你感觉还好吗？"诺艾尔问。

"说实话，不好。"吉尔皱着眉，"偏头痛犯了。黛蕾丝一会儿来换我，然后我就回家。又是个不得闲的夜晚。司空见惯了，对吧？"她朝接待台上显示器中的一台瞥了一眼，然后在键盘上按了两个键，这才又抬起头看着诺艾尔，"你不舒服的时候总是天下大乱的时候。"

"好像现实的确如此。"诺艾尔看着第二个摇篮。"这小家伙为什么在这儿？"她问。

"哦，这个真是个小可怜。"吉尔说，"妈妈中风了，昏迷不醒。"

"真惨。"诺艾尔往摇篮里瞧了瞧。婴儿粉色的小针织帽边缘露出一圈又软又细的黑色头发。她有六点五磅重，诺艾尔

想——她只用肉眼就能判断出婴儿的重量——而且她看起来好极
了。她妈妈的遭遇似乎没在她身上产生不利的影响。

"他们准备把她妈妈转去杜克。"吉尔在键盘上又敲了几
个键，"我不知道他们是要把婴儿跟她一起转走，还是送去儿
科中心。"

"医生说那个妈妈会怎么样？"诺艾尔把一只手搭在接待台
上。她觉得脚下有些站不稳，特想在艾莫森的病房里坐下。

吉尔摇摇头，又马上停住，好像这个动作对她的偏头痛有害
无益。"目前看情况很不好，"她说，"而且那个爸爸还在部
队，你相信吗？妈妈来这儿出差，然后早产了四个星期，所以没
有家人。要是他们今晚不把这婴儿跟妈妈一起转走的话，明早我
们就在第一时间给埃伦打电话。"

"很好，"诺艾尔说。埃伦是中心的社工。"艾莫森的病房
是哪个？"

吉尔指了指她身后那扇门："她在睡觉，不过我正打算给婴
儿换尿片，然后再给她喂奶。你愿意代劳吗？"她看起来很期待
的样子，诺艾尔笑了。

"你的确需要回家待在一间不点灯的屋子里，是吧？"她露
出同情的微笑。她完全了解那种痛苦。

吉尔看了看手表。"真是等不及了，黛蕾丝随时都可能到。"

"我会照顾斯泰尔斯家的孩子，"诺艾尔说，她把一只手搭
在吉尔肩上，"希望你能早点收工。"

病房里灯光柔和，寂静无声，艾莫森正睡得香甜。她看起
来真美，诺艾尔俯下身亲吻她额头的时候，心里充满了柔情。

"默，你终于有自己的孩子了，"她小声说道，"你的小女儿。"要是她能陪艾莫森一起该多好。让艾莫森在这么艰难的时刻孤孤单单，没有人陪，她万分难过。

她把吉尔给她的奶瓶放在躺椅附近的一张小桌子上，在水池边刷洗过双手，这才靠近摇篮。

第一眼就有种似曾相识的奇怪感觉，她感觉自己早就见过这个婴儿。她粉色的小针织帽边缘露出一圈又软又细的黑色头发，五官精致，体重是完美的六点五磅。不到一秒钟她就意识到自己见过的其实是刚才在吉尔护士站的那个婴儿，而不是眼前这个。虽然不到一秒钟的时间，但已经足够让她觉察到自己比想象的还要疲惫不堪。

"你好啊，宝贝。"她低语道，着手换掉小尿片。婴儿珍妮开始扭捏，看脸上那小眉头都皱起来了，喉咙里还发出微弱的抱怨。诺艾尔热泪盈眶，她不得不咬住嘴唇来控制住她的颤抖。

等把珍妮清理干净，换了尿片，诺艾尔把她从摇篮里抱出来，在躺椅上坐下，轻轻晃着臂弯里的婴儿。珍妮的双眼一张一合地眨动，小眉头皱得更深了，实际上她的眉毛淡得几乎看不出来，她完美无缺的小嘴唇张开了，诺艾尔知道那是因为饥饿而哭号的前兆。她用奶嘴逗弄着婴儿的嘴唇，根本还没怎么引导她，她就开始吮吸了起来，这让她泛起一丝小小的骄傲。婴儿的小手搭在她的手上，每一根手指都是完美的微雕。诺艾尔低下头去亲吻她的前额。她这一生抱过几百个刚出生的婴儿，而这是第一次对其中一个低声说出"我爱你"这几个字。

Chapter 60

我的丽莉

华盛顿，哥伦比亚特区

安娜

那女孩儿出现在过道的时候，我看了她一眼，仅此就足够让我一颗心都扑向她。不过我的身体因为震惊而一动没动。我站在哈莉的病床边，一只手放在她的桌板上，一只手捂住胸口。塔拉向那女孩儿和她妈妈走去。她在说话，但在我听来就像是外语一样，她给我们互相介绍，但也无非是噪声而已。哈莉抓着我放在桌板上的手，指尖嵌进了我的手腕，我知道她跟我一样，目光已经不在格蕾丝和塔拉身上。她也没看见另外那个女人，我们两个眼里看到的只有那个女孩儿。

塔拉发出的噪声突然停止了，她盯着我们两个。

"妈妈，"哈莉说，"说话呀。"

"出什么事了？"塔拉问。

如果我和哈莉去威尔明顿那几次在街上看到这个女孩儿，我们一定会跟她好几条街，好几里地，直到追上她。我们找她找了那么久，我们会知道已经找到她了，就像现在一样。

"那个助产士——"我不得不清了清嗓子再开口，"诺艾尔……她也接生了你吗？"我问那女孩，尽管答案已经在我心里。过道里的女人用一只手臂揽过她，让她贴近自己。

"没有，"她说，"珍妮是在医院出生的，一个产科医生接生的她。"

她在说谎。一定是的。我两腿发软，但还是迈了两步，走到床头柜，拿起哈莉和科利尔表姐妹在外滩的那张照片。我用两只手捧着，仿佛它是易碎品，走向过道里的女人和女孩。

"这是我丈夫的姐姐和她的女儿，"我一边说，一边拿给那女人看，"哈莉的表姐妹，看看她们的样子。"

我知道她们在照片里看到了什么。四个女孩儿，都是黑黑的圆眼睛，近乎黑色的头发和白皙的皮肤，微微向后倾斜的下巴，鼻子因为稍稍宽了一些而不够漂亮。我从她们身边走开，回到哈莉身边，因为我生怕自己会忍不住碰到那女孩儿。我会用力把她拉进怀里。眼下我必须满足于呼吸有她在的空气。终于来了，我想，终于来了。

塔拉和格蕾丝走到那女人身边，塔拉摸着在她手里抖个不停的相架。"哦，我的上帝，艾莫森。"她看到照片后说道，"怎么会这样？格蕾丝，过来。"

"塔拉，"那女人对塔拉说，似乎想让她修补一件已经分裂得完全失控的东西。"不会的，"她说，"不是的。"

她们四个盯着照片的时候，我在观察她们，观察到真相在慢慢渗入每个人的心里。我抓住哈莉的手，等待可以拥抱我另一个孩子的那一刻，我第一个女儿，我渴望抱她的双臂已经因渴望而疼痛了十六年。在那个女孩儿漂亮的黑色眼睛里，我看到了困惑和惊恐，让我的心都碎了。

"珍妮，"我说，"这是你的名字吗？我叫对了吗？"我并没真的听清刚才的介绍。

那女孩儿把目光慢慢从照片上移开，抬起来看向我。"是的。"她小声说。

"别害怕。"我说。

格蕾丝看着她妈妈。"我不是……"

塔拉停顿了一会儿才摇了摇头。"宝贝，我想不是。"她抚摸着另一个女人的肩膀。"默，"她说，"这可能吗？你记得什么？"

"我在医院里生的她，"那女人又说了一遍，"这不可能，这太荒谬了。"

"你生日是什么时候？"我问珍妮。

"八月三十一日。"她小声说。

我的孩子，我想着，双眼盈满了泪水。她孤零零地在医院躺了整整两天，没有妈妈抱她，没有妈妈跟她说话。她一直都是孤单一人，直到那助产士悄悄地把她偷走，拿走了所有能证明她的存在的记录，销毁掉她的痕迹，让我永远也无法再找到她。

"珍妮，你是我的丽莉。我敢肯定。"

"住口！"那女人打断我，把珍妮拉近她身边，我知道自己说得太多，太快了，但我就是控制不住自己。

那女孩儿从她妈妈怀里挣脱，顺着过道逃走了。格蕾丝追在她后面。塔拉抓住那女人的胳膊，没让她跟着她们追出去。"让格蕾丝去吧。"她说。

　　那女人的样子很害怕："我不明白这是怎么了！"

　　"她是丽莉，"哈莉说，"她就是丽莉。"

　　塔拉看着我，她的两只手还抓着那女人的小臂。"让我跟艾莫森谈谈。"她说。

　　我不想让她们离开。我害怕丽莉再一次消失进薄薄的空气中。但是我能怎么办呢?

　　"好吧，"我说。艾莫森已经转身走了，消失在过道里，她是要尽快从我身边走开。"拜托你们不要走。"我加了一句，不过她们已经不见了，只有哈莉听见了我的话。

Chapter 61

最喜欢的东西

北卡罗来纳州，威尔明顿市
1994年

诺艾尔

　　她精神爽利地醒过来时，没能立刻意识到自己在哪里。病房里古怪微弱的灯光害她迷失了方向。她使劲儿眨了眨眼，想集中精神。小水池。摇篮。她把头转向右边，看到艾莫森睡着的那张床。她觉得有什么东西在裙子下面，硬硬的，硌着她的大腿，低头一看，发现躺椅座位上有个奶瓶紧挨着她。她给婴儿喂过奶。她叫什么名字来着？格蕾丝？他们本来想为她取名诺艾尔。不对，这个不是格蕾丝。这是艾莫森的孩子。珍妮弗。珍妮。她模模糊糊记得自己曾经站起来，把婴儿抱回摇篮里，但是摇篮是空的。她拼命地回想。是吉尔进来把婴儿从她怀里抱走了吗？她慢慢地长吸了一口气，生怕自己一站起来就会晕倒。她双手挂在椅子的座位中间，平衡住自己的身体，但就在她开始站起来的一瞬间，她的目光落在了脚边的地板上，她看见了那个婴儿，一定是从她疲惫的臂弯里顺着她的丝质长裙滑落到地上的。

　　她感到一阵窒息，弯下身去抱起婴儿，但动作太快，一下子从椅子上摔到了地上，重重地砸到臀部。她抓过婴儿，把她放在自己的大腿上，但立刻明白已经太迟了。就算不愿意接受，但还是太迟了。婴儿的头呈现出一个不自然的角度，嘴唇已经青紫，没了生气。

　　诺艾尔愣愣地盯着婴儿，睁大了双眼，五脏六腑都被恐惧填满了。你杀了她，你杀了她，你杀了她！她双手颤抖着试图把那小脑袋在折断的脖子上摆正。她低下头做人工呼吸，想把复活的气息吹进那青紫色的嘴唇和小小的鼻子，那里有一丝鲜血已经凝固。

　　她强撑着站起来，一只手按在水池边上。她感觉自己好像在哀号，但声音却卡在胸腔里出不来。她抱起婴儿，把她放进摇篮，然后一动不动地站在那里，想让自己头脑清醒起来，恢复思考的能力。

　　护士站的那个婴儿。跟这个长得一模一样的，妈妈生命垂危，爸爸不知所踪的那个婴儿。

　　她怎么才能让吉尔走开呢？她静悄悄地从病房这头走到那头，打开正对护士站的房门，发现那里没人。吉尔不在，但婴儿还在摇篮里。黑头发，六点五磅重。没时间可浪费了，没时间可思考了。

　　诺艾尔把那个婴儿抱在怀里，抓起摇篮上薄薄的记录表，溜回艾莫森的病房。在把没有妈妈的那个婴儿放进摇篮，放在艾莫森的孩子身边的时候，她的双手剧烈地颤抖着。然后她用一条法兰绒毯子裹起已无生命气息的婴儿——艾莫森的小珍妮，把她轻轻放进自己巨大的皮包里。

她们的手环！她把手伸进提包里，取下婴儿的手环，跟摇篮里那个婴儿手上的做了对调，不过在此之前她已经注意到了那个名字：奈特莉，女婴。她把那个婴儿的记录和手环都丢进了提包。她要烧掉这些记录，她眼前已经浮现出她们家壁炉里的熊熊烈火。

她偷偷溜出医院，其间跟认识的两个护士和一个产科医生擦肩而过，但他们是跑下过道的，所以几乎没认出她来。今晚的妇幼中心无法平静，像她此刻的内心，也像她后半生都无法摆脱的感受，一样无法平静。

她到家的时候已经三点半多了，在此之前她一直在努力克制突如其来的紧张情绪。几乎想都没想，她就在库房里找到一把铲子，然后在院子里选了离房子最远的一个角落，开始摸黑挖呀，挖呀，挖呀，八月的雨水让泥土变得松软，她终于挖出一个狭窄的深坑。她用最喜欢的一条裙子裹住婴儿的尸体，因为这条裙子很漂亮，也因为她需要陪葬一样自己最喜欢的东西。她趴在地上，小心翼翼地把婴儿的尸体放入地底下，铲起土盖在她身上，这才终于让自己哭了出来。

做完这件事后，她坐在地上，身下是婴儿的尸体，是艾莫森的珍妮，就连天空开始飘下毛毛细雨，她也没有移动。她就一直这么坐着，直到天空开始泛出粉红色、柠檬色和淡紫色的光，就像献给一个女婴的花束。她想，这正是她今早要做的事。她要去园艺商店，问问哪些植物能长得花团锦簇，就连陌生人见到都忍不住要认为，这是一个充满爱心的花圃。

Chapter 62
丢失的一部分
华盛顿，哥伦比亚特区
2010年

塔拉

　　我们在过道尽头的小房间里找到了格蕾丝和珍妮。她们坐在地板上，背靠着其中一个双人沙发，我的女儿——是我的女儿，我确定这一点——用一只手抱住她最好的朋友。我和艾莫森走进去的时候，她们抬头看着我们。

　　"妈妈，"珍妮说，"求你告诉我，我不是她的女儿！我只是长得跟那些女孩儿像而已，这说明不了任何事。"

　　艾莫森跌坐进双人沙发里，脸色渐渐变得苍白。她抚摸着珍妮的头，轻轻抓起一小把她的头发，好像这样就能把她留住一样。"我不明白你怎么可能会是她的女儿，"她说，"你出生的时候诺艾尔什么都没做。"

　　我看到艾莫森在说话的时候眼里流露出的怀疑。我们都看到了照片里的那些女孩儿。要是把珍妮跟照片上其中一个对调的话，没有人会注意到区别。

"诺艾尔写给安娜的信，"我说，"里面没说她在哪儿和在什么时候摔掉了孩子，对吗？"

艾莫森冲我猛地一抬头，脸上露出一种被出卖了的表情。"你真的认为珍妮是那个孩子吗？"她几乎是在冲我咆哮，"告诉我怎么可能会发生那样的事。"

我坐在她们对面的双人沙发上，不知道该说多少。现在我已经清楚地知道是怎么一回事了，要怎样说才不会太残忍呢？"你分娩的时候，诺艾尔为没有人陪你十分难过。"我察觉到她们几双眼睛都落在了我身上，"泰德在想办法搭飞机回家，诺艾尔在陪着我和山姆，记得吗？但是格蕾丝一生下来，她就叫了个产后护理师过来，这样她就能去医院看你。"

"她从头到尾都没来过医院。"艾莫森争辩道。

我低头看着自己的大腿，一只手还在那儿不停转动着手指上的结婚戒指。"那是她后来才告诉我们的。"我轻轻地说。我抬起目光又看向艾莫森："当然，那是她要告诉我们的——说她从来没去过医院，说她太累了，只是回家睡觉去了。默，难道这在当时那种情况下能说得通吗？难道她不会去看你吗？"

艾莫森扭过脸不看我，手里还抓着珍妮的一小把头发。

"妈妈。"珍妮用双手捂住耳朵，仿佛这样就能阻止眼前发生的一切，"我受不了这个！"

我和格蕾丝终于从噩梦中解脱出来，这让我很轻松，但现在我又要再从头经历一遍这一整天的情感变化，为我挚爱的朋友再从头经历一遍。告诉珍妮她永远都是你的，我这样想着，身子前倾过去，而艾莫森仿佛收到了我无声的信息。

"珍妮，我不知道现在是什么情况，"她说，"我们会弄个明白。但我并不在乎谁生下了你，我和你爸爸抚养了你，你就是我们的女儿。"

"哈莉需要骨髓移植，"格蕾丝说，她真会帮倒忙，"我打算做个化验，看是不是能跟她配型。他们只要给你做个口腔拭子就行。"

"格蕾丝，"我说，声音比我预想的还要尖锐，"宝贝，给珍妮和艾莫森一点时间，让她们先搞清楚是什么状况。还记得你两小时前的感觉吗？"

格蕾丝露出悔悟的表情。"好吧，"她说，"对不起。"她今天长大了，我想。一个人开了几百英里的路，走进一家医院，同意忍受医疗措施来帮助她并不认识的妹妹。她不再是昨天的那个女孩儿了。

"我想回家，"珍妮说，"别让我回那个病房了，妈妈，求你带我回家吧。"

艾莫森看着我。"我觉得我们该走了，"她说，"我要跟伊恩谈谈。"

我站起来。"我回去告诉她们我们要走了，"我说，"艾莫森，我必须把你的联系方式留给她们，行吗？并且给你要来她们的联系方式？"

艾莫森摇摇头。"我不希望她们给我打电话。"她说。

当然不希望。"那我就只把伊恩的号码留给她们。"

她冲我不情愿地点了点头。我站起来，俯下身拥抱她，并亲了亲珍妮的头顶。"珍，爱你，"我说，"我一会儿就回来。"

我看见安娜坐在哈莉的床边上，很明显她们两个刚刚哭过。

我能想象得到她们的感受，本来以为再也找不到的女孩儿，突然这么靠近，但却触摸不到，甚至不能跟她对话。

安娜跳起来冲向我。"她怎么样了？"她问，"她还好吗？"

我点点头。"她和艾莫森有很多事要考虑，"我说，"她们不确定……嗯，你可以想象现在让人多么不知所措。我来是告诉你，我们要走了，而且——"

"不！"哈莉哭号道，"我们要跟丽莉说话！"

我摇摇头。"对不起，哈莉，"我说，"珍妮想回家，而且是立刻，我想那样最好。但是艾莫森会跟她的律师通话，他很快就会跟你和你妈妈联络。告诉我能让他联系到你们的最好方法。"

安娜从沙发附近的地板上拿起一个公文包，拿出一张名片，我看得出来她正在努力抑制就要夺眶而出的眼泪。她在背面又写了几个别的电话号码，而我则在便笺簿的一张纸上写下伊恩的号码。

"我们不想伤害她。丽莉。珍妮，"安娜递给我名片的时候这样说道，"我们想通过正常途径来处理这件事。但是哈莉需要——"

"我知道，"我说，"珍妮现在还没从打击中缓过劲儿来。艾莫森也是。"我努力挤出一丝笑容，"还有我，也差不多。"

"我们也是，"哈莉说，"真的。"

我转身离开病房的时候，安娜抓住我的胳膊。"格蕾丝很漂亮，"她说，"我看到她的时候，心里就想：多漂亮的女孩儿啊！但是我没有任何感觉……这儿。"她把一只手放在胸口，

"可是当我看到珍妮，我就知道了。就算她长得不那么像哈莉的表姐妹，我也会知道。就好像我心里曾经丢失的一部分突然出现在过道里。你能明白吗？"

我点点头。我心里曾经丢失的一部分就在过道尽头的房间里，在这艰难的一天里，我感到那一部分正在慢慢地，小心翼翼地回到它原来的位置。

Chapter 63
忽然改变

格蕾丝

　　我和珍妮坐在后座上，妈妈在开车。我们不得不把艾莫森的车留在医院的停车场。没得选择。我们四个人里只有一个适合开车，就是我妈妈，尽管就连她开得也不是那么好。

　　所有一切都以最最奇怪的方式逆转直下。就好像你本来必须做一件你能够想象到的最可怕的事，比如赤脚走过燃烧的炭火，突然间你最好的朋友要替你做这件事。你完全能够了解朋友的感受，因为你也有过同样的感受，看着你的朋友经历这一切，你的心会很受伤。

　　以前我思考过一个问题，就是爱会怎样慢慢渗透入人的情感。我十一岁那年的一天，突然意识到我像爱爸爸和妈妈一样爱着珍妮。那时候我们在赖茨维尔海滩，一起在阳光下游玩，在海浪中欢跳，那感觉让我很幸福。我看着珍妮，心里说出了"我爱你"，就这样。这是种情感的表露，实实在在。大概一年之后，我和珍妮在电话里聊天的时候，她说"我爱你"，就跟我们的妈妈对彼此说的话一样，突然间我的生活好像更多姿多彩了。不过爱与痛同在。两年前珍妮脚踝骨折的时候，我跟她一起坐在她们家门廊的台阶上等救护车，当时我的脚踝好像也骨折了一样。那就是我的感觉，很糟糕。

此刻跟珍妮一起坐在车后座上，我再次感同身受。

"她们是什么样的人？"珍妮问，"那个女孩儿和她妈妈？我甚至没怎么看她们，真的。"

"她们是好人，"我安抚她道，尽管两小时前，我对她们还没有任何感觉。我想起安娜的冷淡。"很难判断，因为我就那么，你知道的，那么蹦进病房，然后说'嗨！我是你女儿！'所以她们显然被吓到了。接着你把她们吓得甚至更厉害。"

艾莫森和我妈妈在前面座位轻声交谈着。从我坐的这个角度，可以看见艾莫森攥着一团纸巾。在车子启动后的第一个小时里，我听到她说"我不要相信""会要了泰德的命""我的孩子在哪儿"之类的话。这些话都是很小声说出来的，我不想让珍妮听见，所以就故意说话来盖过它们。我听见艾莫森跟泰德讲电话，声音太小了，我都听不懂她说的是什么。她要怎么告诉泰德他们的女儿很可能根本不是他们亲生的？

"那……跟我讲讲哈莉的病情。"珍妮过了一会儿说。

"是白血病，"我说，"我只跟她聊了一会儿，不过她很好。"我感觉有点儿嫉妒：如果珍妮真的是安娜的女儿，那么她就有了一个妹妹。"她看起来真的很强壮，不像是明天就可能死掉的样子，但实际上有可能。"我控制不住自己。我知道妈妈认为珍妮无法接受这件事，但她需要知道真相。"要是她不能做骨髓移植，就会没命。"我说。

"现在她们想让我做骨髓移植，对吗？"珍妮说。

"你不是必须要做，"我说，"但是我认为你应该做。兄弟姐妹有四分之一的机会可以配型成功。"

艾莫森一定听见了我说的话。她在座位上转过身。"珍妮，这件事现在连想都不要想，好吗？我们还不清楚现在究竟是什么状况，而且就算你确实是诺艾尔抱走的孩子，你也没必要立刻就作出什么决定，不用决定是不是要成为她们生活的一部分，更不用想捐赠骨髓的事。"我想我从来没听过艾莫森这么坚定的语气。"只要你不愿意，你就不需要作任何决定。"她补充道。

珍妮一句话都没说，不过当艾莫森把头转回前方的时候，她转向我。"需要做什么？"她问，"要成为捐赠者的话？"

"先是口腔拭子取样，"我说，"如果样本合适，他们就会做血液化验，如果这一步你也合适，他们就要取一些你的骨髓。我也不清楚他们具体要怎么做。不过如果你要做这件事的话，我会跟你一起。"

"你要做吗？"她问。

"这并不意味着你也必须做。"

"可是你这么软弱的人，都愿意做这件事。"

我自己也感到惊叹。"她会死的。"我耸耸肩，说道。

珍妮皱了皱鼻子，身子往前凑了凑，拍着艾莫森的肩膀。"妈妈？"她说，"我要知道我是不是能跟她配型。跟哈莉。"

艾莫森又转了过来。她看了看珍妮，又看了看我。她的脸色苍白，妆都花了，睫毛膏也弄污了。"好吧，"她说，"我们会想办法。"

珍妮的手机响了，她查看了来电显示。"是克里夫。"她看了看我，"我们开去华盛顿的路上，我跟他通过话，告诉了他眼下发生的事。我能接吗？"

　　我从她手里拿过手机。"嘿。"我说。

　　"格蕾丝！你跟珍妮在一起？你在哪儿？我一直在担心你！我不知道事情怎么样了，急得快发疯了。"

　　我露出微笑。他一直在担心。急得快发疯了。"我很好，"我说，"但是现在一时半会儿还搞不清楚。我明天再跟你说？"

　　"只要告诉我你没事就好。"他说。

　　"我挺好。"我说。

　　就这件事来说，克里夫是个局外人。他永远都不会理解曾经发生的这一切。只有我身边的这些人才能够理解：我的妈妈、艾莫森和珍妮。我感觉克里夫好像是我生活的另一部分，而那一部分似乎突然变得那么久远，我明白了，在这漫长的一天里，我以为我会变成另外一个人，而它确实真的发生了。

Chapter 64
三人世界
北卡罗来纳州，托波赛尔岛

艾莫森

我站在泰德、珍妮和我租住的海滨小屋的玻璃门边。这是十月的一个星期三，并不适合到海边来。不过我们需要有个只属于我们自己的小岛，所以我们来了这里。

泰德、珍妮还有狗在远处的什么地方，我没有去，借口说我要做意大利面。实际上，我需要有一点自己的时间，可以让我思考的时间。

前天DNA测试结果出来了，我并没有像预料中的崩溃，我猜想那是因为在我们接到那个电话之前，我们就知道关于那晚发生的事情，没有什么解释比塔拉说的更合理。泰德给一个房产经纪人打了电话，订了这间小屋。我给亨特中学打电话，给珍妮请了几天假。我们需要在一起，我们三个，在让其他人，确切地说安娜·奈特莉和她的家庭介入我们的生活之前，有三天的时间让珍妮、泰德和我来消化这个事实。

那次华盛顿悲惨的旅行过后几天，我一直充满着一种无法承受的狂乱情感。前一分钟我对诺艾尔感到很生气，下一分钟我又充满感激。前一分钟我为我失去的那个婴儿感到难过，我都没有机会见见她或触摸她。下一分钟我又充满了对珍妮的爱，如此纯洁如此深沉，让我沉溺其中。现在，所有的情感被一个简单的问题抹去：未来该怎么办？我唯一确定的事情，唯一在乎的事情，是帮助珍妮找到通往未来的道路。我自己的恐惧和失去不再要紧，最要紧的是珍妮。

最初我看到的是狗。影子和布鲁在浅水里跳进跳出，在沙地里互相追逐，在家里它们可从来没这么欢跃过。然后我看见泰德和珍妮在狗后面一段距离。泰德用手臂做了一个伸展的动作，似乎在诠释海洋的广阔。或许，我想，他是在描述他对珍妮的爱。我从没像现在这样觉得跟泰德这么亲近。我们在同一条战线上。

"你是我们的女儿。"他充满力量地对珍妮说，没人能够怀疑他的话，"你觉得一个DNA测试能改变这个吗？"

他们离小屋越来越近，我看到泰德牵着珍妮的手。他们像孩子一样摆荡着手。就像没有任何不好的事发生过。就像我们的生活没有经历过突然一击。看着他们，我出乎意料地涌起一阵幸福感。

我打开玻璃门，走到平台上，向他们挥手，他们也向我挥手，我都等不及他们来到小屋。今晚晚饭后我们要一起看个电影。或者玩个游戏。以后会有时间让我们搞清楚我们不确定的未来。我知道我们会一起面对。

我的丈夫。

我自己。

和我的女儿。

尾声

北卡罗来纳州，威尔明顿市
2011年3月

塔拉

　　清理诺艾尔的小屋是艾莫森的主意，我很高兴她能想到这一点。我在房子前停下车，将眼前的景象尽收眼底。小屋现在是黄色为底，白色装饰，黑色百叶窗，样子很可爱。两个白色摇椅被安置在小小的门廊。院子里已经绚丽地开出了粉色和白色的杜鹃花。

　　苏珊妮下周就会搬进这间小屋。她对清理工作一窍不通。她似乎从没介意过诺艾尔是在这里自杀的，但我们确定诺艾尔一定会赞同我们今天所做的事。

　　艾莫森的车停在车道上，我就停在了街对面。小屋改造后我进去过两次。厨房和浴室已经被掏空又重新整修过，地板也被重新打磨抛光过，每个房间的墙壁都按照苏珊妮的建议被刷成了托斯卡纳风格的暖色。整个工程耗时很久——艾莫森还要想着很多其他的事——但现在总算完工了，准备接受苏珊妮赋予的新生命。

艾莫森在厨房迎接了我。"你负责东面。"她说，递给我一个碗，里面放了一束已经烧着的香草，冒出了袅袅青烟飘向上空。她指着靠近房子后部的第二间卧室，告诉我该怎么做。

今晚结束房子的清理工作后，格蕾丝和珍妮就会把装满婴儿捐赠物品的袋子搬进第二间卧室，克里夫也会一起帮忙，他现在回来过春假。我还不敢说格蕾丝已经完全放下了克里夫。我发誓当有克里夫在场的时候，我能感到她的心跳会有些加速。但是她已经开始跟德文——就是珍妮的男朋友——的一个朋友约会，她跟我说他"不错"，我认为她的意思是相当不错。格蕾丝永远都不会成为一本翻开的书，这一点像我。我已经懂得我越是逼得紧，她就越是退缩。但如果我愿意等待，就在那儿等着她，好像山姆以前那样，既不穷追猛打，也不咄咄逼人，那么最后她总会来找我的。有些日子那就像等待油画风干的感觉。不过她跟我分享的每句知心话我都视若珍宝。有那么整整一天，我都在怀疑她是谁，还有我们如何才能融洽相处。让人啼笑皆非的是，我学会了如何做她妈妈的那一天正是我害怕自己再也不是她妈妈的那一天。

珍妮跟哈莉没有配型成功，不过他们从全球资料库里找到了一个捐赠者，所以哈莉一月份得以接受骨髓移植。她的恢复过程是个艰难的挑战，充满了不确定因素、感染和一次又一次的住院治疗。不过现在她总算回家了，跟珍妮每天都用Skype联系，而据格蕾丝说是每一分钟，她对珍妮和妹妹之间建立起来的关系有点小小的妒忌。艾莫森也要跟自己的妒忌心抗争，不过她正在学习如何跟安娜分享珍妮，我们也一样，而且她还要尽量把安娜、哈莉和布莱恩也纳入自己大家庭的范畴。

现在艾莫森站在一架折梯上，往外拿烟雾探测器里的电池，用操作台上的蜡烛把自己碗里的鼠尾草也点燃，然后把火吹熄，好让它冒烟。"我只希望我们不要把这里烧个一干二净就好。"她一边说，一边走向诺艾尔曾经的卧室。那个房间离花圃最近。

我在第二间卧室里走了一个大圈，每到角落处就停下来用香烟好好熏一熏。走到窗边的时候，我看向花圃，黄水仙和番红花好像一夜之间就都竞相绽放。我们无法确定，而且永远不能确定，但我们相信自己理解了诺艾尔对花圃和带有小女孩儿铜像的小鸟浴盆的爱。回想一下，我们记得她第一次种下花圃是在艾莫森生下女儿不久，在那之前诺艾尔从来没对她的院子产生过任何兴趣，但是她投入了那么多的爱来照顾那个花圃。那种爱就像是对一个孩子倾注的，或许是一个外甥女。

我相信山姆早就知道这件事。我相信曾经有一天，诺艾尔再也无法独自承受这个最具毁灭性的秘密，她约了山姆跟她在某个地方碰面，而且是不会偶遇到我们其他人的地方，比如说赖茨维尔海滩。也许她对他讲明了一切，就像一个客户对代理律师那样。山姆是最好的聆听者，她曾经这样说过。她一定对他讲了那个花圃，所以那之后他才会出其不意地问了我这个问题："诺艾尔的花圃怎么样？"

透过卧室的窗户，我看见艾莫森向花圃走去。我看见她从小鸟浴盆边阶除去一些腐叶，把手放在青铜小女孩的头上。我把鼠尾草拿进浴室，给它浇了一点水，把它放在长桌上。我想跟艾莫

森一起。这些动荡多变的年月，只有一件事坚固不变，那就是我
与我最好朋友的联系。我走出门去帮忙她清理花园，一起迎接这
个春天。

图书在版编目（CIP）数据

助产士的告白/（美）夏伯兰（Chamberlain，D.）著；刘琨译.
—长沙：湖南文艺出版社，2012.2
书名原文：The Midwife's Confession
ISBN 978-7-5404-5255-1

Ⅰ.①助… Ⅱ.①夏… ②刘… Ⅲ.①长篇小说 – 美国 – 现代
Ⅳ.①I712.45

中国版本图书馆CIP数据核字（2011）第245854号

著作权合同登记号：图字18-2011-555

上架建议：外国文学

THE MIDWIFE'S CONFESSION by Diane Chamberlain
Copyright © 2011 by Diana Chamberlain
Simplified Chinese translation copyright © (2012) by China South Booky Culture
Media Co.,Ltd.
Published by arrangement with Writers House, LLC through Bardon-Chinese Media
Agency
博达著作权代理有限公司
ALL RIGHTS RESERVED

助产士的告白

作　　者：〔美〕黛安娜·夏伯兰
译　　者：刘　琨
出 版 人：刘清华
责任编辑：丁丽丹　刘诗哲
监　　制：吴成玮
特约编辑：尹艳霞
版权支持：辛　艳
版式设计：崔振江
封面设计：蔡南升
出版发行：湖南文艺出版社
　　　　　（长沙市雨花区东二环一段508号 邮编：410014）
网　　址：www.hnwy.net
印　　刷：三河市鑫金马印装有限公司
经　　销：新华书店
开　　本：880mm×1230mm　1/32
字　　数：260千字
印　　张：13
版　　次：2012年2月第1版
印　　次：2012年2月第1次印刷
书　　号：ISBN 978-7-5404-5255-1
定　　价：29.80元
（若有质量问题，请致电质量监督电话：010-84409925）

博集天卷最佳译文

《死亡诗社》
（美）N．H．科琳宝姆
湖南文艺出版社
ISBN：9787540448721
定价：22.00元
怀揣激情与梦想，走出平静的绝望！
人应该诗意地栖居于大地上。

《就说你和他们一样》
（美）乌文·阿克潘
江苏文艺出版社
ISBN：9787539937915
定价：26.00元
如果觉得生活太痛苦，是因为我们距离死亡还太远！
奥普拉2009年年度选书。

《别问我是谁》
（美）杰里·史宾尼利
湖南文艺出版社
ISBN：9787540448073
定价：25.00元
电影《美丽人生》的文学诠释，纽伯瑞大奖得主杰里·史宾尼利重要代表作。

《许愿树》
（美）约翰·肖尔斯
湖南文艺出版社
ISBN：9787540448301
定价：29.80元
一场相依相伴的纪念与发现之旅，一段重获幸福的感恩和奉献之途。
怎样做，才能重新点亮我们已经黯淡枯索的心房？

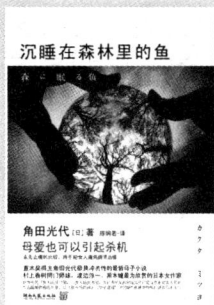

《沉睡在森林里的鱼》
（日）角田光代
湖南文艺出版社
ISBN：9787540446680
定价：26.00元
母爱也可以引起杀机！
直木奖得主角田光代极具冲击性的最新母子小说！

《带我回去》
（爱尔兰）塔娜·法兰奇
湖南文艺出版社
ISBN：9787540447755
定价：29.00元
二十二载怨愤轰然间灰飞烟灭，为什么，最想逃离的，总是最思念？悲情悬疑天后塔娜·法兰奇巅峰之作，令无数读者动容的希望与回归之书。

《神秘化身》
（爱尔兰）塔娜·法兰奇
湖南文艺出版社
ISBN：9787540449124
定价：35.00元
呼啸奔逃的率性年月，遁走无形的多变人生。
最甜美亦是最萧杀，呐喊出倚梦而生的孤绝青春。

《忽然七日》
（美）劳伦·奥利弗
湖南文艺出版社
ISBN：9787540446857
定价：29.80元
我们平凡却可贵的人生，错了不会再重来。
一本让全美年轻人集体沉静的书，亚马逊书店2010最佳青年读物。

《牵手之初》
（英）玛姬·欧法洛
湖南文艺出版社
ISBN：9787540449803
定价：29.00元
一次牵手，彻底改变我
们的人生！
2010年英国柯斯塔小说奖
英美亚马逊网络书店双
料优选

《妹妹》
（英）罗莎蒙德·勒普顿
湖南文艺出版社
ISBN：9787540450120
定价：29.80元
2010年英国亚马逊书店最
佳小说
令英伦三岛魂牵肠断的至
爱亲情

《我的守护天使》
（英）卡罗琳·杰斯–库克
湖南文艺出版社
ISBN：9787540449810
定价：29.80元
一个柔婉深沉的人生故事
给所有珍爱生命和不放
弃希望的人

《总有你陪伴》
（新西兰）海伦·布朗
湖南文艺出版社
ISBN：9787540450007
28.00元
一次改写命运的别离，
一场重拾希望的相遇
感动整个大洋洲的生命
传奇

《爱是一种病》
（美）劳伦·奥利弗
湖南文艺出版社
ISBN：9787540450205
29.80元
撼人心魄的奇想与激情
之书 青春版《1984》
愈禁愈烈的炽爱真情，
要怎样奔向那浩瀚的自
由天地？

《喀布尔女孩》
（美）盖尔·雷蒙
湖南文艺出版社
ISBN：9787540450175
28.00元
哪怕被全世界遗忘，也
不要放弃希望！
一个震撼心灵的真实故事
一段在塔利班统治下挣
扎生存的传奇

《世上另一个我》
（美）萨拉·帕坎南
湖南文艺出版社
ISBN：9787540448424
定价：28.00元
我在别人设定的角色里
拼命挣扎，以为那是我
要的人生。
蝉联《今日美国》《洛
杉矶时报》独立书商协
会畅销排行榜。

《当爱远行》
（美）约书亚·弗里斯
湖南文艺出版社
ISBN：9787540449247
定价：29.80元
生命里无法言说的伤，
婚姻中挥之不去的痛；
踽踽独行的孤寂身影，
诠释着人世间最炽烈深
沉的爱。